Marcus Hammerschmitt

NACHTFLUG

SHAYOL

Marcus Hammerschmitt

NACHTFLUG

Erzählungen

[SHAYOL]

Marcus Hammerschmitt: NACHTFLUG
Erste Auflage: Mai 2012

Text © 2012 by Marcus Hammerschmitt
© dieser Ausgabe: Shayol Verlag, Berlin
Alle Rechte vorbehalten

Lektorat: Jakob Schmidt
Satz und Gestaltung: Hardy Kettlitz
Umschlaggestaltung: Hardy Kettlitz,
    unter Verwendung einer Fotografie von Marcus Hammerschmitt
Korrektur: Robert Schekulin
Druck: Schaltungsdienst Lange, Berlin

Shayol Verlag
Lierbacher Weg 14
13469 Berlin
Internet: www.shayol-verlag.de

ISBN 978-3-943279-02-3

INHALT

Evo 7

Der Ethiker 16

Der Keller 51

Nachtflug 60

Die Gilde 72

Seidenschläfer 84

Staub oder Die Melancholie im Kriege 91

Vanille 101

Glatze 122

Das Büro 128

Reinhold Messner überlebt den Dritten Weltkrieg 156

Die Lokomotive 184

In der Zentrale 244

EVO

– crisis

Jetzt auf einmal die große Ruhe. Man kennt das aus der Fiktion. Leute, die etwas zu bewältigen haben, was man nicht bewältigen kann, und daran ganz ruhig werden. Wenn ich an die einzige Situation denke, von der ich diese Ruhe kenne, muss ich fast lachen. Eine Prüfung. Die Abschlussprüfung zum Medientechniker vor ... zwanzig Jahren. Was man früher Bibliothekar genannt hätte. Mein Gott, zwanzig Jahre. Ich bin zu alt für die Prüfung morgen, muss sie aber trotzdem ablegen. Weil man mich zwingen kann. »Man«. Wenn ich wenigstens wüsste, wer mich zwingt. Ach nein, ich will es eigentlich gar nicht wissen. Ich will einfach nur hier sitzen in meinem Garten, der vor Insekten summt, der schön ist an diesem Sommerabend. Ich bin off. Mein Ghost streift nahezu ohne Kontakt zu mir durch seine Welt und lebt dort sein Leben. Was immer er dort treibt, ich bekomme nicht allzu viel davon mit. Vielleicht ein Kitzeln, wenn er den Ghost meiner Frau trifft, die im Wohnzimmer ist, alles andere als off. Oder den meiner Tochter, die nicht mehr lebt. Nur noch als Ghost. Woran meine Frau und ich uns gewöhnt haben. Zwangsweise. Das Summen der Insekten um mich herum ersetzt in gewisser Weise das Summen des Netzes, wenn ich on bin, wenn ich mehr sehe und spüre von dem, was mein Ghost tut, wenn ich ihn lenke, wenn wir Evo spielen. Die Insekten, von denen es so viele in meinem Garten zu geben scheint. Schwebfliegen und Bienen und Wespen und Schmeißfliegen und Stubenfliegen und Ameisen und Spinnen, obwohl die keine Insekten sind, wie jeder weiß, der weiß, dass ein Wal kein Fisch ist. Aber die Spinnen bauen Netze und fangen darin Insekten. Man braucht einander. Im Netz wird die Beziehung verwirklicht. Gut, ich habe etwas eingenommen. Nichts Wildes, es ist sogar legal. Wenn ich bedenke, was meine ehemaligen Kollegen auf diesem Sektor treiben, bin ich schwer im Verzug. Das war ja mein Markenzeichen schon immer, dieser Hang zur Verspätung. Ich bin ein Nachahmer und Nachäffer, aber mit Stil – immer so phasenverschoben, dass ich schon wieder originell wirke. Vor einem älteren Herren, der originell ist, haben die Leute Respekt; sie glauben an seine Schaffenskraft als Künstler. Stetigkeit und Individualität, das macht eine Respektsperson aus. Und daher ist »man« auch auf mich verfallen. Und macht mich nun so einzigartig, wie ich mir das insgeheim immer gewünscht habe. Wenn auch auf etwas unangenehme Art. Ah, ein Kitzeln. Mein Ghost ist auf einen Bekannten getroffen. Soll ich on gehen? Lieber nicht. Ich bin netzmüde, ich will nicht sehen, worin ich zappele, um die Spinne darüber zu informieren, dass das Abendessen da ist. Stattdessen will ich im Gesumm meines Gartens bleiben, um mich vorzubereiten. Man soll nicht mit leeren Händen kommen.

– genesis

Als ich zu Evo kam, war ja schon alles da, alles entschieden, alles vorbereitet. Der Dot-Com-Boom war gekommen und gegangen. 9/11 war gewesen, Second Life, der »Große Sprung nach Vorn«, als China endgültig die Führungsrolle im Netz übernommen hatte, der 3D-Turn (der ja eigentlich auch ein Pixel-Turn gewesen war), meine Prüfung zum Medientechniker, das Scheitern von »Roter Mars I« und der Triumph von »Roter Mars II« mit 3,4 Milliarden Astronauten an Bord, in Telepräsenz. All das war gekommen und gegangen, und hatte mich doch, wie so viele andere, trotz aller kurzfristigen Erregung, im Großen und Ganzen kalt gelassen. Wie kann das sein?, habe ich mich schon oft selbst gefragt, das war doch alles wichtig? Aber Geschichte, wenn sie geschieht, ist ja keine Geschichte, sondern Alltag. Selbst wenn man »am Fuß von Olympus Mons steht«, so gut, als wär man wirklich da, wird es nach fünfzehn Minuten Alltag. Der Mensch ist so. Man kann nicht die ganze Zeit »Wahnsinn!« sagen, irgendwann verbraucht sich das. »Habituieren«, heißt der Fachausdruck wohl. Ennui wäre ein anderer Begriff, aber das ist ja eigentlich aus dem vorletzten Jahrhundert. Und dann kamen die Ghosts. Bis dahin mochte mich das Meiste kalt gelassen haben, doch das war alles andere als alltäglich.

Ich fand das auf Anhieb spannend, und auf so eine verrückt wunderbare Art natürlich. Keine Bildschirme, keine Datenhandschuhe, keine Sarkophage mehr: nur du, dein Ghost, und das Netz, von dem alles ein Knoten geworden war. Alles von den gigantischen Offshore-Serverfarmen bis zu deinem Toaster. Und jede einzelne Zelle deines Körpers. Die Menschheit, der noch nicht klar geworden war, dass ein Stuhl zwar immer noch ein Stuhl, aber auch ein Netzknoten von der Gesamtkapazität des Internets im Jahr 2000 war; dass man aus einer Tasse immer noch trinken konnte, dass sie aber zwischen den Schlucken anhand von Simulationen (mit Hilfe des jeweiligen Getränks) das lokale Wetter für den nächsten Monat berechnen konnte, diese verblüffte Menschheit wurde den Ghosts ausgesetzt. Die Welt der Dinge hatte zu sprechen begonnen, und die Ghosts konnten es hören und mitreden. Ich kann mich noch an den Nachmittag erinnern, als ich begriff, wenn auch erst im Ansatz, was die Ghosts waren. Welche Bedeutung sie möglicherweise für mich erlangen würden.

Eine banale Werbeanzeige von NexTek. Sehr gut gemacht. Ein männliches Model, das durch eine halbtransparente Wand geht und auf der anderen Seite zum ersten Mal seinen Ghost trifft. Und der Ghost sagt nur einen Satz: »Willkommen daheim.« Dann aus dem Off die Sprecherstimme: »Ihr Bewusstsein auf dem Sprung. NexTek. Be a part of evolution.« Wirkt bis heute nicht veraltet, was sehr für die Qualität der Agentur spricht, die sich das ausgedacht hat. Und wie recht sie damit hatten zeigte sich, als Evo kam, die Killer-App, für die die Ghosts wie geschaffen waren. Mircea Codreanu, der verpickelte rumänische Bio-Informatiker, das Genie, das ein paar Dinge zusammendachte, die alle anderen bisher übersehen hatten. »Denken heißt unterscheiden können, aber sehen heißt: Ähnlichkeiten sehen« – Codreanus Antwort auf die Frage, wie er auf Evo gekommen war. So was diktierte er den Journalisten in die Mikrofone, nachdem Evo 1.5 herausgekommen und zu einem Überraschungserfolg in der jungen, aber explosionsartig anwachsenden Ghost-User-Szene geworden war. Und dann kam der große Aufstieg, und dann wurde Codreanus Genie-Team von NexTek ausgekauft, und dann verschwand Codreanu. Manche glauben ja, dass er immer noch lebt. Ich habe ein oder zwei Gedanken an die Vorstellung verschwendet, dass er mich auserwählt hat. In der Verzweiflung greift man ja nach allem, daher immer diese Verschwörungstheorien. Wenn man sich dann anschickt, Opfer einer wirklichen Verschwörung zu werden, hat man gar keine Begriffe mehr, die auf so eine schiefe Wirklichkeit angewendet werden können.

Kurz nachdem Codreanu verschwunden war, stieg ich bei Evo ein. Mein Ghost war am Wachsen, in manchen Nächten glaubte ich zu spüren, wie meine Zellen zu ihm sprachen und umgekehrt. Ich war schon aus der Butlerphase heraus. Die meisten Ghost-User glauben ja am Anfang, sie könnten ihren Ghost wie einen Geherda behandeln, wie eine Art Bot, der teilautonom im Netz Informationen für sie sucht. Wie man hört, kommen viele Ghost-User nie aus der Butlerphase raus, sie begreifen nicht, sie wollen nicht begreifen, dass ihr Ghost ihr eigenes Selbst ist, in Datenform, unsterblich, die einzige Verwirklichung des ewigen Lebens, die sich kaufen lässt. Mir war das gleich klar, und möglicherweise war mein Beruf daran schuld. Als Medientechniker und langjähriger Angestellter einer städtischen Mediothek wusste ich nicht viel und hatte noch weniger zu melden, aber ich wusste, dass Information unsterblich ist. Der eigentliche Grund, bei Evo einzusteigen, war denkbar banal. Meine Frau kam zuerst nicht dahinter, verstand nicht, was mich an diesem Ghostgetue so reizte. Wer kann's ihr verdenken. Das Setup meines Körpers, die Wet- und Software waren nicht billig gewesen, und dass ihr Mann nun ziemlich häufig mit einer Datenversion seiner selbst sprach, die sie nicht sehen konnte, fand sie relativ gruselig. Als aber klar war, dass man mit Evo Geld verdienen konnte, bei einer gewissen Begabung sogar mit geringem Einsatz ziemlich viel Geld, da ließ ihre Skepsis nach. Immerhin half das Ganze dabei, das Social-Engineering-Studium unserer Tochter in Berlin zu bezahlen. Schließlich verlangte meine Frau keine großen Erklärungen mehr. Molekulare Evolution im Vorhinein testen, der Ghost als idealer Simulationssandkasten, Gentechnik im Ghostlabor, blablabla, all das interessierte sie nicht. »Du wirst schon wissen, was du tust«, sagte sie. »Richtig«, dachte ich dann immer, und glaubte zwanzig Jahre lang daran. Dann bekam sie ihren eigenen Ghost und stellte überhaupt keine Fragen mehr.

– zenit

Jetzt geht die Sonne langsam unter, aber der Sommer war schön und ist immer noch nett zu uns, sodass wir sogar draußen sitzen könnten in den angenehmen Nächten. Die Motten würden gegen die Lampen anfliegen, man könnte etwas trinken und in diesem milden Wahn herumsitzen, dass alles immer so weitergeht. Leider muss ich auch heute Abend darauf verzichten. Meine Frau ist nicht mehr off. So gut wie gar nicht mehr. Sie ist ein Hikikomori, wie die Japaner das genannt haben, als man das Netz noch über Bildschirme wahrnahm. Immer mit ihrem Ghost unterwegs, niemals allein, niemals einsam. Ich habe Schuldgefühle, als wäre ich für ihre Sucht verantwortlich. Ich war es ja, der mit dem Kram angefangen hat, ich war ja so beschäftigt mit Evo in meinen besten Zeiten, dass ich nicht merkte, wie sie abrutschte. Und als dann Margit starb, war alles zu spät. Meine Familie war nicht mehr existent, aber ich hatte immer noch die Community. Und erst ab da wurde ich zu dem, was »man« jetzt braucht. Vorher hatte ich gut gespielt, jetzt wurde ich exzellent. Bis dahin hatte ich immer bloß gekonnt Proteine gefaltet, Retroviren in meine Ghostzellen eingeschleust, Designerhormone hergestellt und neue Medikamente getestet. NexTek schusterte mir einige schöne Aufträge aus der Biotechnologie zu, und was ich an neuem Equipment brauchte, wurde mir von den Honoraren abgezogen. Zusätzlich gewann ich in der freien Evo-Arena öfter, als dass ich verlor, und die Aufträge, Spielanteile und Geldgewinne konnte ich gut brauchen. Mein Kopfweh ließ sich gut mit einem Medikament bekämpfen, das mein Ghost vorher zusammen mit Tausenden von anderen gründlich getestet hatte – kein Wunder, dass es wirkte. Da ich den Tod meiner Tochter durch Arbeit bewältigte, während meine Frau mit ihrem Ghost auf immerwährende Reise ging, wurde ich einer der Besten. Ich organisierte ganze Kampagnen in Evo, Testreihen und Feldzüge. Ich hatte Mitarbeiter, die ich nie traf, weil unsere Ghosts aushandelten, was zu tun war. Ich kaufte NexTek-Aktien für meine Alterssicherung. Ab morgen werden die im Wert fallen, weswegen ich sie vorhin verkauft habe. Irgendjemand wird sich um meine Frau kümmern müssen, wenn ich nicht mehr da bin.

– bathos

Natürlich waren meine Tage gezählt. Es gibt da diesen Western, »Die glorreichen Sieben«. Ich schaue mir so einen Unfug manchmal an. Und diese starke Szene, in der Lee bemerkt, dass er von fünf auf dem Tisch herumkrabbelnden Stubenfliegen nur noch zwei in einem Handstreich fangen kann. Ich habe das immer mit dem Märchen vom tapferen Schneiderlein in Verbindung gebracht. Mir war ja schon länger klar, dass ich in dieser Phase angekommen war. So klar, dass ich manchmal in der Westworld-Abteilung von Evo meinen Ghost an der immerwährenden Aufführung von »Die glorreichen Sieben« teilnehmen ließ.

Das fanden meine Fans ungeheuer selbstironisch. Selbstironie gilt in gewissen Kreisen als Zeichen von Intelligenz, und aus diesen Kreisen rekrutierten sich meine Fans. Bewunderer, Kronprinzen, Speichellecker. Und das alles, weil ich gut in einem hypertrophen Computerspiel war. Meine fünfzehn Minuten Ruhm – eher fünfzehn Jahre. Aber auch die sind zu Ende gegangen, so ungefähr vor einem halben Jahr, und nun bereitete ich mich auf den Rückzug aus der Szene vor. Hier ein paar Gerüchte über private Probleme streuen, dort ein paar medizinsche Datenfetzen aus den diskreten Bereichen meines Ghosts nach draußen diffundieren lassen, Evo-Battles absichtlich und unabsichtlich verlieren. Es dauerte nicht lange, bis man in den Chatrooms überall das Offensichtliche munkelte: Dass ich es nicht mehr packte. Dass ich zu alt war, nicht mehr bleeding edge, dass ich müde war und verbraucht. Ich bedachte meinen Kontostand, die Krankheit meiner Frau und die Mails, die manchmal vom Ghost meiner toten Tochter kamen, die Berichte über ihre Reisen, ihr immerwährendes Studium: ein wunderbarer Zeitpunkt zum Aufhören. Ich kassierte meine Credits, löschte meinen Account, nahm die Dankesworte der Industrie entgegen, gab ein paar Interviews, und ließ die Tür ins Schloss fallen. Dachte ich. Und dann kam man auf mich zu.

– sepsis

Ich weiß gar nicht, woran ich es merkte. Aber vor ein paar Monaten hatte ich plötzlich das Gefühl, dass etwas mit meinem Ghost nicht stimmte. Allein schon das war ungewöhnlich, denn ein Ghost mit Sepsis erkennt das mit Hilfe seiner Prüfroutinen selbst, und man kann es nicht spüren. »Was soll schon faul sein?«, dachte ich mir. Evo lag hinter mir, die Kämpfe, die Virenattacken, das untergeschobene Zeug, mit dem ein Ghost verseucht werden kann, um anders zu ticken als von seinem Besitzer gewollt – das war doch wohl alles Schnee von gestern? Und natürlich war ich gegenüber den Alltagsgefahren, die ein Ghost außerhalb von Evo zu gewärtigen hat, nicht unvorsichtig geworden; natürlich war mein Ghost immer gut geschützt. Innerhalb von Evo hatte er nur zwei Mal an Sepsis gelitten, und außerhalb des Spiels, da konnte ich mir sicher sein, war seine Abwehrsoftware allen Anforderungen gewachsen. Und selbst wenn mein Gefühl nicht trog – ich hätte es gar nicht haben sollen, schon gar nicht körperlich. Das war doch der ganze Sinn des Sandbox-Paradigmas! Ghosts konnten für ihren Besitzer durchs Feuer gehen, und ihm brach nicht einmal der Schweiß aus. Ghosts, obwohl sie teuer waren, konnten ersetzt werden, sie konnten so krank, verrückt oder tot sein, wie sie wollten, das brauchte den Besitzer nur insofern zu scheren, als er sich um die Wiederinstandsetzung oder die Neubeschaffung zu kümmern hatte. Das Durchschlagen z.B. einer Virusinfektion vom Ghost auf den Host, ja – Thema war das schon immer gewesen. In irgendwelchen Romanen und Filmen. Aber es hatte nie wirklich stattgefunden, das galt als gesichert. Wie auch? Ghosts sind versinnbildlichte Information, und das mag zwar auch für DNS gelten, aber doch in einer ganz anderen Weise. Ghosts haben sehr wohl medizinische Bedeutung, indem sie die Verfassung ihres Besitzers unübertroffen genau abbilden und dokumentieren, aber das ist eine Einbahnstraße. Und trotzdem spürte ich etwas. Ich machte Tests, fand nichts, doch das Gefühl wurde stärker. Ich träumte, mein Ghost sei aus Holz und ich sähe ihn vor meinen Augen im Zeitraffer verfaulen, morsch werden; durchbohrt von Tausenden von Holzwürmern, von Pilzrhizomen aufgeweicht, rasend schnell zu Humus zerfallend streckte er die Hand nach mir aus. Ich schrie mich aus dem Schlaf. Das Gefühl wurde so stark, dass ich Angst hatte, on zu sein. Ich ging zu einem Psychologen, er diagnostizierte eine Angstneurose aufgrund meiner Selbstpensionierung und wollte mich und meinen Ghost behandeln. Das Gefühl wurde stärker. So stark, dass ich beschloss, die Separierung zu beantragen. Die Separierung ist das stärkste Mittel im Kampf gegen eine Unverträglichkeit zwischen Host und Ghost. Man schaltet einfach die Wetware ab, die aus den Zellen alles an den Ghost meldet, und selbst wenn er, wie im Fall meiner Tochter, weiterexistiert, wird er als leer gekennzeichnet, als eine Hülle ohne Besitzer, eine reine Simulation. Damit hat man nicht mehr die Möglichkeit, on zu sein, jedenfalls nicht mehr mit Hilfe eines Ghosts, sondern höchstens noch mittels älterer Technologien. Mithilfe eines Computers. Man wird um eine Großgeneration IT-Technik zurückversetzt, eine Zeitreise zurück in die Ära der Magnetkarten, Bildschirme und Datenträger. Man kann so leben. Aber nicht gut. Immerhin erschien es mir vorteilhafter, separiert zu sein, als weiter mit dem an Irrsinn grenzenden Gefühl zu leben, mit meinem Ghost sei etwas nicht in Ordnung; das Gefühl einer jede Zelle durchdringenden Sepsis, die nicht sichtbar gemacht werden konnte, und von der alle glaubten, dass ich sie mir einbildete. Ich sagte meinem Ghost auf Wiedersehen. Es war, als würde mir das Herz herausgerissen. Wir umarmten uns, ich schloss meine Arme um seine luftige Gestalt und weinte dabei. Dann befahl ich ihm, die Separierung bei den nötigen Stellen zu beantragen und sofort zu vollziehen. Normalerweise hätte das in Sekundenschnelle passiert sein sollen. Aber stattdessen geschah erst einmal nichts. Ich saß in meinem sogenannten Studio im zweiten Stock und schaute auf den Garten hinunter, in dem ich jetzt sitze, weil ich den Anblick meines Ghosts, der stehend, mit geschlossenen Augen, auf seine endgültige Trennung von mir wartete, nicht ertragen konnte. Und dann sagte er: »Sieh mich an.« Vor Entsetzen sprang ich aus meinem Sessel auf. Mein Ghost stand mitten im Raum, und ich sah ihn an. »Ich werde die Separierung nicht beantragen«, sagte er ruhig. Da wusste ich, dass er gekapert worden war. Das kam vor. Ghosthacking, der älteste Hut im Regal. Jemand hatte meine Sicherheitsvorkehrungen umgangen und beherrschte jetzt mein zweites Ich. Gelangweilt sagte ich: »Override, reboot.«

Nichts.

»Override, reboot.«

»Du kannst damit aufhören«, sagte der Ghost, der einmal meiner gewesen war. »Du hast keine Gewalt mehr über mich.«

Ich wollte widersprechen, aber mit einem Mal war das Gefühl so stark, dass ich fürchtete, mich übergeben zu müssen.

»Ich denke, du kennst das«, sagte er.

Ich sank auf die Knie und übergab mich tatsächlich. Leider brachte das keine Erleichterung, denn ich konnte nicht alle meine Zellen herauswürgen, und das war in diesem Moment mein dringendstes Bedürfnis. Ich krächzte irgend etwas wie »nein!« oder »nicht!«, und das half: Sofort hörte der Sturm auf. Ich lag auf dem Boden, in meiner eigenen Kotze, meine Ohren klingelten, und ich hatte mich noch nie in meinem Leben besser gefühlt: Ich war von einer Raubkatze angefallen worden, aber sie hatte noch rechtzeitig von mir abgelassen. Mein Ghost kniete neben mir. Ich nahm an, dass er für die plötzliche Verbesserung meiner Lage verantwortlich war, und hätte ihm die Füße küssen können; obwohl er wahrscheinlich auch für mein Elend kurz vorher verantwortlich gewesen war. Ich atmete, ich lebte. Nie war mein Glück größer gewesen, nie meine Gewissheit, dass ich verloren war. Jemand, der mir so etwas antun konnte, hatte mich in der Hand.

»Möchtest du für mich jemanden besuchen?«, fragte mein ehemaliger Ghost.

»Ja«, sagte ich und meine Stimme klang schwach und dankbar, »auf jeden Fall.«

– conclusio

Also werde ich morgen Stephanie Nogales treffen, die Mitgründerin von und Immer-noch-Entscheidungsträgerin bei NexTek. Der Konzern, der hinter Evo steht, der die Spieler ausrüstet und das Spiel koordiniert. Stephanie Nogales, die Visionärin. Die Frau, die »Schizophrenie sexy aussehen ließ« – ein Spruch, den die New York Times zu Beginn der Ghost-Ära geprägt hatte, und der ihr seit damals anhing. Natürlich würden weder ich noch sie bei dem Treffen wirklich anwesend sein. Sondern unsere Ghosts, oder ihr Ghost und einer, der so tut, als stünde er unter meiner Kontrolle. Ich sollte mich ja geschmeichelt fühlen: Mein Ruf als selbstpensionierter Evo-Champ ist immer noch so groß, dass eine Ghost-Audienz bei Stephanie Nogales jederzeit arrangiert werden kann. Wahrscheinlich werden sogar die Medien da sein. Und unsere Ghosts werden einander die Hände schütteln. Wir werden ein paar Worte wechseln. Und ich werde sie infizieren, auf die eine oder andere Weise. Über den Zweck der Übung hat man mich nicht aufgeklärt. Aber ich bin mir sicher, dass ich morgen auf Frau Nogales einen Anschlag verüben soll, und ich bin mir auch sicher, dass meine unsichtbaren Auftraggeber versuchen wollen, sie mit dem Gefühl zu infizieren, das sie so erfolgreich an mir getestet haben. Vielleicht um sie zu manipulieren, vielleicht um sie von ihrem eigenen Lebenswerk, dem Ghostnetz, zu trennen. Rache oder Strategie, das ist hier die Frage, aber auf jeden Fall bin ich ein Instrument. Vielleicht ist es doch Codreanu. Denn morgen ist ein Jahrestag. Der hundertste Jahrestag der Erstveröffentlichung von Scrabble. Und dass Scrabble ein zellulärer Automat ist, und dass es morgen zur Infektion von NexTek kommt, dem Konzern hinter Evo, dem Zellenspiel – das ist ja so typischer Informatikerhumor. »Man« hat mir durch meinen Ghost nur eine Sache mitteilen lassen: dass man mir nichts wird nachweisen können. Das ist sehr tröstlich. Ich werde vielleicht für das Verbrechen nicht einmal bestraft, zu dem man mich nötigt. Es ist alles wunderbar arrangiert. Das Gefühl der Macht, das ich spüre, weil ich als Instrument benutzt werde, um das Leben von Stephanie Nogales zu ruinieren, verachte ich, aber das ändert nichts daran, dass es sich beharrlich einstellt. Was immer morgen geschieht, es wird etwas Neues sein.

DER ETHIKER

»Aus, aus, aus«, schrie Varnholt, und die drei dunklen Gestalten, die eben noch durch den Abwasserkanal gekrochen waren, richteten sich auf. »Seht ihr«, sagte er, »das ist genau, was ich meine.«

Mehrere Taschenlampen flammten auf und tauchten den stinkenden Kanal in ein unangenehmes Zwielicht. Die Filmcrew, die Terroristen und ich, wir warfen unsere Schatten an die Wand, und dazwischen flackerte Varnholts Gefuchtel grotesk hin und her. Erregt tigerte er vor den Terroristen auf und ab, seine Stiefel patschten durch den Schlamm am Grund des Kanals.

»Also so geht das nicht!«, sagte Varnholt. »Ich sehe die militärische Seite. Die sehe ich. Ihr seid da ausgebildet worden in euren Lagern, in der Bekaa-Ebene oder sonstwo, und jetzt möchtet ihr es richtig machen. Das kann ich alles verstehen.«

Einer der Terroristen übersetzte das Gerede Varnholts für seine beiden Kollegen. Das gewisperte Arabisch wirkte wie ein seltsamer Kontrapunkt zu Varnholts Geschrei.

»Aber wir haben hier einen Job zu erledigen, okay? Ihr werdet bei eurer Aktion nicht nur im Dienst eurer Sache unterwegs sein, also« – er unterbrach sich kurz und schaute auf ein flaches Computertablet, das er im linken Arm hielt – »der Befreiung von der zionistischen Aggression und ... « Der Übersetzer hatte plötzlich zu übersetzen aufgehört, und Varnholt schwieg nun auch. Stille breitete sich aus, und mit einem Mal schien der Kanalisationsgeruch deutlicher, dichter, unangenehmer geworden zu sein. Varnholt schaute noch einmal auf sein Tablet und tippte hektisch mit dem Zeigefinger darauf herum. »Ihr seid doch von der Heiligen Dritten Front, oder?« Der Übersetzer lächelte dünn und antwortete dann: »Ganz bestimmt nicht.« Sein

Deutsch war akzentfrei. »Die Heilige Dritte Front gehört zu unseren Todfeinden.« Er sagte etwas auf Arabisch zu seinen Kollegen, und die drei wandten sich zum Gehen. Über die Schulter rief der Übersetzer Varnholt noch zu: »Wir machen weiter, wenn Sie sich unseren Namen und unsere zentralen Anliegen merken können.« Man hörte sie noch eine Weile durch den Schlamm stiefeln, während Varnholt immer weiter nach der entscheidenden Information suchte, die ihm vorhin gefehlt hatte. »Scheiße«, fluchte er, als er fündig geworden war. »Die gehören zum Schwert des Propheten. Die Heilige Dritte Front ist erst in zwei Wochen dran.« Er zückte sein Handy und wählte eine Nummer. »Goppler? Hier Varnholt. Ich habe gerade unsere aktuellen Kunden aus Saudi-Arabien verärgert. Halten Sie mal ein Auge auf die.« Er klappte sein Handy zu. »Was ein Affenzirkus«, seufzte er und steckte es ein. »Kommt, Leute, Pinkelpause«, sagte er zum Kamerateam.

»Wir sehen uns in einer Stunde im Dschungel, dann sind die Burmesen dran. Oder Myanmaresen, oder wie der Scheiß jetzt heißt.«

»Nicht ganz einfach, den Überblick zu behalten«, sagte ich zu ihm. In diesem Augenblick nahm er mich zum ersten Mal wahr. Wahrscheinlich hatte er mich bis dahin für irgendeinen Assistenten des Kamerateams gehalten, aber ein bloßer Hiwi hätte so mit ihm nicht gesprochen, und dass er mich nicht zuordnen konnte, nervte ihn offensichtlich an.

»Wer hat denn die Null gewählt, dass du dich meldest?«

Ich streckte meine Hand aus und sagte: »Hahn, Ethikkommission.« Sein Zorn fiel in sich zusammen. Einen Atemzug lang sah er richtig verloren aus in seinem graugrünen Overall, mit dem Computertablet im Arm und einem Ausdruck im Gesicht, der irgendwo zwischen Staunen und Schrecken erstarrt war. Dann sagte er: »Heute muss mein Glückstag sein«, nahm meine Hand und schüttelte sie. »Sorry, war nicht so gemeint.«

»Kein Problem«, gab ich zurück und lächelte verbindlich.

Oben schien die Sonne. Ich musste ein wenig blinzeln, wir waren doch einige Zeit in dem Trainingskanal gewesen. Das Haupthaus des »Waldheims« lag in etwa fünfhundert Metern Entfernung versteckt unter alten Kastanien; Wirtschaftsgebäude und verschiedene Trainingseinrichtungen wie Schießstände, Gewächshäuser und Bunker umgaben es in zweistelliger Anzahl. Ich kannte mich aus, ich hatte meine Hausaufgaben gemacht. Das Hofgut Waldheim war früher tatsächlich ein gemischter land- und forstwirtschaftlicher Betrieb gewesen, und nachdem der in Konkurs gegangen war, hatte es nicht lange gedauert, bis die RTG ihr Auge auf die Konkursmasse geworfen hatte. So war das neue Hofgut Waldheim entstanden. Für die Zwecke der RTG nahezu ideal geeignet.

Ein herrlicher Tag. Blauer Himmel, Sonnenschein, der Mai ging mit einem Wetter in den Sommer über, das man sich schöner nicht wünschen konnte. Lerchen. Wann hatte ich das letzte Mal Lerchen gesehen?

»Hahn?«, fuhr mich Varnholt an. »Träumen Sie?«

»Kann sein«, entgegnete ich so gelassen wie möglich. »Schön haben Sie es hier.«

»Da sind Sie nicht der Erste, der das bemerkt. Wir gehen schon mal vor.«

Das Filmteam hatte sich bereits auf den Weg gemacht. Er drehte sich auch um und lief los. Seine langen gelblichen Haarfransen wehten im Frühlingswind. Ich folgte ihm kommentarlos.

Das Hauptgebäude, ein Herrenhaus aus dem 18. Jahrhundert, war tadellos in Schuss. Man sah es nicht auf den ersten Blick, aber wenn Varnholt oder die RTG das so wollten, konnte es in kurzer Zeit in eine Festung verwandelt werden, die selbst von erfahrenen Kommandoeinheiten ohne grobe Gewalt kaum zu knacken war. Hinter der normal wirkenden Tür befand sich eine Sicherheitsschleuse mit allen Schikanen. Ich wurde von zwei entschlossenen Herren nach allen Regeln der Kunst abgetastet und mit verschiedenen Detektoren bearbeitet, denn im Prinzip war ich genau so verdächtig wie alle anderen Besucher auch. Weil einige der Besucher zu den schlimmsten Gewalttätern gehörten, die die Welt kannte, überraschte mich die intensive Durchsuchung nicht wirklich.

Jenseits der Schleuse empfing uns ein drahtiger, nicht sehr großer Mann in der Uniform des Sicherheitsdienstes. Halbglatze, grauer Haarkranz, grauer Schnauzbart, graue Augen. Er salutierte militärisch.

»Habe die Kameltreiber isoliert«, sagte er ohne Begrüßung.

»Guten Tag, Herr Goppler«, sagte Varnholt mit einem leicht ironischen Unterton. »Das hier« – er zeigte mit der Hand auf mich – »ist Herr Hahn von der Ethikkommission.«

Goppler sah mich kurz an, wie man ein Insekt ansieht, das zu einer leider überall vorkommenden Spezies gehört. Er simulierte ein Nicken.

»Ein Team mit fünf meiner besten Leute ist an denen dran. Wenn die mucken, kriegen sie eins auf die Glocke.«

Er salutierte noch einmal und trat dann ab. Auf dem Weg in den ersten Stock flüsterte mir Varnholt zu: »Guter Mann, aber manchmal ein bisschen direkt. Früher GSG9.«

Goppler würde noch was zu hören kriegen wegen mir, da war ich mir sicher. Feinde dieser Art sammelte ich wie Briefmarken.

Oben in seinem Büro machte es sich Varnholt erst einmal in seinem Chefsessel bequem. Das Zimmer war tapeziert mit Sportplakaten, Varnholt schien ein großer Anhänger verschiedener Basketballspieler zu sein. Die Requisiten, die aus der Herrenhaus-Zeit übrig geblieben waren, hatte Varnholt ironisch verfremdet, zum Beispiel war dem Kopf eines Sechsenders eine wilhelminische Pickelhaube aufgesetzt worden, und eine andere Jagdtrophäe trug durchlöcherte Zielscheiben am Geweih. Man roch, dass der Kamin benutzt wurde. Die Asche sah aus, als sei hier kürzlich eine Menge Papier in Rauch aufgegangen.

»Setzen Sie sich doch«, sagte Varnholt. Er spielte an einem Kugelschreiber herum, den er in der Hand hielt. Als ich saß, sagte ich: »Tja.« Varnholt entgegnete: »Tja was?«

»Haben Sie denn gerade so da?«

Varnholt seufzte, und schaltete das Computertablet ein, das er vorher auf dem Schreibtisch abgelegt hatte.

»Nix Besonderes. Einmal also ›Das Schwert des Propheten‹. Dann noch ein paar Halbverbündete von denen, die sich ›Mullah-Dadullah-Brigaden‹ nennen, aus Afghanistan. Auf diese Leute aus dem arabischen Raum muss man ein Auge haben, die können sich blitzschnell zerstreiten, und dann gibt es gleich Tote. Aber seit Goppler hier ist, hatten wir keinen nennenswerten Vorfall mehr. Dann wären da noch die Burmesen. Die Abkürzung für die Truppe lautet« – er tippte wieder auf dem Bildschirm seines Tablets herum – »also sie lautet TTLC, aber der Übersetzer ist zufrieden, wenn man sie als ›Bergtiger‹ bezeichnet. Zum Schluss die Kolumbianer.«

»Kolumbianer?« In meinem Vorbereitungsdossier hatte nichts von einer kolumbianischen Gruppe gestanden.

»Ja doch, FRIB heißt der Verein. Frente Revolucionario Pillepalle, irgend so was. Wollten ursprünglich im Herbst da sein, aber das geht nicht. Herbstoffensive, sie verstehen.«

»Hm«, sagte ich, und blätterte meine Papiere durch. »Sagen Sie, da ist ein bisschen viel Islamismus in der Mischung. Drei Gruppen in derart kurzer Zeit.«

»Alles sauber beantragt und genehmigt bei Ihrer Kommission.«

»Ich prüfe das«, sagte ich. »Ich war seit heute morgen ohne Netzkontakt.«

»Das erklärt viel. Die Nachmeldung ging um die Mittagszeit durch.«

»O-kay«, sagte ich langsam. »Irgendwelche anderen Infos, die ich jetzt gleich brauche? Besonderheiten, Kümmernisse, Beschwernisse?«

»Bei uns doch nicht, Herr Hahn.« Varnholt grinste. »Installieren Sie sich erst mal in Ihrem Zimmer. Und nachher gibt es eine Dschungelvorstellung, die würde ich nicht verpassen.«

»Eine Bitte«, sagte ich. »Informieren Sie doch all Ihre Mitarbeiter und den Sicherheitsdienst, dass ich auf dem Gelände bin. Ich will nicht überall danach gefragt werden, was ich hier mache.«

»Die Crew weiß Bescheid«, antwortete Varnholt, und konnte dabei kaum ein Gähnen unterdrücken.

Ich installierte mich tatsächlich in meinem »Zimmer«. Eine durchaus angenehme kleine Gästewohnung, mit schönem Bad und kleiner Kochzeile, der Blick auf die Felder und Wälder hinaus war vorbildlich. Man konnte sich vorstellen, dass früher hier ein höherer Sohn gewohnt hatte, fast bis zum Studium. Auf das drahtlose Hausnetz hatte ich mit höchster Priorität Zugriff. Ich überprüfte kurz Varnholts Behauptungen, alles war korrekt: Der verfrühte Aufenthalt der Kolumbianer und der Überhang der islamistischen Gruppen war von meinen Vorgesetzten genehmigt worden. Ich klappte meinen Rechner gleich wieder zu und ging auf die Pirsch.

Eigentlich war die Sache glasklar. Unser kleines Land wünschte von den Auswirkungen des globalisierten Terrorismus verschont zu bleiben, und zwar sowohl, was sein eigenes Territorium, als auch seine weltweiten wirtschaftlichen Interessen anging. Diese Verschonung erkaufte es sich durch einen Handel mit allen wesentlichen global aktiven terroristischen Strömungen. Der Handel bestand in einem ganz speziellen Know-How-Transfer: Terroristen aller Couleur erfuhren unter Anleitung von Experten der Research and Training Group an Orten wie dem Hofgut Waldheim nicht etwa, wie sie besser morden konnten – da waren die meisten ohnehin schon mit allen Wassern gewaschen. Und sie bekamen auch keine Waffen in die Hand gedrückt, wenn man darunter nur Hardware versteht. Aber sie wurden sehr gründlich in Marketingfragen unterwiesen. Das fing bei der mediengerechten Dokumentation der Terrorakte an, und hörte bei Tipps zum Styling der Guerilla-Uniformen noch lange nicht auf. Mit dem Verkauf des terroristischen Mediencontents, der in seiner Qualität oft fast an professionelle Spielfilmdarstellungen herankam, füllten die Gruppen ihre Kriegskasse, und ein bestimmter, vertraglich festgelegter Teil floss an die RTG zurück. Die RTG unterstützte keine Terroristen. Die RTG war ein Marketing- und PR-Unternehmen. Mit dieser einen Klappe wurden so viele Fliegen geschlagen, dass man sie auf den ersten Blick gar nicht zählen konnte. Der globalisierte Terrorismus ließ unser kleines Land und seine weltweiten wirtschaftlichen Interessen weitgehend in Ruhe. Die Medien bekamen die Bilder, die ihre Zuschauer haben wollten, die Terroristen ihre weltweite Aufmerksamkeit. Ein bisschen Geld war auch im Spiel. Eigentlich eine runde Sache. Und eine staatliche Ethikkommission, deren Existenz genauso geheim war wie die der RTG, wachte darüber, dass die Regeln eingehalten wurden. An dieser Stelle kam ich ins Spiel.

Auch beim Verlassen des Herrenhauses wurde ich wieder gründlich durchsucht. Es gehörte hier auf dem Hofgut Waldheim einfach dazu, dass man nichts dem Zufall überließ. Ich atmete angesichts des göttlichen Frühlingsnachmittags tief durch und begann, ein wenig über die weißen Wege zu flanieren, die die verschiedenen Einrichtungen des Hofguts miteinander verbanden. Bald beschlich mich ein Gefühl der Paranoia. Das kannte ich gut von anderen Besuchen bei Stützpunkten der RTG; es hätte mich gewundert, wenn in diesem Augenblick keine Objektive auf mich gerichtet gewesen wären. Mein Weg führte mich an den großen Gewächshäusern vorbei, dort würde sicher bald die Trainingseinheit in mediengerechtem Dschungelkrieg stattfinden, die Varnholt so nachdrücklich angepriesen hatte. Plötzlich hörte ich ganz in der Nähe das gedämpfte Geratter von Maschinenpistolen. Es schien aus einem flachen, bereits am Waldrand gelegenen Bau zu kommen; ich beschloss mir genauer anzusehen, was dort passierte. Je näher ich dem Flachbau kam, desto lauter wurde das Geballer. Als ich eintrat, war ich froh, gleich im Eingangsbereich rote Gehörschutzmuscheln hängen zu sehen, ich streifte mir ein Paar über und suchte nach der Tür zum eigentlichen Schießstand. Dort bot sich mir ein seltsames Bild. Das war hier offensichtlich nicht etwa eine Einrichtung für Schießübungen. Eher wirkte das Ganze wie ein Fotostudio, in dem auch geschossen werden konnte. Eine an die Wand projizierte Kulisse zeigte die ausgebrannten Ruinen einer Wüstenstadt. Davor stand ein dunkelhäutiger Soldat in Tarnfleckuniform, farblich passte sie zu den Gelbtönen des Hintergrunds. Das Filmteam, das ich schon von der Aktion in dem Trainingskanal her kannte, hatte seine Objektive auf die Szene gerichtet, ein Regisseur diskutierte mit einem der Kameramänner über Details. Dann wandte er sich an einen zweiten Uniformierten, der das Geschehen vom Rand her beobachtete, wie ich auch.

»Kann er mal in die Hocke gehen?«

Guerillero Nr. 2 war offenbar der aktuell verantwortliche Übersetzer. Er richtete einige Worte, die nach Arabisch klangen, an seinen Kollegen mit der Maschinenpistole, der kniete sich hin und ratterte dann auf ein Signal hin los. Die Patronenhülsen regneten auf den Boden, der Pulverdampf zog durch den Raum, die Kameraleute filmten. Mir tippte jemand auf die Schulter. Ich drehte mich um, Goppler stand hinter mir, vermutlich schon seit einer ganzen Weile, und viel zu nah für meinen Geschmack. Er trug keinen Hörschutz und zeigte mit dem Daumen über die Schulter nach draußen. Kaum stand ich mit ihm im Eingangsbereich des Schießstands, ging das Theater los.

»Was machen Sie hier?«

Ich hielt den Gehörschutz noch in meiner Linken und pulte mit dem Zeigefinger in meinem rechten Gehörgang, als klinge das Geballer in meinen Ohren noch nach.

»Goppler, altes Haus!«, rief ich dann, als habe ich mich plötzlich an ihn erinnert. »Lange nicht gesehen! Wie geht's der Familie?«

Er trat noch einen Schritt näher, sein Atem roch schwach nach Menthol.

»Versuch bloß nicht, mich zu verarschen, Bubi. Was machst du hier?«

Junge, Junge, dachte ich, so schwerwiegend können sie also sein, die Symptome einer jahrzehntelangen Testosteronvergiftung. Zeit für einen Tonlagenwechsel

»Ich sammle, Goppler. Ich bin ein Sammler.«

»Hier gibt's nichts zu sammeln. Verzieh dich. Verzieh dich am besten ganz, zurück zu deiner Ethikkommission. Da gibt's doch sicher einen Haufen Schreibtische, an denen du sammeln kannst, bis du blau wirst.«

Seine Augen waren seltsam dunkel und warm; hätte man nur diese Augen gesehen, hätte man ihn für einen gefühlvollen Menschen halten können. Aber da war ja auch noch der Mund. Ein Spalt, wie mit dem Rasiermesser geschnitten. In diesem Moment ging drinnen das Geratter wieder los.

»Sorry, Goppler«, sagte ich, »die Musik spielt da drinnen. War nett mit dir gesprochen zu haben.«

Ich ließ ihn einfach stehen und ging zurück zu den Stellproben für den modernen Guerillakrieg. Halb fürchtete ich, Goppler würde mich wieder rauszitieren, aber offenbar hatte er für den Augenblick genug. Die Patronenhülsen regneten zu Boden.

Der Dschungelkrieg fing gleich schon nicht richtig an. Die Burmesen hatten ihre Gesichter falsch angemalt, und Varnholt versuchte, dem burmesischen Übersetzer, der nur Englisch verstand, die Bedeutung dieser Tatsache deutlich zu machen. »The face paint!«, rief er. Seine Stimme klang seltsam in dem saunawarmen Gewächshaus, das bis auf die kleine Lichtung, auf der wir standen, bis oben hin mit Vegetation vollgestopft war. Sogar dschungeltypische Tiere gab es, Vögel, Insekten, Reptilien, und die Geräusche, die nicht von echter Fauna stammten, kamen vom Band. »The face paint isn't right!« Der Übersetzer übersetzte, sehr widerwillig, wie es schien, und seine Kampfgefährten gehorchten noch widerwilliger. Die Jungs aus Myanmar machten mich nervös. Ich hatte schon einige Terroristen, Revolutionäre, Widerstandskämpfer und Militante gesehen, aber die hier waren von einer neuen Marke. Wegen ihrer kurzen Beine und ihrer untersetzten Statur wirkten sie auf den ersten Blick ein wenig plump, bäurisch sogar. Auf den zweiten Blick ging von ihnen eine kaum gebändigte Gewalttätigkeit aus, die mich frösteln ließ. Kam sie in ihren Gesichtern zum Ausdruck, oder in ihren kraftvollen, überaus sicheren Bewegungen? In der Art, wie sie ihre Waffen hielten oder auf die Einwürfe Varnholts reagierten? Wenn ich das richtig verstanden hatte, gehörten sie zu einer Ethnie, die von verschiedenen burmesischen Regierungen seit über fünfzig Jahren einem Vernichtungskrieg ausgesetzt wurde, und die schon vorher, bei den Briten, als äußerst kriegerisch und grausam bekannt gewesen war. Varnholt war endlich mit der Kriegsbemalung zufrieden, und wir alle marschierten, so wie wir waren, in den Dschungel ein. Die Burmesen bewegten sich in dem Gestrüpp, als wäre es gar nicht vorhanden; Varnholt, ich und das Kamerateam walzten durch wie eine Elefantenherde. Das würde wieder Arbeit für die Gärtner geben.

Man merkte schnell, Varnholt war nicht zufrieden. Das Problem bestand darin, dass die Burmesen ihre Sache zu gut machten. Sie verhielten sich, als könnten sie jederzeit in einen Hinterhalt der burmesischen Armee geraten, und waren dementsprechend vorsichtig und unsichtbar. Varnholt versuchte ihnen klar zu machen, dass für die »Coverage«, für das Material, das ihre Aktionen den Weltmedien zugänglich machen würde, mehr Sichtbarkeit erforderlich war, sie sollten »more war-like« sein, sagte er sogar einmal. Als das nichts nützte, riss ihm der Geduldsfaden. Er trat auf den Burmesen zu, der uns Zivilisten am nächsten stand und packte ihn an der Schulter. Dann ging alles ganz schnell. Plötzlich hielt der Guerillero Varnholt umklammert, an Varnholts Kehle blitzte ein Messer. Kurze Kommandos flogen zwischen den Dschungelkämpfern hin und her. »Okay«, sagte Varnholt, »okay. Kein Grund zur Aufregung. Wir machen ab jetzt alles, wie ihr es wollt. Your way. Ich entschuldige mich für mein Verhalten. Es war unüberlegt. Bitte lasst uns einfach weiterarbeiten.« Nach ein paar Sekunden ließ der Guerillero Varnholt los, so unvermutet, dass Varnholt auf den Boden sackte. Der Blick, mit dem der Burmese das Häufchen Elend zu seinen Füßen musterte, während er sein Messer einsteckte, brannte sich mir ein. Goppler gab sich ja alle Mühe, aber für eine solche Kälte und Härte würde er noch lange üben müssen. Nach dem Zwischenfall stapften wir noch ein wenig unmotiviert in der Botanik herum. Varnholt hielt die Schnauze. Er bedankte sich bloß nach der »Trainingseinheit« mit Handschlag bei dem burmesischen Übersetzer für die außerordentlich fruchtbare Zusammenarbeit.

»Aber das war doch gar nichts!«, rief er, bevor er den ersten Schluck aus seinem Bierglas nahm. Ich hatte nach der Dschungelsession geduscht, meinen ersten Tagesbericht an die Kommission geschrieben und verschickt. Zwei Exemplare hatte ich mir auf sehr dünnes Papier ausgedruckt, wie immer, eines davon steckte ich in einen speziellen Brustbeutel, den ich zu diesem Zweck bei mir hatte und nie ablegte, auch im Schlaf nicht. Dann hatte mich Varnholt auf dem Zimmertelefon angerufen, und mir vorgeschlagen, »zum geselligen Teil des Abends überzugehen.« Obwohl ich mir lebhaft vorstellen konnte, was das zu bedeuten hatte, stimmte ich zu. Mit blieb gar nichts anderes übrig, das war genauso ein Teil meines Jobs wie alles andere hier auch.

»Diese kleine Show am Rande des Geschehens? Da hätten Sie mal letztes Jahr hier sein sollen, als das völlig durchgedrehte tschetschenische Kommando hier war. Wir hatten ein Feuergefecht mit denen, dass es nur so rauchte. Ein Verwundeter bei denen, zwei bei uns. Man kann von Glück sagen, dass niemand gestorben ist. Dagegen war der kleine Ausraster dieses Schlitzis doch ein Kinderspiel!«

»Wo war eigentlich Goppler, als der Schlitzi Sie im Schwitzkasten hatte?« Varnholts Gesicht verfinsterte sich, aber nur kurz.

»Kann ja nicht überall sein, der Gute. Im Moment muss er noch die Freaks vom ›Schwert des Propheten‹ beaufsichtigen. Nicht, dass die noch eine Lösung nach tschetschenischer Art im Sinn haben. Machen Sie sich keine Sorgen, die Schlitzis sind schon so gut wie daheim. Die setzen wir morgen mit den besten Grüßen ins Flugzeug, Vertragsverletzung, Unvereinbarkeit der Interessen, und dann können sie froh sein, wenn sie in Myanmar von ihren Genossen nicht aufgefressen werden. Haben sie sich selber zuzuschreiben, die dummen Schweine. Wer nicht kooperiert und wer nicht kapiert, fliegt.«

Varnholt lachte und trank von seinem Bier. In diesem Moment kamen zwei Frauen in das »Casino« des Herrenhauses. Ich hatte bisher noch überhaupt keine Frauen auf dem Gelände gesehen, und die beiden hier sahen aus, als wollten sie eigentlich eher zur Oper als zum Abendessen in eine komische kleine Soldaten-Cafete. Sie hatten sich mit einigem Aufwand zurechtgemacht und bewegten sich elegant wie Schleichkatzen.

»Goppler hat mich heute Mittag bedroht«, sagte ich. »Im Schießstand.« Varnholt setzte sein Glas ab.

»Bedroht«, echote er. »Ich will Ihnen jetzt mal was sagen, Herr Hahn. Nicht, dass sie das gleich wieder als Drohung auffassen. Erstens: Wenn Goppler droht, sieht das anders aus. Manche Leute sind nicht mehr so recht gesund, nachdem Goppler ihnen gedroht hat. Und das ist auch gut so, denn wer nicht hören will, muss fühlen. Zweitens: Vielleicht möchten Sie hier so ein Ding abziehen. Einen Keil zwischen mich und meinen Sicherheitschef treiben. Vielleicht hat man Sie genau dafür hergeschickt. Das können Sie gleich vergessen. Ich habe hier einen Job zu erledigen. Ich bin Medienpädagoge. Alles was ich will, ist sauberen und schönen Terror mit hohem Unterhaltungswert, der nicht in Deutschland stattfindet. Ich generiere Content für all die Kretins da draußen vor den Bildschirmen und sorge dafür, dass sie beim Glotzen nicht in die Luft gesprengt werden. Das ist mein Job. Und Goppler sorgt dafür, dass ich nicht in die Luft gesprengt werde. Wer Goppler angreift, greift mich an. Nur so als Hinweis, Herr Hahn.«

Er trank sein Bier aus, und strich sich die gelbgrauen Fransen aus der Stirn. Während seiner ganzen Rede hatte er mir nicht in die Augen gesehen. Das widersprach eindeutig den Grundregeln für autoritatives Verhalten, aber tatsächlich hatte es den Effekt seiner Drohungen erhöht. All meine Alarmlampen leuchteten hellrot auf. Es gab keinen Zweifel, dass er verrückt war. Die Frauen saßen an ihrem Tisch und rauchten und trugen die gelangweilten Mienen von professionellen Lauscherinnen zur Schau.

»So«, sagte Varnholt und stand auf. »Jetzt machen Sie sich mal ein wenig locker. Trinken Sie was, entspannen Sie sich. Wir sehen uns!« Mit einem Klaps auf meine Schulter verabschiedete er sich.

Ich sah ihm nicht nach. Stattdessen ging ich mental noch einmal die Passagen meines Tagesberichts durch, die ihn betreffen, und dachte kurz daran, sofort ein Addendum an die Zentrale zu schicken, besann mich dann aber eines Besseren. Es ging nicht an, mir zu viele Feinde auf einmal zu schaffen. Ich musste mich zunächst um Goppler kümmern, und wenn Varnholt nicht beweisbar und für alle Welt unübersehbar die Fassung verlor, würde ich überhaupt nicht an ihn herankommen. Es war noch niemand als Leiter eines RTG-Standorts abgelöst worden, nur weil er verrückt war. Man konnte sagen, dass sich in dieser Hinsicht alle RTG-Kommandanten glichen, die ich bisher kennengelernt hatte.

Statt mich sofort wieder an die Arbeit zu machen, nahm ich mein Mineralwasser mit Zitrone und wechselte an den Tisch der beiden Schleichkatzen. Zunächst sahen sie mich voller Verachtung an, als ich fragte, ob bei ihnen noch ein Platz frei war, dann ließen sie meine Anwesenheit widerwillig zu. Eine wunderbare Inszenierung. Teils war ihre Genervtheit sogar echt, denn der Plan hatte ja eigentlich vorgesehen, dass sie auf mich zukommen würden und nicht umgekehrt.

»Tachchen, die Damen!« rief ich im Tonfall eines jovialen Vollidioten, »schönes Wetter heute, was?«

Die Brünette – es war immer ein hell-dunkles Duo, anders kannte ich das gar nicht – blies mir ihren Rauch ins Gesicht. Die Blonde blitzte sie warnend an. Sie konnten mich verachten, sie konnten mich hassen, aber das offen zu zeigen, stand im Widerspruch zu ihrem Auftrag.

»Lecker!«, kommentierte ich den Qualm um meinen Kopf, »rauchst'n da?« Die Brünette schob mir eine weiße Packung mit Faltermotiv herüber. Kyrillische Buchstaben. »Mitterchen Russland«, dachte ich, »deine Töchter auf Abwegen.«

»Tja, ihr beiden Nataschas«, sagte ich laut. »Was treibt ihr denn heute Abend hier so?«

»Nataschas wie wir«, sagte die Blonde mit einer herrlichen Herablassung in der Stimme, »suchen doch immer nach einem starken Hermann. Aber die sind ja Mangelware heutzutage.« Ihr Deutsch war akzentfrei. Möglicherweise kam sie gar nicht aus Russland, sondern aus Braunschweig.

»Ha!«, rief ich. »Das müsste ich nur mal meinem Freund Hermann erzählen. Der ist stark! Und er mag Nataschas!«

»Vielleicht hast du außer einem Freund namens Herrmann auch noch eine Schallplattensammlung.«

»Nein«, bedauerte ich. »Alles digitalisiert.«

»Dann zeig uns doch mal deine MP3-Sammlung.«

Die Blonde hatte wirklich genug von dem Theater, sie wollte jetzt zur Sache kommen. Das war mir nur recht. Aber ich musste mich entscheiden, mit den beiden gemeinsam konnte ich nichts anfangen. Es spielte eigentlich keine Rolle, aber ich entschied mich für die Blonde, weil sie mir besser gefiel.

»Uns? Du machst Scherze!«, gab ich zurück. Ich sah ihr tief in die grauen Augen. »Da oben in meinem Kämmerlein ist doch kein Platz für einen Frauenchor. Nein, nein, nein. Wenn du an meiner MP3-Sammlung interessiert bist, musst du mich schon allein begleiten. Was hören wir zuerst? Die Don-Kosaken?«

Die Blonde stand auf. Sie sagte auf Russisch zu ihrer Komplizin: »Mit dem Trottel bin ich gleich fertig. Warte einfach hier.«

Zu mir sagte sie, auf Deutsch: »Na dann.« Die hölzerne Treppe zu den oberen Stockwerken knarrte unter unseren Schritten. Ein Sicherheitsdienstler sah uns aufdringlich nach.

Wir standen oben noch kaum in meinem Zimmer, da fing sie schon an sich auszuziehen. Sie war nackt, bevor ich die Tür richtig hinter mir geschlossen hatte, und steuerte auf das Bett zu, als ich mein Gerät auspackte. »Geh doch schon mal ins Bad vor«, sagte ich, mit dem Rücken zu ihr, und konnte hören, wie sie kurz zögerte, dann aber gehorchte und im Bad verschwand.

Ich zog das Gerät aus seinem Futteral und folgte ihr. Als ich eintrat, saß sie gelangweilt auf der geschlossenen Toilette, mit der Prüfung ihrer Fingernägel beschäftigt. Aber das änderte sich gleich, als sie mich ansah: Plötzlich war ihr klar, dass ich nicht einer ihrer üblichen Kunden war.

»Was soll das?«, sagte sie in scharfem Ton und stand auf. »Bist du pervers oder was?«

»Du hältst jetzt die Schnauze«, sagte ich zu ihr auf Russisch, und das nahm ihr ein zweites Mal den Wind aus den Segeln. Mit einem Schritt war ich an der Mischbatterie der Dusche und drehte voll auf. Sofort war das ganze Bad von einem befriedigenden Rauschen erfüllt, das für Mikrofone gleich welcher Machart schwer zu durchdringen war. Um noch sicherer zu gehen, fuhr ich mit meinem Prüfgerät an ihrem Körper entlang. Es erkannte elektronische Bauteile aller Art, eine Art Metalldetektor für Fortgeschrittene.

»Dreh dich um«, sagte ich zu ihr, wieder auf Russisch, als ich mit ihrer Vorderseite fertig war. Kopf, Hals, Schulterblätter, Rücken, Gesäß, Kniekehlen, Füße – wenn da irgendwo ein Implantat war, dann zeigte es mein Detektor nicht an.

Sie machte keine Zicken mehr. Blieb kühl, ganz kühl.

»Setz dich«, sagte ich. Sie gehorchte. »Du weißt, wer ich bin und was ich hier tue.«

Sie nickte knapp. Die Gelangweilte konnte sie nicht mehr spielen, aber das hieß noch lange nicht, dass sie mir ihre Angst zeigte. Eine Frau, die schon oft bedroht worden war.

»Du kriegst einen Job von mir.« Ich zeigte ihr den winzigen versiegelten Umschlag, in dem ein Exemplar meines Tagesberichts steckte. »Das hier ist ein guter, alter Kassiber. Und du schmuggelst ihn nach draußen, wenn du nachher das Gelände verlässt. Wie du das anstellst, ist mir egal. Du kannst es knicken, rollen, was auch immer. Aber wenn du das Briefchen aufmachst, oder wenn du Varnholt oder Goppler was von unserem Gespräch hier erzählst, oder wenn du ...«

»Oder, oder, oder ...«, äffte sie mich nach.

Ich schlug sie nicht. Ich tippte ihr nur einmal nachdrücklich mit meinem Detektor an die Stirn, fest genug, dass es ein bisschen wehtat, sanft genug, dass nichts zurückblieb.

»Ist was?«, fragte ich, und sie rieb sich stumm die Stirn.

»... oder wenn du als Schmugglerin versagst, schicken wir dich nach Sibirien. Buchstäblich. Kapiert?«

Sie nickte. Wie gerne hätte sie mich in diesem Moment erwürgt. Ich gab ihr die Adresse, die sie in eigener Handschrift auf den Umschlag schreiben würde, ich gab ihr das Geld für die schnellstmögliche Zustellungsart.

»Noch was, meine liebe Natascha: Was du außer der Wahrheit über unser kleines Rendezvous hier erzählst, ist mir scheißegal. Und jetzt verzieh dich.«

Sie war in unter zwei Minuten verschwunden.

Später kamen noch die neuen Tagesrichtlinien über das Netz. Vorbereitungen für Terroranschläge in Portugal hatten wir ab sofort nicht mehr zu beanstanden. Portugal gehörte zwar zur EU, aber der Außenhandel mit dem Land war dermaßen eingebrochen, und die portugiesischen Geheimdienste galten als derart schwach, dass sich die Ethikkommission keine Gedanken mehr über negative Auswirkungen von RTG-Aktivitäten im Zusammenhang mit Portugal machen musste. Brasilien hingegen stand als emerging market schon lange auf der Negativliste, und obwohl Drogenkartelle, rechte, linke und religiöse Terrorgruppen aus Brasilien gerne die Dienste der RTG in Anspruch genommen hätten, sagte die Ethikkommission dazu njet. Dass sich die Spielregeln ständig änderten, machte meinen Job so reizvoll. Ich prüfte die Nachricht noch einmal etwas genauer, aber auch beim zweiten Durchlauf konnte ich kein Anzeichen entdecken, dass sie manipuliert worden war. Die Verschlüsselung war okay, die Prüfsummen stimmten. Natürlich würde der Eilbrief, den ich der blonden Natascha aufgenötigt hatte, in dieser Hinsicht noch ein Stück mehr Sicherheit schaffen.

In der Nacht klingelten das Zimmertelefon und mein Handy gleichzeitig. Amüsiert nahm ich den Hörer des Zimmertelefons ab. Kein Rauschen, kein Atmen, kein Knistern, nur eine vollkommen signal- und statikfreie technische Leere ohne Raum. There is no message like no message, dachte ich. Ohne Aufregung sprach ich in den Hörer: »Geh schlafen, Goppler«, und legte gelassen auf. Wenn er mit so einem Käse ankam, war er doch dümmer als ich dachte.

Der theoretische Unterricht fand in der »Schule« statt, einem zweistöckigen Walmdachbau vielleicht fünfzig Meter vom Herrenhaus entfernt. So weit ich wusste, hatte das Gebäude früher tatsächlich als Schule gedient, in der strukturschwachen Region hatte man gern auf die Räumlichkeiten des großen Hofguts zurückgegriffen, bis vor zwanzig Jahren waren die Schüler täglich von fern und nah herangekarrt worden. Als ich in die Klasse kam, war Varnholt schon in Fahrt und erklärte den Kolumbianern offenbar, wie sie ihre politischen Kommuniqués auf Vordermann bringen könnten. Er sah mich nur kurz an, als ich mich in eine leere Schulbank setzte, und grinste dreckig. Es war ein Männergrinsen, das in etwa »Na also, wir verstehen uns doch!« heißen sollte, und das mich auf einen Schlag davon überzeugte, dass die blonde Natascha ihre Sache bis jetzt gut gemacht hatte. Varnholt war sofort wieder beim Thema. Die Kommandoerklärungen der FRIB-Militanten fand er lau, uninspiriert, hölzern.

»Zu lange Sätze!«, rief er aus. »Das versteht kein Schwein! Eigentlich sollten wir da seit den Siebzigern Fortschritte gemacht haben. ›Wie auf dem dritten klandestinen Volkskongress im Beisein von Vertretern aller Untergliederungen der Bewegung und unter Beachtung der Maßgaben des zweiten klandestinen Volkskongresses beschlossen wurde ...‹ Das ist doch Scheiße, Leute! Da schlafen einem ja die Socken ein!«

Die Kolumbianer, die bei meinem Eintritt nur verstohlene Blicke in meine Richtung geworfen hatten, ließen ihre Köpfe und Schultern immer tiefer hängen.

»Ihr müsst wissen, dass ihr eine Geschichte erzählt. Die Geschichte von der Revolution. Ihr seid geile Revolutionäre, und nicht irgendwelche verfurzten DDR-Bürokraten, die so einen Mist wie den da abgeliefert hätten. Die Revolte wird nicht erklärt. Sie wird gemacht!«

Varnholt hatte sich richtig in Rage geredet. Keine Frage, der Mann hatte richtig einen laufen. Wenn man den mit Barett und grüner Uniform in irgendeinen südamerikanischen Staat verpflanzt hätte, hätte er seinen Guerilla-Commandantes genau so die Leviten gelesen. Der Übersetzer der Kolumbianer kam kaum nach.

»Pepp! Ihr braucht Pepp! Was ihr da schreibt, klingt ja, als würdet ihr euch rechtfertigen, aber ihr sollt geil angreifen! Also: Ich hab hier ein paar kurze, knappe, knackige Erklärungen von den britischen Angry Brigades aus den Siebzigern und ein paar poetische Texte von Subcommandante Marcos aus den Neunzigern. Alles auf Spanisch. Und bevor ihr euch davon keine Scheibe abschneidet, machen wir hier überhaupt nicht weiter. Denkt ihr, ich reiß mir hier den Arsch auf, damit ihr nachher alles mit so einem müden Gelaber versaut? Ich will heute Mittag von euch eine Kommandoerklärung sehen, die nach vorne geht. Ab dafür.«

Die Kolumbianer standen auf und schlurften aus der Klasse heraus wie geprügelte Hunde.

Draußen flötete irgendein Vogel, Varnholt schob seine Unterlagen, darunter die kopierten Kommuniqués der FRIB, zu einem liederlichen Haufen zusammen.

»Na, Sie haben's aber drauf«, sagte ich liebedienerisch.

Er sah mich mit leuchtenden Augen an. Ein begeisterter Junge, der nach vollbrachter Tat zu hören bekam, was er hören wollte.

»Finden Sie?«, sagte er. Dann wieder das schmierige Grinsen. »Sie aber auch.«

Die blonde Natascha hatte sich mit ihrer Lügengeschichte wirklich Mühe gegeben. Mit ein bisschen Glück würde ich in der RTG bald als absoluter Sexgott gelten.

Varnholts Handy klingelte. Er nahm den Anruf entgegen, sagte zweimal kurz »Ja«, und klappte das Gerät dann wieder zu. Seine Laune hatte sich noch verbessert.

»Jetzt zeige ich Ihnen mal, wie wir hier Probleme lösen«, kündigte er an.

Wir gingen in den Keller des Gebäudes. Neonerleuchtete Gänge, schwere graue Brandschutztüren und eine keimfreie Sauberkeit bestimmten die Lage. Vor einer besonders gut gesicherten grauen Stahltür, die auch einem Banksafe alle Ehre gemacht hätte, hielt Varnholt an. Er ließ von diversen Scannern seine Iris, den Abdruck seiner rechten Hand und das Venenmuster in seinem rechten Zeigefinger überprüfen, dann konnte er durch Eintippen einer zehnstelligen Zeichenkombination die Tür entriegeln. Triumphierend sah er mich an, als sie sich motorgetrieben öffnete. Der Stahl war etwa so dick wie drei Telefonbücher.

Dahinter lagen noch mehr klinisch saubere Gänge, die von gelbem Neon erleuchtet waren und von denen schwere graue Brandschutztüren abgingen. Wir hatten die Kellergeschosse der »Schule« längst verlassen, und bewegten uns offensichtlich in einem unterirdischen Netzwerk von Tunneln, die sich über das gesamte Gelände des Hofguts erstreckten. Anders waren die Wegstrecken, die wir zurücklegten, kaum zu erklären. Ich musste lächeln. Die ganze Show sollte mir verschiedene Dinge sagen. Erstens, dass das Hofgut auf alle Eventualitäten vorbereitet war, auch auf einen ABC-Angriff. Zweitens wollte Varnholt mir ein weiteres Mal drohen: »Wenn du hier verschwindest, verschwindest du für immer.« Drittens steckte in unserer kleinen Besichtigungstour noch eine doppelte Botschaft an mich und die Ethikkommission. Denn von einem unterirdischen Tunnelsystem war in meinen Briefing-Unterlagen für den Einsatz nie die Rede gewesen. Das bedeutete, dass Varnholt den ganzen Luxus an der Ethikkommission vorbei aufgezogen hatte, und dass seine politischen Freunde einflussreich genug waren, um ein solches Vorgehen zu ermöglichen. Ich schaltete: Was ich hier sah, mochte einerseits das Spielzeug eines kranken Geistes sein, der zu viel Macht erlangt hatte. Andererseits war es wahrscheinlich aber auch der geheime ABC-Bunker der rheinland-pfälzischen Landesregierung. Wir langten an einer zweiten biometrisch gesicherten Tür an, und Varnholt vollführte seinen Tanz ein zweites Mal. Er lächelte mich wieder auf diese manische Art an, und ich lächelte verbindlich zurück, was ihn verunsicherte, aber nur für den Bruchteil einer Sekunde. Drei, vier Treppen hinauf, und wir standen im Erdgeschoss eines anscheinend leeren Hauses.

Varnholt atmete durch.

»Immer ein bisschen unheimlich da unten, nicht wahr?« Er ließ tatsächlich seine Fingerknöchel knacken.

»Aber eine saubere Anlage haben Sie da«, sagte ich. Wieder der leicht verunsicherte Seitenblick.

»Kommen Sie, die Show beginnt gleich.«

Er ging voraus. Das Haus war doch nicht ganz leer. An manchen Wänden hingen Zielscheiben mit menschlichem Umriss, da und dort standen Puppen, in Uniform und mit Waffenattrappen in den Händen, oder in Zivil. Die Zielscheiben und die Puppen waren sichtlich benutzt, manchen von ihnen fehlte der halbe Kopf, fast alle hatten eine zerfetzte Brust. Ansonsten herrschte aber die bekannte Sauberkeit. Keine Patronenhülsen oder Mörtelstücke. Die Regeln der Ethikkommission schrieben eigentlich vor, dass in den Einrichtungen der RTG nur in Ausnahmefällen mit scharfer Munition trainiert wurde, um den Eindruck zu vermeiden, man bilde Guerilleros aus. Hier war aber die Ausnahme eher die Regel. Varnholt rief mir über die Schulter zu: »Wir nennen es unser Schützenhaus. Gibt noch was Größeres, kompletter möbliert, in der Nordwestecke.«

Dann stieß er die Tür zu einem Zimmer auf. Keine Zielscheiben, keine Puppen, aber dunkle Flecke im Teppichboden, groß genug, um auf den ersten Blick aufzufallen. Die Sonne strahlte nur so durch das Balkonfenster herein. Varnholt schob es auf, und wir standen im warmen Frühsommermorgen. Man konnte vom Balkon aus die Haupteinfahrt des Hofguts einsehen. Der Nato-Stacheldraht glitzerte in der Sonne. Knapp vor dem verschlossenen Tor nach draußen parkten drei schwarze Jeeps mit getönten Scheiben. Wir warteten eine Weile, dann tauchte plötzlich am anderen Ende des Sichtfeldes eine Gruppe von Männern auf, vielleicht fünfzehn Köpfe stark. Je näher sie dem »Schützenhaus« und der Toreinfahrt kamen, desto klarer zerfiel die Gruppe in einige wenige Bewachte und recht viele Bewacher. Die Bewachten trugen zivil, die Wachen sahen aus wie Elitesoldaten, Helme, schusssichere Westen und all der andere Kram inbegriffen. Sie trugen Gewehre, wie ich sie noch nie gesehen hatte. Einer der Bewachten sah zu uns hoch. Es war der Burmese, der bei der missglückten Gewächshausübung Varnholt das Messer an die Kehle gehalten hatte. Dass wir auf ihn hinab sahen und dass er in zivil war, machte keinen Unterschied: er wirkte auch aus dieser Perspektive bedrohlich. Varnholt winkte ihm lässig. Er blieb stehen, und die ganze Prozession stoppte, wie auf Befehl. Ein paar Sekunden fixierte er uns, dann senkte er seinen Kopf, und ließ sich von einem der Soldaten weiter schieben. »Bye, bye, Mr. Schlitzimann. Bye, bye!«, sagte Varnholt. Die Burmesen und Gopplers Männer verschwanden in den Jeeps. Das Tor öffnete sich. Sie rauschten davon.

Später, im Herrenhaus, machte ich mir meine Gedanken. Auch über den heutigen Tag würde ich einen Bericht schreiben müssen. Er wurde spätestens bis 24.00 Uhr erwartet, aber jetzt war gerade erst das Mittagessen vorbei. Das Berichtswesen gehörte zu den heikleren Punkten bei meiner Tätigkeit. Denn wenn die Kommission eins hasste, dann war es Alarmismus. Wenn ich wollte, dass mein Bericht nicht ernst genommen wurde, musste ich nur all das aufschreiben, was mir im Hofgut Waldheim aufgefallen war, und es außerdem mit meinen Einschätzungen zur geistigen Gesundheit von Varnholt und Goppler garnieren. Der Eilbrief, den ich am Abend vorher durch meine kleine List auf den Weg gebracht hatte, war bereits ein starkes Signal meinerseits gewesen, dass auf dem Hofgut Waldheim Ungewöhnliches vorging; meine Bitte um Verifizierung der Nachrichtenverbindung hatte sicher zusätzlich für erhöhte Aufmerksamkeit bei der Kommission gesorgt. Ich konnte also schlecht noch mehr auf die Pauke hauen, ohne meine Glaubwürdigkeit zu verlieren.

Andererseits galt es als einer der schlimmstmöglichen Fehler für uns Ethikkommissare, problematische Entwicklungen zu spät zu erkennen oder zu melden. Der Fall, der in diesem Zusammenhang immer zitiert wurde, war die »Pfrontener Katastrophe«. Eine obskure Gruppe von Sikh-Kombattanten war von der RTG in den deutschen Alpen für den Gebirgskampf optimiert worden, und hatte dann später auf eigene Rechnung professionelle Videos von ihren Sabotageakten gegen geheime Schweizer Militäreinrichtungen an die Weltpresse vertrieben, die noch immer im Internet kursierten. Die Sikhs waren beim Gegenangriff einer Elite-Einheit der Schweizer Gebirgsschützen angeblich alle umgekommen, aber das stimmte nicht. Die Schweizer Spezialisten hatten aus ihnen immerhin noch herausquetschen können, dass sie vorher in Deutschland gewesen waren, und zwar mehr oder minder offiziell. Weder die schweizerische noch die deutsche Regierung hatte ein Interesse daran gehabt, von den genaueren Umständen dieser Sache in der Zeitung zu lesen, also vereinbarte man Stillschweigen, und die deutschen Wiedergutmachungszahlungen hatten sich im hohen zweistelligen Millionenbereich bewegt. Verschiedene deutsche Geheimdienste bemühten sich immer noch um die Klärung der Frage, warum die Sikhs eigentlich die Schweiz angegriffen hatten, waren aber bei der Beantwortung dieser Frage noch keinen Schritt weitergekommen. Eine der kühneren Theorien unterstellte, dass die Sikhs die Schweiz mit Österreich verwechselt hatten, denn ein halbes Jahr vor ihren Aktionen waren zwei Sikh-Familien bei einem Brandanschlag Grazer Rechtsradikaler gestorben. Die Vertreter der sogenannten »Österreich-Hypothese« glaubten an Rache als Motiv. Wie auch immer, die Relevanz der Pfrontener Katastrophe für uns Ethik-Kommissare bestand darin, dass einer meiner Kollegen in der Pfrontener RTG-Einrichtung sehr wohl den Braten gerochen hatte. Er hatte sogar mehr oder minder konkret geahnt, was die Sikhs im Schilde führten, aber seine Beobachtungen und Vermutungen nicht an die Kommission weitergeleitet, aus Angst, nicht ernstgenommen zu werden. Er hatte sich später erschossen.

Was hieß das für meine konkrete Situation? Ich beschloss, einen Teilbericht zu verfassen, in dem ich auf möglichst nüchterne Weise, ohne jeden subjektiven Kommentar, das unterirdische Tunnelsystem, das »Schützenhaus« und die Verabschiedung der Burmesen erwähnen wollte. Ich beabsichtigte, diesen Teilbericht früher als gewöhnlich abzuschicken und dadurch ohne große Worte ein weiteres Mal darauf hinweisen, dass das Hofgut Waldheim eventuell genauer beobachtet werden musste. Ich öffnete mein Laptop und nahm Kontakt zum Hausnetz auf. Die Überprüfung meiner Post ergab keinerlei Verdachtsmomente, alle Signaturen wirkten authentisch. Die goldene Natascha war auch als Briefträgerin erfolgreich gewesen: Die Kommission hatte bereits den Kennsatz geschickt, den ich in meinem Brief zusätzlich angefordert hatte. Nach menschlichem Ermessen war meine Verbindung zur Kommission sauber, stabil und unkompromittiert. Ich öffnete das Formular für den Bericht.

Ich hatte etwa eine Viertelstunde an meinem Teilbericht gearbeitet, da kam unvermittelt Goppler herein. Er trug eine schusssichere Weste und eine Maschinenpistole, mit der er auf mich zielte. Wortlos trat er ans Fenster und schob vorsichtig den Vorhang zur Seite, um nach draußen zu spähen. Die Maschinenpistole blieb dabei die ganze Zeit auf mich gerichtet. Ich zog es vor, zu schweigen. Als ich daran dachte, was gerade auf dem Bildschirm meines Laptops zu lesen war, brach mir der kalte Schweiß aus. Ich hatte mich beim Entwurf des Berichts dazu hinreißen lassen, doch persönlich auf Goppler gemünzte Bemerkungen einzuflechten, und war gerade dabei gewesen, sie wieder zu löschen, als er selbst hereingekommen war. Wenn er das las, würde er mich mit Blei vollpumpen, und wenn ich es noch schnell versuchte zu löschen, erst recht. Ich rechnete mit dem Schlimmsten, als er sich vor meinem Tisch aufbaute und die Maschinenpistole einhändig in meine Richtung stieß. Jetzt zieht er sich gleich das Notebook heran. Dann liest er, was ich über ihn geschrieben habe. Dann bin ich tot.

»Jetzt wollen wir doch mal sehen«, sagte er, »ob Ihre Scheiß-Ethikkommission überhaupt zu irgendetwas gut ist. Geben Sie sofort Alarm Rot.«

»Alarm Rot« war die letzte Notbremse eines Ethikkommissars. Es bedeutete, dass man in Lebensgefahr war, und sich wünschte, von der Schnellen Eingreiftruppe der Ethikkommission gerettet zu werden. Aber warum befahl mit Goppler, die SET zu rufen? War er geil auf einen Fight mit denen?

»Warum ...?«, fragte ich ächzend.

»Machen Sie schon! Wir sind infiltriert worden. Drei Kommandos, fast dreißig Mann. Meine besten Leute fahren die Burmesen zum Flughafen, und ich habe noch fünfzehn Männer auf dem Gelände, davon nur zehn hier im Haus. Wenn wir keine Unterstützung kriegen, sind wir dran! Machen Sie! Los!«

Ich tippte die Code-Sequenz für Alarm Rot ein, erst beim zweiten Mal funktionierte es. Dann zog ich den Stecker, klappte mein Laptop zu und klemmte es mir unter den Arm. Goppler war schon losgerannt, nach unten, in den Keller.

»Was sind das für Typen?«, fragte ich auf dem Weg nach unten.

»Weiß nicht«, blaffte Goppler.

»Wo ist Varnholt?« Ich hetzte so schnell um eine Kurve, dass ich beinahe das Laptop verloren hätte.

»Weiß nicht!«, schrie Goppler noch gereizter.

Er war mir eine ganze Etage voraus, und ich holte erst wieder zu ihm auf, als er vor der Biometrietür Biometrie betreiben musste.

»Schnauze halten«, fauchte er. »Ich muss mich konzentrieren.«

Ich war überrascht, ihn keuchen zu sehen. Der Schweiß rann ihm nur so von der Stirn. Ich sah, wie schwach er in diesem Moment war. Ich hätte ihn überrumpeln können.

Die Tür öffnete sich, und sobald der Spalt breit genug war, schlüpften wir hindurch. Erst als sie wieder ganz geschlossen war, ließ Goppler seine Waffe sinken. Er atmete aus, und wischte sich den Schweiß von der Stirn. Vor uns lagen die sauberen und hell erleuchteten Tunnel, die ich schon von meinem ersten Besuch mit Varnholt kannte. Für einen Augenblick befürchtete ich, die ganze Aktion könnte nichts als eine Inszenierung sein, um mich leichter in den Untergrund zu lotsen und dann dort verschwinden zu lassen. Aber so wichtig war ich nun auch wieder nicht.

»Kommen Sie«, sagte Goppler und stiefelte voraus.

Er zog ein Funkgerät und versuchte im Gehen, Kontakt mit seinen Leuten aufzunehmen.

»Meinrad, hier Goppler, bitte melden! Meinrad, sind Sie da? Meinrad!«

Aber Meinrad antwortete nicht, genauso wenig wie Klemp, Peters und Dorfner.

»Wenn mich irgendeiner hört, ich bin hier mit Pinky unterwegs zum Verfügungsraum von Stollen C. Wiederhole: Goppler und Pinky auf dem Weg zum V-Raum Stollen C. Wir regroupen dort.«

Beim Sicherheitsdienst auf dem Hofgut Waldheim hieß ich also »Pinky«. Wie unwahrscheinlich originell.

Der Verfügungsraum erwies sich als Arsenal voller Waffen und anderer Ausrüstungsgegenstände. In den Regalen hingen die Maschinenpistolen und Sturmgewehre dicht an dicht, mit der vorhandenen Munition hätte man wahrscheinlich die Invasion in der Normandie nachspielen können. Kommunikationselektronik fand sich ebenfalls reichlich, ich sah einen abgedeckten Computer, verschiedene verhüllte Bildschirme und Telefone. Von der Decke strahlten die Neonröhren. Ich war mir auch gleich sicher, dass man in diesem Raum ziemlich lange nicht verhungern und verdursten würde und dass es irgendwo einen Abtritt gab. Ein Raum für Männer wie Goppler. Er öffnete einen Schrank, zog eine schwarze, schusssichere Weste heraus und legte sie auf den Tisch. Dann trat er an eins der Regale, griff nach einer Maschinenpistole und platzierte sie auf der schusssicheren Weste. Eine nicht mehr ganz moderne, aber sehr gepflegte MP5 von Heckler & Koch.

»Will ja nicht dran schuld sein, wenn Sie hier schutzlos sind«, kommentierte er sein Verhalten.

Er wusste also, dass wir Ethikkommissare alle eine militärische Grundausbildung durchlaufen hatten, aber von mir persönlich wusste er nichts. Seine eigene Waffe hatte er sich über die Schulter gehängt. Ich lächelte ihn an, dann konzentrierte ich mich kurz auf die MP5, nahm sie vom Tisch, lud durch und entsicherte, alles in einem fließenden Bewegungsablauf. Wie ich es in meinem erweiterten Training bei der Ethikkommission gelernt hatte. Die Mündung der Heckler zeigte auf seine Nasenwurzel, bevor er reagieren konnte. Dann entriegelte ich das Magazin, zog es ab, ließ die geladene Patrone aus der Waffe herausschnellen und legte den ganzen Kram wieder auf den Tisch zurück. Goppler grinste.

»Respekt«, sagte er.

»Ja, ja, Respekt«, entgegnete ich. »Wissen Sie, was der Unterschied zwischen uns beiden ist? Sie lieben diesen Scheiß. Ich beherrsche ihn nur.«

Seine Augen verengten sich zu Schlitzen, sein Unterkiefer mahlte. Ich hätte mich ohrfeigen können. Es war ziemlich dumm gewesen, ihn auf diese Art zu provozieren, weil ich nicht wusste, wie lange ich mit ihm hier in diesem Goppler-Raum stecken würde. Ich atmete durch.

»Okay«, sagte ich. »Wir sollten uns vielleicht mal ein Bild von der Lage verschaffen.«

»Und dazu bleiben wir schön hier«, sagte Goppler. »Da oben wird gerade ganz heiß gekocht und gegessen.«

»Hm«, sagte ich und klappte mein Laptop auf. Als es hochgefahren war, erkannte es sofort, dass in diesem Raum ein drahtloser Netzwerkzugang vorhanden war. Der Empfang war ausgezeichnet. Aber man kam nicht rein, denn der Zugang war passwortgesichert.

»Passwort?«, fragte ich Goppler beiläufig.

»Was für ein Passwort?«, blaffte Goppler zurück.

Ich seufzte und sah ihn an. »Herr Goppler. Sie mögen mich nicht. Das ist völlig okay. Aber wir stecken jetzt zusammen in diesem Raum, und es ist durchaus möglich, dass alle Ihre Leute tot sind. Wir wissen nicht, wie lange wir noch aufeinander angewiesen sind. Was machen wir mit dieser Situation? Fangen wir an, uns zu streiten und uns gegenseitig anzulügen? Keine gute Idee, wenn Sie mich fragen. Wir haben hier ein funktionierendes Netzwerk, und wenn ich die Überwachungskameras erreichen kann, die Sie und Ihre Kollegen über das Gelände verteilt haben, dann nur über dieses Netzwerk. Also brauche ich Zugang. Also brauche ich das Passwort.«

»Tauberbischofsheim.« Er spuckte das Wort fast aus.

»Das Passwort lautet ›Tauberbischofsheim‹?«, fragte ich verblüfft zurück.

»Was dagegen?«, knarzte er und setzte sich dann in den Stuhl vor dem Verfügungs–PC. »Username ist Barbarossa 1 – 10. Ich nehme Barbarossa 1, Sie nehmen, was Sie wollen.« Nachdem er die Hauben von den Bildschirmen abgezogen hatte, startete er den Rechner. Es war gut, dass er mir den Rücken zugedreht hatte, so sah er mein Grinsen und Kopfschütteln nicht. »Tauberbischofsheim« und »Barbarossa«. Fehlte eigentlich bloß noch »Berchtesgaden«. Wir waren beide etwa gleichzeitig online.

Was wir in Erfahrung brachten, war alles andere als lustig. Die Eindringlinge hatten die meisten Kameras gefunden und zerstört, nur einige wenige sendeten noch. Die Bilder, die sie lieferten, waren seltsam verrauscht und schlecht, »Störsender auf den Wimax- und WLAN-Frequenzen«, sagte Goppler. Man sah manchmal Figuren durch das Bild hetzen, von denen gerade so eben zu erkennen war, dass sie nicht zum Sicherheitsdienst gehörten. Auf den Audiokanälen manchmal Schüsse, manchmal größere Explosionen.

»Mörsergranaten und Plastiksprengstoff«, sagte Goppler.

»Wie sind die eigentlich hierher gekommen?«

»Hubschrauber wahrscheinlich.«

Auf der einzigen Kamera, die innerhalb des Herrengebäudes funktionierte, sah man ein Paar regloser Beine. Irgendwann zog ich die schusssichere Weste an, die Goppler mir herausgelegt hatte, und die Heckler lag jetzt direkt neben meinem Laptop. Seltsam, dachte ich, wenn dich jetzt ein normaler Mensch so sähe, für was würde er dich wohl halten?

Plötzlich wummerte es an der Tür des Verfügungsraums. Goppler fegte auf seinem Drehstuhl herum, griff nach seiner Waffe und lud sie durch. Ich folgte seinem Beispiel. Er legte den Finger an die Lippen, zeigte zuerst auf sich, und dann auf die Tür, was wohl bedeuten sollte, dass er die Tür öffnen wollte, während ich die Aufgabe hatte, jeden aggressiven Eindringling in Fetzen zu schießen. Das Herz klopfte mir im Hals, als Goppler die Klinke drückte. Wie ich das gelernt hatte, schrie ich den hereintaumelnden Mann so laut an, wie ich konnte: »Hinlegen, Waffe weg!« Dabei versuchte ich immer auf seinen Kopf zu zielen. Mein Getue war reichlich überflüssig. Der Kerl stürzte der Länge nach hin, eine Pistole fiel ihm aus der Hand. Erst als er sich umdrehte, erkannte ich ihn: Es war Varnholt, und er war offensichtlich strunzbesoffen. Er wollte mich mit seinen glasigen Augen fixieren und zeigte mit ausgestrecktem Arm in meine Richtung.

»Hab ich euch ... hab ich euch gefunn'n. Sießenduaus?«

Bevor ich antworten konnte, schob mich Goppler zur Seite, riss Varnholt hoch, setzte ihn auf einen Stuhl an dem Tisch, an dem ich eben noch gesessen hatte, und gab ihm ein paar saftige Ohrfeigen. »Au«, schrie Varnholt, »He!« Goppler zerrte Varnholt wieder vom Stuhl hoch und führte ihn wie einen Gefangenen im Polizeigriff zu der winzigen Nasszelle des Verfügungsraums. Kaum waren die beiden darin verschwunden, hörte ich das Wasser rauschen. Varnholt protestierte, aber sein Protest ging jedes Mal in wütendem Geblubber unter. Es dauerte eine Weile, bis die beiden wieder zurückkamen, Goppler mit rotem Kopf, Varnholt mit nassem Oberkörper und einem Handtuch in jeder Hand. Er war offenbar viel nüchterner als vorher, denn während er sich abtrocknete, hörte man ihn laut und deutlich sagen: »Nochmal so eine Aktion, Goppler, und ich bring dich um.«

»Das sagst du immer«, erwiderte Goppler ungerührt, während er Varnholt dabei zusah, wie er sich die gelblichen Haarfransen trocken rubbelte. »Erzähl mir lieber was Neues. Zum Beispiel von dem Affentheater da oben.« Er zeigte mit dem Daumen nach oben.

»Als die Sache losging, war ich im kleinen Schützenhaus, ein bisschen rumballern mit meiner Glock. Zufällig sah ich ein paar von denen landen, direkt vor dem Haupttor. Sie waren drin, so schnell kannst du nicht kucken. Was ist das eigentlich für ein Scheißsicherheitszaun, den du installiert hast, Goppler? Ich konnt mich nicht mal vom Balkon zurückziehen, so schnell waren die an mir vorbei, immer hurtig auf dem Weg zum Herrenhaus. Und dann ging auch schon das Geratter los, als ein paar von unseren Leuten bemerkten, dass was faul war. Na ja, und dann dachte ich, lass das mal die Spezialisten handhaben, und verkrümelte mich in den Keller, zuerst zum Vergnügungs-, hehe, zum Verfügungsraum B. Da habe ich ein bisschen was getrunken, und auf den Überwachungsbildschirmen gesehen, wie unsere Leute zurückkamen.«

»Unsere Leute?«, fragte Goppler scharf.

»Na unsere Leute, die die Schlitzis zum Flughafen gefahren haben.«

»Wann war das?«

»Jetzt reg dich mal bloß nicht auf. Ist vielleicht ne Viertelstunde her, oder so. Hey, Goppler! Warum bist eigentlich du nicht oben und bekämpfst die bösen Eindringlinge? Du bist doch der Sicherheitschef hier. Was geht eigentlich mit Kampfgeist, Ruhm und Ehre?«

Varnholt musste immer noch besoffen sein, wenn er Goppler an diesem Punkt provozieren wollte. Goppler wurde weiß vor Wut, und ich dachte: Jetzt erschießt er ihn. Hoffentlich, dachte ich, hoffentlich erschießt er ihn. Aber Goppler hatte sich im Griff.

»Ich bin genauso wenig da oben wie du, Varnholt, weil ich nicht bescheuert bin. Aber du blöde Alkoholikersau säufst dich zu und spuckst hier große Töne, während ich den Ball flach halte und genau weiß, dass es hier nur ums Überleben geht, Varnholt.«

»Bin kein Alkoholiker«, protestierte Varnholt. »Ich kann jederzeit mit dem Trinken aufhören.«

Goppler schnaubte verächtlich. Mein Blick fiel wieder auf den Bildschirm, und was ich da sah, überraschte mich. Eine der Kameras am Schützenhaus schien wieder auf Sendung gegangen zu sein.

»Wenn ich eure Aufmerksamkeit kurz beanspruchen dürfte – die Bilder von Kamera 2 sind recht interessant.« Anscheinend wurde das Haupteinfahrtstor gerade von einem Schützenpanzer aufgestemmt, damit andere von seiner Sorte, die schon hinter ihm warteten, besser durchkamen. »Also entweder bekommen die Eindringlinge Verstärkung«, sagte ich. »Oder die SET rückt an.«

Goppler klickte hektisch auf seinem Bildschirm herum, dabei wischte er sich den Schweiß von der Stirn und atmete schwer.

»SET, ganz klar«, sagt er dann. Er stand auf, aber weit weniger schneidig, als ich das von ihm gewohnt war. »Okay«, murmelte er, »okay. Irgendjemand muss denen ... irgendjemand ...« Er machte einen unentschlossenen, ja geradezu konfusen Eindruck, seine Augen blickten ins Nirgendwo. Dann ging ein Ruck durch seinen Körper, er umgriff seine Maschinenpistole fester. »Ich geh da jetzt hoch!«, herrschte er uns an. »Und ihr beiden bleibt, wo ihr seid.«

Varnholt salutierte sarkastisch.

»Jawoll, Herr Goppler.«

Goppler war schon fast zur Tür hinaus.

»Arme Sau«, sagte Varnholt noch, als Goppler ihn garantiert schon nicht mehr hören konnte. »Aber so sind diese Typen immer. Zuerst denkt man, sie hätten begriffen, wie die Musik spielt, dann wollen sie wieder Held sein. Kann man nix machen. Wahrscheinlich genetisch.« Er stand auf, reckte sich und gähnte. Dann kratzte er sich den Bauch, der unter seinem zerknüllten T-Shirt hervorlugte.

»Eigentlich schade um ihn. Aber dann auch wieder nicht. Wo ist denn hier der Giftschrank?« Er fuhr mit seinem Zeigefinger an den waffenbestückten Regalen entlang wie ein kleiner Junge an einem Gartenzaun. »Ra-ta-ta-ta-ta«, sagte er. Und dann noch einmal: »Wo ist denn hier der Giftschrank?« Er schaute eine Weile auf den Bildschirm des Rechners, den Goppler nicht heruntergefahren hatte. »Wo ist denn hier der Giftschrank?« Schließlich hatte er den kleinen, unabgeschlossenen Schrank gefunden, der direkt neben dem Medizinkabinett mit dem roten Kreuz hing. Er nahm eine Flasche Whiskey heraus, schraubte sie auf und genehmigte sich ein paar tiefe Züge. Dann setzte er sie ab und sagte: »Verrecken, verrecken, verrecken.«

Noch ein Schluck. Danach begann er, die Flasche in der linken Hand, Gewehre aus den Regalen zu werfen, eins nach dem anderen. Pause. Schluck. Weiter. »Jetzt rüste ich hier ab!«, sagte er, und fuhr mit seinem kindlichen Spiel fort. Es rasselte und klapperte. Ich konnte nur hoffen, dass keine der Waffen durchgeladen war, und dass sich kein Schuss löste. »Weil, sie haben mir sowieso alles kaputt gemacht. Mein schönes Hofgut! Lief prima! Alles super! Dann kommen diese Scheiß-Schlitzis und machen alles kaputt. Aber nicht mit mir. Da bin ich Erster beim Kaputtmachen!« Er richtete die Whiskey-Flasche auf mich, sah mich mit rot unterlaufenen Augen an und sagte: »Die Schlitzis sind schuld, Pinky. Echt wahr. Mit denen hätten wir gar nicht erst anfangen sollen.« Er trank. »Verrecken, verrecken, verrecken.« Jetzt torkelte er schon, und seine Aussprache wurde immer undeutlicher. Aber weiterhin umkreiste er meinen Sitzplatz und warf Gewehre aus den Regalen. Als er bei dem Computer des Verfügungsraums angekommen war, versuchte er, einen der Bildschirme mit dem Kolben eines Sturmgewehrs einzuschlagen, aber das gelang ihm nicht. Stattdessen kippte der Bildschirm nur nach hinten über und erlosch. Ich zog meine MP5 näher zu mir heran, für den Fall, dass er seine Aggressionen gegen mich richtete. »Und was meldest du dann deiner Kommission, Pinky? Hä? Sag ihr bloß die Wahrheit. Dass die Schlitzis schuld sind.« Er kicherte. »Aber vielleicht bist ja du schuld.« Ich machte mich bereit. »Vielleicht hast du ja die ganze Scheiße hier angerührt. Weil, eigentlich hat der Stress ja erst angefangen, als Pinky der rosa Ethikkommissar hier aufgekreuzt ist.« Er kicherte wieder. Jetzt stand er hinter mir. »Pinky, du machst mir Spaß«, sagte er. »Jetzt guckst du nicht mal auf deinen Bildschirm.« Ich schwitzte. Mein Herz raste. Ein einziger Schlag mit der Whiskeyflasche konnte mich erledigen. Aber bei einem schnellen Seitenblick auf meinen Bildschirm stellte ich tatsächlich etwas Seltsames fest: In allen Kamerafenstern herrschte Ruhe. Kein Gerenne, keine Action mehr. Vorsichtig schaltete ich mit ein paar Tastaturbefehlen die Audiokanäle dazu: man hörte weder Explosionen, noch Geschrei, nur hier und da etwas Gemurmel und ein paar Rufe, die mehr nach Aufräumen als nach Kampf klangen.

»Ja siehst du, Pinky«, sagte Varnholt. »Jetzt hat es der besoffene alte Varnholt mal wieder schneller mitgekriegt. Die sind fertig da oben. Wir können hochgehen, die Sieger be-glück-wün-schen.«

»Vielleicht nur eine ...« Ruhepause hatte ich sagen wollen, aber mitten im Satz hatte Varnholt die Tür geöffnet und war gegangen. Ich seufzte, fuhr den Rechner herunter, klemmte ihn mir unter den Arm, hängte mir die Maschinenpistole über die Schulter und folgte ihm.

Goppler war das letzte Todesopfer gewesen. Friendly Fire von einem SET-Mitglied, das ihn für einen übrig gebliebenen Angreifer gehalten hatte. Er lag ganz still in einer Erdmulde, im Schatten des Herrenhauses, die Maschinenpistole war ihm aus der Hand gefallen. Die schusssichere Weste hatte ihm am Ende nichts genützt, denn die SET hatte Munition mitgebracht, die mit schusssicheren Westen fertig wurde. Die Blutlache um Gopplers Leiche herum war erstaunlich klein, das Gras hatte wohl das Meiste bereits aufgesaugt. Varnholt fing tatsächlich zu heulen an. Er ging sogar in die Knie und streichelte die Leiche, während er zwischendrin immer wieder an seiner Whiskeyflasche nuckelte. Der schwarz gekleidete Anführer der SET-Leute, der immer noch Helm und Gesichtsmaske trug und auch immer noch den rechten Zeigefinger nah am Abzug seiner Waffe hielt, beobachtete wie ich die peinliche Szene und fragte sich zweifellos wie ich, was das eigentlich hier werden sollte.

»Hahn, Ethikkommission«, sagte ich zu ihm.

»Ich weiß«, antwortete er. »Burger, SET.«

Wir schwiegen eine Weile und sahen Varnholt zu, wie er den toten Goppler streichelte. Die alkoholisierte Gefühligkeit hatte ihn jetzt vollkommen übermannt.

»Hat keiner verdient ... so zu verrecken ...«, murmelte er vor sich hin.

»Haben Sie eine Ahnung«, fragte ich Burger, »was hier eigentlich los war? Wer uns angegriffen hat?«

»Da hätte ich mir jetzt eigentlich Aufklärung von Ihnen gewünscht. Aber eigentlich sind wir noch gar nicht so weit. Wir durchkämmen das Gelände noch nach Widerstandsnestern. Bei Ihnen da unten ist keiner von den Gegnern eingedrungen?«

Er wusste also von dem unterirdischen Bunkersystem. Von mir natürlich, ich hatte in meinem letzten Bericht ja davon erzählt. Die SET las immer mit, das war jetzt also auch klar.

»Nein, kann ich mir nicht vorstellen. Sogar als wir raus sind, haben wir die Tür schön fein hinter uns zugemacht.«

»Einfach abgeknallt ...«, murmelte Varnholt.

»Vielleicht sollten wir uns alle mal vernünftig miteinander unterhalten«, sagte Burger. »In zwei Stunden Lagebesprechung.«

Wenn er Befehle erteilte, hörte er sich an wie Goppler. Die Vögel sangen wieder. Das Geballer war ja vorbei.

»Also was haben wir jetzt hier«, sagte Burger, der am Kopfende des großen Tischs im sogenannten Rauchzimmer des Herrenhauses saß. Helm und Maske hatte er natürlich abgelegt, aber den Rest der Uniform trug er noch. Ein recht attraktiver Mann Ende Dreißig, die Haare wurden bereits grau, er trug keinen Schnauzbart. Seine Hände lagen flach auf der Tischplatte, das wirkte nicht ganz natürlich, sondern eher, als müsse er sich zur Ruhe zwingen. Zwei seiner Gruppenführer und einige andere SET-Männer saßen um ihn herum. Varnholt war da, ein aggressives Alkohol-Pfefferminzgemisch ging von ihm aus, und obwohl er sich geduscht hatte, war er nicht weniger betrunken als vorher. Er war flankiert von zwei Männern seines Sicherheitsdienstes, denen der Schrecken noch im Gesicht stand. Ich saß Burger nahezu direkt gegenüber. An den Wänden Landschaftsschinken mit Motiven der Umgebung. Geraucht wurde nicht. »51 Tote, davon 31 feindliche Kämpfer, zehn Mitglieder des hiesigen Sicherheitsdiensts, zwei meiner Männer und acht Mitglieder der verschiedenen hier anwesenden ausländischen Terrorgruppen.« Das war mir jetzt neu. Die Experten vom Schwert des Propheten und von der FRIB hatten an dem ganzen Spaß also auch noch teilgenommen. »Eine astreine Katastrophe«, fuhr Burger fort. »Der schlimmste terroristische Zwischenfall in der Geschichte dieses Landes. Das haben wir hier. Mein erster Kurzbericht an die Kommission ist bereits abgegangen, die Politik ist informiert, in ein paar Stunden gibt's hier auf dem Gelände nur noch Stehplätze. Bis dahin brauche ich Antworten. Zum Beispiel wer die Typen sind, die uns angegriffen haben, und die jetzt so sauber aufgereiht in dem Kühlkeller direkt unter unseren Füßen liegen.« Keiner von uns missverstand seine Kunstpause als Aufforderung, sich mit Spekulationen zu diesem Thema zu melden. »Und da fällt doch eines auf an diesen Leichen. Die eine Hälfte sieht aus wie Araber, und die andere wie Ostasiaten.«

Varnholt sah auf. »Schlitzis«, sagte er mit schwerer Zunge. »Hab ich's doch geahnt! Die Scheiß-Burmesen!«

»Nein«, fuhr ihm Burger in die Parade, »wie Burmesen sehen die nicht aus. Eher wie Chinesen. Und bei den arabischen Toten fällt mir irgendwie der Name Riad ein. Vielleicht weil ich einen Teil meiner Ausbildung in Saudi-Arabien absolviert habe. Sehr gute Anti-Terror-Leute da unten, sehr professionell. Was machen die Chinesen hier auf dem Hofgut Waldheim, Herr Varnholt? Warum bringen sie Freunde aus Saudi-Arabien mit? Ach, und ich wäre Ihnen dankbar, wenn Sie nicht von ›Schlitzis‹ und ›Scheiß-Burmesen‹ reden würden. Rassismus ist doch was für den Kindergarten.«

Das überraschte mich. Burger hätte ich diesen antirassistischen Widerwillen kaum zugetraut. Varnholt rutschte unruhig auf seinem Sitz hin und her. Er vermied es, mit seinen glasigen Augen Burger anzusehen.

»Weiß nich«, murmelte er dann. »Chinesen, Saudi-Arabien ... weiß nich, was das soll.«

Burger atmete durch. »Lassen Sie mich raten. Ich rate wild ins Blaue, ja? Also nehmen wir an, wir haben es hier tatsächlich mit Bürgern der Volksrepublik China und des Königreichs Saudi-Arabien zu tun. Wie kommen die eigentlich dazu, in Deutschland einen Terroranschlag zu verüben? Und dann hier? Jetzt gibt es witzigerweise eine Truppe, die heißt ›Panislamische Volksmudjahedin‹, und ihr Markenzeichen ist, dass sie in Saudi-Arabien, unter den muslimischen Chinesen und in allen Ländern zwischen Saudi-Arabien und China aktiv ist.« Varnholts Unruhe nahm sichtlich zu. Jetzt sah er überhaupt niemandem mehr in die Augen. »Die haben irgend so einen Blödsinn im Kopf mit Vereinigung der muslimischen Kernlande, in einem zweiten Schritt soll dann der ferne Osten dran sein, dritter Schritt: Rest der Welt. Was auch immer. Technisch ungeschickt sind die nicht, das muss man schon sagen. Hat mir doch jemand erzählt, dass dieser Spinnerverein neulich gleichzeitig in China und Saudi-Arabien Anschläge gegen Regierungseinrichtungen verübt hat. Gegen wichtige unterirdische Regierungseinrichtungen. Man könnte eventuell auch »Bunker« dazu sagen. Die haben sich der Saudi-Arabische König und der Parteivorsitzende von deutschen Firmen da hinbauen lassen. Ganz im Geheimen. Und dann kommen irgendwelche Volksmudjahedin, und machen sie kaputt. Später tauchen dann chinesische und saudi-arabische Bürger hier auf und machen ihrerseits das eine oder andere kaputt, unter anderem sich selbst. Schon merkwürdig so was.« Burger trommelte jetzt doch mit den Fingern auf die Tischplatte. Ansonsten wirkte er erzwungen ruhig, wie zuvor. »Wann waren denn die panislamischen Volkshelden hier zu Gast, Herr Varnholt? Und wie lange durften sie in Ihrem hübschen Tunnelsystem für ihre Klassenfahrt trainieren?«

Varnholt starrte mit gesenktem Kopf auf die Tischplatte.

»Goppler hätte das verstanden, was wir hier machen. Dass das hier ein Business ist und kein politisch korrekter Streichelzoo.« Er stand auf. »Aber Goppler ist ja tot.« Dann schlurfte er zur Tür, immer noch ohne Blickkontakt zu Burger oder irgendjemand sonst.

»Wegen Ihnen«, sagte Burger. »Nur wegen Ihnen.«

»Am Arsch leckst du mich«, sagte Varnholt, bevor er die Tür so stark zuschlug, dass sie wieder aufsprang. Zwei von Burgers Männern folgten ihm nach draußen.

Mit seiner Vermutung zu den Stehplätzen hatte Burger Recht gehabt. Es dauerte ein paar Stunden, aber dann war das Hofgut Waldheim ein Bienenstock voller Abgesandter der bundesrepublikanischen Sicherheitsbehörden. Hätten die Angreifer bei ihrer Aktion eine Höllenmaschine hinterlassen, die zu diesem Zeitpunkt hochgegangen wäre, der Staatsapparat der BRD hätte es nicht so leicht verkraftet. Staatssekretäre, Polizeipräsidenten, SEK, MEK, SET, GSG9, die Ethikkommission, verschiedene andere Elite- und Spezialtruppen von Polizei, Bundespolizei und Bundeswehr, die Geheimdienste – alle, alle waren sie vertreten. Dazu ein paar Typen, die ich auf den ersten, zweiten und dritten Blick gar nicht einordnen konnte. Über dem Gelände kreisten mehr Hubschrauber, als für die Flugsicherheit gesund war. Ein Chaos an Sicherheitsexperten. Unheimlich viele Oberdurchblicker auf einem Haufen. Irgendwann wurde dann die Cafeteria des Herrenhauses in ein »Lagezentrum« verwandelt, und dann ging das Berichten los. Kerpel, der Stellvertreter Gopplers, berichtete, dann berichtete Burger, und irgendwann durfte auch ich noch ein wenig berichten. Varnholt war nicht dabei, er stand in seinem Büro unter Arrest, wie Burger am Anfang seines Berichts erklärt hatte, aus »Sicherheitsgründen und zur Ausnüchterung«. Der rheinlandpfälzische Staatsminister des Inneren, ein gewisser Meyerhofer, hörte sich das alles an, und sagte öfters »Aha«. In der ersten größeren Kaffeepause hörten wir dann alle den Schuss.

Seltsam, wie träge die Versammlung darauf reagierte. Schließlich sprangen zwei von Burgers Männern doch auf, auch er erhob sich, schon langsamer, Staatssekretär Meyerhofer schaute zur Decke.

»Das kam wohl aus dem ersten Stock«, sagte er.

Burger ging gemessenen Schritts zur Tür, seine Vasallen folgten ihm, wie ich auch. Burger drehte sich noch einmal um.

»Die anderen bleiben bitte alle hier«, sagte er. Auf der Treppe zum ersten Stock kam uns schon ein weiterer von Burgers Männern entgegen. Er war sehr aufgeregt.

»Wir hatten alles abgesucht«, rief er uns zu, »das ganze Büro, so gut es in der kurzen Zeit ging ...«

»Schon gut, Gebhardt«, sagte Burger und winkte ihn wieder nach oben. Von Varnholts Gesicht war nicht mehr viel zu sehen. Der eine Schuss hatte einen Riesenkrater verursacht. Wo Nase, Augen und

Stirn gewesen waren, befand sich jetzt ein Trümmerbrei aus Knochen, Blut und Hirn. Er lag auf der Seite, die Flüssigkeiten suppten runter auf den Teppich. Neben ihm lag eine altertümliche Vorderladerpistole, von der Art, wie sie hier im Büro und im ganzen Herrenhaus zum Schmuck an der Wand hingen. Burger kniete über der Pistole und sagte: »Bis zum Schluss immer an der falschen Stelle clever.« Dann stand er auf und wischte seine Hände aneinander ab, obwohl er meines Wissens überhaupt nichts angefasst hatte. »Habt ihr nicht wissen können«, sagte er zu Gebhardt und seinem Kollegen, die Varnholt unter Arrest gehalten hatten, »das mit den Schmuckwaffen hier. Schöne Scheiße.«

»Aber andererseits«, dachte ich, »auch wieder sehr bequem für alle. Die beiden Oberdeppen sind tot. Auf den Schultern der Toten hat alle Schuld Platz. Seltsam, wie so was immer den rationalsten Verlauf nimmt.«

Ich hielt die Klappe. Der Ethikkommission würde ich berichten, was ich gesehen hatte, nicht, was ich vermutete oder von fern ahnte. Nach einer kurzen Pause, die den tragischen Tod von Dr. Varnholt auffing (von Varnholts Doktortitel hörte ich zum ersten Mal), ging die Lagebesprechung konzentriert weiter. Nach einer kurzen Diskussion darüber, wie man die Sache an die Presse »kommunizieren« wolle, wurde der Stab erheblich verkleinert, auch ich wurde ausgeschlossen. Die Bundeskanzlerin sprach abends im Fernsehen von einem Amoklauf in einer Forschungseinrichtung des Bundes, mit einer bedauerlich hohen Anzahl von Toten. Der Jubel der Presse war total: Mit ein bisschen Glück und zusätzlichen Enthüllungen würde diese Story den ganzen Sommer halten.

Ich ging packen. Meine Arbeit hier war getan, den letzten Bericht über das Hofgut Waldheim wollte ich von zuhause aus verfassen. Während ich im Bad mein Rasierzeug und meine Duschsachen zusammenräumte, fiel mir ein einzelnes, langes blondes Haar auf, das sich am Boden neben der Toilettenschüssel unschuldig zusammengerollt hatte. Ich hob es auf. »Natascha, Natascha«, sagte ich, bevor ich es abspülte. Auch der Rest wäre bloße Routine gewesen, wie beim Aufräumen nach Dutzenden anderer Einsätze vorher, wenn nicht plötzlich jemand an meiner Tür geklopft hätte. Für eine Sekunde erfasste mich Panik: Ich glaubte plötzlich, alle Ereignisse seit heute morgen seien ein Traum oder ein sehr aufwändiges böses Spiel gewesen, oder Goppler könnte vielleicht doch nicht verstorben sein, und jetzt klopfe er an meiner Tür, um im nächsten Moment hereinzustürmen und mich wieder mit seiner Maschinenpistole zu bedrohen. Schweiß trat mir auf die Stirn, mein Puls zog an. Schocksymptome, keine Frage. Ich zwang mich, die Tür zu öffnen. Draußen stand natürlich nicht Goppler, aber überrascht war ich doch. Dr. Ramelow, den Vorsitzenden der Ethikkommission, hätte ich zu diesem Zeitpunkt ganz gewiss nicht erwartet. Ramelow, ein verbindlicher Funktionärstyp mit Krawatte, Halbglatze und Brille, lächelte mich an.

»Komme ich gerade ungelegen?«

»Aber nein«, lachte ich. Es klang etwas künstlich. Er trat ein, ich schloss die Tür.

»Setzen Sie sich doch«, sagte ich.

»Nein, nein«, entgegnete er und parkte seinen Hintern nur halb auf der Kante des Schreibtischs, »ich will gar nicht so lange stören.«

Er musterte mich mit seinen Funktionärsaugen. Was er sah, schien ihn zu amüsieren.

»Eine schöne Scheiße haben Sie hier ja mitbekommen.« Ich nickte, was Besseres fiel mir nicht ein.

»Also zunächst mal muss ich Ihnen einfach gratulieren. Es gibt noch ein paar ungeklärte Punkte, aber rein persönlich kann ich nur bewundern, was Sie hier geleistet haben. Alle Achtung.«

»Danke«, sagte ich, zu meiner eigenen Überraschung ziemlich geschmeichelt. So funktionierte das überall, also auch bei mir. Wenn der Chef lobt, freuen sich die Lakaien.

»Danken Sie doch nicht mir!«, pfiff er mich an. »Danken Sie lieber unseren Ausbildern, die so was überhaupt erst möglich machen.«

Ich konnte mich gerade noch davon abhalten, »Natürlich!« zu sagen, und die Hände an die Hosennaht zu legen. Das mit der militärischen Ausbildung saß tief, auch wenn es nur ein paar Monate gewesen waren.

»Das war hier schlimmer als die Pfrontener Katastrophe. Viel schlimmer, der absolute Super-GAU. Wenn das stimmt mit der saudiarabischen und der rotchinesischen Beteiligung, dann sitzen die ganz oben jetzt schwer in der Tinte. Und eins ist ja klar. Bei der Massivität der Sache ist es nicht mit einem einfachen Abschlussbericht getan. Da brauchen wir schon ein volles Debriefing. Um zehn Uhr morgen Vormittag sehen wir uns in der Berliner Zentrale.«

»Selbstverständlich«, sagte ich knapp. Ich hatte mich eigentlich darauf gefreut, in meine Kölner Wohnung zurückzukehren und den ganzen Quatsch ein wenig sacken zu lassen.

»Braver Junge«, sagte Ramelow und stand auf. »So hab ich mir das gedacht. Also, bis morgen in Berlin. Gute Reise.«

Als er verschwunden war, stieg Übelkeit in mir auf. Das Hofgut Waldheim hatte mir stärker zugesetzt, als mir bewusst gewesen war.

»Tja«, sagte Ramelow. Ich saß mit ihm und zwei anderen Entscheidungsträgern der Kommission um einen runden Tisch herum, die Aufnahme lief, die sanfte indirekte Beleuchtung summte leise. Wir befanden uns zwei Stockwerke unter der Erde, über uns der Kugelfisch. »Kugelfisch« deswegen, weil die Berliner Zentrale der Ethikkommission einst von einem berühmten Architekten gebaut worden war, und damals waren Stacheln sein großes Thema gewesen. Er hatte für den Kugelfisch einen Preis bekommen. Offiziell residierte im Kugelfisch eine Bundesbehörde zur Rüstungskontrolle. Inoffiziell die Ethikkommission.

»Was sollen wir jetzt damit machen?«, sagte Ramelow. »Wissen Sie, ich hab Ihnen gestern auf dem Hofgut Waldheim meine Dankbarkeit und meine Achtung ausgedrückt, und ich stehe persönlich zu jedem Wort. Aber die Aussage dieser Saskia Lämmle ist schon ein Problem.«

»Sie glauben ihr doch wohl nicht?«, warf ich schnell ein, bevor er fortfuhr. Es tat gut, aktiv zu sein. Wenigstens ein bisschen. So musste ich nicht vor Wut ersticken, jedenfalls noch nicht gleich.

»Glauben, was heißt hier glauben!«, schnaubte Ramelow. »Das spielt doch gar keine Rolle, was ich glaube. Diese Lämmle hat berichtet, dass sie sie unter Kokain gesetzt und danach mehrfach zum Sex genötigt haben. Dabei sei es zu sadistischen Praktiken gekommen. Ein ärztliches Attest haben wir hier auch ...«, er hob ein Stück Papier in die Höhe, »... und da ist von erheblichen Verletzungen die Rede. Kann alles erstunken und erlogen sein ...«

»Ist alles erstunken und erlogen!« rief ich.

»Ja und?« Jetzt brüllte Ramelow. »Wie blöd sind Sie eigentlich? Wir sind hier eine Ethikkommission. Ethik, verstehen Sie? Was wir brauchen, ist eine Weste, die weißer ist als weiß. Da darf es noch nicht einmal zu einem Verdacht kommen.«

Ich hatte verloren. Mit einem satanischen Gespür für Gelegenheiten hatte sich die blonde Natascha an mir gerächt, und ihre Rache knallte mir voll in die Fresse.

»Das geht bis zum Innenminister. Oder sogar bis zur Kanzlerin. Die ist völlig aus dem Häuschen und will über alles im Zusammenhang mit dem Hofgut Waldheim persönlich informiert werden. Was soll ich denn mit dieser Scheiße hier jetzt machen?«

Er bedeckte sein Gesicht kurz mit den Händen. Dann sah er auf, blickte mich scharf an und sagte: »Rausschmeißen muss ich Sie. Heute. Sofort. In einem halben Jahr können wir uns darüber unterhalten, ob Sie vielleicht als Ausbilder zu uns zurückkommen. Inoffiziell. Bis dahin: Schnauze halten und keine krummen Dinger mehr. Und jetzt hauen Sie ab, die Erwachsenen haben noch was zu bereden.«

Die Tür schloss sich automatisch hinter mir. Das war auch eines der Kugelfischfeatures, für die der Stararchitekt den Preis bekommen hatte.

Nachdem ich eine ganze Weile innerlich und äußerlich getobt, in meinem Selbstmitleid geschwelgt und zu viel Alkohol getrunken hatte, riss ich mich am Riemen. Mein Verhalten war nicht professionell. Ich hatte im besten Interesse der Kommission gehandelt, in voller Übereinstimmung mit den Empfehlungen und Richtlinien, die uns Kommissare ermahnen, immer auch unkonventionelle Mittel und Lösungen in Betracht zu ziehen. Ich war dafür erst gelobt und dann abgestraft worden. Widersprüchlich? Ungerecht? Ja und? Hatte mir überhaupt jemand irgendwann einmal versprochen, das Leben, vor allem das Berufsleben sei gerecht und widerspruchsfrei? Ich riss mich am Riemen. Ich atmete durch. Wenn Ramelow gemeint hatte, er würde mich mit seiner kleinen Tirade entmutigen, dann hatte er sich geschnitten. Ich war bereit, ein halbes Jahr zu warten, und dann schlicht und einfach als Ausbilder bei der Kommission neu anzufangen. So was musste man wegstecken können, wenn man in der Kommission was werden oder auch nur überleben wollte.

Ich wurde für den Kampf gegen meine Weinerlichkeit belohnt: Nach einem Monat entdeckte ich, dass meine vollen Bezüge weiterhin eintrafen. Im nächsten Monat geschah genau das Gleiche. An einen Irrtum zu glauben, war jetzt fast unmöglich. Die Kommission hatte noch was mit mir vor.

Jetzt sind vier Monate vorbei, und ich arbeite bereits an meiner Neubewerbung. Denn mir ist völlig klar, dass Ramelow eine komplette Bewerbung mit allen Schikanen von mir verlangen wird, das gehört zum Spiel, das muss er allein schon deswegen machen, um dienstrechtlich abgesichert zu sein. Ich bin guter Dinge. Wenn alles so läuft, wie ich mir das vorstelle – und ich sehe keinen Grund, warum es das nicht tun sollte – kann ich in zwei Monaten Ethikkommissare ausbilden, und ich entdecke, dass ich das eigentlich schon lange wollte. Mein einziges Problem ist eine andere Entdeckung. So lächerlich es klingt, ich würde gerne über meine Erlebnisse auf dem Hofgut Waldheim schreiben. In literarischer Form. Gelesen habe ich ja schon immer gern, und die Erlebnisse und die Hofgut-Affäre gäben einen wunderbaren Stoff. »Hofgut-Affäre« nennen sie die Sache jetzt in den Medien, die Presse hält sich immer noch damit auf. Ich kann gar nicht mehr hinsehen, ich denke zu oft: »Wenn ihr nur wüsstet.« Und genau aus dem Grund würde ich gerne beschreiben, wie es wirklich war. Nicht um irgendwas davon zu veröffentlichen, um Himmels willen. Nur um es festzuhalten. Aber wenn ich eins nicht machen darf, dann das. Ramelow hat gesagt: Keine krummen Dinger mehr! Über etwas so Heikles wie die Hofgut-Affäre aus meiner Sicht zu schreiben, wäre das krummste Ding, das sich denken lässt. Obwohl ich nichts davon bemerke, werde ich rund um die Uhr überwacht, da bin ich mir absolut sicher. Schon der Verdacht, dass ich quasi außerberuflich an einem Bericht über die Hofgut-Affäre arbeiten könnte, würde nicht nur meine Rückkehr zur Kommission gefährden, sondern unmittelbar mein Leben. Man hätte gar keine andere Wahl, als mich aus dem Weg zu räumen, wenn ich in dieser Hinsicht eine ernsthafte Gefahrenquelle darstellen würde. Deswegen habe ich beschlossen, meinen Langbericht über die Ereignisse nur in meinem Kopf zu schreiben, und Satz für Satz, Wort für Wort auswendig zu lernen. Vielleicht schreibe ich ihn dann nach meiner Pensionierung auch tatsächlich nieder.

DER KELLER

I

Seit der Entdeckung des Kellers sind jetzt zwei Wochen vergangen. Die Einordnung des Vorfalls in einen terroristischen Zusammenhang hat sich als unhaltbar erwiesen. Die Ermittlungen laufen auf vollen Touren, und eine abschließende Bewertung ist bislang nicht möglich, aber es kann mit an Sicherheit grenzender Wahrscheinlichkeit ausgeschlossen werden, dass der Fall einen politischen Hintergrund hat. Die entsprechenden Stellen entsenden zwar Mitglieder in den Koordinationsausschuss, tun das aber nicht, weil sie sich im engeren Sinne zuständig fühlen, sondern eher aus allgemeinem nachrichtendienstlichen Interesse (Doppel elektronischer Schriftverkehr anbei).

Die starken Kräfte, die nach der Entdeckung des Kellers zusammengezogen wurden, um den Tatort zu sichern und für alle Eventualitäten gewappnet zu sein, sorgen noch immer für Unruhe unter den Anwohnern. Das Auftreten der Spezialkräfte wurde von manchen Anwohnern als unsensibel erlebt, von einigen wenigen sogar als bedrohlich. Naturgemäß handelt es sich dabei vor allem um diejenigen Bürger, die mehrfach von Maßnahmen wie Ausgangssperren, Personenkontrollen und Hausdurchsuchungen betroffen waren. Alle offiziellen Beschwerden stammen von Bewohnern des Hauses Horvarthstr. 21, in dem der Keller entdeckt wurde. In vier Fällen liegt eine Dienstaufsichtsbeschwerde gegen ausführende Beamte vor, in einem einzigen eine Anzeige wegen Körperverletzung. Der betreffende Beamte wird von einer Bürgerin (Anna H.) beschuldigt, sie durch einen Faustschlag verletzt zu haben. Der Beamte leugnet dies. (s. Abhörprotokolle/Telefon der Bewohner Horvarth- und Breitenbachstr. sowie Kontaktpersonen, Aussageprotokolle Anna H. und Polizeimeister Bernd S.)

Besondere Erwähnung verdient der Umstand, dass von einem geistesgegenwärtigen Anwohner des Hauses Horvarthstr. 25 (Ercüment S.) nicht nur die Aktionen der Spezialkräfte, sondern auch der Abtransport des Geräts und der Opfer fotografiert werden konnten. Die Existenz der betreffenden Aufnahmen wurde uns durch Telefonüberwachung bekannt. Durch einen fingierten Einbruch in die Wohnung des Ercüment S. konnten die Kamera und der teilweise belichtete Film sichergestellt werden. Bei einer Überprüfung der gemachten Aufnahmen, die von guter Qualität sind, stellte sich heraus, dass sie die Mitglieder des Extraktionsteams, die Einsatzfahrzeuge der GNI-Sicherheit und das Gerät sowie die Opfer in eindeutigem Zusammenhang zeigen, und im Falle einer Veröffentlichung großes Aufsehen erregen würden. Die Existenz der GNI-Sicherheit wird bis jetzt offiziell immer noch geleugnet. Würde sie mit den Vorfällen in der Horvarthstraße in Zusammenhang gebracht, wären erhebliche Schwierigkeiten die Folge. Durch gezielte Indiskretionen ist der Komplex Horvarthstraße bisher in der Öffentlichkeit als Ereignis aus dem Bereich Organisierte Kriminalität/Betäubungsmittelgesetz gesehen worden, entsprechende Berichte in den Medien (»Drogenküche aufgeflogen«, s. Zeitungsausschnitte anbei) haben die öffentliche Wahrnehmung weiter in eine für uns günstige Richtung gelenkt. Zwar hat die Presse von einigen Anwohnern übereinstimmende Aussagen über die Anwesenheit von »grauen Autos« und Personal in »grauen Schutzanzügen und Uniformen« erhalten, weil aber dazu kein Bildmaterial vorlag, wurde diesen Aussagen kein großer Raum in der Berichterstattung eingeräumt.

Glücklicherweise wurde der Plan verworfen, die Anwohner der Horvarthstraße durch kollektive Unterzeichnung einer Stillhalteerklärung zum Schweigen gegenüber der Presse zu zwingen. Der Verfasser dieses Berichts hat von Anfang an vor einem derartigen Vorgehen gewarnt und sieht sich durch den bisherigen Verlauf der Affäre in seiner Ansicht voll bestätigt. Die diskrete Aufklärungsarbeit im Hintergrund hat bis jetzt entschlossene Nachfragen der Presse über die ungeklärten Umstände der polizeilichen Aktionen verhindern können. Der Pensionär Ercüment S. ist türkischer Herkunft. Er ist alleinstehend, seine sozialen Kontakte mit den anderen Bewohnern des Hauses beschränken sich auf ein Minimum. Regelmäßig telefoniert er nur mit seiner Tochter in Köln, die dort mit ihrem deutschen Mann wohnt.

Ercüment S. hat bisher den Einbruch nicht polizeilich angezeigt. Wenn er es noch tut, sollte er leicht davon zu überzeugen sein, dass er sich keine große Hoffnungen auf den Rückerhalt der Kamera machen kann, da im Viertel eine Serie von Einbrüchen stattgefunden hat, und von der Beute bisher nichts wieder aufgetaucht ist. Möglicherweise ist er davon ohnehin schon überzeugt und nimmt deswegen von einer Anzeige Abstand. Nach den bisherigen Ergebnissen der Telefonüberwachung zu schließen (drei Telefonate mit seiner Tochter), bringt er den Diebstahl der Kamera nicht mit der Entdeckung des Kellers und dem Auftauchen der GNI-Kräfte in Verbindung. Zur Sicherheit wird 24h-Audio/Video der Wohnung durchgeführt. Der Verfasser dieses Berichts ist sich der Tatsache bewusst, dass diese Vorsichtsmaßnahme gerechtfertigt ist, schätzt aber die Gefährdung durch Ercüment S. als gering ein (s. Zusammenfassung Abhörprotokolle Ercüment S., Vollmaterial A/V auf Anfrage Referat IV (Archiv), Teilnahme Echtzeitverbindung Referat IIa (Technische Dokumentation)).

II

Die Auswertung zur Spurensicherung im Keller selbst hat wenig Greifbares erbracht, und Schlussfolgerungen zum Tatort bewegen sich immer noch im Bereich der Spekulation. Weder der »Interviewraum« noch der »Schlafraum« haben bisher Hinweise auf die Täter geliefert. Die beiden Begriffe, die sich für den kleineren und den größeren Teilraum des Kellers eingebürgert haben, werden hier bewusst in Anführungszeichen gesetzt, weil die Erkenntnislage nach Ansicht des Verfassers keine eindeutige Bezeichnung zulässt. Eigentlich sollte unter den gegebenen Umständen von Raum »A« und »B« gesprochen werden, da diese Nomenklatur aber bei Sitzungen des Koordinationsstabs zum Komplex Horvarthstr./Keller für Verwirrung gesorgt hat, verwendet der Bericht die allgemein üblichen Begriffe. Über den »Interviewraum« ist bisher nur bekannt, dass er einen einzigen Stuhl, eine Deckenleuchte und eine Lautsprecher/Mikrofon/Kamerakopf-Kombination enthielt. Hersteller und Händler der besagten Gegenstände sind ausgemacht und überprüft worden, es hat sich bei keiner der beteiligten Firmen auch nur der Anfangsverdacht einer Verwicklung ergeben. Der »Schlafraum« war mit fünf Krankenhausliegen und entsprechender Peripherie zur medizinischen Überwachung und Versorgung ausgestattet, außerdem fanden sich Telekommunikationseinrichtungen modernster Art und das Gerät. Die fünf Opfer wurden regungslos auf den Liegen vorgefunden. Abgesehen von dem Umstand, dass sie im Wachkoma lagen, waren sie in gutem körperlichem Zustand. Die in beiden Räumen gefundenen Spuren lassen sich alle auf diese fünf Opfer beziehen. Nach Stand der Forensik sind diese fünf Personen die einzigen, die die Räumlichkeiten in den letzten 25 Jahren betreten haben. Daraus ergeben sich drei mögliche Schlussfolgerungen, die im Grad ihrer Wahrscheinlichkeit aufgelistet werden:

1. Unter den fünf Opfern befindet oder befinden sich auch der oder die Täter.

2. Dem oder den Tätern ist es gelungen, seine oder ihre Spuren vollkommen zu entfernen.

3. Es gibt Spuren, aber sie können von der aktuellen Technologie prinzipiell nicht entdeckt werden.

Gegen die erste Annahme spricht, dass die Fingerabdrücke der Opfer im »Schlafraum« streng lokalisiert sind und jeweils nur in der Umgebung ihrer eigenen Liegen gefunden wurden, in keinem Fall konnten Fingerabdrücke eines der Opfer unmittelbar an oder bei einem anderen Opfer gesichert werden. Eine Altersbestimmung der biologischen Spuren, die bis an die Grenze des technisch Machbaren getrieben wurde, hat ergeben, dass die Abstände von Spureneintrag zu Spureneintrag exakt eine Woche betrugen. Ohne einer endgültigen Klärung des Tathergangs vorgreifen zu wollen, kann nach Lage der Dinge davon ausgegangen werden, dass die Opfer jeweils im Abstand von einer Woche eintrafen, im »Interviewraum« einer verbalen Kommunikation und Überprüfung ausgesetzt wurden und dann im »Schlafraum« dazu veranlasst wurden, sich selbst auf den Liegen einzurichten. In diesem Zusammenhang verdient die Tatsache besondere Bemerkung, dass das Anlegen der Gerätschaften zur Fäkalienentsorgung große Schmerzen bereiten kann und meistens unter Narkose erfolgt. Wie bei der Identifikation der Opfer zutage trat, haben sie alle eine medizinische Ausbildung und sind mit den Gegebenheiten einer Langzeit-Koma-Therapie vertraut, was den Schluss zulässt, dass sie mit Rücksicht auf diese Fähigkeiten überhaupt erst ausgesucht wurden.

Gegen Annahme zwei spricht das Dogma der Kriminalistik, dass das spurenfreie Begehen einer Straftat nicht möglich ist. Sollten die Täter im Keller Spuren hinterlassen haben, so sind sie der Spurensicherung nicht aufgefallen; da die Anstrengungen in dieser Hinsicht dem Stand der Technik entsprechen und sogar einige experimentelle Ansätze umfassten, müssten die Täter der Kriminalistik an diesem Punkt weit voraus sein. Der verantwortliche kriminaltechnische Direktor fasste den allgemeinen Verdruss in folgender Aussage zusammen: »Entweder war da niemand sonst, oder er war schlauer als wir.« (Privatgespräch mit dem Verfasser des Berichts, 22.9. ca. 16.15, Konferenzraum PP Bornemannstr., siehe Gesprächsprotokoll anbei.)

Gegen Annahme drei spricht die Tatsache, dass die aktuelle Technik der Spurensicherung schon lange in den Quantenbereich vorgedrungen ist. Die vermuteten Spuren müssten aus einem Bereich der Wirklichkeit stammen, der von den geltenden Paradigmen der Physik nicht beschrieben werden kann.

Keines der Opfer hat bis heute wiederbelebt werden können. Sie befinden sich in einem eigenen Bereich auf der Komastation der Universitätsklinik Aachen und stehen dort rund um die Uhr unter Bewachung. Für die nächste Zeit ist die Verbringung in ein Bundeswehrkrankenhaus mit der entsprechenden Ausrüstung geplant. Der medizinische Bericht zur Erstuntersuchung weist alle typischen Merkmale eines apallischen Syndroms auf (erhaltener Schlaf-Wachrhythmus, geöffnete Augen, Fehlen sinnvoller Reaktion auf Ansprache oder Berührung), mit der einen Ausnahme, dass für alle Opfer eine untypisch kräftige Atmung festgestellt wurde, die sich auch in einem messbar erhöhten Stoffwechsel niederschlug. Nach Einlieferung in die Universitätsklinik normalisierten sich die Werte jedoch innerhalb von drei Tagen.

Zwar sind für alle fünf Vermisstenanzeigen von näheren oder entfernteren Bezugspersonen eingegangen, aber offenbar bringt keine dieser Bezugspersonen das Verschwinden seines/ihres Verwandten/Bekannten mit dem Komplex Horvarthstr. in Verbindung, wie auch die Kommunikationsüberwachung dieser Bezugspersonen durchgängig ergibt. Die Sektion der Komastation, in der die Opfer untergebracht sind, steht unter Quarantäne, das Personal wurde zum Stillschweigen verpflichtet, kennt die wahre Identität der Opfer nicht und wurde dahingehend informiert, dass es sich um Verlegungen von relativ frischen Apallikern aus verschiedenen Standorten handelt, die in Aachen einer Therapie mit experimentellen Wirkstoffen unterzogen werden sollen. Die Überwachung der Placebogaben erfolgt durch einen Mitarbeiter der GNI-Sicherheit, der Arzt ist. Die Frage, was mit den Opfern nach Beendigung der Ermittlungen zu geschehen hat, ist noch nicht in aller Deutlichkeit gestellt worden. Wo sie am Rande auftaucht, wird das Vorgehen meistens von den Ermittlungsergebnissen abhängig gemacht. Der Verfasser des Berichts gibt zu bedenken, dass eine eventuelle Genesung der Opfer, so unwahrscheinlich sie auch erscheinen mag, zu fortgesetzten Schwierigkeiten führen könnte, wenn Sachzwänge eine Veröffentlichung der Ermittlungsergebnisse verbieten sollten (s. Grundrisse Keller Horvarthstr. 21, medizinische Untersuchungsergebnisse, Protokolle K-Überwachung Opferbezüge).

III

Im Gesamtkomplex Horvarthstr. stellt das Gerät zweifellos die größte Herausforderung dar. Es befindet sich in einem Labor der GNI-Sicherheit in Bad Tölz und wird dort ständig neuen Testreihen unterworfen, die allerdings bisher keine eindeutigen Ergebnisse erbracht haben. Fest steht im Grunde nur, dass wir es bei dem grauen Quader von 70 x 30 x 10 cm mit einer technischen Apparatur aus dem Computerbereich zu tun haben. Jedenfalls lassen darauf einige »Schnittstellen« von ungewöhnlichem Design schließen, die sich an einer Längsseite des Gehäuses befinden (s. 3D-Modell Gerät). Zwei Mitglieder des Extraktionsteams beschwören, dass die Kabel der medizinischen Überwachungsgeräte bei ihrem Eindringen in den Schlafraum mit diesen Schnittstellen verbunden waren; da die Photos der Spurensicherung etwas anderes belegen, geht der Koordinationsstab von einer stressbedingten Erinnerungsfehlleistung der betreffenden Beamten aus. Bei seinem Auffinden stand das Gerät aufrecht an der hinteren Querwand des »Schlafraums« (s. Grundriss). Es erwies sich beim Abtransport als extrem schwer, das genaue Gewicht beträgt 172,44 Kilogramm. Auf die Frage, warum das Gerät bisher noch nicht geöffnet oder nicht zumindest geröntgt wurde, um seinen Inhalt festzustellen, antwortet der Vertreter der GNI-Sicherheit im Koordinationsstab ausweichend. Überhaupt muss bemerkt werden, dass die GNI-Sicherheit einen unangenehm hohen Wert auf Diskretion in dieser Angelegenheit legt, einige Mitglieder des Koordinationsstabs sprechen bereits von Geheimniskrämerei. In der Tat sind die Untersuchungsergebnisse, die die GNI-Sicherheit dem Koordinationsstab zur Verfügung stellt, äußerst lückenhaft und vage, die konkretesten Aussagen lassen sich zu der Tatsache finden, dass die Versuche der GNI-Techniker zu einer Kontaktaufnahme mit dem Gerät bisher völlig ergebnislos waren. Auch eine Nachstellung der Ursprungssituation mit den Opfern und der Original-Hardware in Aachen hat keinerlei Reaktion hervorgerufen. Ohne Zweifel gehört die Untersuchung des Geräts in den Kompetenzbereich der GNI-Sicherheit, und es steht außer Frage, dass dieser Dienst seit der Entdeckung und Neutralisierung des Eurydike-Virus vor zwei Jahren unschätzbare Arbeit geleistet hat, aber der Verfasser des Berichts weist dennoch darauf hin, dass sich die extrem unkooperative Haltung der GNI-Sicherheit im Koordinationsstab kontraproduktiv auszuwirken beginnt. Mehr oder minder offen wird vermutet, dass die GNI-Sicherheit das Gerät für eine echte künstliche Intelligenz hält (s. Protokolle K-Überwachung Stabsmitglieder). Wenn dem so ist, dann sollten die GNI-Techniker das dem Koordinationsstab mitteilen, statt ihre Erkenntnisse zu horten wie einen Schatz. Wie das Gerät funktioniert, welchen Zweck es hat, wer es gebaut und aufgestellt hat, ob es außer mit den Opfern auch mit der Außenwelt kommuniziert hat usw. ist von Interesse für alle Dienste, die am Koordinationsstab beteiligt sind. Der Verfasser dieses Berichts mahnt eine Klärung der Frage an, ob die GNI-Sicherheit eine Rechenschaftspflicht gegenüber dem Koordinationsstab hat, und wenn ja, ob ihr gegenwärtiges Gebaren dieser Rechenschaftspflicht Genüge tut.

IV

Wie eingangs erwähnt, erlaubt der Stand der Untersuchung bislang abseits der offensichtlichen Tatsachen nur Hypothesen und Vermutungen, die mit großer Vorsicht genossen werden müssen. An dieser Stelle ist es dennoch meine Pflicht, auf Spekulationen hinzuweisen, die im Koordinationsstab bezüglich des Komplexes Horvarthstr./Keller angeklungen sind. Prof. Dr. Widmayer wurde, wie allgemein bekannt, vier Tage nach Entdeckung des Kellers dem Koordinationsstab als Berater beigeordnet. Seine Expertise auf den Gebieten der Informationstheorie, der Spieltheorie und der Technologiephilosophie ist ausreichend erläutert, wenn man erwähnt, dass er diese Gebiete als Lehrbeauftragter am Institut für Theoretische Informatik an der ETH Zürich vertreten hat (s. Lebenslauf Prof. Dr. Widmayer). Von den meisten Mitgliedern des Koordinationsstabs wurden seine Anwesenheit, seine methodische Gründlichkeit und seine kritischen Zwischenfragen bisher als Bereicherung empfunden, was um so bemerkenswerter ist, als seine Beiordnung zum Koordinationsstab anfangs auf erheblichen Widerstand stieß. Leider ist es bei einer Stabssitzung vor drei Tagen zu einem Zwischenfall gekommen, der die anfänglichen Bedenken gegen die Teilnahme Prof. Widmayers am Koordinationsstab zu rechtfertigen scheint. Bei der besagten Sitzung hat Professor Widmayer während einer Diskussion über das Gerät, die von allgemeiner Frustration über das Verhalten der GNI-Sicherheit gekennzeichnet war, völlig unvermittelt geäußert (wörtliches Zitat):

> Dieses Gerät da ist eine künstliche Intelligenz. Das wissen wir alle. Ich meine, wir wissen es nicht, aber es liegt auf der Hand. Im Grunde brauchen uns die GNI-Leute darüber nicht aufzuklären. Ich sollte mich schon sehr täuschen, wenn es keine wäre. Ich weiß nicht, wer sie gebaut und dort in dem Keller aufgestellt hat. Aber ich habe Ihnen eine Theorie darüber anzubieten, was diese künstliche Intelligenz getrieben hat mit den fünf Patienten.

An dieser Stelle wurde er vom Vorsitzenden des Stabes unterbrochen:

> Das sind sehr interessante Ausführungen, Professor Widmayer. Aber dürfte ich jetzt darum bitten, dass wir aus dem Reich der Spekulationen in das der Tatsachen zurückkehren? Bitte, meine Herren. Diskutieren wir doch zunächst einmal über das, was wir wissen, bevor wir uns für Vermutungen interessieren.

In einer darauffolgenden Krisensitzung, an der Prof. Widmayer nicht teilnahm, votierten die meisten Teilnehmer dafür, ihn aus dem Stab zu entfernen. Der Verfasser dieses Berichts warnt vor einem solchen Vorgehen. Eine offene Brüskierung Prof. Widmayers könnte große Probleme für die Geheimhaltung des Komplexes Horvarthstr. nach sich ziehen. Prof. Widmayer ist nicht irgendwer, und auch nur Andeutungen seinerseits gegenüber der Presse würden zu einem Skandal ungeahnten Ausmaßes führen. Der Psychologische Evaluationsdienst hat ein Profil Prof. Widmayers erstellt, das für den Fall seines Ausscheidens aus dem Stab eine Indiskretion seinerseits mit 68 % Wahrscheinlichkeit voraussagt (s. PED-Bericht und Simulation Widmayer).

Aufgrund dieser Projektion schlägt der Verfasser dieses Berichts eine lückenlose Überwachung Widmayers vor, während seine Stellung im Stab unangetastet bleiben sollte. Im Stab ist er harmlos, auch wenn er bizarre Ansichten vertritt. Durch eine Entlassung in seiner Berufsehre gekränkt, könnte er für die Ermittlungen zu einer handfesten Gefahr werden. Bei der Überwachung Prof. Widmayers hat die GNI-Sicherheit um Federführung gebeten, ihre Kompetenz in dieser Hinsicht sollte noch einmal geprüft werden.

V

Abschließend seien dem Verfasser dieses Berichts noch einige persönliche Bemerkungen erlaubt. Trotz der frustrierenden Ergebnislosigkeit der Ermittlungen bisher handelt es sich um den faszinierendsten Fall, an dessen Lösung ich bisher beteiligt war. Ich kenne viele der anderen Teilnehmer schon länger, unter anderem aus der Eurydike-Untersuchung, bin aber von der Eigendynamik verblüfft, die der Fall »Keller« unter den Mitgliedern des Koordinationsstabes auslöst. Die schon erwähnte überraschende Einlassung Prof. Dr. Widmayers ist nur ein Indiz für das ungewöhnlich starke persönliche Engagement der Stabsmitglieder, auch das extrem hohe Niveau an interdienstlicher und interpersoneller Kommunikation zu Detailfragen des Falls, die offensichtlichen Alleingänge der GNI-Sicherheit bei der Untersuchung des Geräts und anderes mehr verweisen darauf. Schon allein die gruppendynamische Situation des Koordinationsstabs wäre eine gesonderte Betrachtung wert und sollte nach Abschluss des Falles unbedingt in Hinsicht auf eine Verbesserung der zukünftigen Zusammenarbeit evaluiert werden. In der Überzeugung, im Koordinationsstab bisher gute Arbeit geleistet zu haben, bitte ich um eine Verlängerung des Dienstauftrags.

NACHTFLUG

Am meisten freue ich mich immer noch über die Spekulationen in den Zeitungen. »Warum hat der das getan, warum?«, fragen sich die Autoren der Artikel tief bestürzt, und dann werde ich vorgestellt. Ich sehe mich in Uniform und in meiner Fliegermontur, ich sehe mich in Zivil mit meiner Mutter und meiner Schwester, ja ich sehe mich sogar im Kindergarten, auf Bildern, von deren Existenz ich bis vor kurzem nichts wusste. Alles wird umgegraben, und wenn die Journalisten nichts mehr zum Umgraben finden, dann lügen sie das Blaue vom Himmel herab, um das Bedürfnis ihrer Leser nach Erklärungen zu befriedigen. Wenn man das ernst nimmt, was die von sich geben, dann leide ich an restlos allen je beschriebenen psychischen Krankheiten, gleichzeitig.

Und natürlich die Vaterlosigkeit, das ist einer ihrer großen Rettungsanker. Die Psychologinnen, die in den Talkshows auftreten, sagen am Anfang immer, dass sie sich nicht an Spekulationen beteiligen wollen. Und dann spekulieren sie los. Wenn sie erst einmal bei der Vaterlosigkeit angekommen sind, ist es gelaufen. Dann gibt es einen Schwenk ins Publikum. Dann werden die verhärteten Gesichter der Zuschauer abgefilmt. Und der eine oder andere gibt »Unmutsäußerungen« von sich. Das ist auch so ein schönes deutsches Wort, das ich schon immer gemocht habe, schon während des Studiums. Wenn diese Zuschauer wüssten, dass ich hier in meiner Zelle in Ramstein Fernsehen habe, wären sie noch empörter. Es ist ja einer von ihnen umgekommen bei meiner Aktion. Ein Unschuldiger. Und ihre schöne Kirche ist nur noch ein Haufen Schutt. Wenn sie die Briefe von ehemaligen Royal-Air-Force-Piloten lesen könnten, die täglich hier eintreffen, würden sie vor Wut wahrscheinlich ersticken. Auf jeden Fall möchten sie, dass ich hart bestraft werde. Von einer harten Strafe ist immer wieder die Rede. Und von deutscher Souveränität. Damit meinen sie, dass sie mich gerne in die Finger bekommen würden, um mich nach deutschem Recht zu züchtigen für das, was ich ihnen angetan habe. Der sächsische Innenminister hat die Wiedereinführung der Todesstrafe gefordert, unter anderem wegen mir. In Kaiserslautern wurde schon mehrfach gegen mich demonstriert. Nicht nur die Neonazis waren dabei, sondern auch die Grünen und die sogenannte Friedensbewegung. Auch sie haben Schilder von Hans Hermann Malinckrodt geschwenkt, dem Mann, den ich umgebracht habe. Dieser Name ist mir zu kompliziert. Ich nenne ihn immer nur »Herman«. Er war nicht mein erster Kollateralschaden, aber wahrscheinlich mein letzter. Hätten die feinen Grünen nur mal selbst etwas gegen die Kirche unternommen. Herman würde jetzt noch leben. Heute steht in der Zeitung, dass sie das Schmuckstück ein zweites Mal wieder aufbauen wollen. Aber es gibt Schwierigkeiten. Die beiden GBU-31 waren mit Uran-Penetratoren ausgerüstet. Das Gelände muss deswegen komplett saniert werden. Zwar sagt das Bundesamt für Strahlenschutz, dass die Radioaktivität vernachlässigbar sei, aber Uran sei nun einmal giftig, und fein in der Luft verteilte Uranstäube könnten in die Lungen der Leute gelangen usw. usf. Noch mehr deutsche Opfer. Ich, der Täter, werde den größten Teil meines restlichen Lebens hinter Gittern verbringen. Hoffentlich nicht in Deutschland. I can't relax in Germany.

Ja, und warum ich das getan habe? Seit ich davon gehört hatte, dass die Kirche wieder aufgebaut werden sollte, hasste ich die Idee, das Projekt, die Leute, die damit zu tun hatten. Die Bilder aus der DDR beschrieben sie genau in dem Zustand, in dem sie sein sollte: eine Ruine auf einem leblosen Platz. Und in genau diesen Zustand habe ich sie wieder zurückversetzt, ich, der Terrorist. 93 Millionen Euro Schaden und ein Toter. Ich habe mich nicht einmal bei Hermans Familie entschuldigt. Terroristen entschuldigen sich nicht.

Die Deutschen sind jetzt moralisch so überlegen, das lieben sie. Längst setzen sie den Verlust ihrer feinen Kirche mit 9-11 gleich. Eine kleine radikale Gruppe hat in Kaiserslautern allerdings auch für mich demonstriert. »Antideutsche« nennen sie sich. Für die bin ich ein Held. Sie laufen mit Israel-Fahnen umher und mit Schildern, auf denen steht »Bomber Harris, do it again.« Bei der Demonstration für mich hatten sie auch ein Schild dabei, auf dem ich dargestellt war. Der Anführer dieser Gruppe hat mir einen Brief geschrieben, in dem er mir mitteilt, wie stolz er auf das ist, was ich getan habe. Als wär er's selbst gewesen. Die »Antideutschen« wollen mir helfen. Sie wollen mich auch finanziell unterstützen, zum Beispiel, was die Anwaltskosten angeht. Sie können zur Hölle fahren, wie die Fernsehzuschauer mit ihren »Unmutsäußerungen« und all die anderen guten Deutschen.

Eigentlich hätte sich alles nicht glücklicher fügen können. Irgendwann war die neue F-24 fertig entwickelt, und irgendwann musste getestet werden, ob das Flugzeug die Waffen auch tragen und zur Anwendung bringen konnte, für die es gebaut worden war. Ich hatte Kampferfahrung im Irak, ich hatte von der F-15 bis zur F-35 alles geflogen, und den Harrier, die Phantom, den Tornado und den Eurofighter dazu. Das UK hatte die Entwicklung der F-24 maßgeblich mitbezahlt, meine Laufbahn war tadellos, ich komme gut mit den Amerikanern aus, mein Deutsch ist sehr gut, ich war verfügbar. Also wurde ich ausgewählt, zusammen mit Michael. Wir würden die ersten britischen Piloten sein, die mit der F-24 einen simulierten Kampfeinsatz fliegen würden, scharfe Munition inbegriffen. Das hatte irgendwann kommen müssen, und von meinem und Michaels Standpunkt aus waren wir beide die logische Wahl. Dass die Sache in Deutschland steigen sollte, war auch kein Zufall: Die erste europäische Nato-Staffel, die mit dem neuen Flugzeug ausgerüstet wurde, war nun einmal in Spangdahlem, Rheinland-Pfalz stationiert. Und als wir beide an einem verregneten Tag per Helicopter nach Spangdahlem gebracht wurden, dachte ich auch an nichts anderes als an meinen bevorstehenden Einsatz. Ich würde im Simulator geschult werden, zusammen mit Michael einige Flüge mit der F-24 durchführen und dann nach Coningsby zurückkehren, wo ich hingehöre. Das war der Plan.

Die guten Deutschen. Die als Westdeutsche alles vergaßen. Zum Beispiel, dass hauptsächlich wir Briten sie am Verhungern gehindert haben, nach einem Krieg, den sie selber angezettelt hatten. Die nicht wissen wollten, dass deswegen bei uns bis 1951 das Brot rationiert war. Die uns mit ihren Ammenmärchen von 350.000 Toten in Dresden kamen, die uns kommen wollten mit den Lagern im Burenkrieg, anno 1900, wenn man sie an Auschwitz erinnert, und die uns vorwerfen, die Bahnlinien nach Auschwitz nicht bombardiert zu haben, auf denen sie die Juden ins Gas fuhren, die guten, die brillanten Westdeutschen. Supergut waren aber natürlich auch die Ostdeutschen, denen genau so eine Scheiße im Kopf rumging. Die schon während ihres Sozialismus genau dasselbe wollten wie die Westdeutschen, nämlich Weltgeltung, und die nach ihrem Sozialismus erst recht dasselbe wollten wie die Westdeutschen, nämlich alles zurück. Kriege anzetteln, sie verlieren, und trotzdem alles zurück wollen, das ist so die feine deutsche Art, und für mich war der Wiederaufbau dieser Kirche das beste Symbol dafür. Besser und schöner sollte sie sein als vorher, computergenau den alten Plänen nachgebaut, ein Fest des ewigen deutschen Wiederhabenwollens. Wie hat mich das angekotzt. Ich weiß noch, wann ich auf die Idee kam. Es war nach einem der ersten Briefings. Eigentlich eine langweilige Sache, an der hauptsächlich wir, einige Amerikaner und verschiedene Projektleiter, Ingenieure und Experten teilnahmen, die das Flugzeug mitgeplant und gebaut hatten. Die Amerikaner hatten eine Menge Obstsalat am Revers. Uns wurde erzählt, wie toll dieses Flugzeug war, und welche Fähigkeiten es hatte, und dazu wurde eine Karte von Deutschland mit der Reichweite der F-24 an die Wand projiziert, alles von Spangdahlem aus gesehen. Ich bin mir gar nicht sicher, ob Dresden auf dieser Karte überhaupt eingetragen war. Aber am Abend nach dem Briefing forschte ich im Internet nach. Es war möglich. Theoretisch, rein theoretisch konnte man das machen. Man konnte in Google Earth ein Satellitenfoto der Kirche anschauen. Ich hatte etwas gegen sie einzuwenden, ich konnte etwas gegen sie anbringen, eine Sache namens GBU-31. Ich weiß noch genau, was ich in diesem Moment der Disziplinlosigkeit gedacht habe: »Was für eine bescheuerte Idee. Aber lustig.« Dann ging ich schlafen.

In der zweiten Woche, wir waren mitten im Simulatortraining, machten wir einen Ausflug nach Spangdahlem. Die offizielle Begründung für solche Exkursionen ist, dass sie psychologisch förderlich sind, dass sie Lagerkoller und Wagenburgmentalität entgegenwirken können, dass sie ein wenig Tapetenwechsel bieten. Weswegen man uns dann ausgerechnet nach Spangdahlem schleifte und nicht in eine der größeren Städte von Rheinland-Pfalz schickte, ist mir ein Rätsel. Ich bin nicht anfällig für Lagerkoller. Die Airbase in Spangdahlem war nicht Coningsby, bot mir aber Abwechslung genug. Ich bin auch in Coningsby lieber auf dem Flugplatz als daheim, das Militär ist meine Familie, zivile Freunde habe ich ohnehin nicht. Ich habe sie auch noch nie vermisst. Wie dem auch sei, wir machten einen Ausflug nach Spangdahlem. Wir liefen die einzige nennenswerte Straße entlang, die ein bizarres Gemisch aus deutscher und amerikanischer Gemütlichkeit bot, tranken einen Kaffee in einem Diner, sahen uns die Vorgärten an und fühlten uns in all der Trostlosigkeit furchtbar fremd. Eine törichte Alibigeschichte. Die Deutschen hielten Michael und mich für Amerikaner, die Amerikaner wussten, dass wir keine von ihnen waren. Manche grüßten uns, andere zeigten uns die kalte Schulter, die Bedienung in dem Diner war sehr freundlich. Unser Fremdenführer war ein rundlicher USAF-Captain, der schon ewig in der Verwaltung der Air Base arbeitet und außerdem als Sachverständiger für Öffentlichkeitsarbeit doubelt. Er kam auf die Idee, uns die einzige Sehenswürdigkeit des Orts zu zeigen: eine katholische Kapelle aus dem soundsovielten Jahrhundert. Ich wollte nicht schwierig sein, deswegen ging ich mit. Das Kirchlein war arm und klein, die restaurierten Malereien und die »Grablegungsgruppe« wirkten nicht besonders beeindruckend, die Flugblätter am Eingang zur Erklärung der historischen Bedeutung waren kaum lesbar, so oft hatte man Kopien von Kopien der Kopien gezogen. Und dann war da dieser Geruch, den ich an Kirchen noch nie gemocht habe. Von dem ich mir einbilde, dass er in allen Kirchen der Welt gleich ist, egal ob sie nun in England oder in Deutschland stehen, egal welche Sekte verantwortlich zeichnet. Ist es der Weihrauch, sind es die Kerzen, sind es die Gerüche, die viele Menschen in einem Raum nun einmal hinterlassen? Ich weiß es nicht, es ist mir auch gleichgültig. Jedesmal, wenn ich eine Kirche betrete, fühle ich mich danach beschmutzt, als müsste ich duschen, als müsste ich meine Kleider reinigen, genau wegen dieses Geruchs. Ich war nur fünf Minuten in der Spangdahlemer Kapelle, aber danach war meine Laune bei Null. Obwohl ich es zu verbergen versuchte, merkte Michael was. Er fragte mich nach dem Grund. »Ist nicht mein Tag«, war meine Antwort. Ich konnte erst wieder aufatmen, als wir zur Basis zurückkehrten.

Wie gut die F-24 wirklich war, fiel mir besonders im Vergleich zur F-35 auf, die ich immer für eine Fehlkonstruktion gehalten habe. Was ein gutes Flugzeug von einem mittelmäßigen oder gar schlechten unterscheidet, kann man Nichtpiloten nur schwer vermitteln. Vielleicht helfen die Begriffe »Präsenz« und »Reaktionsfreude« weiter. Ein gewisses Gefühl, dass die Maschine da ist, fliegen will. Ich weiß, das klingt nach Mystik, aber zu wissen, dass man sich wegen dieser vibrierenden Präsenz der Maschine auf sie verlassen kann, auf ihre Bereitschaft, das ist eine enorme Erleichterung. Es gibt immer ein Risiko für Piloten, auch ohne Kampfgeschehen. Aber diese Ansprechbarkeit der Maschine, die natürlich auch nichts anderes ist als ein Resultat der Gespräche ihrer Erbauer, mindert das Risiko subjektiv enorm. Es kommt in dieser Hinsicht übrigens gar nicht darauf an, wie technisch avanciert ein Flugzeug ist. Ich habe genug verschiedene Typen geflogen, vom Segelflugzeug bis zum Bomber, um das beurteilen zu können. Ich denke, es geht hier um den Unterschied zwischen gutem und schlechtem Design.

Eines hat die Entwicklung der Elektronik allerdings gebracht. Während bis in die späten Achtziger die Piloten von Kampfjets alle drei Sekunden eine Handlung ausführen mussten, um einen Absturz zu verhindern, ist heute der Wert auf 6,5 Sekunden gestiegen. Das macht das Fliegen außerhalb von unmittelbaren Kampfsituationen viel entspannter. Dass die elektronischen Komponenten der F-24 sehr gut aufeinander abgestimmt waren, merkte ich bereits bei den ersten Trainingsflügen. Die F-24 ist das erste Flugzeug, dessen Bordcomputer sinnvoll verbal kommunizieren kann. Zwar irritierte mich beim ersten Flug die seltsam geschlechtslose Stimme etwas, aber später mochte ich sie dann ganz gern. Michael fing bald an, den Bordcomputer seiner F-24 »HAL« zu nennen. Er ist halt ein wenig einfacher gestrickt.

Die GBU-31 ist eine feine Sache. Sie besteht aus einer herkömmlichen Bombe und einem Erweiterungssatz, der sie lenkbar macht. Es ist, als würde man einem dummen Kanister voller Sprengstoff Flügel und ein Nervensystem verpassen, um ihn zu steuern. Wenn man eine normale Bombe abwirft, kann man nur hoffen, dass sie ins Ziel gelangt. Bei der GBU-31 kann man dafür etwas tun.

»Kampfwertsteigerung« – auch das ist so ein schönes deutsches Wort, das mich immer beeindruckt hat. Eine GBU-31 bedeutet eine enorme Kampfwertsteigerung, man kann dann mit der Bombe Sachen machen, die sonst völlig unmöglich wären. Man fliegt sie per GPS ins Ziel. Die Satelliten des GPS-Systems sagen der Bombe nach dem Abwurf immer wieder, wo genau sie ist. Und wenn sie von ihrem Kurs abweicht, korrigiert sie sich anhand der GPS-Daten, bis alles wieder passt. Einen Kreis mit dem Durchmesser von zehn Metern trifft man damit in jedem Fall. Für ein Ziel von der Größe der Frauenkirche reichte das völlig aus.

Manche Gefechtsköpfe für GBU-31-Bomben sind mit Penetratoren aus abgereichertem Uran ausgerüstet. Damit kann man Bunker bekämpfen, die tief vergraben sind und sehr dicke Wände haben. Das Ergebnis sind zerstörte Bunker. In den Kratern könnte man ganze Wohnblocks versenken. Ich wusste das, weil ich mit Bomben dieser Art Ziele im Irak bekämpft habe. Abhängig von der Flughöhe und der gewählten Steuerungsart kann man eine GBU-31 bis zu 24 Kilometer entfernt vom Ziel abwerfen.

Die F-24 findet auch deswegen meinen Beifall, weil sie vier GBU-31 in ihrem schlanken Leib so verpacken kann, dass ihre Radartarnung nicht leidet. Sie erreicht dann natürlich nicht mehr ihre Höchstgeschwindigkeit, und die Reichweite nimmt ab, aber man könnte das

Flugzeug in dieser Konfiguration dann immer noch als »Tarnkappen-Jagdbomber« bezeichnen.

Ich sage das niemand, aber ich hätte einmal gern Astronaut werden wollen. Das ist trivial, das wollen alle Jungs. Meine Mutter wollte es mir ausreden, wegen der Gefahr, dass ich in einer Rakete verbrennen könnte. Sie hatte einst den Apollo-Unfall von Chaffee, White und Grissom 1967 sehr deutlich mitbekommen und war schockiert, als ich, ihr einziges Kind, einen Berufswunsch äußerte, der mich in die Nähe der Verunglückten rückte. Ich musste ihr versprechen, dass ich das nicht weiter verfolgen würde, als Zehnjähriger musste ich ihr das klipp und klar versprechen. Als ich Pilot wurde, wusste sie genau, dass das ein Kompromiss zwischen meinem Wunsch und meinem Versprechen war. Sie sagte dazu nichts, aber sie wusste es, und ich merkte ihr an, dass sie es wusste. In den ersten Jahren äußerte sie immer wieder die Sorge, ich könnte eines Tages verbrennen. Bis ich eines Tages mit ihr darüber sprach. Ich sagte:

»Ja, ich kann verbrennen. Das ist eine tatsächliche Gefahr für Düsenjägerpiloten. Und jetzt möchte ich nie wieder darüber sprechen.«

Das akzeptierte sie.

Man kann mit verschieden Düsenjägern fast bis an die Grenzen des Weltalls vorstoßen. Mit der MIG 25 zum Beispiel, die als Höhenjäger gebaut worden ist. Sie hält immer noch den Höhenrekord von 37.650 Metern. So hoch bin ich nie gekommen. Aber auch in zwanzig Kilometern Höhe sieht man die Erdkrümmung schon sehr deutlich. Bei Nachtflügen, wenn alles glatt lief, vor allem, wenn die Mission bereits beendet war, da hatte ich über den erleuchteten Städten oder über den Wüsten und Gebirgen manchmal das Gefühl, in einer Raumkapsel zu sitzen und die Erde zu umrunden. Wie Gagarin. So war es auch bei den ersten Nachtflügen mit der F-24, bei denen wir probeweise bis zur Gipfelhöhe der Maschine anstiegen (21200 Meter). Das ging nur, weil wir da noch unbewaffnet waren. Wie gesagt, man konnte mit der Maschine nahezu sinnvolle Gespräche über alle Aspekte der Mission führen. Dies und die Tatsache, dass man in einer F-24 weniger zu tun hat als in älteren Maschinen, verstärkte den Raumkapsel-Eindruck noch.

Ob man es glaubt oder nicht: Bis zum vierten Flug, der endlich mit voller Bewaffnung stattfand, hatte ich mich noch nicht endgültig entschieden. Mein Plan war bis dahin immer noch ein geistiges Spielzeug, das ich in meinen Tagträumen von der einen Ecke des Zimmers in die andere warf, ohne mich je richtig damit anzufreunden. Von einem festen Entschluss konnte bis zu einem bestimmten Zeitpunkt keine Rede sein. Wir stiegen etwa um 2.15 Uhr auf. Die Nacht war klar, unter den Sternen hatte ich wieder mein Astronautengefühl. Eine simple Mission: Wir sollten ein imaginäres Ziel in der Nähe des Fulda Gaps angreifen (manchmal sind Militärs einfach zu konservativ) und danach zurückkehren, damit die Daten des simulierten Angriffs in unseren Bordcomputern analysiert werden konnten. Nach 21 Minuten hatten wir uns dem Ziel genug genähert, um auf Angriffshöhe zu gehen, und flogen es direkt an. Und ganz kurz bevor der simulierte Bombenabwurf stattfinden sollte, traf ich die Entscheidung. Die F-24 ist eine fabelhafte Sache, wie ich schon gesagt habe, aber sie ist kein Wunderding. Mit den insgesamt vier scharfen GBU-31, die ich an Bord hatte, konnte ich wohl vom Fulda-Gap wieder nach Spangdahlem zurückkehren, aber nicht von Dresden aus. Und weil ich die Maschine sicher wieder nach Spangdahlem zurückfliegen wollte – für eine F-24 könnte man sich zwei Frauenkirchen kaufen – und weil ich auf keinen Fall auf einem deutschen Flugplatz notlanden wollte, musste ich so viel Gewicht wie möglich loswerden. Was lag näher, als bei dem simulierten Angriff die Dinger tatsächlich abzuwerfen? Ich befahl dem Bordcomputer, die Bomben zu sichern und dennoch für einen Abwurf vorzubereiten. Das war ein kritischer Moment. Denn bei allen Simulationen und Testflügen war uns eine Sache nicht wirklich mitgeteilt worden: Wie weit genau ging die Autonomie des Piloten gegenüber dem Bordcomputer eigentlich? Ich hatte gute Gründe anzunehmen, dass der Pilot letztendlich das Sagen hatte; vor allem im militärischen Bereich hat man mit Computern, die zu viel auf zu hohen Ebenen selbst kontrollieren, sehr schlechte Erfahrungen gemacht, sodass bis heute am roten Knopf immer ein Mensch sitzt und entscheidet. Und nachdem meine F-24 gegen den Befehl milde protestiert und darauf hingewiesen hatte, dass sie jede meiner Handlungen speichere, gehorchte sie. Meine Bomben sollten genau den Punkt treffen, der in der Trainingsmission als Ziel vorgesehen war, und mein Computer bestätigte mir, dass alles nach Plan lief. Ich konnte die Trajektorie der Geschosse in meinem Helmvisier bis zum Aufschlag verfolgen. Die Gefechtsköpfe waren, wie schon gesagt, nicht armiert, aber eine der Bomben zündete trotzdem und machte ein tiefes Loch in einen thüringischen Acker. Danach kehrte ich natürlich nicht um wie vorgesehen – der Computer warnte mich vorschriftsmäßig –, sondern änderte meinen Kurs von Richtung Ost-Nordost auf Ost. Fünf Sekunden später meldete sich Michael. Ich konnte ihn so deutlich hören, als sitze er neben mir.

»Paveway1 an Paveway2. Alles klar bei dir? Wenn ich das richtig interpretiere, dann hast du gerade zwei deiner GBU-31 abgeworfen und folgst jetzt einem geänderten Kurs Richtung Ost. Gibt's da irgendwas, das ich wissen sollte?«

Ich antwortete nicht. Michael versuchte es noch mehrmals, aber ich antwortete trotzdem nicht. Zwei Minuten später, beeindruckend schnell, wie ich fand, meldete sich jemand anders.

»Hier Colonel Peter Browne, Wing Commander 52 Fighter Wing, Spangdahlem Airbase. Wenn das ein Scherz sein soll, Squadron Leader Ingram, dann ist er Ihnen gelungen. Wir lachen hier alle Tränen. Ich befehle Ihnen, sofort umzukehren. Flight Lieutenant Hurst wird sie hierher zurückgeleiten, und Sie werden genau das tun, was er Ihnen sagt. Wir sehen uns vor dem Kriegsgericht. Haben Sie mich verstanden?«

Auch meinem temporären amerikanischen Vorgesetzten antworte ich nicht. Er hätte mich nur in ein Gespräch verwickeln wollen, um Informationen über meine Pläne aus mir herauszuholen, oder um mir weiter zu drohen. Aber all seine Drohungen waren leer, und das wusste er. Ich war jetzt zwei Tonnen leichter als Michael, das machte mich schneller und wendiger als er, und außerdem war ich der bessere Pilot. In jeder Sekunde fiel er weiter hinter mich zurück, sein Treibstoffvorrat schmolz nur so dahin, und die Chancen standen gut, dass er einen Abschussbefehl ohnehin nicht ohne Weiteres befolgen würde. Ich wappnete mich für den Fall, dass ich mich in dieser Einschätzung irrte. Ich irrte mich nicht, 10 Minuten vor Dresden war ich außer Michaels Reichweite. Ich kappte die Funkverbindungen nach außen völlig. Fünf Minuten später tauchten zwei Punkte auf meinem Schirm auf, deren Kurs den meinen schnitt. Sie schwenkten nicht auf einen typischen Abfangkurs ein, aber das konnte eine Finte sein. Ich bat meine F-24 um eine Einschätzung, und sie antwortete, dass das höchstwahrscheinlich zwei deutsche Jäger während einer Nachtübung seien. Entweder die veralteten Tornados, oder neuere und viel gefährlichere Eurofighter. Für MIGs würde ich unsichtbar sein, bei Eurofightern war ich mir da nicht so sicher.

»Wollen Sie die gegnerischen Ziele bekämpfen?«, fragte mich der Computer mit seiner unaufgeregten androgynen Stimme.

»Nein«, sagte ich.

»Gut. Aber ich muss Sie darauf hinweisen, dass unter den derzeitigen Bedingungen in 3 Minuten und 11 Sekunden eine Rückkehr nach Spangdahlem ausgeschlossen sein wird.«

»Kein Problem«, entgegnete ich, »wir werden bald noch zwei Tonnen leichter sein.«

Die beiden deutschen Jäger verschwanden wieder von meinem Helmdisplay, sie hatten mich offenbar nicht einmal bemerkt.

Der Bordcomputer machte alles richtig. Er hatte natürlich die aktuellen Satellitenkarten aller deutschen Städte geladen, und der rote Punkt auf der Karte von Dresden pulsierte genau dort, wo ich das wollte. In flimmerndem Orange stand »Frauenk.« darüber, und: N51° 3' 8.939" E13° 44' 34.706". Meine Chancen standen gut. Ich bezweifelte, dass man auch nur daran gedacht hatte, das GPS-System wegen mir lahmzulegen. Das war technisch möglich, aber hochgradig unwahrscheinlich. GPS war so wichtig für die Welt geworden, dass man es nicht einfach willentlich zum Erliegen brachte, und außerdem ging das gar nicht so schnell.

Man kann argumentieren, dass im Kalten Krieg bei einem ernsthaften Raketenangriff in viel kürzerer Zeit über den nuklearen Gegenschlag entschieden worden wäre, aber das gehörte zum Design des Abschreckungssystems. Der Fall, den ich gerade im Begriff war vorzuführen, gehörte definitiv nicht dazu. Der Computer ließ die Bomben prüfen, ob ihre GPS-Verbindung stand. Sie meldeten zurück, dass alles in Ordnung war. Ich näherte mich schnell dem optimalen Wurfpunkt. Ich war relativ sicher, dass meine Bomben nicht in einen Dresdner Wohnblock einschlagen würden. Der Computer zählte den Countdown herunter, und im entscheidenden Moment sagte ich: »Abwurf«.

Ich hatte nicht ganz die Maximaldistanz von 24 Kilometern gewählt, dafür flog ich zu tief. Ich legte den Rest der Strecke in weniger als 30 Sekunden zurück. Die Bomben brauchten ein paar Sekunden länger, sie flogen ja ohne Antrieb. Es ist ein seltsamer Gedanke, dass Herman tot war, als ich auslöste. Er hatte da noch eine halbe Minute zu leben, aber er war tot.

Ich wendete über den östlichen Vorstädten Dresdens. Der Computer bestätigte, dass ich mein Ziel getroffen haben musste, auch schon rein visuell konnte ich trotz meiner Geschwindigkeit erkennen, dass dort, wo die Frauenkirche gewesen war, ein Brand wütete. Zu diesem Zeitpunkt wusste ich noch nicht, dass Herman kurz vor dem Einschlag meiner Bomben auf dem Nachhauseweg gewesen war. Beim Versuch, sein Auto aufzusperren, das in der Nähe der Frauenkirche geparkt war, schlugen die Bomben ein, und er war zu nahe dran. Was würde ein deutsches Gericht daraus machen, wenn es mich in die Finger bekäme? Mord, ohne Frage. Ich habe mich erkundigt. Nach deutschem Recht ist ein Mörder, wer aus Mordlust, zur Befriedigung des Geschlechtstriebs, aus Habgier oder sonst aus niedrigen Beweggründen, heimtückisch oder grausam oder mit gemeingefährlichen Mitteln oder um eine andere Straftat zu ermöglichen oder zu verdecken, einen Menschen tötet.

Als Dresden schon wieder hinter mir lag, meldete ich mich bei der Airbase zurück. Ich sagte, ich hätte gerade die Dresdener Frauenkirche zerstört und wolle nun unverzüglich nach Spangdahlem zurückkehren, mein Treibstoff reiche dafür gerade noch aus. Es dauerte eine Weile, bis eine Antwort kam.

»Sie Riesenarschloch«, sagte Browne ruhig. »Im Moment sind neun Maschinen in der Luft, die Sie alle auf dem Schirm haben. Wenn Sie noch irgendwelche Zicken machen, zum Beispiel ihren Kurs ändern, oder Ihr Zielerfassungsradar einschalten, lasse ich Sie vom Himmel holen. Beim Fulda-Gap warten zwei unserer eigenen Maschinen auf Sie. Die Piloten haben Befehl, Sie ohne Vorwarnung abzuschießen, falls Sie noch ein krummes Ding drehen wollen. Over and out.«

Ich konnte ja verstehen, dass er wütend war. Bald sah ich die elf Punkte auf meinem Helmdisplay. Ich traf die beiden Kameraden am Fulda Gap und flog mit ihnen nach Hause. Kurz vor der Ankunft in Spangdahlem ging mir der Sprit aus. Ich sagte meinem Geleitschutz davon nichts, um ihn nicht zu einer dummen Reaktion zu provozieren. Ich landete das Flugzeug trocken auf dem Rollfeld. Die Militärpolizei holte mich ab.

Dann wurde ich nach Ramstein gebracht, und der Tanz begann. Ein Verhör nach dem anderen. Trotz meiner langjährigen militärischen Karriere hatte ich gar nicht gewusst, wie viele Geheimdienste es gab, die ein Interesse an meiner Tat und meinen Motiven haben konnten. Und alles immer dreifach: amerikanisch, britisch, deutsch. Gaben sich gegenseitig die Klinke in die Hand. Sie wollten wissen, mit wem ich zusammengearbeitet hatte (Michael wurde für ein paar Tage auch inhaftiert). Was war das für eine Frage? Letztlich hatte ich mit der gesamten Royal Air Force und der United States Air Force zusammengearbeitet, um die Kirche zu bombardieren. Man unterstellte mir, ich hätte im Irak Kontakt zur Al Quaida aufgenommen. Ich lachte. Jedes einzelne meiner Besitzstücke wurde vor mir ausgebreitet. Man versuchte Verbindungen herzustellen, man wollte sehen, wie ich reagierte, wenn man ein Foto meiner Mutter auf den Tisch legte und mir die Frage stellte: »Was würde wohl ihre Mutter dazu sagen?« Die Ermittler lasen in meinem Kram wie Schamanen in den Innereien von Schlachttieren. Und sie fanden genauso wenig über die Vergangenheit heraus, wie die Schamanen über die Zukunft. Anderes war weniger lustig. Man wandte bei mir die Alice-in-Wonderland-Strategie an und stellte mir bizarrste Behauptungen auf: Ich hätte die deutsche Kanzlerin ermorden wollen, ich sei gar nicht die Person, für die ich mich selber hielt, sondern ein hirngewaschener, vor Jahrzehnten gepflanzter Schläfer, ich hätte gar nicht die Kirche zerstört, sondern eine Dresdener Jugendherberge. Man zeigte mir sogar Fotos von den jugendlichen Leichen meiner Opfer. Ich musste mich an Schulungen erinnern, die ich als Pilot erhalten hatte, um solchen Verhörtricks den größtmöglichen Widerstand entgegenzusetzen. Diese Schulungen waren Teil eines Antifoltertrainings während meiner Pilotenausbildung gewesen und nützten mir jetzt sehr. So sehr, dass die Spinner nach ein paar Tagen ihre kleinen Manipulationen aufgaben. Danach arbeiteten sich wieder die Vertreter anderer Dienste an mir ab. Ihnen folgten die Psychiater, die feststellen sollten, ob ich nicht vielleicht wirklich verrückt war. Dann wollte man sogar einigen Journalisten gestatten, mich zu interviewen. Das lehnte ich ab. Als einer es trotzdem versuchte, drehte ich ihm den Rücken zu und sprach kein Wort. Allen anderen gab ich auf die Frage, warum ich die Kirche bombardiert hatte, immer dieselbe Antwort: Dass sie als Ruine am meisten Sinn macht.

Jetzt lassen sie mich die meiste Zeit in Ruhe. Sie sind wohl zu der Überzeugung gekommen, dass sie mich für einen geistig gesunden, politisch unbeeinflussten Einzeltäter halten müssen. Ich warte jetzt auf meine Prozesse, die militär- und den strafrechtlichen. Da ich immer gespart habe, kann ich mir jetzt, nachdem mir das gestattet wurde, einen guten zivilen Anwalt leisten. Ich bekomme viele positive Zuschriften von Veteranen des Zweiten Weltkriegs, sogar aus Russland, und auch Deutsche beglückwünschen mich für meine Tat. Allerdings bekomme ich von Deutschen hauptsächlich Hasspost. Ich habe nichts anderes erwartet. Ich sehe viel fern. Meistens Spielfilme oder Dokumentationen zur Zeitgeschichte.

DIE GILDE

Eine Sage

Schwetzingen ist schön, und das soll auch so bleiben. Es liegt in der Nachbarschaft zweier hässlicher Orte, und das ist gut, weil das den Reiz Schwetzingens noch mehrt. Das Schönste an Schwetzingen ist selbstverständlich der Park. Die hässlichen Städte schicken ihre Bewohner zu uns, damit sie sich durch einen Aufenthalt im Park für ihren hässlichen Alltag und gegen ihre eigene Hässlichkeit stärken. Das bringt Unruhe, aber wir sind ein wesentlicher Teil der Kräfte, die auch bei Unruhe dafür sorgen, dass der Park so bleibt, wie er ist. Ohne uns könnte sich alles schnell ändern, und deshalb stehen wir für Stabilität.

Ich persönlich habe eine Vorliebe für den Park bei hereinbrechender Dämmerung. Das ist immer die Zeit, in der ich die rituellen Führungen der Metzger und Köche durch den Park veranstalten muss, und zwar jeden Donnerstag. Und weil wir immer den gleichen Weg nehmen, und weil immer die gleichen Gäste an den rituellen Führungen teilnehmen, brauche ich nichts zu sagen und zu erklären, sondern weise bloß mit stummen Gesten auf die Sehenswürdigkeiten des Parks hin, an denen wir stumm vorbeigehen. Der Kies knirscht, und ich bin glücklich. Ich bringe auch immer meine Freundinnen bei hereinbrechender Dämmerung in den Park und nehme sie immer zuerst im holländischen Teehaus. Man hat mir das erlaubt.

Natürlich ist alles gut getarnt. Die Gesellschaft würde uns unser Tun nicht gestatten, obwohl sie selber das Gleiche will. Nach außen hin sind wir ein Schützenverein – wenn auch Feuerwaffen bei uns verboten sind, und längst nicht jeder bei uns eintreten kann. Es gelten so strenge Regeln, dass wir oft mit den Freimaurern verglichen werden, und man spürt einen gewissen Neid bei denen, die nicht mittun können. Andererseits machen wir uns nützlich. Wildschweine, die immer mal wieder in den Park einbrechen, landen wegen uns auf den Tellern der örtlichen Gastronomie, mit Rehen und Hasen ist es das Gleiche, Füchse schießen wir einfach so ab. Weil das essbare Wild nicht mit Feuerwaffen erlegt wird, ist es frei von Schrot. Damit werben die hochklassigen Restaurants in Schwetzingen, und das ist auch nur richtig, wenn man bedenkt, wie schwer es ist, ein Wildschwein mit einem Bogen oder einer Armbrust zu erlegen. Bögen und Armbrüste, das sind unsere Waffen. Wir benutzen nur modernstes Material, weil es einfach besser und sicherer ist. Auch Nachtsichtgeräte gehören ganz selbstverständlich dazu. Deswegen lachen wir auch über die Vorstellung, wir seien unverbesserliche Traditionalisten. Man kann eine Besonderheit darin sehen, dass die Spitzen unserer Pfeile und Bolzen gesetzmäßig aus Neusilber bestehen. Diese Legierung aus Kupfer, Nickel und Zink ist sehr fest und korrosionsbeständig. Die Spitzen werden eigens für uns in einer norddeutschen Gießerei hergestellt. Man nennt uns deswegen auch oft die Schwetzinger Silberschützen.

Was wir tun, ist wichtig und richtig. Herr Comenius, unser Vorsitzender, ist im Zivilleben Apotheker und Stadtrat. Er sagt häufig zu uns: Im Frieden sind wir der dringend benötigte Krieg. Warum wird der Krieg benötigt? Er reinigt und strafft, er kürzt und klärt, er ist wie Sport für einen trägen Körper. Aber natürlich eignet sich nicht jeder Krieg für diese Art von gesellschaftlicher Ertüchtigung. Vernichtungskriege wie der Erste und sowieso der Zweite Weltkrieg seien gänzlich ungeeignet für die sittliche Stärkung, die die Gesellschaft unveränderlich brauche. Man habe deswegen völlig zu Recht den Krieg niedriger Intensität in den Frieden eingeführt, zumal in Deutschland, das sich eine Wiederholung der besagten Katastrophen weder leisten könne noch wolle. Permanenter, niederintensiver Krieg, mit chirurgischer Präzision durchgeführte Eingriffe zur Reinigung und Begradigung, das sei, worauf man sich heute konzentrieren müsse. Die Politik habe das für die zwischenstaatlichen Beziehungen bereits erkannt und umgesetzt, und nach innen hin seien wir, die Schwetzinger Silberschützen, neben ähnlichen Vereinigungen im ganzen Land, der nötige Krieg im Frieden. Herr Comenius trägt, entgegen der Mode, einen sehr knappen Spitzbart, und ist auch sonst die personifizierte Präzision. Wer zu den Schwetzinger Silberschützen gehören will, muss ein abgeschlossenes Studium vorweisen. Ausnahmen sind möglich, kommen aber so gut wie nie vor. Ich bin in meinem Zivilberuf Lehrer und werde bald verbeamtet. Bei den Schützen bin ich auch nicht mehr lang im Kandidatenstatus.

Ein weiteres wichtiges Thema von Herrn Comenius sind die Amokläufer. Er ist ein Erforscher des Phänomens. »Mit Bestimmtheit kann ich sagen«, so führt er öfter aus, »dass der Amokläufer als solcher, frei von der Verzerrung durch Sensationismus, Schock und Moral, uns Silberschützen bestätigt. Denn er ist die urwüchsige, wenn auch unbewusste Antwort der Gesellschaft auf ihre eigene Dekadenz. Ganz wie von selbst treibt sie den Krieg im Frieden aus, wie ein Gewächs, das notwendig wird, um einen Baum im Gleichgewicht zu halten, der bedrohlich Schlagseite hat und dessen Wurzeln das Übergewicht nicht mehr lange halten können. Was ist die Hauptsünde der dekadenten Gesellschaft? Erschlaffung durch Gewöhnung. Dekadenz geht immer mit Erschlaffung durch Gewöhnung einher, und der Amokläufer bringt das notwendige Gegengift der Aufregung, die Zuckung, die anzeigt: Hier lebt noch eins. Man kann, man muss die Opfer der Amokläufer beklagen, aber das Leben erstarkt am Tod, wie der niedrigintensive Krieg den Frieden belebt.« Problematisch sind am Amoklauf laut Herrn Comenius die Elemente der Unbewusstheit und des Zufalls. Ich zitiere: »Ruckartig fährt der Amoklauf in den Normalalltag ein, wie ein grobes Foul beim Fußballspiel in den regelgerechten Ablauf. Der Begriff ›Blutgrätsche‹ ist hier nicht fern. Bald darauf ist der Amoklauf in den Medien ertrunken wie der Selbstmörder im Gewässer seiner Wahl. Um ebenso hintergründig wie dauerhaft wirken zu können, bedarf es der Geheimhaltung, der Planung, der Verfeinerung.« Zitat Ende.

Es darf natürlich auch nicht öffentlich bekannt werden, was wir uns selber antun. Um unserer Aufgabe gerecht zu sein, müssen wir unsere Körper stark verändern, was grundsätzlich einen Aufenthalt in der Schweiz erfordert. Dort werden unsere Körper bereit gemacht. Die genauen Details sind einem bloßen Silberschützen-Kandidaten wie mir nicht vertraut, allgemein aber geht die Rede von den zwei Boxen. Wir dürfen uns auch nur bei bestimmten Schweizer Ärzten röntgen lassen, weil ansonsten publik würde, dass in unsere Brust zwei Fremdkörper von der Größe handelsüblicher Herzschrittmacher eingepflanzt worden sind. Ich bekomme meine eigenen Röntgenbilder nicht zu Gesicht, so lange ich noch Kandidat und nicht Vollschütze bin. Die radikalste Idee zu den beiden Fremdkörpern ist, dass sie uns anstelle unserer Herzen eingepflanzt wurden, was ich nur schwer glauben kann, weil ich einen normalen Puls habe. Viel eher denke ich – wenn ich mir Gedanken zu der Angelegenheit erlaube –, dass die beiden Fremdkörper, die unter uns scherzhaft »Schmerzbox« und »Desire-box« genannt werden, unsere Herzen ergänzen, um sie zu stärken und zu verbessern. Die Schmerzbox ist angeblich mit den Erinnerungen an all unsere Verfehlungen angefüllt, die Desire-Box mit sexuellen Lüsten. Beides hat eine starke Auswirkung auf unsere Leistung, und beides braucht sein Recht, sagt man. Was immer die Fremdkörper genau sind, sie stören mich nicht.

Die Nacht ist und bleibt meine liebste Tageszeit, was den Park angeht, da kann kommen, was wolle. Es versteht sich, dass ich das Gelände gut genug kennen muss, um mich ohne Licht darin zu bewegen wie in meinem eigenen Wohnzimmer bei Sonnenschein. Wie könnte ich sonst behaupten, einer der Silberschützen zu sein? Aber meine Geländekenntnisse sind nicht der Grund, warum ich mich gerne nachts im Park bewege, auch außerhalb der Dienstzeiten. Die Kameraden haben mich dafür schon verspottet, aber ich finde vor allem die Stimmung nachts so romantisch. Vor allem wenn es einen klaren Sternenhimmel gibt, und sogar noch einen Vollmond, dann findet man mich gerne hier, entweder bei den wasserspeienden Vögeln oder im Wandelhof und den Gebetsgängen der Moschee. Die Moschee ist das sichtbarste Zeichen, dass sich der Kurfürst Carl Theodor und sein Baumeister Nicolas de Pigage die Welt herholen wollten, als sie den Garten schufen. In der Moschee riecht es allerdings wie in einer Kirche, was ich nicht ganz glaubhaft finde. Andererseits war ich noch nie in einer wirklichen Moschee, und möglicherweise ist es gar nicht gut, wenn ich die Glaubwürdigkeit der Parkanlage in Zweifel ziehe. Herr Comenius ist da ganz locker. Er sagt:

»Denkt nur frei nach über das, was wir tun und den Ort, an dem es geschieht. Noch niemand hat mich davon überzeugt, dass Kritiklosigkeit unserer Sache nützt. Wir tragen nichts nach außen, weil wir die Konsequenzen kennen. Umso unerbittlicher muss unter uns selbst das freie Wort herrschen. Ein Duckmäuser kann kein Silberschütze sein, und ein Silberschütze hält nicht mit seiner Wut hinterm Berg.«

Trotzdem hat er gelacht, als ich nach einem meiner ersten Nachtaufenthalte zu ihm sagte:

»Jedenfalls will ich weiterhin nachts in den Park gehen und nachdenken. Ich habe voller Überzeugung bei den wasserspeienden Vögeln gesessen.«

»Eifrig, eifrig«, hat Herr Comenius gesagt, und dann noch ein bisschen mehr gelacht. Bei dieser Gelegenheit fiel mir zum ersten Mal auf, wie das Sonnenlicht auf seinem schwarzen Haar glänzt. Und dass er recht altmodisch nach Lavendel duftet. Hinter vorgehaltener Hand geht das Gerücht, dass er sich die Haare schwarz färbt, aber niemand spricht offen darüber.

Grundsätzlich kann ich also davon ausgehen, dass es in Ordnung ist, wenn ich nachts im Park bin und nachdenke. Wie zum Beispiel bei meinem letzten Nachtaufenthalt, als ich über die Augen nachdachte. Unsere Fahne ist ja hinreichend bekannt. Auf grünem Grund sind angeordnet: zwei weiße, pupillenlose, aber mit starkem schwarzen Strich umrandete Augen, je eins zur Rechten und zur Linken von einem silbernen Pfeil, dessen glänzige Spitze nach unten zeigt, und zwar auf eine blaue Wildsau in vollem Lauf. Auf den ersten Blick könnte man das ganze Arrangement für ein Gesicht halten, bei dem die Federn des Pfeils die eng zusammenstehenden, quasi zornigen Augenbrauen darstellen, und die Wildsau den blaulippigen Mund. Allgemein wird davon ausgegangen, dass unser Emblem (oder unser »Logo«, wie Herr Comenius manchmal sagt) die Wichtigkeit der Augen, der Waffen und des Wilds für die Jagd hervorhebt. »Aber warum«, fragt Herr Comenius jeden Neuling, »haben dann die Augen keine Pupillen?« Ich habe jetzt eine Zeit lang über die Frage nachgedacht, etwa ein Jahr lang.

Die Augen sind blind, weil das für Gerechtigkeit bürgt. Es verhält sich so. Auch unsere Prospektoren heißen »Augen«. Sie halten nach Kunden Ausschau, und tun das auf eine besondere Weise. Herr Comenius erläutert immer wieder, dass das Ziel unserer Arbeit nicht Strafe oder Prävention sein kann, sondern nur Bevölkerungspolitik. Wir sind keine Polizei. Wir sind Jäger, wir sind Schützen. Daher ist es sehr wichtig, dass unsere Augen die Kunden sorgfältig aussuchen. Es kann nicht darum gehen, »Schuldige« auszusuchen, die möglicherweise durch das Raster der Justiz gefallen sind. Denn wir sind auch keine Richter. Es geht darum, die Bevölkerung nach den Maßstäben natürlicher Gesundheit zurückzustutzen. Jeder ist schuldig und keiner, das heißt: Jeder kann bei uns Kunde werden. Sogar Silberschützen können Kunden werden, wenn die Augen einen von uns aussuchen, allerdings muss darüber dann der Ältestenrat bestimmen, der aus Herrn Comenius und den fünf nächstdienstältesten Schützen besteht. Es soll verhindert werden, dass die Augen in übereifriger Pflichterfüllung fähige Schützen aus unserer Mitte reißen, was im Widerspruch zu unserer gesamtgesellschaftlichen Aufgabe stehen würde. »Checks & Balances!«, sagt Herr Comenius gern, auch wenn er sonst Anglizismen nicht leiden kann, denn dafür ist ihm die deutsche Sprache dann doch zu schön. Wie wird sichergestellt, dass die Augen nicht nach irgendwelchen Bösen Ausschau halten? Es ist eigentlich ganz logisch, wenn man nur ein bisschen nachdenkt. Die Augen sind in gewisser Weise ein Geheimdienst. Alle ihre Mitglieder kennen sich mit der EDV aus, denn die EDV ist die Grundlage einer modernen Gesellschaft. Auf diese Weise haben sie ein großes Archiv angelegt, das darauf ausgelegt ist, alle Deutschen zu erfassen, die in jeder Hinsicht als Mittelmaß gelten können. Aus dieser Menge werden per Zufallsprinzip Kandidaten ausgewählt. Danach beginnen die Augen mit ihren persönlichen Umfeldermittlungen, denn Computer können irren, die Dateien können fehlerhaft sein. Wenn die Augen zu der Überzeugung kommen, dass ein Kandidat zu unserem Anforderungsprofil passt, erlangt er Kundenstatus. Danach kann er akquiriert werden.

Meine neueste Freundin heißt Nele. Ich nenne sie Annele, weil sie aus Schwaben stammt, und sie mag es außerdem. Auch mit ihr war ich zuerst im Badehaus, aber mittlerweile gehen wir auch gerne woanders hin. Annele ist ein ganz liebes Geschöpf, etwas naiv, aber nicht dumm, und es tut mir natürlich auch gut, dass sie stolz darauf ist, mit mir zusammen zu sein. Alle Schwetzingerinnen und auch viele Frauen aus dem näheren und ferneren Umland wären stolz darauf, mit mir zusammen zu sein. Das hat gar nichts mit mir persönlich zu tun, sondern damit, dass ich ein Silberschütze bin – so hoch ist das Ansehen der Schützen, und das schon immer. Allerdings ist es mit Annele doch etwas anders. Sie mag mich auch um meiner selbst willen, das ist deutlich zu spüren. Der Schweizer Arzt, der vor zwei Wochen meine Boxen kontrolliert hat, erkannte schon an den Messwerten, dass ich verliebt sein muss – ich habe es da noch strikt geleugnet, weil es mir noch gar nicht bewusst war, aber er meinte, es gebe keinen Zweifel. Ein extrem trockener Mann, ein Pedant, dieser Schweizer, aber von seinem Handwerk versteht er etwas, das kann man nicht leugnen. Manchmal denke ich, dass alle Menschen unsere Boxen haben sollten. Das könnte doch nur von Vorteil sein, wenn jedem nachgewiesen werden kann, was er wirklich fühlt. Herr Comenius hat mich getadelt, als ich ihm von diesem Gedanken erzählt habe. »Die Boxen«, sagte er streng, »müssen unser Geheimnis und Alleinbesitz bleiben. Um jeden Preis! Über eine Ausdehnung unserer Lebensweise auf die Gesamtgesellschaft ist noch nicht einmal nachzudenken!« Das ist einer der wenigen Punkte, an denen ich wirklich von den Ansichten unseres Vorsitzenden abweichen muss. Gleich in der Nacht nach dem Besuch bei dem Schweizer Vertrauensarzt habe ich Annele dann gesagt, dass ich sie liebe. Wir spazierten gerade auf dem knirschenden Kies an der Orangerie vorbei, der Himmel war voller Sterne. »Ich weiß, ich weiß«, hat sie gesagt, und mich beherzt in den Schritt gefasst. Da war es natürlich wieder um mich geschehen.

Herr Comenius ist natürlich bei uns nicht die einzige Autorität. Es gibt da zumindest noch einen Ältesten, der ein ähnliches Ansehen besitzt. Er heißt interessanterweise Herr Milch, aber so nennt ihn niemand – bei uns Schützen heißt er nur »Orakel«. Ohne bestimmten Artikel. Das ist übrigens eine Marotte, dass viele der Schützen eine Art Indianernamen besitzen, ich zum Beispiel bin »Kleiner Lehrer« und ein anderer Schützenkandidat heißt »Amtmann«. Ausnahmen bestätigen die Regel – Herr Comenius bleibt Herr Comenius. Herr Milch ist im Zivilberuf Taxiunternehmer, und man sagt, das viele Warten als Taxifahrer, früher, als er noch selbst hinter dem Steuer saß, habe ihn klug gemacht. »Wer viel wartet«, sagt er selbst, »wird manchmal wie Essig, manchmal wie ein guter Sauerbraten«. Es ist wohl so Sitte, dass Herr Milch die Kandidaten ein wenig betreut wie Herr Comenius auch. Auf jeden Fall nimmt er mich manchmal im Gildenhaus zur Seite und gibt mir Ratschläge. Er sagt zum Beispiel: »Was ist ein Beruf? Eine notwendige Bedrängung der Gefühle. Nicht die Ökonomie der Waren schreibt den Beruf vor, sondern die Ökonomie der Emotionen. Ohne einen Beruf fließt der Mensch über, das kann niemand wollen. Der Beruf ist für die Einzelperson, was wir für die Gesellschaft sind, darin würde Herr Comenius mir sicher zustimmen.« Das ist die Art, in der sich Herr Milch meistens äußert. Herr Pfeiler (»Amtmann«) hat ihn neulich deswegen mit einem Klosterabt im Zen-Buddhismus verglichen. »Und was ist dann Herr Comenius?«, fragte ich. Herr Pfeiler lachte nur.

Aber auch Nele hat mich vor drei Tagen verblüfft. Sie hat den sehr verwegenen Wunsch geäußert, Silberschütze zu sein. »Aber das geht nicht!«, habe ich geantwortet, mir der Gefahr nicht bewusst, in die ich mich begab. »Warum?«, fragte sie gereizt zurück. Man konnte den Eindruck gewinnen, dass sie schon länger auf eine Gelegenheit zum Streit gewartet hatte. »Etwa, weil ich eine Frau bin? Ihr seid eine Gilde, aber das heißt ja noch lange nicht, dass wir immer noch im Mittelalter leben!« Sie senkte ihren Kopf, aber nicht in Anmut, wie sonst, sondern im Zorn. »Ich will auch Wildschweine schießen«, platzte es dann wieder aus ihr heraus. Sie hatte dabei ein böses Glitzern in ihren Augen. »Denkt ihr, eine Frau kann nicht schießen? Ist es das? Du solltest mich mal mit dem Luftgewehr meines Vaters sehen! Sollen wir wetten, dass ich damit besser bin als du?« Auch wenn mir die Impulsivität mancher Frauen immer noch Probleme bereiten kann, habe ich doch inzwischen gelernt, dass es nur darauf ankommt, bei mir selbst zu bleiben und dem äußeren Angriff nicht allzu viel Raum zu geben. Nur wer im entscheidenden Augenblick seelisch taub ist, führt im nächsten einen erfolgreichen Gegenschlag. Ich zwang mich zur äußersten Ruhe. Das kann ich mittlerweile so gut, dass nicht einmal meine Stimme zittert. Ihr klar in die Augen blickend, sagte ich ohne Zorn: »Die Gilde nimmt keine Frauen auf.« Sie schnaubte, sprang auf und verließ mein Wohnzimmer, wobei sie die Glastür so zuschlug, dass die Scheiben in ihren Fassungen klirrten. Ich überlegte noch, wie ich auf dieses Verhalten reagieren sollte, als sie schon zurück kam. Wie ausgewechselt schmiegte sie sich an mich. Wir brauchten kein Wort zu wechseln, um beide zu verstehen, dass das Gewitter vorbei war. Etwas abwesend streichelte ich ihre Haare, die für meinen Geschmack etwas früh zu ergrauen beginnen.

Es gibt laut Herrn Comenius noch eine weitere wichtige Funktion, die die Silberschützen im Geheimen übernehmen müssen. Sie hat mit der Natur des Menschen zu tun. Laut Herrn Comenius ist es ein tragisch notwendiger Fehler der abendländischen Philosophie, von der fundamentalen Verbesserlichkeit der menschlichen Seele auszugehen. »Dieser Fehler«, sagt Herr Comenius, »hat zu großen menschlichen Leistungen geführt. Er befeuert sowohl das Christentum als auch jede revolutionäre Bewegung.« Herr Comenius ist kein Kommunist, aber er verehrt zum Beispiel Lenin. »Dieser Fehler und alle Ideologien, die sich auf ihn beziehen, finden ihre Grenze in der menschlichen Natur selbst. Das Christentum ist in seinem Hauptanliegen gescheitert wie auch alle Revolutionen. So geht es für den bewussten Menschen – und Silberschützen sind bewusste Menschen! – immer darum, der Realität ins irre Auge zu sehen. Wir sehen: Der Mensch geht nicht im Guten auf, sondern umgekehrt. Das Gute wird vom Menschen aufgesaugt und schließlich neutralisiert, oder soll ich vielleicht sogar sagen: unschädlich gemacht?« Herr Comenius schmunzelt an dieser Stelle seiner Ausführungen immer und nippt an seinem Wasserglas. »Niemand will wahrhaben, dass der Mensch das schmatzend-organische Grab des Guten ist. Die Wahrheit darf nicht bekannt sein. So bleibt uns Silberschützen, den subkutan wirksamen Korrektoren der Wirklichkeit, nur eines: böse zu sein. So wie der Glaube an das Gute böse am Menschen versagt, stehen wir ein für das gute Böse.« Ich habe diesen kleinen Vortrag jetzt schon einige Male gehört, aber unser Leiter versteht es, ihn jedes Mal durch Veränderung kleiner Details frisch zu halten. Es kann wohl nicht sein, dass Herr Comenius ihn so oft hält, um uns zu motivieren. An unserer Motivation kann kein Zweifel sein, dafür sind unsere Taten Beweis genug. Als ich Neles grau durchsetzte Haare streichelte, nachdem sie sich mit mir über ihren lachhaften Wunsch nach Aufnahme in die Gilde gestritten hatte, kam mir auch der Gedanke an die Rede vom bösen Guten und vom guten Bösen.

Wir sollen nicht wirklich stolz sein, aber unser Schießstand ist unser ganzer Stolz. Er ist sehr modern, eine der wenigen Anlagen bundesweit, die sich zur Simulation der Nachtjagd eignen. Die technischen Besonderheiten sind in der Tat bemerkenswert. Es handelt sich ganz und gar nicht um eine der üblichen Schießbahnen. Es ist eher ein verkleinertes Modell des Schlossparks selbst, an dem die Begegnung mit dem Wild im wirklichen Schloßpark geübt werden kann, und zwar dergestalt, dass die typischen Situationen der Parkjagd sehr naturgetreu im Schießstand abgebildet sind. Da die Parkjagd typischerweise in der Nacht stattfindet, finden auch die Übungsläufe immer in der Nacht statt. Wer kein Nachtmensch ist, kann kein Silberschütze sein. Orakel sagt zu diesem Thema immer: »Silberschützen und Vampire! Vampire und Silberschützen!« Ich kann sehen, dass Herr Comenius diese Bemerkung nicht mag, aber er lächelt trotzdem, wie zu allen Ausführungen Orakels. Der Schießstand ist also ein sehr wirklichkeitsgetreues Modell, und er ist dadurch notgedrungenerweise ein sogenannter 3D-Übungsplatz, und zwar allwettergeeignet, weil überdacht. Trotz des Daches vergisst man in dem Schießstand schnell, dass man eigentlich in einem Haus unterwegs ist, so echt ist die Simulation. Man hat immer die Nachtsichtgeräte auf. Für die nächste Zeit hat uns Herr Comenius eine Modernisierung versprochen: Kontaktlinsen mit Nachtsichtfähigkeit. Aber die sind noch geheim, und so behelfen wir uns bisher mit den etwas mühsamen Geräten, die man wie einen Helm aufsetzen muss. Und in den typischen, sehr naturgetreuen Parkszenerien bewegt sich das Kunstwild. Es handelt sich dabei um Infrarotquellen mit begrenztem autonomem Aktionsradius, die das echte Wild vertreten und denen es nichts ausmacht, mit Bögen und Armbrüsten beschossen zu werden. Das Verhalten des Kunstwilds ist ebenfalls sehr naturgetreu. Bestimmte Situationen können seine Sichtbarkeit mindern, zum Beispiel wenn es sich hinter einem Felsen oder einem Gebäude befindet. Im Regen wird das Kunstwild kühler und gibt dann nicht mehr so viel infrarote Strahlung ab, wie das echte Wild auch. Der Schießstand ist technisch so fortgeschritten, dass man auch Regen simulieren kann, das Wasser kommt dann aus Sprinklern an der Decke. Manchmal kommt es vor, dass das Wild nur angeschossen wird und sich im angeschossenen Zustand ein Versteck sucht. Auch diese Situation ist mit Hilfe des Kunstwilds darstellbar. Ja, wir hatten sogar schon Trainingsläufe, bei denen sich das Kunstwild in seiner Verzweiflung zu einem Angriff auf uns entschlossen hat – das ist zwar bei einer Echtjagd noch nie vorgekommen, aber man will ja für alle Eventualitäten vorbereitet sein. Die Novizen fangen nach ihrer Grundausbildung an der Waffe immer im Schießstand an, ihr Kandidatenstatus beginnt mit dem ersten Trainingslauf im Schießstand, vorher sind sie nur Novizen. Meistens fragt auch einer der Novizen, warum man sich so einen teuren, computergesteuerten Schießstand leistet, wenn man doch im Park selbst trainieren könnte. Herr Comenius antwortet dann meist:

»Das wissen die Kandidaten.«

Nun sind wir Kandidaten aber in der Unterweisung der Novizen nie unterrichtet worden. Es ist, im Normalfall, schlicht nicht unsere Aufgabe, sondern den Vollmitgliedern vorbehalten. Man könnte also das Ansinnen von Herrn Comenius für eine Unverschämtheit halten, oder für eine bedenkliche Lücke im Silberschützensystem. Ich bin aber ganz und gar nicht dieser Meinung. Viel eher glaube ich, dass es hier um eine komplexe Aufgabe für uns Kandidaten geht, die auf Umwegen unsere Eignung prüft. Ist ein Kandidat in der Lage, eine unerwartete Aufgabe zu bewältigen, oder nicht? Kann er sich in einem Fall, in dem das Protokoll keine Auskunft gibt, auf seinen eigenen Witz verlassen, oder nicht? Ein Altkandidat wie ich muss in jedem Fall mit so einer Situation umgehen können. Aber als ich zum ersten Mal, kurz nach Erreichung des Kandidatenstatus, von einem Novizen auf den Zweck des Schießstands angesprochen wurde, weil Herr Comenius ihn zu mir geschickt hatte, da war ich sehr ratlos. Ich muss kein überzeugendes Beispiel abgegeben haben, denn der Novize wandte sich noch im Gespräch von mir ab und suchte nach einem anderen Kandidaten, den er löchern konnte. Aber mittlerweile kann ich die Frage beantworten. Ich sage:

»Zwei Gründe gibt es dafür, dass wir nicht im Park selbst trainieren, sondern nur jagen. Erstens müssen wir die Anlagen schützen. Es kann nicht sein, dass bloße Trainingsläufe zur Gefahr für die Gebäude, für Kunstwerke und Pflanzen werden. Schon nach Echtjagden ist es sehr aufwändig, alle Bolzen und Pfeile wieder einzusammeln und alle Schäden zu beseitigen. Wie viel größer wäre dieser Aufwand, wenn wir im Park selbst trainieren würden? Und der zweite Grund liegt im Sportsgeist. Denn so gut die entscheidenden Szenen im Schießstand nachgebildet sind: ein kleiner Unterschied zur Wirklichkeit bleibt doch. Und das gibt dem Wild die minimale Chance, die das Gebot der Fairness erfordert.«

Ich weiß nicht, ob das die richtige Antwort ist, aber ich gebe sie seit Jahren. Letztendlich ist diese Abgeklärtheit im Umgang mit der eigenen Fehlbarkeit einem Silberschützen gemäßer als das hündische Gehechel nach dem verbrieft Richtigen.

Es gibt bei uns Schützen ein Phänomen, das sich »die Ahnung des ersten Wilds«, oder kurz »die Ahnung« nennt. Außenstehende würden das sicher mit dem banalen Begriff »Jagdinstinkt« übersetzen, aber das wäre irreführend. Denn beim »Jagdinstinkt« handelt es sich ja wohl um eine allgemeine Fähigkeit zur oder Lust an der Jagd, und die ist uns Schützen in die Wiege gelegt. Wer keinen Jagdinstinkt hat, der wird bei uns nicht einmal Novize, geschweige denn Vollmitglied. Die Ahnung ist etwas anderes. Sie ist das spezifische, aber nicht durch Fakten belegbare Wissen eines Kandidaten, dass bald die erste Echtjagd für ihn ansteht. Es gibt keine richtige Erklärung für dieses Phänomen, aber es ist durch Aufzeichnungen und Zeugenaussagen gut belegt. Herr Comenius sagt, dass das Auftreten der Ahnung wie ein Lackmustest für den Zustand der Gilde insgesamt ist. »Ist die Ahnung stark und zuverlässig«, so sagt er immer, »dann können wir ruhig sein: Die Gilde steht wie ein Mann.« Er braucht gar nicht auszuführen, was schwache oder gar nicht auftretende Ahnungen bedeuten, das liegt ja auf der Hand.

Aber ich hatte gestern Nacht eine starke Ahnung. Ich saß unter einem Bogen des Aquädukts beim römischen Wasserkastell und ließ es mir in der mondlosen Stille wohl sein. Meine Armbrust hatte ich natürlich dabei, das ist bei einem Altkandidaten wie mir üblich. Schließlich müssen wir Schützen jederzeit bereit sein, eine Plage zu bekämpfen, wenn wir uns schon im Park aufhalten. Deswegen saß das Nachtsichtgerät auf meinem Kopf, es war aber nicht eingeschaltet, und ich hatte die Optik in die Stirn geschoben. Ich saß im Schneidersitz, und die Waffe lag auf meinem Schoß. Da hatte ich mit einem Mal die denkbar stärkste Ahnung, dass bald der Tag der Prüfung kommen würde. Es war ganz klar, es war eine Offenbarung. Und auch den Namen des Wilds ahnte ich gleich – man konnte schon eher von einer Gewissheit als von einer Ahnung sprechen, gerade weil der Name vorher nie im Zusammenhang mit der Jagd gefallen war. Es war eine starke Ahnung, die stärkste Sorte überhaupt. Diese Ahnungen heißen bei uns »Dass &

Was«. Der Schütze ahnt, *dass* er jagen wird, und er ahnt, *was* er jagen wird. Tiefe Befriedigung erfüllte mich. Ich berichtete Herrn Comenius noch in der Nacht von meinem Erlebnis. Er atmete in den Telefonhörer und sagte dann schließlich: »Gut.«

SEIDENSCHLÄFER

Endlich werden wir verschenkt. Es hat diesmal lange gedauert, und unser Hunger ist groß. Auch unsere Larven hungern schrecklich. Das wird sich bald ändern.

In einem feinen Haus zu sein ist von Vorteil. Nur feine Häuser können sich Seidenschläfer leisten. Wir lesen mit, wenn jemand in unserer Nähe liest, wir hören Musik und sehen Kunst. Wir erfahren alles aus der Zeitung, und wir sehen fern. Hier sind wir offenbar bei einem Dirigenten gelandet, der gerade seine Karriere auf dem internationalen Parkett beginnt, sehr beschäftigt, oft nicht da, aber an Weihnachten wird er natürlich nach Hause kommen, die Arme voller Geschenke, das Herz voller Finsternis. Bald wird er sehr glücklich sein.

Die Kinder sollen uns nicht sehen, wir sind ja ihre Geschenke. Deswegen trägt uns die Haushälterin, die uns auch füttert, nur morgens in die Dirigentenwohnung, wenn die Kinder in der Schule sind. Mischa und Anuschka, ein Junge, ein Mädchen, wie sich's gehört. Die Haushälterin lebt in der unteren Etage. Sie ist übrigens stockdumm, ihre Koseworte und ihr ständiges Gestreichel beim Füttern sind fast nicht zu ertragen, und wir wollen sie oft beißen oder löschen, aber dann besinnen wir uns: Es bringt nichts, sich den Magen zu verderben, und eine Löschung der Haushälterin würde natürlich dumme Fragen provozieren. Aber manchmal können wir uns nicht zurückhalten. Dann essen wir schon mal ein wenig. Nicht dieses furchtbare Kaninchenfutter, dass sie uns ständig vorsetzt, sondern wirkliche Nahrung. Rotglühend wird dann unsere Gier, und die Larven zucken unruhig um uns her. Aber sie sieht nur den putzigen Tieraspekt. Wir müssen warten, es sind ja nur noch zwei Tage.

Als wir uns zuerst entdecken ließen, waren wir unsicher. Würden die Menschen sich täuschen lassen? Würde der Trick mit dem Fell funktionieren? Und wie sie sich täuschen ließen, die Simpel! Und wie der Trick mit dem Fell funktionierte! Was müssen wir immer lachen über Berichte in den Zeitungen und im Fernsehen – auch so ein seltsames Menschenkonzept: »Medien« – ,die von unserem Fell sagen, es wirke »wie aus einer anderen Welt«. So schillernd, so unsagbar fein gemustert sei es. Wir haben es so eingerichtet, dass sich der Schimmer verliert, wenn man uns tötet – oder den Tieraspekt tötet, genauer gesagt. Seidenschläfermäntel in den Schaufenstern der exklusivsten Modehäuser der Welt, zehnmal so teuer wie feinste Vicunawolle – das hätte ihnen so gepasst. Uns gibt es nur lebend und aktiv.

Natürlich sind die Jagd auf uns, unser Verkauf und unsere Ausfuhr verboten. Wir fallen unter die strengsten Paragraphen des Artenschutzabkommens. Weil wir so selten sind. Das macht uns auch zu idealen Geschenken für die Kinder reicher Leute. Der Dirigent hat ein Vermögen bezahlt. Er hat die Haushälterin zu strenger Diskretion angehalten, er kam sogar in ihre Wohnung, was er sonst nie tut, wir waren dabei in unserem Käfig. »Strenge Diskretion!«, sagte er. »Verstehen Sie?« Wenn man ihn so ansieht, könnte man meinen, er dirigiert auch, wenn er nicht im Orchestergraben steht.

Zum Glück ist die Dirigentenfrau völlig in unser Fell vernarrt. Deswegen muss uns die stockdumme Haushälterin jeden Morgen zu ihr in die Wohnung bringen, in den »Salon«, damit sie uns streicheln und mit uns spielen kann. Früher war sie eine fast berühmte Sängerin, jetzt ist sie unendlich gelangweilt und trinkt schon am Morgen. Sie liebt uns abgöttisch. Intelligenz hält sie für eine ihrer hervorstechendsten Eigenschaften. Im Vergleich mit der Haushälterin leuchtet sie wie eine kleine Sonne, aber das Licht ist lange nicht so hell, wie sie glaubt. Trotzdem ist sie natürlich eine Versuchung, schon allein aufgrund ihrer Verbitterung und ihres Selbstmitleids. Geduld, Geduld, sie wird gelöscht werden.

Neulich hat das eine Wir einen Fehler gemacht. Es hat den Seidenschläferaspekt verlassen und Gestalt angenommen.

»Wir sind müde!«, hat es gesagt. »Wir müssen uns erfrischen!«

Und es verließ den Tierkörper und umgab uns beide wie eine schwarze, von goldenen Adern durchzogene Wolke. Auch seine Larven waren sichtbar, wunderschöne Larven, sie wanden sich vor Hunger um die eigene Achse.

Das eine Wir war sehr glücklich. Das andere Wir konnte es spüren. Die Dirigentenfrau überraschte uns. Wir hatten nicht aufgepasst. Für einen Sekundenbruchteil sah sie die Wolke. Das eine Wir sprang zurück in seinen Körper. Die Frau murmelte: »Weniger trinken vielleicht ...«

Das eine Wir versprach mehr Disziplin.

Die Wissenschaft war natürlich begeistert. Eine neue Säugetierart, entfernt mit dem europäischen Siebenschläfer verwandt, nur in sehr entlegenen Gegenden Chinas zu finden. Wir stellten uns der Wissenschaft zur Verfügung, mussten auch einige Tieraspekte opfern, damit sie uns aufschneiden und Innereien und Hirn untersuchen konnten. Wir wurden gehandelt, als seien wir der wiederauferstandene tasmanische Beutelwolf. Noch größer als die Begeisterung der Wissenschaftler war die Begeisterung der Nichtwissenschaftler. So süß! Und dieses unerhört seidige, feine, in allen Regenbogenfarben schimmernde Fell! So zahm und so lieb! Einige von uns leben jetzt in Zoos, sie haben sich fangen lassen, um das Interesse an uns wach zu halten. Und korrupte Tierwärter verkaufen ja auch mal ganz gerne so ein Seidenschläferpärchen an Leute, die zahlen können. Es müssen zwei von uns sein, denn zwei ist das kleinste Wir. Wir richten es immer so ein, dass einer der Tieraspekte männlich ist und der andere weiblich. Es rührt die Menschen ungeheuer, dass wir immer als Paar auftreten, selbst wenn wir nicht brüten. Was das Publikum ebenfalls beschäftigt, ist die Tatsache, dass Hunde uns nicht ertragen. Sie merken, dass mit uns etwas nichts stimmt. Sie können mit uns nicht in einem Raum sein, ohne zu jaulen und zu bellen, selbst in einem großen Haus kann man Hunde und Seidenschläfer nur schwer gemeinsam halten, die Hunde werden zu nervös. Aber das macht nichts. Viele würden ihren lieben Hund aufgeben für ein Seidenschläferpärchen. Es gibt auch noch eine merkwürdige christliche Sekte, die glaubt, wir kämen vom Teufel. Ansonsten bisher kein Verdacht.

Manche von uns werden also aus den Zoos verkauft, manche werden ins Land geschmuggelt. Uns kann es egal sein. Wenn wir nur ans Ziel gelangen. Als wir zum ersten Mal den Namen hörten, der sich für uns eingebürgert hat, wussten wir, dass wir gewonnen hatten. »Seidenschläfer« – wie schön. Auf Englisch »Chichapoos«, auf Französisch »loirs de soie«, »lirón de seda« auf Spanisch. Chinesisch: »Liebestierchen«. Die Familie des chinesischen Wilderers, von dem wir uns zuerst haben entdecken lassen, lebt übrigens auch noch. Sie sind alle Heilige geworden, und die Bewohner ihres Dorfs versorgen sie mit Nahrung und Unterkunft.

Menschen sind seltsam. Sie sind kein Wir. Ohne einander können sie nicht sein, aber miteinander auch nicht. Deswegen bilden sie »Familien«, in denen beides nicht geht. Was sie uns eine Mühe gemacht haben, diese Begriffe »allein« und »Familie«. Was soll das bedeuten: »allein«, »Familie«? Wir sind ein Wir und viele Wirs. Das große Wir: wir alle. Und viele kleinere, bis zum kleinsten: zwei von uns. Die Menschen sagen »ich«, aber wir sind kein »Ich«. Wir haben immer Sehnsucht nach dem großen Wir. Menschen können sich nicht entscheiden zwischen ihrem »Ich« und ihrem »Wir«, und daher wächst in Menschenfamilien unsere Nahrung am besten: was sie als »Hass« bezeichnen, als »Angst«, »Ärger«, »Bitterkeit«, »Verzweiflung« – für uns schwarze, süße Beeren, und für unsere Larven absolut überlebensnotwendig. Der Tierkörper, der Seidenschläfer, ein Allesfresser. Aber wir brauchen das andere, den dunklen Kot der Menschenseele. Und nie gibt es so viel davon wie an Weihnachten. Vor allem in feinen Häusern, wo alles hübsch geordnet ist. Wenn die ersten Geschenke zertrampelt sind, wenn die ersten Tränen fließen, wenn der erste betrunkene Onkel seine Zoten und Flüche vom Stapel lässt, wenn die alten Geschichten hochkochen, dann kommt unser Auftritt. Dann wird gegessen. Dann nehmen wir den Abfall aus den Seelen der Menschen, all den Dreck, den sie übers Jahr und über die Jahre angesammelt haben. Wir nehmen alles, für immer, und lassen sie zurück als glückliche Idioten. Nie mehr traurig sein. Nie mehr voller Wut oder Verzweiflung. Wir haben ihnen alles genommen. Sie sind fein raus, ganz raus, und wir sind satt. Der Dirigent wird nicht mehr dirigieren, er wird mit Kinderliedern zufrieden sein. Die Dirigentenfrau wird sie ihm voller Liebe vorsingen. Sie wird nicht mehr trinken, all ihr Schmerz wird verschwunden sein. Die Kinder werden so sanftmütig sein, dass man sie aus ihren Schulklassen entfernen muss, weil sie sonst untergehen. Die Haushälterin wird Margeriten pflücken. Ein großes Glück wird über sie alle hereinbrechen.

Menschen sind wirklich unfähig. Sie erkennen die große Kraft ihrer sogenannten »negativen Gefühle« nicht. Kein Wunder, sie können ja nur Negatives und Zerstörerisches damit anstellen. Tragisch. Wir wissen diese Kraft zu schätzen. Wir leben davon.

Neulich hat uns die Dirigentenfrau sogar aus dem Käfig gelassen, obwohl es ihr Mann streng verboten hat. Wir sind erst putzig herumgesprungen in der Wohnung, haben hier geschnüffelt und dort, aber dann hat sie uns angezogen wie ein Magnet. Wir sind ihr auf den Schoß gehüpft, von dort auf ihre Schultern und haben uns mit Genuss an sie geschmiegt. Sie war begeistert. Sie hat uns gestreichelt, während wir uns in ihren Haaren verloren und ihrem Gehirn möglichst nahe sein wollten, dem Gehirn mit all den schwarzen und bitteren Gedanken, mit all den schmutzigen kleinen Geheimnissen. Zum Beispiel hat sie einen Geliebten, und das macht so viele schöne Probleme in ihr.

An die Kinder können wir noch nicht heran, aber wir freuen uns schon auf sie. Wir wissen nicht, was sie tun, aber die Haushälterin wird oft genug von ihnen getriezt, so viel ist klar. Manchmal spricht sie mit sich selbst und verwünscht die Kinder halblaut, während sie uns füttert. Besonders Mischa, der für sie nur der »kleine Dreckskerl« ist. Neuerdings holt Anuschka aber auf, die Haushälterin hat sie gestern als »Zicke« bezeichnet. Einmal haben wir auch einen Streit der beiden mitbekommen, das war ein Geschrei, als würden sie sich gegenseitig umbringen.

Die Dirigentenfrau sieht die Kinder kaum. Trotzdem hat sie neulich gelallt: »Die Familie macht mich krank!«, als sie schon ziemlich betrunken war. Früchtchen für uns!

Den Dirigenten haben wir ja so richtig erst einmal erschnüffelt, als er in der Haushälterinnenwohnung war, wegen der Diskretion. Nur da ist er uns nahe genug gekommen, und wir haben gespürt, dass er zerfressen ist von Ehrgeiz. Oh, was wurden wir unruhig! Er will immer alles genau und richtig machen, deswegen ist er auch ein guter Dirigent, aber ein schlechter Künstler. Und wie es gärt in ihm, dass er das weiß. Wie er sich anstrengt. Wie er versagt. Üben, üben, üben, und doch immer nur zweitklassige Arbeit. Natürlich hat er auch dafür gesorgt, dass jetzt schon der riesige Weihnachtsbaum unten in der Empfangshalle steht und der kleinere, immer noch sehr stattliche im Salon. Die Haushälterin wird sie beide schmücken. Man könnte sich ja pieksen, da muss die Haushälterin ran. Und sie ist zwar dumm, aber nicht dumm genug, um die Herrschaften nicht dafür zu hassen. Tausend kleine Flüche haben sich in ihr angesammelt. Sie wird so schadenfroh sein, wenn am Weihnachtsabend die ersten Streitereien ausbrechen!

Die Haushälterin hat eine geheime Leidenschaft. Sie liebt eine Kinderserie, die Teletubbies. Sie verpasst keine Folge: Morgens zeichnet sie alles auf, und beim Abendessen schaut sie sich den Quatsch dann an. Er beruhigt sie. Er gefällt ihr. Als wir das zum ersten Mal gesehen hatten, sagten wir uns: In Wirklichkeit wollen sie es doch, sie wissen nur nicht wie. Wir werden ihnen helfen. Aus dem Dirigenten und seinem Anhang werden wir Teletubbies machen. Große und kleine. Ah-oh!

Es wird bald Abend, Mischa und Anuschka sind aus der Ganztagsschule zurückgekommen, wir haben die Klingel an der Haustür gehört. Das heißt, dass wir bald gefüttert werden, mit teurem Premiumfutter für Nagetiere. Wir essen alles auf, damit kein Verdacht entsteht. Der Tieraspekt will auch ernährt sein.

Manchmal, wenn alles dunkel ist, wenn auch die Haushälterin schläft, und wenn wir in unserem Käfig unter dem weißen Tuch schlafen sollten wie friedliche Haustiere, dann besprechen wir uns mit dem großen Wir. Wir gehen in die Runde, und die anderen Wir kommen auch. Sie sind alle da, obwohl sich ihre Tieraspekte an so entfernten Orten wie Madrid, New York oder Adelaide aufhalten. Wir sind uns alle einig: Weihnachten ist am besten. Nie tritt so viel Abfall zutage wie an Weihnachten.

In der Runde zu sein, ist eine große Erfrischung. Die Menschen sind unsere Opfer, mit ihnen sprechen wir nicht, wir löschen sie, wenn die Zeit gekommen ist. Es kann einsam werden in der Inkubation. Wir können leider nicht zu oft in die Runde gehen. Es kostet zu viel Energie. Aber eines deutet sich schon länger an. Die Bereitschaft der Runde, einen Ruf ertönen zu lassen. Wir sind ziemlich sicher, dass diese Menschen noch mehr von uns ernähren könnten.

Wir wissen nicht, ob sich diesmal die Larven schon verpuppen. Wir ahnen, dass dieses Weihnachten noch nicht reichen wird. Aber das macht nichts. Wenn wir hier fertig sind, fliehen wir, nachdem wir unsere Spuren verwischt haben. Die Haushälterin wird den Käfig und das Hasenfutter beseitigen, das flüstern wir ihr schon ein. Wie immer wird die Polizei ratlos sein. Man vermutet meistens Drogen oder irgendeinen seltsamen Sektenzirkus hinter dem Ganzen. Wir verdauen eine Weile, und wenn die Ruhephase vorbei ist, lassen wir uns wieder einfangen. Weil man gute Preise für uns erzielt, besonders vor Festen, an denen es um Geschenke geht, bleiben wir nie lange bei den Leuten, von denen wir uns finden lassen. Die Wissenschaft beginnt langsam zu glauben, dass wir »ausgewildert« sind. Sie vergleicht unsere Situation mit der Verbreitung der Waschbären in diesem Land seit ihrer Einführung vor siebzig Jahren. Auch gut.

Wenn es für unsere Larven diesmal noch nicht reicht, dann vielleicht beim nächsten Mal. Dann verpuppen sie sich, dann schlüpfen sie aus. Die Tieraspekte werfen Junge, und die frisch geschlüpften Kinder unseres Wir-Aspekts ergreifen von ihnen Besitz, damit auch sie am großen Werk weiterarbeiten können. Wir brüten und legen neue Eier. Neue Larven entstehen, die eine Zeit lang gehegt werden müssen. So wird das große Wir größer. Weihnachten hilft uns dabei, auf Weihnachten können wir uns verlassen. Eines Tages wird dann die Runde einen Ruf ertönen lassen, der in allen Welten gehört wird und das große Wir zusammenruft. Ob es in fünf Jahren, in zehn oder in zwanzig geschieht – an einem der zukünftigen Weihnachtsfeste werden wir eine ganze Welt glücklich machen. Schlagartig.

STAUB,
ODER
DIE MELANCHOLIE IM KRIEGE

Ich habe von Lucien Besitz ergriffen, damit ich die Rede des Kapitäns besser verfolgen kann. Lucien ist als Gastgeber ein Glücksfall, er gehört hier an Bord der Schwarzschild zum Sicherheitsdienst, und daher hat er mich schon an viele Orte gebracht, an die ich ohne seine Hilfe nicht so einfach gelangt wäre. Ich mag Lucien auch persönlich. Er ist ein ruhiger, angenehmer Zeitgenosse, interessiert und aufmerksam, und daher geht es mit ihm auch auf der Karriereleiter nach oben. Wenn ich das Treiben und die Angelegenheiten auf der Schwarzschild durch die Augen dieses gutherzigen, aufmerksamen und absolut austauschbaren Leutnants vom Sicherheitsdienst betrachte, dann kann ich mich in ihn einfühlen, ja, ich spüre sogar ein Quäntchen von seinem Stolz auf seine Position, seine Tätigkeit, das Schiff, und all das andere. Ich muss vorsichtig sein. Professionellen Abstand wahren. Das fällt mir leichter, wenn ich mich daran erinnere, dass Lucien heute sterben wird, zusammen mit mir und allen anderen an Bord.

An so einem wichtigen Tag muss der Kapitän einfach eine Rede halten. Tausend Jahre nach der Mondlandung – was für eine Gelegenheit, die Triumphe der Menschheit vor den Zuhörern auszubreiten und ihnen Sinn, Patriotismus und Treue einzublasen. Die Gelegenheit ist so wichtig, dass das ganze Schiff für die Dauer der Rede in den Syncspace versetzt wird. Das verbraucht eine Menge Energie von den Gravitations-Gezeitenkraftwerken, aber was sein muss, muss sein. Und uns, die wir die Party zum Platzen bringen werden, hilft das sehr. Durch die Versetzung des Schiffs in den Syncspace wird eine Live-übertragung der Rede zur Shell möglich. Ein quasioffizielles Ereignis. Milliarden von Zuschauern. Unerhörte Begebenheit. Eintausend vollendete Jahre. Wir haben einen guten Termin ausgewählt.

Lucien hat jetzt seinen Sicherheitsrundgang beendet und ist auf dem Weg zum Convent. Manchmal sieht er hinunter auf seine Stiefelspitzen und stellt fest, dass sie im Licht der Gangbeleuchtung glänzen. Seine Paradeuniform sitzt tadellos. Obwohl ich auf die Hirnregionen Luciens, die mit Emotionen zu tun haben, kaum zugreife, bin ich mir sicher, dass er sich freut. Er ist bester Laune. Lucien, Lucien, was heute passiert, wird dir nicht gefallen. Auch wenn du ein Krieger bist, kann dir nicht passen, auf welche Art der Krieg beginnt.

Lucien betritt den Convent durch einen Nebeneingang. Der Convent ist die größte Räumlichkeit auf der Schwarzschild, so groß, dass er wie eine Kirche wirkt, eine dieser alten Kirchen, die auf der alten Erde vorkamen. Durch Beleuchtung, Wandmalereien und Ähnliches versucht man, diesen Eindruck noch zu verstärken. Allerdings sitzen die Gläubigen nach Art einer Tafelrunde und nicht wie auf Kirchenbänken. Der Kapitän steht inmitten der Tafelrunde und ist beleuchtet, als stünde er in einer Kathedrale genau am richtigen Fleck, dort, wo der Lichtstrahl hinfällt, der durch eine wunderbare, bleigefasste Kathedralenrosette kommt, an einem bestimmten Tag des Jahres, zu einer bestimmten Uhrzeit. Wer in der Tafelrunde sitzt, sieht den Kapitän immer von vorne, obwohl das eigentlich nicht möglich ist. Lucien verzeiht seiner Religion ihre kleinen Tricks. Er schaut noch einmal zur Decke hoch, die ebenfalls der einer Kathedrale nachempfunden ist, wenn auch in etwas verkleinertem Maßstab. Unter der Decke hängen große Lichtschirme, auf denen zum Beispiel Betsy zu sehen ist. »Betsy« ist das Schwarze Loch, um das die Schwarzschild unaufhörlich kreist, zusammen mit den Gravitations-Gezeitenkraftwerken, die so viel Energie erzeugen, dass man sie durch den Syncspace an alle menschlichen Siedlungen verteilen kann, die ihrer bedürfen. Betsy sieht heute Abend gut aus. Sie ist von den Astronomen an Bord der Schwarzschild grafisch so aufgetakelt worden, dass sie wie ein wahrer Höllenschlund wirkt. Auf den anderen Lichtschirmen sieht man den heiligen Neil und den heiligen Juri, dazwischen »Jesus, wie er war«. Die Staatsreligion, der Lucien und 91% von euch angehören, begreift sich als wissenschaftlich und stellt Jesus deswegen nicht als blondgelockten Jüngling dar, sondern als einen ziemlich groben Burschen aus dem Nahen Osten, der mürrisch dreinsieht und mit berufsmäßiger Sanftmut anscheinend nicht viel anfangen kann. Ah, und man sieht die Shell, die gigantische Skelettkugel, mit der ihr die Sonne des Heimatsystems umgeben habt. Eine Dyson-Sphäre wie aus dem Bilderbuch. Sie hat nicht nur die Erde verbraucht, sondern auch den Mars, die Venus, Merkur und den Asteroidengürtel. Eine Billion Menschen leben dort. Der Kernbestand der Menschheit. Wir werden sicher nicht alle erwischen. Aber einen Großteil.

Alle stehen auf. Der Kapitän hebt das Szepter, das er in der Hand hält. Gleich wird er reden, und ich weiß jetzt schon, was er sagen wird. Er wird den heutigen Tag als Beweis dafür feiern, dass der Mensch Großartiges leistet. Der Mensch, wie er ist – nicht zu weit vom Standardgenom entfernt, und äußerlich nicht zu sehr verändert. Achthundert Jahre Frieden! Wenn man all die Kriege nicht mitzählt, die nicht mitgezählt werden sollen. Die Schwarzschild und die Gravitations-Gezeitenkraftwerke wird der Kapitän als Beleg dafür anführen, dass die Geschichte in den Formkriegen ein gerechtes Urteil über alle Bestrebungen gefällt hat, den Menschen von seiner wahren Identität zu entfernen. Der Kapitän wird die Konformität und ihre Mitarbeiter loben, die mit unermüdlichem Einsatz dafür sorgen, dass dieses Urteil nicht durch subversive Elemente konterkariert wird. Mit »subversiven Elementen« meint er zum Beispiel mich. Wie gut, dass er nichts von mir weiß, das würde ihn aus dem Konzept bringen, den braven Mann. Er hat ja in seiner Privatkajüte sündhaft teure Reliquien und Ikonen versammelt, denn er ist ein besonders eifriger Anhänger der Kirche. Ich war dort, Lucien hat mich hingebracht, als er dem Kapitän einmal persönlich Bericht erstatten musste. Der Kapitän ist ein Idiot, und wird genau den idiotischen, identistischen Mist absondern, den man von ihm erwartet. Er wird sich vor dem Kaiser verneigen und vor dem Staat. Vor allem, was Stabilität und Ordnung meint. Auf keinen Fall wird er erwähnen, dass heute auch der Jahrestag des Attentats auf den schlimmsten Kaiser ist, den es je gegeben hat. Der vor genau eintausendfünfundzwanzig Jahren mit einer lächerlich primitiven und leider zu schwachen Bombe angegriffen wurde, von einem seiner eigenen Soldaten. Natürlich weiß er das. Aber er wird es nicht erwähnen. Im Gegenteil, am Schluss seiner Rede wird er irgendeine Parole in die Runde schmettern. »Wir verändern nicht uns, sondern die Welt!« Oder etwas dergleichen. Und ich werde still, im Kopf von Lucien hockend, dagegen halten: Identismus ist Faschismus. Und dann kommt die große Überraschung.

Die größte Ironie von allen: Wenn ihr uns wahrnehmen könntet, dann nur als eine Art Staub. Einst waren wir Menschen wie ihr. Jetzt sind wir eure Zukunft. Genau, wie eure eigene Religion sie voraussagt: Von Staub zu Staub.

*

Amal war unglücklich. Dass Nolan ihm den Beichtdienst aufgebrummt hatte, konnte er nur als Schikane sehen, die möglicherweise sogar einen tiefsitzenden Hass Nolans auf ihn, Amal, verriet. Es war Samstag, der Tag, an dem die Gläubigen in Scharen zum Beichten kommen würden, da sie für den Sonntag von ihren Sünden gereinigt sein wollten. Dass Nolan sich mit der Behauptung zurückgezogen hatte, er müsse noch an der Sonntagspredigt feilen, war eine fadenscheinige Ausrede. Aber er, Amal, war ja nur ein einfacher Diakon. Mit ihm konnte man es ja machen. Er sah aus dem Fenster, direkt in die Glut der Sonne, die ihm wie allen anderen Bewohnern der Shell Energie, Nahrung und Licht lieferte. Viel zu viel Licht und Energie, wenn man es genau nahm, weswegen alles an der Shell, die die Sonne umgab wie ein Drahtgitter den bläulich-heißen Glühstrumpf einer Gaslampe, darauf ausgerichtet war, Energie abzusaugen, umzuwandeln und von sich wegzubringen, durch den Syncspace hin zu menschlichen Siedlungen im tiefen, lichtarmen Raum irgendwo in der Galaxis. Wäre das Fenster nicht aus einem Nanomaterial gewesen, das 99,99 % des ankommenden Lichts ausfilterte, wäre Diakon Amal sofort erblindet. Und wären die der Sonne zugewandten Teile der Shell nicht aus einem anderen Nanomaterial gewesen, das Temperaturen von 10.000 Grad Celsius und mehr locker wegsteckte, wäre die Shell einfach weggeschmolzen wie Kerzenwachs. Amal sah den lautlos brüllenden Ofen mit seinen Flares, Sonnenflecken und Turbulenzen, er sah das Gitternetz und die Myriaden von Versorgungs-, Reparatur- und Bauvehikeln, die sich zwischen den Streben des Gitternetzes bewegten, in silbrigen Schwärmen, wie Fische, die eine gigantische Fächerkoralle umtanzten, ständig in Bewegung, ständig in Alarmbereitschaft. Normalerweise war das ein erhabener Anblick für ihn, eine unwiderlegliche Bestätigung seines eigenen Glaubens, der von dem sinnvollen Zusammenwirken der Absichten Gottes und des Menschen ausging. Hier die Sonne. Da die Shell. Saubere Arbeitsteilung, saubere Zusammenarbeit. Aber jetzt sah er nur den Glühstrumpf und das Drahtgitter. Die silbrigen Fischschwärme waren ihm jetzt nur Motten und Stechfliegen, die die Gaslampe umschwirrten und bald in dem heißen Licht zu Staub verbrennen würden. Denn er hatte Beichtdienst. Er heftete sich das Insignium seiner Kirche an die Brust: Ein silbernes

Koordinatensystem mit »Jesus wie er war«, St. Neil, St. Juri, und St. Wernher in den Quadranten. Kein Grund für den vollen Ornat. Der einzige Vorteil des Beichtdiensts bestand darin, dass er wahrscheinlich die stinklangweilige Live-Übertragung von der Schwarzschild verpassen würde. Amal sprach ein einfaches Stoßgebet und öffnete die Tür zum Warteraum. Der Warteraum war, wie er befürchtet hatte, brechend voll. Aller Augen warteten auf ihn, und mit einem würdevollen Kopfnicken forderte er die Frau, die der Tür am nächsten saß, zum Eintreten auf. Mit einem Seufzen erhob sie sich, kaum fähig, Amal in die Augen zu sehen, und schlurfte an ihm vorbei in das Beichtzimmer. Amal schloss die Tür und machte sich auf eine harte Sitzung gefasst. Kaum saß er der Frau am Beichttisch gegenüber, sagte sie:

»Vater, ich muss sündigen.«

»Diakon Amal, bitte. Erklären Sie mir, warum Sie sündigen müssen.«

Die Frau sah ihn verzweifelt an.

»Das, das kann ich nicht.«

»Dann habe ich Ihnen nichts anzubieten. Ich kann Ihnen kaum die Absolution erteilen für zukünftige Sünden, die Sie nicht einmal benennen wollen.«

Jetzt zuckte der Blick der Frau unruhig im Raum umher. Er fürchtete bereits, sie würde aufstehen und gehen, da fasste sie sich ein Herz.

»Also gut. Also gut. Sie werden es nicht weitersagen?«

»Ich nehme das Beichtgeheimnis sehr ernst«, sagte Amal mit Nachdruck, und das stimmte.

»Ich habe eine Prüfung. Abschlussprüfung. Wegen meiner Zusatzausbildung zur RIT-Analystin.«

»Oh nein«, dachte Amal. Er wusste, was jetzt kommen würde. So sicher wie das Amen in der Kirche.

»Und um die Prüfung zu bestehen, muss ich ... muss ich ...« – die Frau flüsterte jetzt praktisch – »ein Pulver nehmen. Das mich schneller lernen lässt. Es ist« – sie vergrub ihr Gesicht in den Händen –»gegen die Konformität.«

Amal hätte am liebsten auch sein Gesicht in den Händen vergraben. Das war die wievielte zukünftige RIT-Analystin an seinem Beichttisch, die mit der Prüfung nicht zurechtkam? Er zählte schon nicht mehr mit. »Ausbildung zur Retro-Informationstechnologie-Analystin« – ein pompöser Name für eines der größten Arbeitsbeschaffungsprogramme, das es in der Shell je gegeben hatte. Massenweise wurden arbeitslose Frauen auf vergammelte Programmiersprachen, Datenträger und Dateien von Anno Tobak angesetzt, um irgendwelche Inhalte aus ihnen herauszukitzeln, die dann archiviert wurden. Ein Geduldsspiel von höchster Bedeutung für die Leute, die auf der Shell Computerkapazitäten und Speicherplatz verkauften. Nach Amals Meinung eine gigantische Zeit- und Geldverschwendungsmaschinerie. Der Clou an dem Ganzen: Die Prüfungen waren von hirnlosen Bürokraten entworfen worden, sodass sie von Normalsterblichen nur in Ausnahmefällen bewältigt werden konnten. Was machten die Normalsterblichen? Sie dopten sich mit mehr oder minder illegalen Enhancern, die die Konformität mehr oder weniger deutlich verletzten, um auch eine realistische Chance bei den Prüfungen zu haben. Die Durchfallquote lag trotzdem bei satten 40%. Ein Scheißspiel, wie Amal fand. Er war bereits jetzt so müde, wie er es eigentlich erst am Ende des Beichtdiensts hätte sein sollen.

»Als Vertreter der Kirche«, sagte er, »missbillige ich ihr Verhalten. Beten sie zehn Ave St. Juri. Alles Gute für die Prüfung.«

Sie sah überrascht auf, eine ungeheuere Erleichterung breitete sich auf ihrem Gesicht aus. Atemlos sagte sie: »Danke! Danke!«, und versuchte nach seinen Händen zu greifen, doch er entzog sich ihr.

»Gehen Sie bitte«, sagte er streng, »die anderen warten schon.«

»Ja«, keuchte sie, wischte sich die Tränen aus dem Gesicht und zog sich zurück. Weil sie vor lauter Eile die Tür offen stehen ließ, konnte Amal einfach »Nächster!« rufen.

*

Devo machte sich keine großen Hoffnungen. Der Adept Petronius war ein beschäftigter Mann, so beschäftigt, dass er Devo manchmal über Wochen nicht eine einzige Anweisung, Erläuterung oder auch nur Frage zukommen lassen konnte, und er, Devo, gewissermaßen sich selbst überlassen blieb. Devo verstand das. Er war nicht nur ein einfacher RIT-Analyst, sondern als Mann in diesem lächerlichen Beruf auch noch ein Exot; zudem war er Petronius als »Assistent« zwangszugeteilt worden und fand es daher nur natürlich, dass Petronius, immerhin ein Wissenschaftler von shellweiter Bedeutung, für ihn nicht viel Aufmerksamkeit übrig hatte. Er ahnte, ja er wusste, dass er auf taube Ohren stoßen würde. Aber versuchen musste er es doch. Wenn ihm schon einmal etwas aufgefallen war. Immerhin – das todschicke Türfeld vor dem Büro des Adepten in der aktuellen Trendfarbe

»Nebelweiß« blieb nicht ungerührt von seinem Klopfen, sondern löste sich gnädig in Rauch auf und gab den Weg in das Büro frei – ein Zeichen, dass Petronius seine Zusicherung wahr machen und ihm zwei Minuten seiner kostbaren Zeit schenken würde. Petronius saß an seinem Schreibtisch und kratzte mit einem Gänsekiel etwas in die Oberfläche. Auch die Benutzung von Gänsekielen war gerade in Mode.

»Analyst Devo zu Diensten«, sagte Devo mit leicht zitternder Stimme.

»Kommen Sie bitte gleich zur Sache«, murmelte Petronius abwesend, »wir haben nicht viel Zeit.«

Devo warf seine drei Infokristalle auf den Schreibtisch, und sofort begannen sie ihre Lichtschirme zu projizieren. Petronius schrak auf wie aus einem Traum, sah Devo zum ersten Mal ins Gesicht und sagte: »Guter Mann, was machen Sie da?«

»Ich sollte ja keine Zeit verlieren«, dachte Devo, verkniff sich aber den Kommentar und sagte stattdessen:

»Ich habe eine Anomalie gefunden. Das hier« – er zeigte auf einen der Kristalle – »ist GIST, ein altes, aber sehr gutes, halbintelligentes Statistikprogramm aus dem letzten Jahrhundert, das ich mit Hilfe von Syscore 7 aufgeschlüsselt und wieder zum Laufen gebracht habe. Das hier« – er zeigte auf den zweiten Kristall – »sind die shellweiten Rohdaten über Konformitätsverletzungen im letzten Monat, die ich mit GIST überprüft habe. Und dieser Kristall hier zeigt das Ergebnis.«

Die Genervtheit des Adepten war mit Händen zu greifen.

»Und was ist das fabelhafte Ergebnis Ihrer überaus gewissenhaften Bemühungen, Analyst Devo?«

»Runterschlucken«, dachte Devo, »alles runterschlucken. Jetzt kommt es nur darauf an, den Kerl da ein bisschen zu beeindrucken.«

»Das Ergebnis ist, dass wir ein Konformitätsproblem haben, das für GIST die Alarmstufe ›Kompromittiert‹ rechtfertigen würde.«

Petronius blinzelte, dann atmete er durch und fixierte Devo mit einem Blick tiefer Verachtung.

»Zwei Fragen, Analyst. Für wie wahrscheinlich halten Sie es, dass die Agenten der Konformität mit all ihrer Kompetenz und Erfahrung etwas übersehen, was Sie mit Ihrer veralteten Software und Ihrem begrenzten Datenzugriff entdecken können? Hm, Analyst Devo?«

»Es ist nicht sehr wahrscheinlich, Adept Petronius, aber ...«

»Zweite Frage, Analyst Devo.« Petronius sprach gar nicht laut, erzeugte aber genau dadurch bei Devo um so größere Wirkung. »Wen sehen Sie hier vor sich?«

»Ich verstehe die Frage nicht.«

Petronius warf den Gänsekiel auf seinen Schreibtisch.

»Wen Sie hier vor sich sehen, will ich wissen.«

»Ich sehe Sie. Den Adepten Petronius.«

»Auffallend richtige Beobachtung. Ich bin der Adept Petronius. In etwa drei Stunden erwarten wir, wie Sie wahrscheinlich wissen, eine Live-Übertragung von der Schwarzschild. Der Kapitän wird aus Anlass der Tausendjahrfeier sprechen. Das ist Ihnen bekannt, nicht wahr?«

»Selbstverständlich. Wenn ich allerdings noch einmal ...«

»Und ich, Analyst Devo, erwarte die Live-Übertragung von der Schwarzschild ganz besonders. Warum? Ich spreche gleich im Anschluss an den Kapitän. Zu einer Billion Menschen in der gesamten Shell. Auch zu Ihnen. Und ich sitze hier gerade an den letzten Korrekturen für meine Rede. Was Ihre Konformitätsverletzungen da angeht« – er schnipste den zweiten Informationskristall einfach vom Tisch, beim Herunterfallen erlosch die Projektion – »wissen Sie so gut wie ich, dass die Einführung der neuen Metabot-Generation und der massenhafte Konsum von Kognitions-Enhancern der Grund dafür ist, dass ein vergleichsweise hohes Niveau an Konformitätsverletzungen vollkommen normal ist.«

Devo wollte noch einmal den Mund aufmachen. Beide Faktoren – die neuen Metabots, die aufgrund ihrer Menschenähnlichkeit gerne falschen Konformitätsalarm auslösten, und die Kognitions-Enhancer hatte GIST bei der Analyse natürlich berücksichtigt. Petronius ließ ihn aber gar nicht erst zu Wort kommen.

»Wenn aber, wie Sie selbst zugeben, die Wahrscheinlichkeit äußerst gering ist, dass Sie mit Ihrer wackeligen Expertise und Ihrer fragwürdigen Ausstattung den Agenten der Konformität etwas vormachen können – warum unterbrechen Sie mich dann bei der Arbeit? Was gibt Ihnen Ihrer Meinung nach das Recht dazu?«

Devo gab auf. Er senkte seinen Kopf. Seine Schuhspitzen sahen abgestoßen und fleckig aus.

»Entschuldigen Sie«, murmelte er. »Das muss ein Missverständnis gewesen sein.«

»Nein, ich entschuldige nicht!« sagte Petronius, jetzt doch lauter werdend. »Verschonen Sie mich in Zukunft mir Ihren Missverständnissen! Und nehmen Sie beim Rausgehen ihr Spielzeug mit!«

Devo klaubte seine Kristalle zusammen; nach demjenigen, den Petronius von der Tischplatte geschubst hatte, musste er auf dem Fußboden eine ganze Zeit lang suchen. Als er wieder vor der Tür stand, wusste er vor Scham zuerst nicht wohin. Mechanisch setzte er sich in Bewegung. Es war zehnmal schlimmer gewesen als befürchtet. Aber er wusste genau: Seine Daten waren in Ordnung.

*

Justinian überprüfte die Instrumente seines Anzugs. Seine Fallgeschwindigkeit beschleunigte sich immer noch und lag jetzt bei Mach 3. Die Temperatur war im grünen Bereich, die Strahlung innerhalb seines Anzugs auf einem vertretbaren Niveau, seine Körperfunktionen (Atmung, Puls, EEG und EKG) – alles in bester Ordnung. Wenn man in die Sonne stürzte, durfte man wohl einen leicht erhöhten Puls haben. Wie gut, dass er über eine Nabelschnur mit seinem Schiff, der Arachne, verbunden war, die in einem erstaunlich niedrigen Orbit (nur ein paar tausend Kilometer) um die Sonne des Regulus-Systems kreiste, und von der er sich mit jedem Herzschlag weiter entfernte. Über die Nabelschnur meldete ihm die Arachne, dass auch mit ihr alles in Ordnung war.

»Übrigens, Justinian«, sagte sie, »Ich war eben ein wenig im Syncspace. Der Kapitän der Schwarzschild hat gerade angefangen zu sprechen. Soll ich dir die Übertragung auf deinen Helmschirm legen?«

»Um Himmels Willen nein, wie kommst du denn darauf? Habe ich dir erlaubt, in den Syncspace zu gehen?« Justinian ärgerte sich. Die Autonomie-Werte der Schiffsintelligenz mussten wohl nachgeregelt werden. Und dass er sich während eines Sonnensprungs das Propagandagerede des Schwarzschild-Kapitäns anhörte, das hätte noch gefehlt. Der einzige Grund, weswegen er bei seinem Sprung diesen dämlichen Vollanzug tragen musste, war doch die Diktatur der Kirche. Er hatte genug Geld, und die Technik gab es sowieso, er hätte also jederzeit seinen Körper so verändern lassen können, dass er einem Sonnensprung widerstand. Bei vernünftigem Design war das keineswegs eine Unmöglichkeit, aber nein, das verletzte ja die Konformität, die heilige Konformität. Ein Körper, den er beim Sonnensprung nicht hätte schützen müssen. Nackt auf den Stern des Regulussystems zustürzen und im letzten Moment von seinem Schiff zurückgeholt und gerettet zu werden. Das wäre sein Traum gewesen. Nicht auszudenken, was er für ein Prestige in der kleinen, aber sehr feinen Welt der Sonnenspringer für einen solchen Erstsprung gewonnen hätte. Aber die Konformität umgehen, das konnte selbst Justinian mit all seinem Geld nicht. Jedenfalls nicht so krass. Jedenfalls nicht öffentlich. Der

Kapitän der Schwarzschild, die Konformität und die Kirche konnten seinetwegen zur Hölle fahren. Er prüfte die Uhr in der rechten oberen Ecke seines Helmschirms. Noch eine gute Stunde bis zum Umkehrpunkt. Justinian schloss die Augen und hörte Musik.

*

Er hat zum Abschluss in den Saal gerufen: »Wir sind der Faustkeil Gottes!« Wortwörtlich. Noch etwas dümmer und fanatischer, als von mir vorhergesehen. Und ihr seid alle aufgestanden und habt applaudiert. Auch in der Shell und überall sonst, wo man die Rede des Kapitäns verfolgen konnte, sind sicher viele von euch aufgestanden und haben applaudiert. Ihr armen Kirchenlichter. Wenn ihr der Faustkeil Gottes seid, dann sind wir sein Sandstrahlgebläse. Wir haben eure Gravitationsgezeitenkraftwerke sabotiert, sodass sie sich selbst und die Schwarzschild in Stücke reißen werden. Und wir haben die in der Shell eingesperrte Sonne manipuliert, sodass sie sich befreien wird. Ah, da kommt schon der erste Alarm.

VANILLE

Erst neulich war einer im Erdgeschoss gestorben und hatte dort zwei Wochen gelegen, bevor es jemandem eingefallen war, dem seltsamen Geruch nachzugehen. Jan hatte aber den Abtransport der Überreste nicht mitbekommen. Denn er war im Urlaub gewesen, und bei der Rückkehr hatte die Gerichtsmedizin den Fall schon längst abgeschlossen. Sagte der Hausmeister. »Der schuldet mir noch 45 Euro!« Jan fühlte sich schuldig. Er hatte es gerochen, wie alle anderen im Haus auch. Und er hatte wie alle anderen nichts getan, in der Hoffnung, dass der seltsame Geruch einfach wieder verfliegen würde.

Im Keller wohnte noch einer, dem Jan das einsame Sterben zutraute. Er wusch sich wahrscheinlich nie, und die sehr seltenen Gelegenheiten, bei denen er die Wohnung lüftete, machten das Treppenhaus zu einem noch unschöneren Ort. Einmal, vor Jahren, war sein Fernseher so laut gewesen, dass Jan an seiner Haustür geklingelt hatte. Danach nie wieder. Das Paket fiel Jan am ersten Tag auf. Wenn man vom Fahrradkeller nach oben wollte, in den zweiten Stock, dann kam man unweigerlich an der Tür des Kellerbewohners vorbei, und dort, wo Jan vor Jahren durch einmaliges Betätigen der Klingel sofortige Stille in der Wohnung erzeugt hatte, ließ sich eines Tages das Paket nieder. Vielleicht drei Wochen nach dem Abtransport des unbemerkt Verstorbenen. Jedenfalls war der zeitliche Zusammenhang eng genug, um Jan jedes Mal, wenn er an dem Paket vorbei kam, an den Geruch denken zu lassen. Das Paket lag da vor der Tür, und es lag mehr und mehr da, verwandelte sich mehr und mehr von einem einfachen Paket in etwas Anderes, Mahnmalartiges, so dass Jan bald zusammenzuckte, wenn er es immer noch da liegen sah, wie einen letzten höhnischen Gruß. So ist die Seele. Nachdem Jan dieses seltsame Spiel mit nur einem Teilnehmer lange genug gespielt hatte, hielt er es einfach nicht mehr aus und ging hin, um sich die Sache genauer anzusehen. In der Hocke untersuchte er das ganz normale Paket. Groß genug, um vielleicht einen Fußball darin zu verschicken. Braunes Packpapier, ein Adressaufkleber. Der Empfänger hieß H.P. Haitkamp, die Absenderin Irina Haitkamp. Jan fand es merkwürdig, auf diese Art zu erfahren, dass der Kellermensch einen Namen und sogar Verwandtschaft hatte. Haitkamp, Haitkamp. Daraus folgte nichts. Das Licht ging aus. Jan hockte im Dunkeln und blinzelte. Dann tastete er, immer noch in der Hocke, mit der Linken zum Lichtschalter hinauf. Die Treppenhausbeleuchtung flammte auf. Seine Schenkel begannen langsam zu schmerzen. Er schnüffelte. Kein Geruch. Als er das Paket stahl, war es viel leichter, als er gedacht hatte.

Er hatte früher viel gestohlen, aus Langeweile, aber als er das Paket in seine Wohnung trug, das eigentlich H.P. Haitkamp gehörte, beherrschte ihn ein anderes Gefühl: Wut. Das unnatürlich lange vor Haitkamps Wohnungstür herumliegende Paket hatte ein Problem dargestellt, einen Fehler in der Ordnung von Jans Welt, einen Skandal, der behoben werden musste. Das Paket empörte ihn selbst noch, als es so unschuldig und inert auf seinem Küchentisch lag. »Als könnte es kein Wässerchen trüben«, hörte er plötzlich seine Mutter sagen, wie sie es immer gesagt hatte bei Dingen, die einen Fehler in ihrer Welt dargestellt hatten. Die Vorstellung, Teile des Wertekosmos seiner Mutter übernommen zu haben, zusammen mit ihrer sprachlichen Gestalt, erfüllte Jan mit noch mehr Wut. Die innere Stimme, die ihm riet, das Paket einfach wieder zurück zu legen, hörte er schon. Aber diese Stimme war sehr leise. Er riss das Paket mit fliegenden Händen auf: Es war leer, bis auf einen kleinen, weißen, beschriebenen Zettel, den er eine ganze Weile nicht lesen konnte, weil sein Herz so pochte, dass die Buchstaben vor seinen Augen tanzten. Die Botschaft bestand nur aus zwei Worten, sauber mit einem feinen Bleistift hingezeichnet, in einer altmodischen Handschrift, und sie lautete: »Immer dasselbe.« Er drehte den Zettel um, hielt ihn gegen das Licht, das durch sein Küchenfenster hereinfiel, dachte schließlich sogar daran, den alten Feuerzeugtest zu machen, um eventuell einen Text zu entdecken, der mit Zitronensaft geschrieben worden war, aber das fand er dann doch zu blöd. Er warf den Zettel auf den Tisch. In all dem Aufruhr war ihm gar nicht das leichte Vanillearoma aufgefallen, das auch aus dem Paket gekommen sein musste und sich wie ein Wolke in der ganzen Küche ausgebreitet hatte. Er schnüffelte an dem Paket. Kein Zweifel: Vanille. Von der bizarren Situation ermüdet, in die er sich selbst gebracht hatte, lehnte er sich in seinem Küchenstuhl zurück und versuchte nachzudenken. Dann begann er laut zu lachen. Er lachte, bis ihm Tränen kamen. »Meine Güte«, dachte er, »was ist das wieder für ein Wahnsinn. Du klaust ein Paket, in dem sich ein Zettel mit der Aufschrift ›Immer dasselbe‹ befindet, und das ein wenig nach Vanille riecht. Wer würde dich dafür schon in den Knast stecken wollen. Schmeiß das Zeug weg, und gut ist.« Er knüllte alles zusammen, und wollte es in den Hof tragen, zum Altpapiercontainer. Leider begegnete ihm im Treppenhaus die Fühmann. Die Fühmann war eine gar nicht so unattraktive Frau Mitte vierzig, die leider nur dummes Zeug redete, wenn sie den Mund aufmachte. Immer, wenn Jan sich vorstellte, wie er mit ihr ins Bett ging, schämte er sich furchtbar.

»Na, da wird aber gebacken!«, rief sie Jan schon entgegen, als sie noch zwei Treppenabsätze weiter unten war. Jan hörte ihre eiligen Schritte und blieb stehen. Er wusste, er würde jetzt nicht um ein Gespräch herumkommen, das verlangte die Höflichkeit einfach. Eiskalt griff die Panik nach ihm, als er bemerkte, dass auf den zusammengeknüllten Überresten des Pakets ziemlich deutlich Haitkamps Adresse zu lesen war. Die Fühmann kam rasch näher. Er drehte das Papierknäuel in seinen Händen, so dass die Adresse nun zu seinem Bauch hinzeigte. »Kipferl!«, kiekste die Fühmann, als sie direkt vor ihm stand. Das war auch etwas, was er an ihr auf den Tod nicht ausstehen konnte, diese sich überschlagende Backfischstimme. Sie schnüffelte in der Luft. »Da sind Sie aber viel zu früh dran! Ist doch erst September! Aber mir gefällt das, wenn ein Mann bäckt!« Sie lächelte. Jan musste wieder einmal darüber staunen, dass man gleichzeitig so schön und so dumm sein konnte. »Da bin ich aber froh, dass ihnen das gefällt«, sagte Jan, und die Hirnlosigkeit dieser Replik fand bei der Fühmann volle Zustimmung. Sie lächelte noch ein wenig breiter. Jan schielte nach ihrem Ausschnitt. »Da will ich Sie nicht weiter aufhalten«, kiekste sie. »Tun Sie doch gar nicht«, sagte Jan, und drängte sich gleichzeitig an ihr vorbei. An der Ausgangstür war ihm so, als hätte er eines ihrer Beine gestreift. Er warf den verklebten Papierball in den Altpapiercontainer. Danach wusch er sich die Hände, der Vanillegeruch war doch ziemlich stark. Die Wohnung musste er gut lüften.

In der darauffolgenden Nacht träumte Jan den denkbar seltsamsten Traum. Die Menschen lebten mitten unter den Pflanzen. Sie hatten sich angepasst, waren selbst zu Pflanzen geworden. Freilich blieben sie begrenzt mobil, denn sie konnten ihre Wurzeln aus dem Boden hochziehen, um sich nach Belieben bessere Plätze zu suchen. Menschen benutzten ihr Wurzelwerk auch zur Kommunikation, sie befuhren auf gigantischen Lotosblättern die Ozeane, man hatte gelernt, sich mit Hilfe vergrößerter Ahornsamen durch die Luft zu bewegen. Feuerwerke wurden von Gräsern simuliert, die rasend schnell in die Höhe schossen und hoch über den Wipfeln der Beobachter ihre farbig leuchtenden Samenkörner in alle Richtungen verschossen. Niemand musste mehr essen oder trinken, Häuser waren überflüssig geworden, die einzige Religion war die der Sonne. Man wurzelte und entwurzelte sich, wie es gerade gut war. Der Traum präsentierte sich Jan, der schon lange jemand anderes war, nicht wie ein Film, sondern eher wie eine absolut schlüssige Choreographie aus Bildern. Er wusste allerdings nicht, ob er diese Bilder nur ansah oder ob er sie auch aufzeichnete, durch die leicht trüben Linsen seiner pflanzlichen Augen hindurch. Unter dem Gaumen klebte ihm die Gewissheit, eine Art Berichterstatter zu sein, aber für wen? Sein Nachbar schickte ihm über das Wurzelnetzwerk eine Botschaft: »So ganz ohne Tugend«, lautete sie. Dann setzte der Regen ein, und Jans Blätter wurden gekitzelt. Ein gutes Leben, wie er fand, nur die Ängste der Nacht waren nicht ganz verschwunden.

Jan wachte in der Gewissheit auf, dass eine schwere Krankheit drohte. Er rief im Büro an und entschuldigte sich für diesen Tag. Auf dem Weg zu seinem Hausarzt, von dem er eine Überweisung zum Psyichater erbitten wollte, dachte er streng: »Ich darf so nicht träumen, wenn ich nicht verrückt werden will«. Und er dachte: »Ich hätte das nicht tun sollen.« Damit meinte er das Paket. Er musste beides mehrmals hintereinander denken, bis ihm ein Verdacht kam.

Sein Hausarzt, Dr. Bless, war nur schwer von der Ernsthaftigkeit der Situation zu überzeugen. Dr. Bless sah Jan mit seinen wasserklaren Augen an, während er von dem Traum berichtete, und strich dann mit den Händen über die naturholzfarbene Platte des Tischs, auf dem sich sein Computer, Schreibutensilien und das Bonbonglas für die Kinder befanden. Fast genau über seinem Kopf drehte sich ein künstlerisch interessantes Mobile. Die farbigen Holzplättchen rührten Jan seltsam stark an, als hätten sie eine bestimmte Bedeutung, auf die er nur noch nicht gekommen war.

»Da hatten Sie aber einen seltsamen Traum«, sagte er schließlich. »Stress in letzter Zeit? Beziehungsprobleme? Oder zu lange keine Beziehung gehabt? Sorgen in der Arbeit oder mit der Arbeitslosigkeit? War irgendwas mit Drogen?«

Jan schüttelte zu allem den Kopf.

»Wissen Sie«, sagte der Arzt, »der Körper ist ja schon eine komplizierte Sache, aber die Seele erst. Und bevor man da herumdoktert, sollte man zunächst einmal schauen, ob sich nicht alles von selbst regelt. Wenn Sie jetzt eine Vorerkrankung gehabt hätten, oder ein Trauma. Aber so? Sie wirken ja völlig fit. Ich sage Ihnen was. Ich schreibe Sie für zwei oder drei Tage krank, Sie atmen zu Hause mal richtig durch, und am Ende der Woche ist das alles vergessen.«

»Nein«, sagte Jan übertrieben laut. »Ich will zumindest ein EEG!« Er war selbst erstaunt, wie unwillig und gereizt es geklungen hatte.

»Nein?«, fragte Bless zurück, sichtlich amüsiert. »Ein EEG? Na wenn das so ist«, sagte er, zog ein Überweisungsformular zu sich heran und zückte einen Kugelschreiber. »An wen hatten Sie denn gedacht?« Jan sagte, er kenne keine Psychiater. Bless nickte kurz, dachte eine Weile nach, und sagte dann: »Dr. Pfeiffer. Stadtmitte. Vergisst zwar manchmal die Berichte an mich, ist aber sonst ein guter Mann.« Er füllte das Formular aus, schob es Jan in die Hände und warf seinen Kugelschreiber auf den Tisch. »Kaugummi?«, fragte er. Jan verneinte und ging.

Weil er sagte, es sei dringend, und weil ein anderer Patient abgesprungen war, bekam Jan noch am gleichen Nachmittag einen Termin bei Dr. Pfeiffer. Ganz in der Nähe der Praxis gab es eine Bäckerei, und als Jan dort vorbeikam, merkte er, wie hungrig er war. Aber vor der Eingangstür fühlte er sich plötzlich unwohl, und als sie zur Seite glitt wurde ihm schwindelig. »Vanille!«, zischte es in ihm auf, »hier riecht es furchtbar nach Vanille!« Die Welt um ihn herum wankte, als habe sie einige ihrer Stützen verloren, die Verkäuferin hinter dem Tresen sah ihn beunruhigt an, dann schlug er die Hand vor Nase und Mund und lief weg. Fünfzig Meter die Straße hinunter gab es eine kleine Rasenfläche mit drei, vier Parkbänken; schwer atmend ließ er sich auf einer davon nieder und versuchte sich zu beruhigen. Das war nicht leicht. Er sah auf seine Schuhspitzen. Warum hatte er gerade diese abgenutzten Schuhe angezogen, was machte denn das für einen Eindruck? Als er kurz an die Bäckerei und den Vanillegeruch dachte, kehrte der Schwindel sofort zurück. Meine Güte, du wirst wirklich verrückt, dachte er. Jetzt fürchtest du dich schon vor Bäckereien. Er sah auf die Uhr und sprang auf. In zwei Minuten musste er bei Dr. Pfeiffer sein.

Die Praxis des Nervenarzts war ganz anders als die von Dr. Bless. Das Gespräch mit der Arzthelferin verlief noch freundlich genug. Jan störte nur, dass sie so deutlich sprach und rein vom Aussehen her ein wenig der Fühmann glich. Aber das Wartezimmer – ein Schock. Durch das kleine und unangenehm hoch gelegene Fenster kam kaum Licht, es gab keine Bilder an den Wänden, die Zeitschriften auf dem wackligen Lesetisch sahen uralt aus. Jan war der einzige Patient, kam sich in diesem Zimmer aber sofort beobachtet vor. Er hatte kaum eine Minute gesessen, da sprang er wieder auf und öffnete die Tür, um wenigstens in Kontakt mit der Arzthelferin zu bleiben. Wenn sie ihn nach dem Grund für die Öffnung der Tür fragte, wollte er so tun, als ginge es ihm um frische Luft. Aber die Arzthelferin, die doch vorhin noch hinter ihrem kleinen Tresen mit den typischen Arzthelferinnentätigkeiten beschäftigt gewesen war, hatte wohl Feierabend gemacht. Vielleicht war sie auch nur kurz zur Bäckerei gesprungen, um sich mit Kuchen für den Nachmittag zu versorgen. Auf jeden Fall war von ihr nichts zu hören und zu sehen.

»Herr Folz?«, sagte eine Stimme in seinem Rücken, und er drehte sich hastig um.

Ein gemütlicher Dicker im Arztkittel, vielleicht Mitte 50, fast ganz kahl. Hielt ihm die rechte Hand hin. »Pfeiffer, der Name«, sagte er.

»Folz«, sagte Jan. Pfeiffers Hand schüttelte er nicht.

»Na dann kommen Sie mal mit«, sagte Pfeiffer und ging in sein Behandlungszimmer vor. Sie setzten sich. Jan wollte sich nicht allzu neugierig umsehen, aber er nahm doch wahr, dass der Barackenstil des Wartezimmers sich auch hier fortsetzte.

»Schöne Scheiße, was?«, sagte Pfeiffer jovial, und Jan glaubte schon, dass der Arzt seine Gedanken gelesen hatte, da fuhr er fort: »Muss ja ein übler Traum gewesen sein, letzte Nacht. Bless hat mich kurz informiert.«

Pfeiffer wies mit der flachen Hand auf sein Telefon. Es war schwarz, hatte allen Ernstes eine Wählscheibe und sah aus, als sei es aus Bakelit. Was war das denn für eine Veranstaltung, zu der Bless ihn hier geschickt hatte? Jan riss sich zusammen.

»Ja«, sagte er mühsam, das Sprechen fiel ihm schwer. »Hat mir Angst gemacht.«

»Allerdings, allerdings!«, rief Pfeiffer. »Sonst wären Sie ja nicht hier!« Er schlug mit der Hand auf den Tisch und lachte laut.

»Ein EEG wäre vielleicht gut«, schlug Jan vor. Seine Kehle war trocken. »Und ein Glas Wasser.«

»Kriegen Sie, kriegen Sie«, sagte Pfeiffer, stand auf, ging an ein altertümliches Waschbecken und füllte ein Glas zur Hälfte mit Wasser. Er stellte es vor Jan auf den Tisch. Das Glas war schmutzig, das Wasser war trüb. Jan kam sich veralbert vor, aber er protestierte nicht. Pfeiffer trommelte mit den Fingern auf der Tischplatte. Dann faltete er sie vor seinem runden Bauch, lehnte sich in seinem Stuhl zurück, und sagte: »Tja.«

Jan bemerkte, dass auch sein Arztkittel nicht ganz sauber war.

»Was, ›tja‹?«, gab er schwach zurück.

Es klopfte an der Tür, und Pfeiffer rief fröhlich: »Reinkommen, reinkommen.« Jan hatte die Arzthelferin erwartet, aber stattdessen traten zwei Kerle ein, die wie Polizisten in Zivil aussahen. Jeans, Hemd, Lederblousons. Eine gewisse Wachsamkeit in den Augen. Jan stand auf, die Aufregung ließ vor seinen Augen alles verschwimmen.

»Ruhe ist am besten«, sagte Pfeiffer.

»Sie kommen mit uns«, sagte einer der Kerle.

»Wer sind Sie? Was soll das?«, fragte Jan, und das Schwindelgefühl aus der Bäckerei stellte sich wieder ein, sodass er schon fürchtete, auf den Stuhl zurücksinken zu müssen, aber er kämpfte um seinen Stand, weil er jetzt keine Schwäche zeigen wollte.

»EEG, Folz. Das wollten Sie doch. Kriegen Sie auch, bei denen da.«

Die zwei Kerle griffen nach ihm, zogen ihn aus der Tür, aus der Praxis, auf die Straße, in ein Auto, und fuhren mit ihm weg.

Der Wagen roch ziemlich neu. Er bewegte sich gemütlich durch den Straßenverkehr, die Polizisten hatten es offensichtlich nicht eilig. Jan wollte sich beruhigen, aber sein Herz pochte. Der zweite Polizist saß neben ihm auf der Hinterbank, in den Kurven streifte Jan das glatte Leder seines Blousons, das fand er besonders unangenehm.

»Was wird mir vorgeworfen?«, sagte er. Er fand, er hörte sich genau an wie jemand, der seine ganze Tapferkeit mobilisiert hatte, um so eine Frage überhaupt stellen zu können.

»Sie müssen nicht beunruhigt sein«, sagte der Polizist neben ihm. Er sprach mit weicher Stimme, freundlich, gar nicht so, wie sich Jan das polizeiliche Gebell im Umgang mit Verdächtigen vorstellte. Das erfüllte ihn mit noch größerer Angst als Gebell.

»Wenn es wegen dem Paket ist«, sagte er, »kann ich alles erklären.«

»Das würde mich wundern«, sagte der Mann im Fahrersitz. »Ich glaube, Sie sollten jetzt erst einmal durchatmen.«

Das Funkgerät quakte, und er drückte auf einen Knopf am Armaturenbrett.

»Unterwegs mit Herrn Jan Folz, 34, wohnhaft in der Kerberstraße 10, ledig, Mitarbeiter bei der Kriegsopferfürsorge. Hat sich mit den üblichen Symptomen bei seinen Hausarzt Dr. Bless gemeldet und wurde an Dr. Pfeiffer überwiesen. Aufgriff dort um ca. 16.15 Uhr. Folz hat keinen Widerstand geleistet und ist bis jetzt kooperativ.«

Quak, quak, quak, machte das Funkgerät. Jan verstand nicht, was es quakte, vielleicht kam das vom Rauschen in seinen Ohren. »Übliche Symptome«? »Kooperativ«? Was sollte das heißen?

»Wenn ich Sie etwas fragen dürfte?«, brachte Jan mühsam hervor.

»Immer gerne«, sagte der Mann neben ihm.

»Was für eine Art Polizisten seid ihr eigentlich?«

»Wie kommen Sie auf die Idee, dass wir zur Polizei gehören?«

Jan schloss kurz die Augen. Hatte er sich doch gedacht.

»Dann Geheimdienst.«

Jans Sitznachbar seufzte. »Wenn Sie's genau wissen wollen, wir gehören zum Gesundheitsamt. Aber mit dem Namen unserer Dienststelle, die übrigens noch keinen Monat alt ist, können Sie nichts anfangen. Warum entspannen Sie sich nicht und warten ab, was geschieht? Ihnen droht keine Gefahr. Von uns jedenfalls nicht.«

»Das ist hier doch ein Rechtsstaat«, hauchte Jan, dem immer seltsamer zumute wurde. »Sie können mich doch nicht einfach ohne ...«

»Ein Rechtsstaat«, griff jetzt der Fahrer wieder ein. »Richtig. Und zwar einer, der sich um seine Bürger kümmert. Wir sind gleich da.«

»Wo da?«, wollte Jan mit letzter Kraft fragen, aber bei einem Seitenblick fiel ihm plötzlich auf, dass er das Viertel gut kannte, in dem sie gerade herumfuhren. Der Optiker an der Ecke, der asiatische Imbiss, die Reihe staubiger Schaufenster, die früher zu einem großen Fahrradladen gehört hatten, halbrechts der Backsteinturm dieser kleinen Kirche, deren Namen er sich nie merken konnte, St. Georg oder St. Michael, etwas in der Art. Sein Viertel war das.

Eine Ecke und noch eine. Sie hielten an einer Fußgängerampel, und die Frau im hellen Kleid, die da vor ihnen über die Straße ging, glich sehr einer Kollegin Jans. Noch bevor der Impuls, sich bemerkbar zu machen, in seinen Händen angekommen war, fuhr der Wagen wieder an. Kurze Zeit später waren sie an ihrem Ziel angelangt. Ein gesichtsloses, graues Bürogebäude mit geschlossenen Jalousien, an dem Jan schon hundertmal vorbeigekommen sein musste, weil es am Weg zum Stadtpark lag. Ein oder zwei Mal hatte er sich gefragt, wer dieses Gebäude wohl nutzte und zu welchem Zweck. Keine zweihundert Meter von hier entfernt lag seine Wohnung. Der Mann, der die ganze Zeit neben ihm gesessen war, stieg mit ihm aus, während der andere den Wagen wegfuhr, wahrscheinlich, um ihn irgendwo abzustellen.

»Kommen Sie«, sagte sein Begleiter, »hier entlang.« Der Drang, einfach loszurennen, war groß. Keine zweihundert Meter. Aber als sein Bewacher die Seitentür ins Innere des Gebäudes öffnete, hatte sich das schon wieder gelegt. Er konnte mit diesen Leuten nicht Hase und Igel spielen, nicht einmal als vorausbestimmter Verlierer, denn er war weder so schnell wie ein Hase, noch so klug wie ein Igel.

Wahrscheinlich nur ein dummer Zufall, aber der Mann, der auf der anderen Seite des Schreibtischs saß, wirkte wie ein abgemagerte Variante Pfeiffers. In einem Anzug mit Krawatte. Und mit Goldrandbrille. Manieren schien er auch zu haben – in Jans Hand dampfte eine Tasse Kaffee, und das war das beste, was ihm dieser Tag bis jetzt angeboten hatte. Vielleicht war es der Kaffee, vielleicht die hysterische Indolenz, die manchmal mit totaler Orientierungs- und Hoffnungslosigkeit einhergeht, auf jeden Fall fragte Jan sein Gegenüber: »Kennen Sie Dr. Pfeiffer?«

Der Mann lächelte dünn.

»Nicht persönlich, nein. Wir beide haben uns auch noch nicht vorgestellt. Ich bin Ministerialdirektor Keun aus dem Innenministerium. Land, nicht Bund.«

»Brilliant«, sagte Jan und nippte an seinem Kaffee. Wunderbares Getränk. Heiß wie, süß wie, schwarz wie. Jan fühlte eine große Albernheit in sich aufperlen.

»Aber ein wenig wie Pfeiffer wirken Sie schon«, sagte er.

Keun sah ihn besorgt an.

»Es ist etwas geschehen«, sagte er. »In Ermangelung eines besseren Begriffs wollen wir es eine Seuche nennen. Obwohl wir es sicherlich nicht mit einem rein medizinischen Problem zu tun haben.«

Jans Heiterkeit war spätestens bei dem Begriff »Seuche« mit einem Schlag verdunstet.

»Und natürlich ist ›Seuche‹ in vielerlei Hinsicht das ganz falsche Wort. Zum Beispiel, weil die Krankheit, von der wir hier reden, nicht ansteckend ist.«

Jan stellte die Tasse so hart auf den Schreibtisch, dass es spritzte. Er hörte sich schreien, bevor er wusste, was er tat.

»Was? Was ist hier eigentlich los? Alle verrückt geworden? Was für eine Seuche? Krankheit? Habt ihr sie noch alle?«

Am Ende stand er schwer keuchend, mit geballten Fäusten und heiser gebrüllter Kehle vor dem Schreibtisch. Keun saß da, anscheinend weitgehend unbeeindruckt. Ein Mann, der so ähnlich aussah wie die beiden, die ihn hierhergebracht hatten, schaute zur Tür herein.
»Alles senkrecht bei euch?«, fragte er.
Keun winkte ab, und die Tür schloss sich wieder.
»Vanille«, sagte er.
»Was?«, fragte Jan in einem letzten Aufbäumen, als habe er nicht richtig verstanden.
»Vanille«, wiederholte Keun.
Jan klappte zusammen, er landete hart auf seinem Stuhl.
»Ich will nach Hause.«
»Das geht leider nicht.«
»Ihr könnt mich nicht einfach verschwinden lassen. Meine Mutter ... meine Mutter wird sich nach mir erkundigen.«
»Sie haben nicht so sehr oft Kontakt mit ihrer Mutter, nicht wahr?«
Keun klang nicht, als wolle er ihn verhöhnen, sondern einfach nur so, als spreche er eine Tatsache aus.
»Jemand, der Ihre Stimme sehr gut nachmachen kann, hat sich bereits bei Ihrer Mutter gemeldet und sich in einen längeren Urlaub verabschiedet. Derselbe Mitarbeiter hat eine gleichlautende Ansage auf ihrem Anrufbeantworter hinterlassen, für den Fall, dass einer ihrer wenigen Freunde anruft. Bei ihrem Arbeitgeber haben sie mehrere Wochen unbezahlten Urlaub erhalten. Wir lassen Sie nicht verschwinden. Wir halten Sie hier vorübergehend fest, weil wir das müssen. Betrachten Sie sich als unseren Gast.«
Die anderen traf Jan eine halbe Stunde später, beim Kaffee. Eine Sperrholzküche, Campingstühle, Klapptische – überall merkte man, wie hastig alles zusammengestoppelt worden war, wie schnell es hatte gehen müssen. Von der Decke fahles Neon. Ein gutes Dutzend Gäste saß hier herum. Als Jan unschlüssig in der Tür stand, sagte einer: »Kaffee is alle.« Zwei oder drei andere lachten, wie über einen Witz, der sich durch Dauergebrauch erst abgenutzt und dann in einen running gag verwandelt hatte. »Lass dich nicht verulken«, sagte ein anderer, zwei Tische weiter. »Ist noch genug da.« Jan ging quer durch den Raum zum Kühlschrank, auf dem auch die Kaffeemaschine und zwei große silberfarbene Thermoskannen standen. Es gab nur noch wenige saubere Tassen. Aus einer offenen Packung griff er sich ein paar Kekse. Er setzte sich zu dem Mann, der ihm vorgeschlagen hatte, sich nicht veralbern zu lassen.

»Eckstein«, sagte der. Mager. Blaues Hemd. Lehrergesicht.
»Folz«, gab Jan zurück.
»Wie findest du dein Zimmer?«
›Zimmer‹ war gut. Die Kabine, die man ihm zugeteilt hatte, war etwa so groß wie sein Badezimmer daheim. Tisch und Bett hatten nicht gleichzeitig Platz darin; wenn er das eine benutzen wollte, musste das andere weggeklappt werden. Die Wände waren aus Sperrholz, eine Viertelstunde, nachdem er sich eingerichtet hatte, hörte er jemanden in der Nachbarkabine onanieren. Es gab Schreibpapier und Stifte. Es gab Ohrstöpsel, glücklicherweise. Einen Spind, in dem sich fast alle seine Kleider und sein Kulturbeutel befanden. Bei ihm eingebrochen waren sie also auch. Er konstatierte das mit einer Nüchternheit, die ihn selbst überraschte. Duschen gab es, er wusste nur noch nicht wo.
»Wie soll ich das schon finden?«, sagte er zu Eckstein.
Eckstein nickte. Wie sollte man so was schon finden.
»Eins ist ganz wichtig«, sagte er. »Wenn du denkst, du kannst was dafür, oder du hättest das irgendwie abwenden können, dann bist du auf dem Weg zum Keltenhügel.«
Die örtliche Psychiatrie lag am Keltenhügel. Wenn man jemandem in Jans Stadt unterstellen wollte, er habe sie nicht mehr alle, dann sagte man zu ihm: »Auf zum Keltenhügel!«
»Glaub's mir«, sagte Eckstein. »Du kannst überhaupt nichts dafür. Die machen hier mit uns, was sie wollen, weil sie das so wollen, nicht weil du irgendwas verbrochen hast.«
»Ich habe ein Paket gestohlen«, sagte Jan kleinlaut.
»Was du nicht sagst«, gab Eckstein zurück. »Ich verrate dir was, wir haben alle ein Paket gestohlen. Das ist Diebstahl und Verletzung des Postgeheimnisses und all sowas, und dafür bekommst du beim ersten Mal nicht mal Knast. Aber wir haben das falsche Paket gestohlen. Und deswegen sind wir hier, und nicht in einem kleinen Sitzungssaal beim Amtsgericht, in dem uns der Richter zu drei Monaten auf Bewährung verurteilt. Nein, nein, wir hatten Pech mit unseren Paketen. Ich bin jetzt schon seit einem Monat hier.«
»Seit einem Monat?«, echote Jan tonlos.
»Ja, glaub nur Papa Eckstein, der ist Veteran!«, blökte es vom Nebentisch. Eckstein reagierte darauf gar nicht.
»Was träumst du denn so?«, fragte er stattdessen.
Bis jetzt hatte Jan an seinen Traum von letzter Nacht gar nicht mehr gedacht, obwohl der doch eigentlich der Grund gewesen war, aus dem er zu Bless gegangen war. Aber kaum, dass er darauf angesprochen

wurde, standen die Traumbilder so klar vor seinen Augen, als sei er gar nicht aufgewacht.

»Dass alle Menschen Pflanzen geworden sind«, sagte er, ohne Eckstein in die Augen sehen zu können.

»Ein Pflanzer! Ein Pflanzer!«, kam es vom Nebentisch. Aber als er wieder aufschaute, sah er Eckstein nur nicken. »Ich bin ein Fischer«, sagte Eckstein, »in meinem Traum leben wir alle im Wasser.«

»Die Träume kommen wieder?«, fragte Jan entsetzt.

»Jede Nacht. Bei allen.« Er stand auf. »Muss los.« Erst jetzt bemerkte Jan, dass Ecksteins Handrücken tätowiert waren, rechts mit einem Kometen, links mit einer Sonne. Die Tätowierungen sahen nicht billig aus, sie waren fein ausgeführt, in leuchtenden Farben und feinen Schattierungen.

Eine Stunde später begannen die Verhöre. ›Verhöre‹, eigentlich ein genauso falscher Begriff wie ›Seuche‹. Jan wurde nicht angeschnauzt, er durfte jede Frage stellen, die ihm einfiel, und er hatte auch öfter den Eindruck, dass ihm halbwegs wahrheitsgemäß geantwortet wurde. Und ansonsten musste er erzählen. Aus seinem Leben. Aus seinem Beruf. Aus seiner Kindheit. Generell schien der Geist vorzuherrschen, dass er alles sagen durfte, was ihm durch den Kopf ging, und dass er alles verschweigen durfte, was ihm verschweigenswert erschien. Zwar wurde manchmal nachgefragt, aber wenn er sich mit Nachdruck weigerte, dann blieb es dabei. Es kam zum Beispiel bereits am ersten Tag zu einer Situation, in der ihn der Interviewer nach Details zu seinen politischen Überzeugungen befragte, nach seiner Meinung zu bestimmten Staatsangelegenheiten und ganz allgemein zur Lage der Republik. Jan hatte darauf keine Lust.

»Sagen Sie mal, das ist hier doch wohl keine Marktforschung im Auftrag der Regierung, oder? Ich fände einen Themawechsel ganz nützlich.«

»Wie Sie meinen«, sagte der Interviewer, der genau wie die angeblichen Gesundheitsamt-Mitarbeiter aussah, die ihn hergebracht hatten. »Wissen Sie, ich kann sie verstehen. Das Blöde für uns ist: Wir sind seit über einem Monat mit dieser Sache konfrontiert, und wir haben immer noch keine Ahnung, was hier eigentlich los ist. Wir versuchen irgendwie einen Überblick zu gewinnen, einen Fuß in die Tür zu bekommen, und deswegen stellen wir vielleicht manchmal komische Fragen. Wenn man nicht weiß, wonach man fragen soll, dann fragt man mal nach allem.«

»Gibt es diese Seuche auch anderswo, oder nur bei uns?«

»Tut mir leid, dazu kann ich Ihnen nichts sagen.«

»Sie ist weltweit ausgebrochen, stimmt's?«

»Erzählen Sie mir doch noch was aus ihrer Kindheit.«

Jan führte genau Tagebuch, und vermerkte sich jeden Tag das genaue Datum und die Uhrzeit seiner Einträge, aber das nützte nichts. Am Ende der ersten Woche fühlte er sich, als sei er schon immer hier gewesen und würde immer hier bleiben müssen. Das kam natürlich unter anderem daher, dass nirgendwo Tageslicht in die Station drang, aber er machte auch die immer gleichen Abläufe des Alltags dafür verantwortlich. Die Beziehungen der Gäste untereinander waren von Misstrauen geprägt. Jan hielt sich meistens an Eckstein, mit den anderen kam er schwer ins Gespräch, abgesehen von Kramer, einem gemütlichen Dicken, der auch ein »Pflanzer« war. Jan vertraute Eckstein und Kramer nicht mehr als all den anderen, er beschloss nur, dass es für ihn hauptsächlich darum ging, den Verstand nicht zu verlieren, und dazu brauchte er Freunde, selbst wenn sie Spitzel ihrer Bewacher waren. Das wurde im Turnus von jedem der Gäste angenommen, auch von Jan, aber die Namen »Eckstein« und »Kramer« fielen besonders oft, weil sie zu denen gehörten, die zuerst interniert worden waren, und weil sie mit allen redeten. Die Verhöre waren immer gleich. Das Essen schmeckte immer gleich. Das Licht in den Gängen, in den Besprechungszimmern und in der Cafeteria war immer gleich. Und auch der Traum war immer gleich, jede Nacht. Jan wollte nicht mehr schlafen, aber wann immer er es doch tat, träumte er den Traum. Kaminski, der schon früher Knasterfahrung gesammelt hatte, sagte immer das Gleiche: »Ich war ja schon mal in Stammheim. Aber das hier ist schlimmer, irgendwie.« Für Jan war das Schlimmste die Vanille.

Nicht alle Gäste hatten eine Abneigung gegen Vanille entwickelt, manchen wurde auch beim Gedanken an Brombeeren, Bohnerwachs oder Schokolade schwindelig. Allerdings waren die »Vanilleschoten« eindeutig in der Überzahl, und alle »Vanilleschoten« waren auch »Pflanzer«, ausnahmslos. Jan führte Buch und stellte fest, dass er zu einer Mehrheitsfraktion von gleichbleibend etwa 71 % der Stationsgäste gehörte, denen schon die Andeutung von Vanille Schweißausbrüche verursachte. Das hatten die Betreiber der Station natürlich auch gemerkt, und weil sie wissenschaftlich inspiriert waren, sahen sie in dieser statistischen Anomalie eine Möglichkeit, »den Fuß in die Tür zu bekommen«. Auch Jan wurde für das volle Vanilleprogramm gebucht. Man setzte ihn in Wort, Bild und Schrift der Vanille aus, man ließ ihn das Zeug schmecken, riechen, verschlucken, man tat es absichtlich in Speisen, in die es nicht hineingehörte, und beduftete seine Wohnkabine damit. Einmal musste er in ein improvisiertes Schlaflabor, innerhab der Station natürlich, und während er sich dort unruhig in den Kissen wälzte, wurde ihm über alle möglichen Sinneskanäle die Vanille näher gebracht. Es war die einzige Nacht, in der er den Pflanzentraum nicht nur einmal träumte, sondern mehrfach. Beim Aufwachen war sein Bettzeug zum Auswringen nass und er war vor Durst so schwach, dass er kaum noch ein Glas heben konnte. Falls dieser Terror irgendwas bei Jan bewirkte, dann eine Verschärfung seiner Vanille-Allergie. Er versuchte sich ab und zu dagegen zu wehren, knickte aber genau so oft wieder ein, weil ihm immer wieder subtil Vergünstigungen für den Fall versprochen wurden, dass er die Tests über sich ergehen ließ. Einmal kam ihn sogar Keun persönlich besuchen, um anzudeuten, dass er vielleicht früher entlassen werden würde, wenn er doch noch ein paar Mal mitmachte. Jan sah sich dabei zu, wie er auf diese billige Strategie hereinfiel, es amüsiert ihn fast. Dann starb Kramer.

Jan selbst war es, der ihn fand. Er hatte Kramer nach einem sinnlos vertrödelten Morgen zum Mittagessen abholen wollen, und als er Kramers offenstehende Kabinentür aufschob, nach ihm rufend, sah er die arme Sau da sitzen, eingeklemmt zwischen Stuhl und Klapptisch. Jan wusste sofort, dass Kramer tot war. Abgesehen von einem Feinrippunterhemd war die Leiche völlig nackt. Die Arme hingen schlaff herab, der Kopf war auf die Brust gesunken, das Kinn hing in der üppigen grauen Brustbehaarung, die aus dem Ausschnitt des Unterhemdes lugte. Auf dem Boden lag ein Kugelschreiber, aber die Blätter, die Kramer vor seinem Tod auf dem Klapptisch ausgebreitet hatte, waren alle leer – soweit das Jan sehen konnte, denn er wollte nichts berühren. Nicht dass er an krumme Dinger geglaubt hätte. Für Jan war sonnenklar, dass Kramer an einem Herzanfall gestorben war, oder an etwas Ähnlichem. Er ließ die Leiche zurück, ging den Gang hinunter zu dem Kabuff, in dem die beiden Wachhabenden vor ihren Videoschirmen saßen. Die Lederblousons hingen an einer improvisierten Garderobe, die Luft war dick von Zigarettenrauch, einer der beiden (Jan glaubte, das Gesicht von seiner Einlieferung zu kennen), löffelte gerade einen Joghurtbecher aus.

»Kramer ist tot«, sagte Jan, und der Joghurtesser stellte seinen Joghurtbecher auf den Campingtisch, auf dem auch ein paar Illustrierte lagen.

»Wie, tot?«, fragte er.

»Na tot halt«, sagte Jan, drehte sich um und ging zur Kantine. An diesem Tag gab es gebackenen Fisch mit Kartoffelgratin und Blattsalat, Jan mochte das. Er holte sich seine erste Portion an der Ausgabe ab. Der Koch hatte wie immer ein hygienisches Papierhäubchen auf und lächelte, als er Jan das Tablett hinschob. Jan nahm es und setzte sich zu Eckstein, der bereits da saß, schon halb mit seinem Fisch fertig. Jan erzählte Eckstein, dass Kramer tot war.

»Das gibt Ärger«, sagte Eckstein, und sah Jan mit seinem undurchdringlichen Blick an.

»Was für Ärger?«, fragte Jan.

»Wirst schon sehen«, sagte Eckstein, und ließ beim Aufstehen sein Tablett zurück, was er sonst nie tat. Eigentlich hatte sich Jan mit Eckstein über Kramers Tod unterhalten wollen, jetzt fühlte er sich alleingelassen mit seinen Gedanken an Kramers Dreifachkinn über der ergrauten Brustbehaarung. Glaubte Eckstein, dass Jan etwas mit dem Tod Kramers zu tun hatte? Löste sich jetzt alles auf?

Der Aufstand war heftig und kurz. Anscheinend war Kaminski sofort durchgedreht, nachdem er von Kramers Tod gehört hatte. Woher die Eisenstange kam, mit der er dann in der Station auf Tour ging, wusste keiner so recht. Man kam aus der Station nicht raus, und weil auch niemals Besuch zugelassen wurde, galt es als unmöglich, etwas in die Station hineinzuschmuggeln. Auch wurde allgemein angenommen, dass die Kabinen während der Interviews und den Tests in den Laboren gründlich durchsucht wurden; Eckstein behauptete, er habe Beweise dafür. Wie auch immer, Kaminski hatte eine Eisenstange, als er Randale machte, und er schlug damit auf alles ein, was ihm in die Quere kam. Jan, der zu diesem Zeitpunkt in seiner Kabine saß und Tagebuch darüber führte, wie er den toten Kramer entdeckt hatte, hörte das Geschrei schon von Weitem und wusste auch sofort, was vor sich ging – obwohl Kaminskis Stimme nicht zu erkennen war, lag auf der Hand, dass hier einer am Ausrasten war. Zunächst schallte nur ein amorphes, tierisches Gebrüll durch die Gänge, zusammen mit dem Krachen und Splittern mächtiger Schläge. Jan hatte seltsamerweise keine Angst, fühlte sich zunächst dem Geschehen wie entrückt, rechnete auch damit, dass die Bewacher dem Treiben gleich ein Ende setzen würden. Aber nichts dergleichen. Gebrüll und Gescheppter kamen näher, jetzt waren auch einzelne Wörter zu erkennen – »umbringen«, »vernichten«, »wie die Ratten«, usw. Immer noch keine Spur von den Bewachern. Jan legte den Stift aus der Hand und stand auf. An seiner

Schläfe spürte er die Wärme der nackten Glühbirne, die knapp neben seinem Kopf hin und her baumelte. Er sah an sich herab und stellte zu seinem Entsetzen fest, dass er außer einem Unterhemd und einer Unterhose nichts am Leib hatte.

»Folz!«, schrie Kaminski aus dem Gang. »Komm raus! Die haben Kramer ermordet, die Schweine!« Ein mächtiger Schlag dellte die Tür ein und brachte die Glühbirne neben seinem Kopf zum Zittern. »Die wollen uns hier alle abmurksen! Die killen uns, Stück für Stück! Komm raus!« Kaminski schlug auf die Tür ein, und Jan glaubte, sie müsse jeden Augenblick nachgeben. Sein Herz schlug wie verrückt, ansonsten war er aber so klar im Kopf wie nie. Er spürte diesen Drang zu rufen, zu schreien, zu brüllen: »Komm doch rein und mach mich fertig! Die Tür ist offen! Komm rein!« Aber stattdessen blieb er ganz stumm und rührte sich nicht. Kaminski schien es gar nicht eilig damit zu haben, die Tür einzuschlagen, jetzt beschäftigte er sich eher mit der Wand um die Tür herum. Dann plötzlich – ein seltsam hohes Ächzen und ein dumpfes Gepolter. Nach ein paar Sekunden Stille konnte Jan nicht mehr anders, er musste die Tür öffnen. Direkt an der Schwelle lag ein grauer Haufen. Kaminski hatte offenbar viele Neonröhren an der Decke des Gangs zerdeppert, aber Jan erkannte auch in dem flackernden Licht der übriggebliebenen Röhren, dass der längliche Gegenstand neben dem Haufen Kaminskis Schlagwerkzeug gewesen sein musste. Vorsichtig lugte Jan um den Türpfosten herum. Am anderen Ende des Gangs kniete eine dunkle Gestalt. Sie kniete wie ein Schütze, und das Gewehr, das sie im Anschlag hielt, zielte genau auf Jans Kopf.

Die Schäden in der Station, die Kaminski hervorgerufen hatte, wurden nicht repariert. Die Neonröhren an den Decken flackerten vor sich hin und wurden nicht ausgewechselt, die Löcher in den Wänden blieben wie sie waren, der auf dem Boden verteilte Putz wurde nicht weggewischt, die Brandmelder, die Kaminski systematisch mit seiner Eisenstange von der Decke gefetzt hatte, wurden nicht eingesammelt. Der graue Haufen vor Jans Tür verschwand, und die Eisenstange auch, ansonsten blieb das Schlachtfeld wie es war. In der Kantine bedeckten die Überreste der Kaffeemaschine, die Kaminski mit besonderer Sorgfalt zertrümmert hatte, weiterhin den Boden um den Kühlschrank herum. Als einziges Zugeständnis an die Normalität stellte man einfach eine neue an den Platz, an dem die alte gestanden war. Jan wusste nicht, was er davon halten sollte. Vielleicht hatte Kaminski ja Recht gehabt. Vielleicht ging es mit der ganzen Sache zu Ende, vielleicht würden bald alle Gäste eine Spritze kriegen, und weil das nicht mehr weit hin war, brauchte man auch die Station nicht mehr in Ordnung zu bringen. Niemand redete über Kaminski. Unter den Gästen wurde ohnehin nicht mehr viel geredet, die meisten wirkten einfach zu erschöpft dafür. Eckstein mied Jan, wo er nur konnte. Seit dem Tod Kramers hatte er keine drei Sätze mehr mit Jan gewechselt, und Jan hielt es für sinnlos, ihn deswegen zur Rede zu stellen. Die große Erschöpfung hatte auch ihn infiziert. Die Experimente und Interviews gingen weiter, wenn auch mit verminderter Intensität, wie es schien. Jan führte immer noch Tagebuch, allerdings nur noch in Stichworten.

Fünf Tage nach Kaminskis Abgang wurden alle Gäste in einem großen Besprechungsraum versammelt, den Jan vorher niemals gesehen hatte. In dem Raum befand sich außer einem Rednerpult und einem U aus Tischen und Stühlen nichts, die indirekte Beleuchtung war sehr hell, es gab fast keine Schatten. Keiner der Gäste setzte sich. Sie blinzelten und sahen einander an, als würden sie sich nicht kennen. Plötzlich ging die Tür auf, und Keun kam herein. Er stellte sich ans Rednerpult und sagte:

»Setzen Sie sich doch.«

Nicht alle gehorchten, auch Jan blieb stehen, die Arme vor der Brust verschränkt.

»Wie Sie vielleicht bemerkt haben, meine Herren, hatten wir hier in der Station in den letzten Tagen keinen Neuzugang. Das ist darauf zurückzuführen, dass es weder in dieser Stadt, noch in irgendeiner anderen einen neuen Fall der Seuche gegeben hat, an der Sie leiden, und die uns veranlasst hat, Sie hierher zu bringen. Genauso wenig wie wir wissen, was die Seuche ausgelöst hat, wissen wir, warum sie jetzt plötzlich aufhört. Das Forschungsprogramm, wenn Sie so wollen, an dem Sie alle in der letzten Zeit teilgenommen haben, war ein lupenreiner Misserfolg. Wir haben nichts herausbringen können, gar nichts. Für den Fall, dass die Seuche wirklich aufgehört hat und nicht nur eine Pause macht, kann ich Ihnen Ihre Entlassung innerhalb der nächsten 72 Stunden ankündigen.«

Keun klappte den Ordner zu, aus dem er seine Stellungnahme abgelesen hatte, und wollte gehen.

»Was ist mit Kramer und Kaminski?«, hörte sich Jan rufen. Er hatte gar nichts sagen wollen, es war einfach so aus ihm herausgesprudelt.

»Was soll mit ihnen sein?«, fragte Keun zurück. Sein goldenes Brillengestell reflektierte das helle Licht.

»Sie sind hier gestorben«, sagte Jan. »An Ihrem Forschungsprogramm!«

Keun schnaubte.

»Wenn Sie mich fragen, Folz, dann sind die beiden hauptsächlich an sich selbst gestorben. Das wäre soweit alles.«

Die Entlassungsgespräche führte dann nicht mehr Keun. Die sachlichen Lederblousonträger übernahmen das für ihn.

»Wir möchten Ihnen noch Gelegenheit geben, sich zu Ihrem Aufenthalt hier zu äußern, oder Fragen zu stellen, die Ihnen wichtig erscheinen.«

Auch der Interviewer war müde, das sah Jan deutlich. Er wusste nicht einmal den Namen des Mannes, das war in der Station nicht so üblich gewesen, aber weil er mit ihm drei- oder viermal gesprochen hatte, war er ihm doch auf eine gewisse Weise vertraut. Als Jan in dem Gesicht des Mannes den Spuren dieser Vertrautheit nachforschte, entdeckte er mit einem Mal – auf die Art, wie man die zweite Bedeutung von Vexierbildern entdeckt – dass der Interviewer einem bekannten Fernsehdetektiv zum Verwechseln ähnlich sah.

»Sie sehen aus wie dieser Privatdetektiv im Fernsehen«, sagte er verblüfft.

Der Interviewer verzog keine Miene.

»Dass sie erst jetzt damit kommen. Normalerweise krieg ich das immer in den ersten fünf Minuten zu hören. Aber ich bin's nicht.«

»Was soll ich jetzt machen?«, fragte Jan.

Der Interviewer zuckte mit den Schultern.

»Was möchten Sie jetzt machen? Ich würde versuchen, einfach so weiterzuleben wie vorher. Das ist möglich. Sie waren keine drei Wochen hier. Das Amt für Kriegsopferfürsorge erwartet sie in zehn Tagen an Ihrem Schreibtisch zurück. Wenn Sie Ihre Mutter in ein paar Tagen anrufen und von Ihrem Urlaub erzählen, wäre sie wahrscheinlich glücklich. Einer Ihrer Freunde, ich habe jetzt gerade den Namen nicht parat, hat bei Ihnen daheim angerufen und sich nach Ihnen erkundigt. Melden Sie sich doch bei ihm. Sie machen einfach da weiter, wo sie aufgehört haben. Wir haben Sie aus Ihrem Leben herausgezogen, Sie pflanzen sich wieder an Ihrem alten Platz ein.«

»Ihr seid unglaublich«, sagte Jan.

»Und was«, sagte der Interviewer, und er beugte sich dabei vor, »hätten wir Ihrer Meinung nach anders machen sollen? Sagen Sie's mir.«

Jan stand auf und ging. In seiner Kabine fand er einen sauber gepackten schwarzen Rucksack mit allen Sachen vor, die aus seiner Wohnung entwendet und in die Station gebracht worden waren. An dem Rucksack hing ein Namensschild, das eigentlich nur er beschrieben haben konnte, so sehr glich die Schrift der seinen. Auf dem Schreibtisch lag ein Ordner mit allen Details eines Urlaubs, den Jan nie erlebt hatte. Am meisten amüsierten ihn die Fotos, die ihn vor Ruinen in einer Wüstenlandschaft zeigten, oder an einem wunderbar hellen, fast menschenleeren Strand, oder in einer Bar, umgeben von anderen Touristen. Die Bildmontagen waren makellos. Seinen Reisepass brauchte Jan gar nicht erst aufzublättern, er wusste, dass die Stempel des tunesischen Zolls genau dort sein würden, wo man sie erwartete, ein bisschen schief und schlampig aufs Papier gesetzt, wie man das von eiligen Routineabfertigungen gewohnt war. Er sah hoch zu der nackten Glühbirne. Sie schwankte ein wenig.

»Das muss aber ein interessanter Urlaub gewesen sein.« Die Fühmann stand direkt vor ihm und versperrte ihm den Weg durch das Treppenhaus. Er war die zweihundert Meter von der Station einfach hergelaufen, unsicher, angespannt, wie ein Tourist in einer gefährlichen Gegend. Ein paar Mal hatte er sich umgedreht, um zu prüfen, ob ihm vielleicht jemand folgte. Die Tür zu dem Haus, in dem er wohnte, hatte er aufgesperrt, die Werbung hatte er aus seinem Briefkasten gezogen, alles war auf eine klebrige Weise vertraut gewesen. Und dann stand die Fühmann vor ihm, wie aus dem Boden gewachsen, mit der gleichen Dummheit im Gesicht und dem gleichen Kieksen in der Stimme wie immer. »Sie sehen so anders aus«, sagte sie. »So gereift!«

»Was soll das denn heißen?«, fuhr er sie an.

Sie erschrak und wich ein wenig zurück, gleich fühlte er sich schlecht, weil er doch nicht auffallen wollte. »Ich mein ja nur«, sagte sie kleinlaut.

»Entschuldigen Sie bitte. Der Flug war ziemlich anstrengend.«

Ihre Miene hellte sich auf. »Ja, das ist manchmal so. Meine Schwester war neulich von Korfu zwölf Stunden unterwegs, zwölf Stunden! Können Sie sich das vorstellen? Ich mein auch gar nichts Schlimmes mit ›gereift‹. Gut sehen Sie aus! War das vielleicht so ein Meditationsurlaub? Das ist immer mehr im Kommen.«

»Meditation?«, fragte Jan zurück. »Ja, so ähnlich. Ich zeige Ihnen mal die Bilder.«

»Sehr gern, Herr Folz.«

In seiner Wohnung schnüffelte er. Er schnüffelte gründlich. Vielleicht, dass in der Luft noch ein wenig Vanille von dem Paket Haitkamps zurückgeblieben war, oder eine Spur von den Mitarbeitern des Gesundheitsamts, die seine Wohnung geplündert hatten, um ihm das Leben in der Station so angenehm wie möglich zu machen. Aber da war nichts. Die Wohnung roch nicht verlassen, nicht wie frisch renoviert, nicht wie nie bewohnt. Sie reizte seine Nase überhaupt nicht. Er musste die Fenster öffnen, um Gerüche von draußen hereinzulassen. Nachdem er seine Kleider ausgepackt hatte, dachte er daran, den Rucksack sofort zu entsorgen. Dann entschied er sich anders und wickelte ihn in mehrere Lagen Packpapier. Das Bündel verstaute er sorgfältig in einem bisher ungenutzten Fach seines Kleiderschranks. Zaghaft machte er ein wenig Musik. Sie klang voller als früher, denn er war fast drei Wochen ohne Musik gewesen.

Er tat alles, wie es ihm empfohlen worden war. Er meldete sich bei seiner Mutter und war froh, als das Gespräch wieder vorbei war. Er sprach mit seinem Freund Stefan über Tunesien, als sei er wirklich dort gewesen, denn das Dossier, das er aus der Station mitgebracht hatte, war exzellent, er konnte sich darauf verlassen. Das gleiche Spiel im Büro. Die vier Leute, die wissen wollten, wie es gewesen war, bekamen Bescheid, einer von ihnen behauptete genau wie die Fühmann, er sehe anders aus, der Urlaub habe ihn wohl »beeinflusst«. Ansonsten hatte seine Urlaubsvertretung ein paar Fälle verschlampt, die er jetzt aufarbeiten musste, bei einem der Antragsteller entschuldigte er sich sehr ernsthaft, weil sein Widerspruch gegen den Bescheid so lange liegengeblieben war. Je länger er wieder in der Normalität war, je öfter er über seinen Tunesien-Urlaub sprach, desto leichter fiel ihm das Lügen. Nicht, dass er selbst daran glaubte, in Tunesien gewesen zu sein, aber die Legende begann ihn wie gut sitzende Kleidung einzuhüllen, und er fühlte sich bald auch wirklich fast wohl darin. Dieser Prozess der Akklimatisierung wurde nur zweimal leicht gefährdet. Einmal traf er beim Einkaufen Eckstein. In seinem gewohnten Supermarkt wollte er nur noch schnell die Einkäufe für das Wochenende vervollständigen, gerade hielt er zwei verschiedene Spaghettipackungen in der Hand und verglich die Preise. Da veranlasste ihn eine Bewegung am Rand seines Gesichtsfelds zum Aufschauen, und er sah Eckstein um die Ecke biegen, von der Quergasse mit den Teigwaren wieder zurück in den Hauptgang. Er sah ihn nur für eine halbe Sekunde, und auch nur von der Seite, aber es konnte nicht den geringsten Zweifel geben, das war Eckstein gewesen. Den Rest des Einkaufs bewältigte er mit klopfendem Herzen, beim Schlangestehen an der Kasse bemerkte er, dass sein Rücken zwischen den Schulterblättern nass von Schweiß war. Aber er wurde ganz ruhig, als er die tätowierten Hände Ecksteins Dosen und Schachteln auf das Kassenband häufen sah. Die Sonne und der Komet, kein Zweifel. Er fragte sich, ob Eckstein wieder gestohlen hatte. Dann kam er bald selbst dran.

Zwei Wochen nach seiner Rückkehr lag vor der Wohnung der Fühmann ein Paket, das dem Vanille-Paket Haitkamps zum Verwechseln ähnlich sah. Er erschrak bis ins Mark, als es ihm auffiel, nicht nur über die Ähnlichkeit, sondern auch über seinen eigenen, heftigen Hass, der so stark war, dass er sich von dem Anblick kaum losreißen konnte. Es war wie ein Magnetismus, der je mächtiger wurde, je länger der Moment dauerte, und je mehr die Gefahr zunahm, dass sein seltsames Verhalten auffiel. Er tat das Unmögliche, er drehte sich um. In der Wohnung musste er seine Hände waschen. Aber am nächsten Tag lag das Paket nicht mehr da, und alles war wie immer.

GLATZE

Was mich gleich am Anfang gestört hat, war diese Glatze. Die absurde Kopfeichel, die mir der Gefangene entgegenstreckte. Da wurde ich gleich wütend, als er mir auf dem Stuhl gegenübersaß. Ansonsten war er eher unauffällig, sagte nichts, wollte nichts, tat nichts. Hat mir auch nicht einmal in die Augen gesehen, wenn ich mich richtig erinnere. Die anderen hatten ihn gut gefesselt, aber ich legte meine Pistole vor mich auf den Tisch, damit er gleich Bescheid wusste. Mein Auftrag war nur, ihn zu bewachen. Früher bin ich auch bei Verhören eingesetzt worden, aber jetzt bewache ich nur noch. Der kleine Krieg dauert jetzt schon zehn Jahre, da verrohen die Sitten. Vor dem Krieg habe ich auch an Gott geglaubt, aber er erlaubt zu schlimme Dinge. Ich habe Sachen gesehen, die mich nicht mehr loslassen. Man sagt sich: Das ist der kleine Krieg, er hat ja mal kommen müssen, und im Krieg ist alles normal, wirklich alles, aber dann passiert wieder was, und man ist doch aufgewühlt.

Vor dem Krieg war ich Lyriker, aber es hat nichts eingebracht. Hauptsächlich Naturlyrik, ich habe alles weggeworfen. In der Brigade war mir dieser Hang zur Kunst peinlich, ja, ich hielt ihn für gefährlich. Ich wollte das verheimlichen. Aber dann erkannte mich ein neuer Kamerad wieder. »Ich kenn dich. Du warst früher Dichter. Ich war bei einer deiner Lesungen.« Als die andern von ihren Fressnäpfen aufschauten, dachte ich: Jetzt stellen sie mich an die Wand. Ein Lyriker im kleinen Krieg, wer glaubt denn so was. Der Rottenführer, der gleich neben mir saß, knurrte. »Ist das wahr?« Ich nickte und wollte meine Angst nicht zeigen. »Rezitier was«, sagte der Rottenführer. Alle waren erstaunt. Dass der Rottenführer überhaupt solche Wörter in den Mund nahm. »Na los!«, sagte er. Ich sagte eines meiner Gedichte auf, an das ich mich noch erinnerte. Über die Berge. Schnee und Einsamkeit und so was. Nachdem ich fertig war, fiel mir ein, dass ich wohl zwei Zeilen in der Mitte vergessen hatte. Aber wieder anfangen, das ging wohl kaum. Die anderen wussten nicht richtig, wie sie reagieren sollten. Aber der Rottenführer sagte: »Warum erfahre ich davon erst jetzt, du Holzkopf? Ab jetzt kommst du von der Front weg und machst uns Lieder! Ich melde das nach oben!« Danach wurde ich hauptsächlich in der Gefangenenbewachung eingesetzt. Und wenn wir einen neuen Straßenzug erobert oder mehr als fünf Kameraden auf einmal verloren hatten, sollte ich ein Lied machen. Das geht jetzt relativ schnell, weil ich auch eingesehen habe, dass es sein muss.

Wenn man so lange an einem Krieg teilgenommen hat, und sei es nur an einem kleinen, weiß man oft auch gar nicht mehr, dass man eigentlich kein gewalttätiger Mensch ist. Erst neulich hatte ich wieder meinen Traum von der Flugzeugentführung. Ich und ein paar Kameraden haben ein Flugzeug entführt. Zivilen Flugverkehr über Mitteleuropa gibt es ja kaum noch, aber im Traum fühlt sich alles real an. Man geht nicht auf unsere Forderungen ein, und wir müssen anfangen, Geiseln zu erschießen. In diesem Moment sehe ich mich immer von hinten, mit einer Pistole in der Hand. Ich befinde mich nicht in dem entführten Flugzeug, sondern laufe durch eine Gangway, auf den Ort der Hinrichtungen zu. Da wird mir plötzlich klar, dass ich nicht mitmachen kann. Ich kann keinen von den Passagieren vor mir hinknien lassen, um ihm das Licht auszuknipsen. Das heißt aber auch, dass meine Kameraden mich erschießen werden, denn einer wie ich, der die notwendigen Entscheidungen nicht fällen kann, ist bei so einer Flugzeugentführung bloß ein Sicherheitsrisiko. Aber im Traum gehe ich weiter, auf meine Erschießung zu. Das ist nun alles sehr sonderbar, weil ich im wirklichen Leben bisher immer die notwendigen Entscheidungen gefällt habe, der Krieg verlangt das. Ich behalte diesen Traum ganz für mich. Die Kameraden würden mich nur komisch ansehen. Aber wenn man so etwas träumt, das sagt doch etwas aus.

Glatze wollte nicht schlafen. Immer wieder hob er seinen Glatzenkopf und seufzte. Das ging mir an die Nieren, das Geseufze. Außerdem wusste ich nicht, ob er zu den anderen gehörte, oder einer von uns war, der Bockmist gebaut hatte. An der Kleidung war es nicht zu erkennen, wir tragen alle zivil. Immer wieder hob er den Kopf an und seufzte, das war kaum zum Aushalten. Es hatte schon etwas Tierisches an sich.

Wir haben auch eine Philosophie, aber es hat gedauert, bis ich herausgefunden habe, welche das ist. Sie versteckt sich hinter einer gewissen

Unruhe, die vor allem in den letzten Monaten immer deutlicher spürbar wird. Die größte Unruhe auch im kleinsten Krieg gilt natürlich der Frage, ob man denn überleben wird. Man stellt ja einen Zustand her, in dem man sich das stündlich fragt. Aber unsere Unruhe hat noch einen anderen Grund: Wir finden kaum noch etwas, was wir zerstören können. Warum macht uns das unruhig? Wir könnten doch immer zufriedener werden, oder? So einfach ist das nicht. Wir finden zwar kaum noch Ziele, aber wir wissen eben nicht, ob schon alles kaputt ist. Und darauf kommt es an. Man müsste wissen, ob es nicht doch noch einen Funken Hoffnung gibt, denn wenn es den gibt, war alles vergebens. Die Hoffnung ist das größte Gift. Erst ist es nur eine kleine Hoffnung, dann wächst sie sich aus, und man denkt, man kann alles zum Guten wenden. Und daraus entstehen dann Krieg und Leid. Die Hoffnung ist der gefährlichste Kriegstreiber. Erst wenn sie völlig verschwunden ist, kann Frieden sein. Ganz schrecklich der Gedanke, dass bei unserer Arbeit ja nicht nur Dinge vergehen, sondern andere Dinge auch wieder entstehen. Wir müssen Bunker bauen, wir müssen den Nachschub sichern, man freundet sich miteinander an, ich mache meine Lieder, wenn sie fällig werden, wir begraben unsere Toten. All das ist Zivilisation und Kultur. Man sitzt kaum gemeinsam über den Fressnäpfen und denkt schon wieder an Gesellschaft. Sodass also eine gewisse Hoffnung in die Zerstörung hineingeschmuggelt wird. All das macht uns in der Miliz unruhig, und aus der Unruhe entstehen Fehlentscheidungen.

Immer nur Gewehre, Pistolen und Messer. Manchmal auch ein paar Sprengungen mit selbstgebastelten Bomben. Selbst Schwarzpulver kommt wieder zum Einsatz. Während wir philosophisch bis ganz ans Ende der Hoffnung gehen, sind wir militärtechnisch wieder in die frühe Neuzeit zurückgefallen. Als es noch Fernsehen gab, habe ich einmal eine Sendung über die Belagerung Wiens gesehen, und wie knapp das war, dass Europa nicht von den Türken überrannt wurde. Die Zündschnur an der entscheidenden Mine brannte schon, sie hätte die Stadtmauer für das Belagerungsheer geöffnet. Was muss das für ein Leben gewesen, damals in der frühen Neuzeit. Alles war früh und neu, Amerika wurde entdeckt, überall ging es hinaus, hinaus, die Welt hatte zahllose Notausgänge. Dann kam der Dreißigjährige, und alles war schon wieder spät. Obwohl wir militärtechnisch wieder in der frühen Neuzeit sind, sind wir auch spät. Wir müssen dem Rottenführer jedes alte Magazin über Waffentechnik bringen, das wir in den zerfledderten Buchhandlungen, Kiosken usw. finden. Er liest sie alle. Nicht weil er etwas für den Kampf lernen will. Es ist wie Pornographie für ihn, er liest von schönen Dingen, die er nicht haben kann. Keiner kann sie mehr haben.

Die meisten Abschüsse haben die Heckenschützen, ein einziger von ihnen kann einen ganzen Straßenzug kontrollieren. Wenn die Frauen nicht selber kämpfen, flechten sie selbstgemachten Stacheldraht, oder basteln mit einfachen Mitteln kleine Minen.

Später kam dann der Rottenführer zu mir herunter in den Keller. Er war offensichtlich betrunken, roch nach dem Kartoffelschnaps, den wir hier so haben. Aber er wollte sich nichts anmerken lassen und sprach klar und deutlich. Ob es mir gut gehe? Ob der Gefangene etwas gesagt habe? Ob es irgendwelche besonderen Vorkommnisse gegeben habe? Ich verneinte drei Mal. Bei all dem Gerede wachte der Gefangene auf, der einige Zeit vorher glücklicherweise eingeschlafen war. Der Rottenführer war weiter in Gesprächslaune. Wann ich zum letzten Mal eine Frau gefickt hätte? Oder ob ich gar einer von der anderen Seite sei? Ob ich eigentlich mit meinem Schwanz zufrieden sei? Auf diese Fragen antwortete ich nicht, denn nun war vollkommen klar, dass der Rottenführer besoffen war wie ein Schwein, das die vergorenen Kirschen gefunden hat. In diesem Zustand kannte ich solche Ausfälligkeiten von ihm. Der Gefangene, jetzt völlig wach, begann wieder auf diese entnervende Art zu seufzen. Der Rottenführer drehte sich abrupt um und ließ mich mit dem seufzenden Gefangenen allein. Es ist im Krieg wie sonst auch, man kann sich seine Vorgesetzten nicht aussuchen.

Da saßen wir also dann wieder, der Gefangene und ich. Vor mir auf dem Tisch lag weiterhin meine Pistole. Ich überlegte, ob ich den Gefangenen knebeln sollte, um ihn am Seufzen zu hindern, aber man ist ja auch kein Unmensch, und ich ließ es bleiben. Am meisten störte mich immer noch die Glatze, die im Schein der Neonröhre wie eine gut polierte Billardkugel glänzte. Eigentlich fand ich gut, dass wir Licht hatten, auf unserem Dach oder auf irgendeinem Dach in der Nähe funktionierten also die Solarzellen noch. Aber dass ich mir deswegen diese Glatze ansehen musste, fand ich dann wieder nicht so gut. Zum ersten Mal schaute ich mir die Kleider des Gefangenen genauer an. Vor dem kleinen Krieg wäre so eine einfache Jeanskombination vollkommen unauffällig gewesen. Aber jetzt machte sie Eindruck, denn sie sah fast neu aus. Der Kerl musste irgendwie ein gut erhaltenes Warenlager aufgetan haben.

»Hältst du jetzt mal die Fresse?«, sagte ich zu ihm wegen der Seufzerei. Er hob nicht einmal seinen Kopf. Zuerst dachte ich, er habe mich überhaupt nicht verstanden, aber dann wurden die Seufzer doch leiser, und sie kamen seltener. Dann fing er an zu schnarchen. Wie man mit hängendem Kopf schnarchen kann, ist mir ein Rätsel, aber er schaffte es. »Was jetzt?«, dachte ich. »Soll ich ihn aufwecken, damit ich ihm auch das Schnarchen verbieten kann?« Widersinnig. Ich muss wohl ebenfalls müde gewesen sein, denn obwohl ich das nicht wollte, schlief ich auch ein und träumte sogar. Vor meinen Augen wurde ein Pferd geschlachtet. Nirgendwo sah man Messer oder sonstige Waffen. Die Schlachter, deren Gesichter völlig verwischt waren, beherrschten ihre Kunst so perfekt, dass sie keine Klingen brauchten. Sie zerlegten das Tier mit bloßen Händen. Danach aßen sich alle wieder einmal so richtig satt.

Als ich dann aufwachte und wieder die glänzende Glatze des Gefangenen da hängen sah wie eine perverse, nicht in die Umgebung passende Frucht, bekam ich doch eine unglaubliche Wut. Ich verfluchte den Rottenführer, den Gefangenen, mich, mein Leben, den ganzen Krieg. Wie konnte alles nur so sein wie es war. Ich hätte das ganze Haus auseinander reißen mögen. Es roch auch noch, als hätte sich der Gefangene in die Hose gepisst. Am Ende hatte ich gar keine Wahl. Ich nahm die Pistole, entsicherte sie und schoss dem Gefangenen in den Kopf. Der Knall war nicht laut, der Gefangene bewegte sich gar nicht viel, das Loch in der Glatze war gar nicht so groß, und es blieb eigentlich alles ganz normal. Aus meiner Pistole trat der übliche Rauch aus. Für einige Sekunden verspürte ich einen tiefen Frieden wie lange nicht. Aber mit der Erleichterung kamen auch die Bedenken. Was würde wohl der Rottenführer dazu sagen, dass ich den Gefangenen erschossen hatte? Vielleicht war er wichtig gewesen, und man hatte mir vertraut. Dafür sprach immerhin, dass man mir den Keller des Hauses zugewiesen und mich die ganze Zeit in Ruhe gelassen hatte. Auch die schöne Jeanskombination war ruiniert, überall Blut. Wahrscheinlich hatte ich einen Fehler gemacht, für den ich würde büßen müssen.

Ich wollte aktiv bleiben und mein Schicksal annehmen. Also beschloss ich, nicht darauf zu warten, bis mein Fehler entdeckt würde, sondern von mir aus reinen Tisch zu machen. Ich nahm meine Pistole und verließ den Keller. Auf dem Gang flackerte eine einzelne Neonröhre, und ich hatte gleich den Eindruck, dass etwas nicht stimmte. Alles war still. Ein seltsamer Geruch lag in der Luft, ich musste husten.

Auf dem Weg nach oben, ich schwenkte meine Pistole hin und her, entdeckte ich eine Leiche nach der anderen. Hursky, Kölz, Gonzalez,

Miller, sie alle lagen auf dem Boden, tot, mit grauen Gesichtern. Als ich die ersten grünen Kartuschen fand, war die Sache klar. Während ich und der Gefangene in dem Keller geschlafen hatten, war es zu einem Angriff gekommen. Seit Wochen hatten Gerüchte die Runde gemacht, dass es einer gegnerischen Gruppe gelungen war, Giftgas aufzutreiben oder selbst herzustellen, und hier hatte ich den Beweis. Ich beendete meine Durchsuchungsaktion, weil ich genau wusste, dass ich der einzige Überlebende war. Das Gas hatte seine Wirkung verloren, bevor es in den Keller gedrungen war. Der Feind war auch wieder verschwunden. Ich setzte mich ein wenig hin, um auszuruhen und nachzudenken. Draußen würde bald der Morgen anbrechen, es war schon nicht mehr schwarze Nacht. Ich musste einen Entschluss fassen, und tat das einzig Richtige: Ich durchsuchte die Toten im Haus, um mich mit Waffen, Munition und Proviant auszurüsten. Dann machte ich mich sofort auf, um eine neue Brigade zu suchen.

DAS BÜRO

Hier ist es also gewesen. Hier hat es stattgefunden, das kleine, von Anfang an zum Scheitern verurteilte Experiment. Die dreckverfilzten, faserig ineinander verschlungenen Ereignisse, die zum unbedeutenden, jämmerlichen Tod eines Jugendlichen führten, vor fast 150 Jahren. Ein Tod, der das Scheitern dreier Genies so offenbar machte, dass ihr kleiner Plan, von dem sie sich so viel versprochen hatten, aufgegeben werden musste. Die winzige Katastrophe, von der die Welt nicht erfahren durfte, weil das eine Angelegenheit zur Sprache gebracht hätte, zu der nur die Geschichte ihr Urteil sprechen solle, wie einer der Drei später sagte. Aber erst, wenn sie geschehen sei.

    Hier ist es gewesen. Ich habe mir die Stelle vorher auf Satellitenbildern angesehen, auf die jeder im Internet Zugriff hat. Mein GPS-Empfänger sagt es auch. Vor mir: industrielle Wüste. Die verschorfte Randzone eines aufgegebenen Hüttenwerks. Da drüben war einmal der Zaun. Der Mühlenbach ist zugedeckelt, wahrscheinlich jetzt Teil der Kanalisation. Hinter mir: ein verfallener Straßenzug. Jedes zweite Haus leer und vernagelt. Wer trotzdem hier wohnt, hat es bitter nötig. Die Weiber hinter ihren schmutzigen Gardinen haben mich die Straße entlanglaufen sehen, da war manchmal Bewegung am Fenster. Jetzt warten einige vielleicht, dass ich wieder zurückkomme. Wo sollte ich auch hingegangen sein? Hier ist ja nichts. Was für eine lächerliche Situation. Das Grundstück gehört jemand, der es vergessen hat und nicht einmal weiß, dass er weitläufig mit dem Opfer von damals verwandt ist. Ich müsste nur ein wenig graben, vielleicht würde ich sogar noch auf Grundmauern stoßen, vielleicht auf weitere Beweise. Als ob es die bräuchte.

Ich muss anfangen, bevor noch einer die Polizei holt. John Sculley, dir braucht man nicht zu wünschen, dass du in Frieden ruhst. An dich erinnert sich sowieso niemand. Dafür hat die Geschichte gesorgt. Worin wäre sie geübter als im Vergessen?

Forschung ist wunderbar. Vorausgesetzt, man findet nichts, was einen stört.

Trier machte mir Kopfweh. Vier Wochen lang lernte ich den moselfränkischen Singsang, den man dort spricht, so sehr hassen, dass ich ihn heute noch nicht ohne Abscheu hören kann. Man kriegt das nicht mehr aus dem Ohr. Freilich, würde ich als Zeitreisender auf den Marx zur Zeit des Büro-Projekts treffen – nicht nur sein englisch eingefärbter Singsang, oder sein pfälzisch eingefärbtes Englisch würden mir das Gespräch vergällen. Auch meine Wut. Was er sich dabei gedacht hat, bräuchte ich ihn nicht zu fragen, das habe ich ja herausgefunden. Aber bleiben wir zunächst bei Trier. Die Singsangstadt mit dem goldenen Herzen und der römischen Vergangenheit. Und dann dieser über allem lastende Katholizismus.

Wie war ich da überhaupt hingekommen? Durch Gehorsam. »Machen Sie mal«, hatte mein Doktorvater gesagt. »Aber da müssen Sie natürlich nach Trier. Die besten Primärmaterialien zu der Zeit zwischen 1859 und 1864 liegen nun mal im Trierer Archiv.« Ich sehe Rütting da sitzen, in einem schlecht beleuchteten und gelüfteten Dienstzimmer an der Universität Göttingen, ein marxistischer Philosoph in Deutschland, Typ letzter Mohikaner, der seinem hoffnungsvollen Doktoranden Hinweise gibt. »Trier, furchtbares Nest«, hatte er noch gesagt. »Und diese Lassalle-Leute. Aber da hilft nichts. Die haben den Stoff.« Und dann war die Sprechstunde zu Ende gewesen. Was mein Doktorvater mit der Verwünschung »furchtbares Nest« gemeint hatte, erschloss sich mir bald. Und die »Lassalle-Leute«, wie er sie genannt hatte, gaben sich dann auch alle Mühe, mir das Leben schwer zu machen. Als ich sie bestahl, tat ich das mit reinem Gewissen. Zunächst.

Sie brauchten ja so etwas wie eine Belegschaft. Sie wollten die Untersuchung am lebenden Objekt. Daher die Einstellung der Rechenknechte, die wie in einem der unzähligen herkömmlichen Schreib- und Rechenbüros ihre Rücken über die Pulte krümmten, tagaus, tagein. Nur zu einem anderen Zweck als bei der Konkurrenz. Und dass die Pulte, ganz im Unterschied zu herkömmlichen Schreib- und Rechenbüros, seltsam oft umgruppiert und herumgeschoben wurden. Es muss wohl Beschwerden darüber gegeben haben, denn Engels erwähnt das zeitweise Murren einiger Angestellter. »Blake teilt mit ...«, schreibt er, und: »Blake lässt wissen ...« Blake. Der Nukleus. Der Kerl, der Sculley umgebracht hat. Welche Ironie. Natürlich waren alle Sektoren der Arbeiter- und Angestelltenschaft damals immer mit Polizeispitzeln durchsetzt, und Blake wird bis zum Ende seiner Tage geglaubt haben, dass seine Berichte an »Withersby« gleich zur politischen Abteilung von Scotland Yard durchgereicht wurden. Das ist umso wahrscheinlicher, als alle, die bei »Withersby, Carpenter & Turner« anheuerten, eine Verschwiegenheitserklärung unterschreiben mussten, deren Formulierungen nahelegten, dass das Büro in irgendeiner Weise mit der Krone in Verbindung stand. Aber »Withersby«, den Blake niemals persönlich getroffen hat, war niemand anders als Engels. Und Engels dachte im Traum nicht daran, Blakes Berichte an die Polizei durchzureichen. Die Logik des Experiments verlangte, dass es geheim blieb. Und die Geheimhaltung musste überwacht werden. Das war die eine Sache. Aber der Verrat diente auch einem Zweck, den der Verräter nie geahnt hat: Seine Spitzelberichte waren auch soziologische Feldforschung. Engels entwarf für diese Berichte Blakes sogar ein Formular: einen standardisierten Fragebogen, drei Seiten lang, in dem Blake zu allen Belangen Stellung nehmen musste, die das Büro, seine Belegschaft und vor allem auch ihn selbst betrafen. Einmal pro Woche. Als ich das erste Mal ein Originalexemplar dieses Fragebogens in Händen hielt, zitterte ich.

An einer einzigen Stelle der Korrespondenz macht sich »Withersby« Gedanken über die Frage, ob man nicht »die Maschinen« selbst zur Verarbeitung der Berichte Blakes benutzen könnte, ob die darin eventuell nicht »genauer« seien als ein Mensch. Als ich das in der Handschrift von Engels las, zitterte ich auch.

Wer auf die Idee kam, dass nicht nur Engels einen Tarnnamen während der ganzen Operation brauchte, sondern die beiden anderen auch, weiß ich nicht. »Carpenter« für Marx, und »Turner« für Babbage. Sehr witzig.

18 Rechenknechte waren es am Anfang, möglicherweise sind später noch mehr hinzugekommen, darüber schweigt sich Babbage aus. Er hatte darüber zu bestimmen, wer wann wo saß und wie die Tische gruppiert waren. Er konfigurierte die menschliche Hardware bei Withersby, Carpenter & Turner, damit seine maschinelle das Futter bekam, das sie brauchte.

Das Elend in Trier hatte für mich auch einen Namen: Faulhaber. Armin Faulhaber, geschäftsführender Direktor des Trierer »Marx–

Kompetenzzentrums«, das wiederum von der Ferdinand-Lassalle-Stiftung betrieben wird. Die Schikanen fingen schon vor meiner Ankunft an. Was mich denn an der Zeit zwischen 1859 und 1864 so interessiere? Das sei doch schon alles so oft durchgearbeitet worden! Ich antwortete: Auf übertriebene Originalität komme es mir nicht an. Ich sei mir sicher, dass andere hier schon besser und grundlegender gearbeitet hätten. Ich wolle nur eine Doktorarbeit schreiben, ein Teil dieser geplanten Arbeit beschäftige sich eben mit der Zeit zwischen der »Kritik der Politischen Ökonomie« und der Gründung der I. Internationale. Faulhaber wollte eine kommentierte Gliederung meiner Doktorarbeit sehen. Ich wusste, dass mein Erfolg von seinem Wohlwollen abhing, und schickte ihm die Gliederung, den Forschungsauftrag Prof. Rüttings legte ich noch einmal bei. Faulhaber drehte jetzt erst richtig auf. Die Gliederung weise erhebliche Lücken auf. Er wolle mir nicht zu nahe treten, aber offensichtlich sei meine Beschäftigung mit dem Thema bisher höchst oberflächlich gewesen. Ob ich ihm die zentrale These meiner Arbeit in einem gesonderten Papier (ca. 10 Normseiten à 1800 Anschläge) noch einmal erklären könne? »Mit besten Grüßen, auch an Professor Rütting! – Faulhaber.« Ich ging noch einmal zu Rütting in die Sprechstunde. »Muss Sie nicht ärgern«, sagte der. »Faulhaber ist immer so.« Ich schwieg vor Ärger. Denn ich hatte gehofft, mein Doktorvater würde sofort zum Telefonhörer greifen, um den Quatschkopf in Trier zusammenzustauchen. Meine unrealistischen Erwartungen an die Einsatzbereitschaft meiner Väter sind mir schon oft zum Problem geworden. »Wenn alles nichts hilft, rede ich nochmal selber mit ihm«, schlug Rütting vor. Es klang wie: »Wenn alles nichts hilft, trinke ich auch einen Liter Essig«, oder »Wenn Sie mich nötigen, laufe ich für Sie auch über glühende Kohlen.« Bei so viel Enthusiasmus blieb mir nicht viel anderes übrig, als zu entgegnen: »Lassen Sie nur. Ich schreibe das Papier.«

Am meisten ärgerte mich, dass ich tatsächlich bei der Ausarbeitung der zehn Seiten auf Aspekte kam, die mir vorher so nicht aufgefallen waren. Ich begann, an eine pädagogische Verschwörung von Rütting und Faulhaber zu denken. Dabei war der erste doch nur lethargisch und der zweite anal fixiert. Das wurde mir in dieser Schärfe aber erst klar, als ich in seinem Büro stand und ihm zur Begrüßung die Hand gab. Das Büro wirkte wie einer dieser Reinräume in der Computerindustrie. Etwas Unpersönlicheres und Sterileres war mir noch nie untergekommen. Angesichts dieses staub-, fleck- und korrosionsfreien Tal des Todes in den Farben hellbeige, mittelbeige und dunkelbeige durchzuckte mich heiße Sehnsucht nach Rüttings Göttinger Schmuddelbude. Trotz des messerscharf gebügelten grauen Zweiteilers, den Faulhaber trug, musste ich ihn mir unwillkürlich mit Bunnysuit und Atemschutz vorstellen, wie ihn die Ingenieure in der Chipfertigung tragen, damit die Siliziumwafer nicht bekeimt werden. Ich saß kaum auf dem unbequemen Stuhl vor seinem Schreibtisch, da sagte er: »Viel Hoffnung kann ich Ihnen nicht machen.« Ich hätte am liebsten geantwortet: »Hoffnung ist nicht der Gegenstand meiner Doktorarbeit«, sagte aber stattdessen: »Ich bin sicher, dass auch bescheidene Informationszuwächse meine Arbeit verbessern werden.« Er blinzelte und nickte dann. »Das mag allerdings sein.« Zweifellos ein Original, dachte ich, und sah eine interessante Zeit in Trier voraus.

Idioten! Alles Idioten!, schreibt Babbage in seinem ersten Tagebucheintrag zur Sache vom 5.10.1860. Wenn man sich überlegt, mit was für einem Gesindel ich zusammenarbeiten muss, damit die Idiotie der Admiralität und die Verbohrtheit Clements mein Lebenswerk nicht zerstören. Von den beiden deutschen Spaßvögeln in Manchester hatte ich ja lange vorher schon gehört. Große radikale Sozialisten aus Deutschland! Rausgeschmissen hat man sie aus Deutschland, weil sie die Deutschen zu ihrer Revolution bekehren wollten. Aber den braven Deutschen, bei denen nur ein Geisteskranker herumrevolutionieren wollte, war ja schon das bisschen Pulverdampf und Geschrei von 1848 zu viel. Flüchtlinge sind die beiden. Ihre Theorie ist voll vom Unfug Hegels, dieses Schwätzers, der seinen Verstand in einer süddeutschen Universitätsstadt unter den gleichen Tisch getrunken hat, auf dem er fortwährend sein Gelalle niederschrieb. Seine revolutionären Adepten sind noch schlimmer. All diese rührenden radikaldemokratischen Romantizismen, die nur in deutschen Köpfen wuchern können, weil sie von realer Demokratie nicht die geringste Ahnung haben. »Diktatur des Proletariats«, du lieber Himmel, das hat uns noch gefehlt, nachdem die Diktatur der Idioten schon lange beschlossene Sache ist. Aber die Arbeiterschaft lässt die verblasenen Reden links liegen. Außer ein paar Verwirrten und Verlierern kümmert sich auch hier in England niemand um diese Schwärmer. Der einzige Grund, aus dem sie in England in ordentlichen Betten schlafen, statt in Preußen auf fauligem Stroh? Der Kapitalismus, den sie so sehr hassen, dass sie ihn abschaffen möchten. Engels' Vater war klüger als Engels Sohn und hat beizeiten eine Fabrik nach englischem Vorbild aufgebaut. Von den Erträgen des englischen Ablegers leben die beiden Kommunisten ganz prächtig, hört man, von Kommunismus ist aber in der Fabrik keine Rede. Und jetzt kommen ausgerechnet diese beiden verkrachten Philosophen und wollen mich und meine Maschine einkaufen. Für ein »soziales Experiment«, wie sie sagen. Am Ende werde ich es noch dem »Kommunismus« zu verdanken haben, dass meine Maschine fertig gebaut und erprobt wird. Die Welt ist ein Tollhaus und wir alle sind Insassen.

Was für ein stolzer Mann der Herr Babbage war. Wie wenig er sich seine eigene Verkrachtheit eingestehen konnte. Den Sozialismus mochte er nicht, aber die deutschen Sekundärtugenden lernte er später schätzen.

Man muss in diesen Tagebüchern ein wenig suchen. Viel Rauschen, wenig Signal. Aber der Vigenère-Code, von dem die wirklich relevanten Texte geschützt werden, ist relativ leicht zu knacken, vor allem wenn man kennt, was Babbage selbst zu diesem Verschlüsselungssystem zu sagen hatte. Schlussfolgerung: Babbage wollte, dass seine Aufzeichnungen zum Büro-Projekt irgendwann entziffert und gelesen werden. Nur halt nicht von jedem, dem sie in die Hände fielen. Da kann man durchaus Parallelen zu »Carpenter« und »Withersby« sehen, die ihre Notizen und Briefe zu der Affäre ja auch nicht vernichtet haben. Wenn die Geschichte so gar nichts hat, zu dem sie urteilen kann, dann wird die Gerichtsverhandlung gegenstandslos.

Seltsam, wie immer behauptet wird, Engels habe bei der Fabrik in England gar nicht die Zügel in der Hand gehalten. Seltsam, wie er in den Biographien immer als Kostgänger seines Vaters und seines Bruders erscheint. Als begnadeter Theoretiker und Spiegel des noch begnadeteren Marx oder als skurriler Privatgelehrter mit sozialen Flausen – auf jeden Fall als Empfänger. Die glühenden Verehrer wollen seine Verantwortung für die Zustände in der Fabrik mindern, die anderen wollen ihn mit der Tatsache fertig machen, dass er mit Marx kapitalistische Profite verzehrte.

Seltsam, wie ein kleiner Zettel so was widerlegen kann. Ein quadratischer Zettel, 10 cm Kantenlänge, auf dem recht schlampig festgehalten ist, dass in den Jahren 1860 bis 1862 der ganze Gewinn, den die Firma machte, in das Büro-Projekt geflossen ist. Zwei volle Jahre, bis die technischen Probleme gelöst waren und das immer erfolgreichere Büro sich nicht nur selbst tragen, sondern auch wieder Geld an »Withersby« zurückfließen lassen konnte. Der Zettel trägt keine Unterschrift, aber das ist Engels' Handschrift, kein Frage. Fast 5000

Pfund Sterling, ein ungeheuere Summe für damalige Zeiten. Das Büro hätte Ermen & Engels fast in den Bankrott getrieben. Und das soll bewerkstelligt worden sein von einem Außenseiter, der in dem Laden eigentlich nichts zu sagen hatte?

Wenn man an den berühmten Brief von Elisabeth Engels aus dem Jahr 1871 denkt, in dem sie ihren Sohn anfleht, »dem Marx kein Geld zu geben«, weil ihr von den Greueln der Pariser Kommune nur diejenigen zu Ohren gekommen sind, die von den Kommunarden begangen wurden. »Was ich aber schwer fassen kann ist, dass sich ein Gemüt, wie ich das Deinige kenne, an solchen Sachen beteiligen kann. Der Marx muss dich ganz beherrschen, sonst begreife ich es nicht.« Oh, Elisabeth. Die Frage, wer hier wen beherrscht hat, beantwortet sich nicht so leicht. Was hättest du wohl gesagt, wenn du je erfahren hättest, wohin zehn Jahre vorher das Geld wirklich in rauen Mengen geflossen war? Was hättest du wohl gesagt, hätte man dir die tickenden Maschinen im Keller des Büros gezeigt, wie sie Lochkarten verschlingen, aber keine Stoffe weben, sondern Zahlen, Zahlen, nichts als Zahlen? Hättest du die Gewalt gesehen? Hättest du beim Anblick von »Turner« an seinem Schreib- und Programmiertisch den Teufel bei der Arbeit vermutet? 5000 Pfund Sterling. Das hätte dir etwas gesagt. Da hättest du dich sicher bekreuzigt.

Am Anfang war sogar geplant, eine der Dampfmaschinen aus der Spinnerei von Ermen & Engels für den Betrieb der Analysemaschinen zu benutzen. Was dann verworfen wurde, weil Babbage auf einen anderen Motor verfiel.

Von all dem wusste ich noch nichts, als ich Herrn Faulhabers Misstrauen und Abneigung endlich überwunden hatte und Zugriff auf die Archivalien seines hochheiligen Kompetenzzentrums bekam. Er machte mir das Leben zur Hölle. Wenn ich mich im Archiv aufhielt, um die Briefe und Handschriften zu studieren, stand er mehrmals am Tag plötzlich neben meinem Arbeitstisch. »Wie geht es denn?«, fragte er dann. »Kommen Sie vorwärts?« In einem Tonfall, der eigentlich meinte: »Wann sind Sie hier endlich wieder weg?« Ich gab ihm auf die immergleichen Fragen die immergleiche Antwort: »Kann nicht klagen, danke!« Dann wandte ich mich wieder meinen Notizen und den vergilbten Handschriften zu und tat gleich sehr beschäftigt. Jeder andere hätte sich daraufhin zurückgezogen, nicht so Faulhaber. Er zog es vor, weitere fünf oder zehn Minuten neben meinem Tisch zu stehen und mir bei der Arbeit über die Schulter zu schauen. Ein oder zwei Mal fragte er mich dabei: »Es macht Ihnen doch nichts aus, wenn ich Ihnen noch ein wenig Gesellschaft leiste?«, und mein Schweigen auf diese Frage interpretierte er wohl als Erlaubnis. Ein einziges Mal ging er dann so weit, dass ich gegen ihn rebellierte. Er stand bei dieser Gelegenheit nicht einfach nur neben mir, um mich zu überwachen, sondern beugte sich tatsächlich über den Stapel an beschriebenen Notizblättern neben meinem rechten Unterarm, offensichtlich, um meine kleine und schwer leserliche Handschrift besser zu entziffern. Zunächst verfiel ich in die übliche Schreckstarre, die mich immer überkommt, wenn mich eine Autorität quält. Nachdem er sich eine Weile abgemüht hatte – eine gewisse Anstrengung und Frustration merkte ich ihm dabei durchaus an –, fand ich den Mut, die Blätter einfach kommentarlos umzudrehen. Faulhaber schnaubte kurz verächtlich und ließ mich dann allein. Da aber der Arbeitsplatz von zwei Videokameras überwacht wurde, konnte ich selbst nach seinem Verschwinden nicht aufatmen. Gut möglich, dass er mich noch eine Weile auf dem Überwachungsschirm im Kabuff der diensthabenden Archivare beobachtete, um den Stress, den er bei mir hervorgerufen hatte, mit jeder Faser seines Daseins zu genießen. Ich tat so, als sei nichts gewesen, das machte mir dröhnendes Kopfweh. Am nächsten Tag stand er wieder da. Meine Notizen lagen bereits mit der weißen Rückseite nach oben auf dem Tisch. Nach etwa fünf Minuten sagte er nur: »Sie schwitzen ja so stark.« Dann verließ er mich. Ab diesem Zeitpunkt wusste ich, dass ich mich an ihm rächen musste, um meine Selbstachtung nicht zu verlieren.

Für Babbage waren Marx und Engels hauptsächlich die nützlichen Idioten, die ihm halfen, seinen großen Lebenstraum zu verwirklichen, nachdem die Krone und die Admiralität darin versagt hatten. Umgekehrt hat aber Marx zu Babbage immer eine differenzierte Haltung eingenommen. Man muss sich nur die Fußnoten zu Babbage im »Kapital« durchlesen. Es sind nicht allzu viele, Marx wollte ja nicht durch eine untunliche Beschäftigung mit dem Sonderling Babbage dokumentieren, dass man einmal geschäftlich miteinander zu tun gehabt hatte. Aber wenn man vom Büro-Projekt weiß, gewinnen diese wenigen Sätze doch ein ganz anderes Gewicht:

Dr. Ure in seiner Apotheose der großen Industrie fühlt die eigentümlichen Charaktere der Manufaktur schärfer heraus als frühere Ökonomen, die nicht sein polemisches Interesse hatten, und selbst als seine Zeitgenossen, z.B. Babbage, der ihm zwar überlegen ist als

Mathematiker und Mechaniker, aber dennoch die große Industrie eigentlich nur vom Standpunkt der Manufaktur auffasst.

»Überlegen als Mathematiker und Mechaniker.« Wie wahr, wie wahr, Herr Marx. Von der Überlegenheit des Herrn Babbage auf diesen Gebieten hatten Sie sich einen eindeutigen Begriff machen können. Zum Beispiel, als er nicht nur einen Elektromotor zum Betrieb seiner Analysemaschine erfand, sondern auch einen industriell tauglichen Dynamo, sechs Jahre vor Siemens. Und den koppelte er ausgerechnet mit dem Mühlrad, das noch vorhanden war von der alten Leinölmühle, in die das Büro einzog. Über das Mühlrad haben sich fast alle Besucher gewundert. »Es müsse doch die Angestellten beim Rechnen stören«, habe einer gesagt, wie »Turner« »Withersby« am 14. April 1861 schreibt, »aber Herr White wollte offensichtlich unsere Fähigkeiten nur anzweifeln, um den Preis zu drücken. Als ich ihm entgegnete, er solle sich nur keine Sorgen machen und in zwei Tagen die Ergebnisse der Berechnungen wieder abholen, fragte er: ›Zwei Tage? Das können Sie nie und nimmer schaffen!‹ Ich entgegnete, er könne sich mit dem Abholen der Ergebnisse gerne Zeit lassen, vorliegen würden sie dennoch in zwei Tagen. White kam dann wirklich zwei Tage später zurück und holte alles ab. Der Dankesbrief zwei Wochen später war überschwänglich.« Nachts durfte das Mühlrad aufgrund der Lärmbelästigung für die Nachbarn nicht laufen, und der unterschiedliche Wasserstand und damit die variable Fließgeschwindigkeit des Bachs waren Gift für den kontinuierlichen Betrieb der Maschinen. Babbage beließ es nicht bei Motor und Dynamo. Der Dynamo speiste ständig Akkumulatoren und die lieferten ständig den immer gleichen Strom zum Betrieb des Motors, von dem die Analysemaschinen angetrieben wurden. Das reine Glück war es allerdings nicht. Aufgrund der notwendigen Nähe zu dem Bach war es im Keller feucht. Was tat Babbage zum Schutz der Maschinen? Er erfand ein spezielles Öl. Dass allerdings die papierenen Lochkarten schnell an der feuchten Luft litten und oft ausgewechselt werden mussten, dagegen half kein Kraut. Wäre er auch noch Chemiker gewesen, hätte er dafür sicher auch eine Lösung gefunden, vielleicht Karten auf der Basis von Nitrozellulose. So gab es hohen Verschleiß. Und Babbage musste alles selbst stanzen, niemand sonst hätte verstanden, was er wollte. Mangelnden Enthusiasmus für das Projekt kann man ihm sicher nicht vorwerfen.

Die Konkurrenz war nicht so begeistert von den Aktivitäten des Büros wie Babbage. »Unschöner Vorfall im Büro«, schreibt Engels an

Marx mit Datum vom 16.10.1862. »Blake berichtet, dass am 7.10. zwei Fenster mit Steinen eingeworfen wurden. Zum Glück hat so tief in der Nacht niemand mehr in der Schreibstube selbst gearbeitet. Turner gibt nach Blakes Bericht an, so vertieft in seine Lochkarten gewesen zu sein, dass er nichts gehört hat. Turner hat laut Blake die Fenster zunächst mit Holzbrettern abdichten lassen. Trägt sich mit dem Gedanken, Drahtgitter zur Verhinderung ähnlicher Vorfälle anbringen zu lassen. Unter den Büroangestellten Gemurmel. Allgemein nimmt man an, dass die Konkurrenz hinter dem Anschlag steckt. Gerüchte machen die Runde, dass schief angesehen wird, wer bei Withersby, Turner & Carpenter arbeitet. Offenbar gibt es auch Spannungen zwischen den Angestellten und Turner. Scheint in letzter Zeit beim Anordnen der Tische und der Verteilung der Aufgaben allzu unwirsch vorgegangen zu sein. Sollte man mäßigend auf ihn einwirken? Blake sagt auch, die Leute werden sehr neugierig, was Turner da im Keller eigentlich treibt. Sculley wird offenbar scherzhaft dazu aufgefordert, doch ›die Augen offen zu halten‹, wenn er nach unten geht, um Turner die Vorergebnisse zu bringen. Müssen über ein wenig Extralohn zu Weihnachten nachdenken, sonst laufen uns die Leute weg, oder fangen auch in den Kneipen zu reden an.«

Daneben steht auf dem Blatt in Marxens Handschrift »Je ein Kapitalist schlägt viele tot.« Die Anführungszeichen sitzen auf dem »J« und dem »t« wie Vögel auf einem Zaun.

Wenn ich das richtig sehe, ist das die früheste Erwähnung Sculleys im Konvolut Z.

Mich wunderte am Anfang, dass die Ordnung im Archiv Faulhabers so sehr zu wünschen übrig ließ. Die Kataloge waren unvollständig und lückenhaft, die Archivalien wurden teilweise schlampig aufbewahrt, auch unter Bedingungen, die ihnen schaden mussten. So hatte ich zum Beispiel mehrere gedruckte Bände in Händen, an denen offensichtlich mit haushaltsüblichem Klebstreifen herumgedoktert worden war. Ein Unding, weil haushaltsüblicher Klebstreifen Papier fast so schnell vergilben lässt wie direktes Sonnenlicht. Die Archivare, die mir das Material morgens aushändigten und abends wieder in Empfang nahmen, waren Totalversager. Sie brachten mir so oft das Falsche, dass ich es mir schließlich zur Gewohnheit machte, das Zeug genau durchzugehen, wenn sie es mir in die Hand drückten. Was mal wieder nicht gepasst hatte, gab ich den Vollprofis gleich wieder zurück. Der eine der beiden, Herr Deesters, reagierte darauf mit Fatalismus, der andere, Herr Baum, mit unterdrückter Wut.

Ich verstand all das nicht, bis ich es zum Stil Faulhabers in die richtige Beziehung setzte. Das »Karl-Marx-Kompetenzzentrum Trier« war ein Schlachtfeld, und in der manischen Ordnungsliebe Faulhabers drückte sich der stumme Kampf des Mannes gegen einen Sumpf aus, in dem er zu versinken drohte. Über die Jahre hin war er an diesem Kampf irr geworden, und sein neurotisches Auftreten hatte damit zu tun, dass er schon lange am Verlieren war. Mitleid konnte ich für ihn nicht mehr empfinden. Dafür hatte er sich zu nachdrücklich um meinen Hass bemüht.

Es waren zwei Maschinen, die im Keller des Büros gleichzeitig an denselben Rechnungen arbeiteten. Babbage war vorsichtig genug, sich nicht nur auf einen einzigen seiner mechanischen Computer zu verlassen; wenn beide gleichzeitig arbeiteten, konnten ihre Zwischen- und Endergebnisse miteinander verglichen werden; wenn einer der beiden ausfiel, konnte der andere immer noch weiterrechnen. Babbage tat, was jedes Rechenzentrum, ja was jeder kluge PC-Nutzer heute macht: er arbeitete mehrgleisig, er arbeitete redundant. Was dieser Mann während der Jahre von 1860 bis 1864 in dem feuchten Keller geleistet hat, verschlägt einem die Sprache. Natürlich entwickelte er eine Stanzapparatur zum schnelleren Anfertigen und Kopieren von Lochkarten. Er experimentierte wohl auch eine Weile mit Lochstreifen, kam aber nicht weit, weil einzelne Stanzfehler dann den ganzen Streifen zunichte machten. Er machte sich Gedanken über die automatische Fehlersuche bei Lochkartencode. Er entwarf eigene Getriebe, die ein schnelles An- und Abkuppeln der Maschinen an die Antriebswelle des Motors erlaubten. »Peripherie«, auch so eine Sache, die Babbage gleich miterfunden hat. Er kann in diesen Jahren nicht geschlafen haben. Oder er hatte doch Helfer, von denen er nichts erzählt.

Das »Konvolut Z« bestellte ich eigentlich aus reiner Neugier mit. »Konvolut Z? Konvolut Z? Was soll das sein?«, fragte ich mich, als ich die Katalogkarte in der Hand hielt. Die Auskunft »Ungeordnete Notizen« auf dieser Karte war ja nun nicht sehr ergiebig. »Was soll's«, dachte ich mir, bestellst du halt ›ungeordnete Notizen‹, man muss ja auch mal was zum Lachen haben.« Als der verbiesterte Herr Baum mir allerdings die Fuhre für diesen Tag in die Arme legte, verging mir das Lachen doch. Obenauf lag ein prall gefüllter Briefumschlag aus Packpapier, der jeden Moment herunterzurutschen drohte.

»Herr Baum«, sagte ich, als er sich schon wieder verziehen wollte, »Sie haben da was vergessen.«

Baum drehte sich um. Der ewige Missmut auf seinem Gesicht hatte sich in echte Abscheu verwandelt. Er fragte ziemlich grob: »Was?«

»Der Umschlag da«, entgegnete ich, wobei ich genau so unwirsch zu klingen versuchte wie er. »Was soll das?«

Er sah sich den Stapel in meinen Armen an, packte den Umschlag und drehte ihn um. Auf der Rückseite – tatsächlich ein Signaturenkleber. Er verglich die Signatur mit der Liste meiner Bestellungen und bellte dann: »Konvolut Z. Haben sie bestellt, haben sie bekommen.«

Dann drehte er sich auf dem Absatz um und schmetterte die Tür zu seinem Kabuff zu, dass man es im ganzen Haus hörte.

»Na warte, Freundchen«, dachte ich. »Mir hier Archivalien in Briefumschlägen anliefern, und dann auch noch frech werden. Wenn ich diesen ganzen Mist hier an die Stiftung zurückmelde, dann raucht es aber im Karton.«

An meinem Arbeitstisch angekommen, ließ ich die Materialien unsanft auf die Tischplatte fallen. Dabei rutschte das famose Konvolut Z von dem Stapel herunter und ergoss einen Teil seines Inhalts über die Tischplatte. Wie eine Altpapiertüte, die den Werbemüll von vor zwei Wochen wieder hervorkotzt. »Na bravo«, dachte ich, hob den halbvollen Umschlag auf und wollte den Kram schon wieder zurückstopfen, bis ich mir in Erinnerung rief, dass das eventuell die Einkaufszettel von Karl Marx waren. Ich legte den Umschlag wieder ab. Dann fischte ich mir den erstbesten Zettel aus dem Chaos, das sich über die halbe Tischplatte erstreckte. Braun vergilbtes Papier. Die Handschriften von Marx und Engels waren mir mittlerweile ziemlich vertraut, und das hier hatte Engels geschrieben. Zahlenkolonnen, durchsetzt mit wenigen Zeilen Text, der vorderhand nicht zu entziffern war. Eine Addition. Unten die Summe. Nahezu 5000 Pfund Sterling. Nach heutigem Maßstab ein Millionenvermögen. Unten das Datum »12.1.1864«. Bleistift, und nicht die Handschrift von Engels, sondern die von Marx. Das war interessant. Möglicherweise hatte sich Engels Notizen zu wirtschaftlichen Vorgängen seiner Zeit in England gemacht, sie waren in den Besitz von Marx gelangt und dort verblieben. Ich begann in den ungeordneten Notizen des Konvoluts Z zu lesen. Als ich nach zwei Stunden eine erste Ahnung davon hatte, was mir in die Hände gefallen war, dachte ich: »Das kann nicht wahr sein.«

Mein Herz schlug wie das eines Sprinters. Mein Hirn raste. Ich musste was tun. Ich musste irgendwas tun, um zu prüfen, ob das, was ich mir zusammengereimt hatte, womöglich sogar stimmte. Ich musste die Notizen noch einmal lesen, und das mit viel kühlerem

Kopf. Stimmten denn überhaupt die Zeiten und Orte? War das auch nur annähernd wahrscheinlich, was sich aus diesem Abfall da herausfiltern ließ? Ja, war diese Ansammlung schwer leserlicher Bruchstücke überhaupt echt?? Ich drehte mich im Kreis. »Nur nicht auffallen«, dachte ich, und tat so, als würde ich weiter exzerpieren, blätterte in diesem Band oder in jenem, schrieb hier was auf und da – jeden Moment konnte Faulhaber auftauchen, und ich durfte auf keinen Fall die Wahrheit durchblicken lassen, dass ich nämlich gerade vom Blitz getroffen worden war. Ein Jahrhundertding hatte ich da an der Hand. Wenn das stimmte!

»Moment«, dachte ich, »Moment. Also Du kommst aus Göttingen hierher, kämpfst gegen diesen Faulhaber an, machst dich an deine langweilige Doktorarbeit mit ihrem langweiligen Thema, und entdeckst dann so mir nichts dir nichts aus reinem Zufall die Sensation schlechthin?« So funktionierte akademische Realität nicht. Das war doch wohl eher der feuchte Traum des einsamen Doktoranden. Oder ein schlechter Scherz. Würde jetzt gleich Faulhaber neben mir auftauchen, das Konvolut Z in die Hand nehmen und ausrufen: »Drangekriegt! Da haben Sie wohl gedacht, Sie haben einen ganz dicken Fisch an der Angel, was? Haben wir alles auf Video, Ihre ganze Aufregung. So machen wir das mit jedem neugierigen Besserwisser, der hier bei uns auftaucht!« Andererseits, wie wahrscheinlich war nun wieder das? Faulhaber traute ich ja einiges zu, aber dass er sein Archiv mit hochklassigen Fälschungen durchsetzte, nur um Leute wie mich an der Nase herumzuführen – nein, das widersprach Faulhabers Wesen, seinem ganzen Programm diametral. Dazu hatte er nicht die richtige Sorte Humor. Und wie viele gefälschte Dokumente hätten das sein müssen, dass Leute wie ich mit einiger Wahrscheinlichkeit fündig wurden?

Mit Wahrscheinlichkeiten kam ich hier nicht weiter. Ich brauchte Fakten. Wie kam ich an die Fakten? Wenn ich Faulhaber auf das Konvolut Z aufmerksam machte, konnte ich mich übel reinreiten. Entweder meine Schlussfolgerungen waren unhaltbar, und Faulhaber würde mich so unmöglich machen, auch gegenüber Rütting, dass ich mir die Promotion abschminken konnte. Oder alles erwies sich als wahr, und die Sache würde mir schneller aus der Hand genommen werden, als ich »A« sagen konnte. Faulhaber, die Stiftung, Rütting, die internationalen Koryphäen, sie alle würden über mich hinwegrollen wie ein Tsunami, und ich, der ich die ganze Sache aufgedeckt hatte, würde zerquetscht werden. Nein, nein. Das war mein Ding. Wenn es hier etwas zu entdecken gab, dann wollte ich der Entdecker sein. Um die Echtheit des Konvoluts Z zu prüfen, würde ich es aus dem Archiv entfernen müssen. Und als ich an diesem Abend von meinem Stuhl aufstand, wusste ich, wie ich das anstellen würde. Ich sagte Baum, er solle das Material nur über Nacht zu sich nehmen, ich bräuchte es noch mindestens zwei Tage.

»Morgen ist Deesters da«, blaffte Baum, und schlug mir die Tür vor der Nase zu.

»Um so besser«, dachte ich.

»Daheim«, in diesem jämmerlichen, überteuerten Pensionszimmer, das ich für die Dauer meines Aufenthalts gemietet hatte, kamen mir wieder Zweifel. Ich betrachtete mir die ekelhafte Wachstuchdecke, die über dem Tisch in meinem Zimmer lag, meine Hände lagen auf ihr wie zwei fremde Gegenstände. An der Wand hing ein Spitzwegdruck, an der unteren linken Ecke des billigen Rahmens war ein Glassplitter abgeplatzt, ohne Zweifel weil das Bild irgendwann einmal von der Wand gefallen war. Auf der Straße unten rauschte der Verkehr, ich hörte Passanten vorbeigehen. Da glaubte ich also, einer Weltsensation auf der Spur zu sein. Ich, der Göttinger Doktorand. Und um der Weltsensation auf der Spur zu bleiben, wollte ich kriminell werden. Wenn man mich dabei erwischte, war alles aus. Aber wenn ich meinen Plan nicht ausführte, was dann? Würde ich mir das je verzeihen können? So etwas ausgraben und es dann links liegen lassen? Unmöglich. Ich würde mich mein ganzes restliches Leben mit der Frage quälen, ob ich nicht doch hätte zupacken sollen. Schlimmer noch. Mein ganzes restliches Leben würde ich von der Angst umgetrieben werden, dass ein anderer das Konvolut Z fand und erkannte, dass es aus reinem Sprengstoff bestand. So ein bisschen Sicherheit war einen solchen Verzicht nicht wert. Seufzend ging ich Büromaterialien einkaufen. Das würde eine lange Nacht werden.

Irgendwann im Herbst 1863 muss Engels aufgegangen sein, dass das Experiment dabei war, aus dem Ruder zu laufen.

Alarmierende Nachrichten von Blake, schreibt er am 11. Oktober 1863 an Carpenter. *Nicht was er berichtet, ist so unschön, sondern wie er es tut. Scheint seine Aufgabe mit einer gehörigen Portion Übereifer wahrzunehmen. Sculley, der Bürobote, der die Vorergebnisse der Angestellten in den Keller bringt und sie durch den Schlitz in der eisernen Tür zu Turner hineinwirft, ist Blake ein Dorn im Auge. Er betont immer wieder, dass Sculley eine Gefahr für die*

Geheimhaltung des Projekts sei; die anderen Bürorechner versuchten dauernd, Details über den Keller aus ihm herauszupressen, weil er der einzige ist, der überhaupt dort hinab darf; faul und aufsässig sei der Sculley außerdem. Er sei neulich mit Dobson in einer Arbeitspause zusammen gestanden und habe dabei geraucht; die beiden entwickelten nachgerade eine tiefe Freundschaft, es sei offensichtlich, dass Dobson versuche, Sculley zum Sprechen zu bringen. Würde Blake sofort kündigen, wenn er es nicht geschafft hätte, sich das Vertrauen der Büro-Angestellten zu erarbeiten. Er ist sogar zum Shop Steward gewählt worden. Hat sich damit in gewisser Weise unangreifbar gemacht, denn ihn jetzt hinauszuwerfen, würde die ganze Belegschaft in den Aufruhr treiben. Am Ende seines letzten Berichts bekräftigt Blake, er wolle der Krone mit äußerster Konsequenz dienen. Ein Mouchard als Gewerkschaftsfunktionär, der keine blasse Ahnung davon hat, für wen er eigentlich arbeitet – was für eine verdrehte Posse.

Habe Turner zu all dem befragt, und eine Antwort ganz nach Turner-Art erhalten. Sculley sei nicht fauler und aufsässiger als der ganze Rest des Packs. Ganz besonders verhasst ist ihm Blake, von dessen Spitzelei er nichts weiß, aber den er hasst, weil er sich als Shop Steward zur Verfügung stellt, und »aufrührerische Reden« schwingt. Er mache aber am meisten Fehler von allen. Turner empfiehlt zusammen mit Blake auch den ganzen Rest der »Bagage« zu entlassen; er habe seine Maschinen längst so weit, dass sie ohne die Zuarbeit der Bürorechner zuverlässiger wären.

Einnahmen des Büros entwickeln sich sehr erfreulich, Amortisierung der Investitionen ist in greifbare Nähe gerückt.

Deesters wirkte genau so resigniert wie immer. Er händigte mir das Material mit müden Bewegungen aus, das ich am Tag vorher Baum zur Zwischenlagerung übergeben hatte. Ich ging zu meinem Platz und tat, als sei nichts. Das Konvolut Z rührte ich zunächst nicht an; das hätte mir gerade noch gefehlt, dass in diesem Moment Faulhaber auftauchte und seine Nase in die Briefe und Notizzettel von Withersby und Carpenter hineinsteckte. Der Briefumschlag lag offen und frei neben den anderen Büchern und Kladden, in denen ich zur Tarnung las. Ich musste mich ungeheuer disziplinieren, um mit dem Konvolut Z nicht einfach wegzurennen. So machten das Straßendiebe. Für meine Zwecke keine gute Methode. Nach etwa zwei Stunden legte ich meine Studienmappe auf den Tisch. So gelassen wie möglich nahm ich unter dem Auge der Videokamera das Bündel heraus, das ich am Abend zuvor gebastelt hatte: ein künstlich zerknitterter Briefumschlag aus braunem Packpapier, vom gleichen Format wie der des Konvoluts Z, versehen mit der Signatur des Konvoluts Z, gefüllt mit tagesaktuellen Zeitungsausschnitten. Sie stammten alle aus dem »Trierer Volksfreund«, dem Monopolblatt der Stadt. Ich legte meine Fälschung auf das echte Konvolut Z, die Studienmappe daneben. Alles geschah so ruhig wie möglich. Etwa zehn Minuten simulierte ich Interesse für ein Notizbuch von Marx. Dann legte ich es beiseite, griff nach dem Konvolut Z, zog es unter meiner Fälschung hervor, und steckte es in meine Studienmappe. Die Videokamera sah alles, und meine große Hoffnung war, dass Deesters nicht begriff, was sie sah. »Ich tue es wirklich«, dachte ich. Das Herz schlug mir im Halse. Eine weitere Viertelstunde später stapelte ich alles zusammen, und ging damit zum Ausgang. Deesters nahm den Stapel entgegen.

»Brauche ich morgen noch mal«, sagte ich leichthin.

Er sah mich an. Seine Halbglatze schimmerte im Licht der Energiesparlampen über dem Ausgabetresen. Er hatte ein großes Muttermal auf der Platte.

»Geht ja eigentlich nicht. Machen wir mal zur Ausnahme, so über Nacht, aber nicht für länger.«

»Na ja«, sagte ich, und versuchte dabei nicht zu schlucken, »aber vielleicht doch noch bis morgen?« Wie oft konnte ich das Konvolut Z ins Archiv zurückgehen lassen und wieder bestellen, bevor Faulhaber prüfte, was es damit auf sich hatte?

»Das muss ich mir aber ...«, murmelte er, »das muss ich mir jetzt selber nochmal notieren. Das geht hier ja eigentlich nicht.« Er fingerte in der Brusttasche seines Hemds herum, auf der Suche nach einem Stift. Als er den hatte, zog er unter dem Ausgabetresen ein Blatt Papier hervor und notierte sich jede einzelne Signatur. Ich konnte nichts tun, nur zusehen, während er notierte und notierte und mir der Schweiß auf die Stirn trat. Meine Studienmappe, die ich unter dem rechten Arm trug, enthielt das echte Konvolut Z. Deesters nahm die Fälschung vom Tresen, das Papier knisterte, denn es war neu. Er betrachtete den Signaturaufkleber. Mit dem hatte ich mir viel Mühe gegeben. Aber vielleicht nicht genug. Deesters murmelte: »Sachen gibt's«, und notierte sich dann die Signatur. »Wenn Sie mal bitte warten«, sagte er und ging dann mit dem Stapel in sein Kabuff. Eine halbe Minute später streckte er seinen Kopf wieder zur Kabufftür heraus. »Geht in Ordnung, ist alles da. Ich sage dem Kollegen Baum Bescheid.« »Wunderbar, danke«, erwiderte ich. Aufatmend drehte ich mich um und lief direkt Faulhaber in die Arme.

»Ja was ist das denn?«, fragte er in diesem mokanten Tonfall, den ich an ihm so hasste. Sein grauer Anzug sah wieder aus, als sei er eben aus der Reinigung gekommen. »Jetzt schon Feierabend? Da kennen wir Sie aber fleißiger!«

Mein Herz hämmerte so stark, dass es ihm eigentlich auffallen musste.

»Kleine Unpässlichkeit«, bot ich ziellos an. »Magen-Darm-Grippe vielleicht.«

Faulhaber zog die Augenbrauen hoch, und machte dann einen halben Schritt zurück.

»So?«, sagte er. »Na dann kurieren Sie sich aber mal gut aus!«

Und er zog sich zurück, lief geraden Rückens die Treppe zu seinem Büro hoch. Schwitzend und zitternd verließ ich das Archiv, und erst als ich schon eine ganze Strecke auf dem Weg zum zentralen Busbahnhof hinter mich gebracht hatte, ging mir auf, dass mein schneller Spruch von der Magen-Darm-Grippe ein Glücksgriff gewesen war: Vor nichts hatte Faulhaber mehr Angst als vor Ansteckung. Dass ich ihn eventuell kontaminieren konnte, hatte ihn in die Flucht geschlagen. Dieser kleine Sieg gab mir Kraft für den Rest des Tages.

Den Copyshop in einer Vorstadt Triers hatte ich ebenfalls am Abend vorher ausbaldowert, per Internet. Es dauerte länger als gedacht, vor allem weil ich vorsichtig sein wollte. Niemand sollte mir in die Karten schauen können. Die tonergesättigte Luft machte mir Kopfschmerzen. In der Pension angekommen, stand ich vor einem weiteren Problem. Die Kopien als solche würden nichts beweisen. Ich brauchte Originale, nicht nur für das Papiergutachten. Ohne ein aussagekräftiges Original würde mir niemand glauben. Ich musste einen echten Diebstahl begehen, und machte mir vor, es geschehe im Namen der Wissenschaft. Der Zeitdruck stresste mich. Ich breitete alle Einzelstücke des Konvoluts Z auf dem Boden meines Pensionszimmers aus und suchte nach den Dokumenten, die alles enthielten, die als Einzelstücke oder kleines Ensemble unwiderlegbar waren, ich suchte nach dem fraktalen Beweis. Am Ende entschied ich mich für drei Blätter: Engels' Kostenaufstellung für das Büro-Projekt, ein Spitzelformularbogen, und ein Brief, den ich auf die Schnelle nicht ganz entziffern konnte, in dem aber oft genug das Stichwort »Büro« fiel. Den Streifenwagen, der mit heulender Sirene die Straße herunter kam, bezog ich natürlich sofort auf mich. Dann sackte das Geheul eine halbe Oktave tiefer, als der Streifenwagen am Haus vorbeizischte, und ich scharrte mein Diebesgut, das kopierte wie das echte, schwer atmend und mit zitternden Händen zusammen.

Die Polizei verhaftete mich nicht, als ich es an diesem Abend noch am Trierer Bahnhof in ein Schließfach einsperrte. Sie kam nicht in der Nacht und am Morgen auch nicht. Ich wurde auf dem Weg zum Archiv nicht angehalten, mit dem echten Konvolut Z in der Studienmappe unter meinem Arm. Ich traf nicht einmal Faulhaber, den ich mit meinem übernächtigten und abgerissenen Aussehen mühelos ein zweites Mal in die Flucht geschlagen hätte. Baum schmiss mir den Kram beinahe in die Arme. Seine Laune war erbärmlich. »Wenn Sie das Zeug nochmal wollen, müssen Sie auch nochmal bestellen. Wir sind hier keine Ablage für Leute, die sich nicht an die Spielregeln halten wollen.« Ich sagte gar nichts und drehte mich um, er schlug in meinem Rücken die Tür zu seinem Kabuff zu. Meine Müdigkeit hätte mich beinahe unvorsichtig gemacht. Aber wie am Tag vorher tauschte ich die Briefumschläge nach einem strengen Zeitplan aus. Diesmal dämpfte meine Erschöpfung die Nervosität, ich war dafür dankbar. Wieder ging ich früher. Baum bemerkte nichts, und ich hielt das für ein Glück.

Dann begann die schlimmste Zeit in Trier. Ich wusste, ich konnte nicht sofort abreisen, ohne Verdacht bei Faulhaber zu erregen. Ich musste noch eine Weile den Doktoranden spielen. Zu diesem Zweck ließ ich mir von Baum und Deesters Archivalien bringen, die mich wenig oder gar nicht interessierten, täuschte Arbeit vor und las in Wirklichkeit Kriminalromane. Fünf insgesamt, ich habe sie alle noch. Man kann mein Verhalten in der letzten Trierer Woche eigentlich nur vor dem Hintergrund verstehen, dass ich unbewusst mit der Promotion abgeschlossen hatte. Es war ein Abschied, ohne Frage. Ich blieb immer so lange im Archiv, wie ich es gerade noch ertrug. Ansonsten wanderte ich durch Trier, auf der Suche nach Zerstreuung. Ich besichtigte sogar die Porta Nigra, das rußgeschwärzte Zeugnis imperialer Vergangenheit, auf das die Stadt so stolz war. Ich ging die zwei Etagen hoch bis zur obersten Ebene und sah hinunter auf die katholisch verkommene Stadt. Ein Wind ging, er brachte mich trotz der sommerlichen Temperaturen zum Frieren.

Dauernd wollte ich an mein Diebesgut, mein Thema war jetzt das Büro. Aber das ging nicht, noch nicht. Ich nahm das Bündel aus dem

Schließfach, trug es ein wenig in der Stadt herum – es kam mir vor, als hätte ich eine Bombe in meiner Tasche – und dann schloss ich es noch einmal weg; anderes Schließfach, anderes Regal. Zwei Tage später schickte ich meine Beute per Postzustellungsurkunde an meine Göttinger Adresse. Am letzten Tag kaufte ich eine Postkarte mit der Porta Nigra. Ich bedankte mich in unleserlicher Handschrift bei Faulhaber für die fruchtbare Zusammenarbeit und steckte die Postkarte in den Briefkasten des Archivs. Dann endlich reiste ich ab.

»Seien Sie nicht so voreilig«, sagte Rütting. »Eine Promotion braucht ihre Zeit, und da gibt es Hochs und Tiefs, das weiß ich doch nur zu gut. Alles was Sie mir bisher gezeigt haben, hat Hand und Fuß. Vielleicht brauchen Sie ein wenig Urlaub? Was ist denn eigentlich in Trier herausgekommen? Hat Faulhaber Sie so kirre gemacht?«

»Nein«, entgegnete ich. »Faulhaber war schrecklich, aber das ist es nicht. Und voreilig bin ich auch nicht. Ich gebe die Doktorarbeit auf, weil sie mir nichts mehr bringt. Ich könnte nicht mehr hinter ihr stehen, weil ich das Interesse am Thema verloren habe.«

»Delikate Frage, ich weiß, aber – haben Sie private Probleme? Die Beziehung vielleicht?«

»Gleich empfiehlt er mir seinen Therapeuten«, dachte ich. Diese Farce musste ein Ende haben.

»Herr Rütting, vielen Dank für alles.«

Er presste die Lippen zusammen. Ich war sein letzter Doktorand gewesen, soeben hatte ich nicht nur meine Promotion versenkt, sondern auch ihn praktisch in den Ruhestand versetzt. Meine ausgestreckte Hand nahm er nicht.

»Hauen Sie schon ab«, sagte er. »Sie Versager.«

Ich ging. »Oh Göttingen, kleine Stadt«, dachte ich. »Wenn ich Rütting in Zukunft begegne, wechselt einer von uns die Straßenseite.« Die wirkliche Arbeit konnte beginnen.

Die Arbeit begann zunächst mit Opfern. Einerseits opferte ich einen guten Batzen für die Papier- und Tintenanalyse zu den gestohlenen Blättern aus dem Konvolut Z. 3000 Euro wollte das Labor dafür haben. Und ich opferte eine Ecke des Zettels, auf dem Engels die Kosten für das Büro-Projekt festgehalten hatte. Vielleicht ein Quadratzentimeter, mit ein paar Buchstaben darauf. Ich fragte, ob das überhaupt genug Tinte sei für den Gaschromatographen, die Experten bestätigten das. Um die Zeit bis zum Eintreffen des Gutachtens abzukürzen, entzifferte ich die Kopien aus dem Konvolut Z, die ich im Trierer Archiv nur überflogen hatte. Das Gerippe meiner Annahmen wurde Stück für Stück mit Innereien, Muskeln, Fett und Haut versehen. Natürlich konnte das alles jemand gefälscht haben. Er hatte sich dann aber eine ungeheure Mühe damit gemacht. Bei der Entzifferungsarbeit fiel mir auch eine kleine, unbedeutende Notiz in die Hände, die mir bisher entgangen war. In Marxens Handschrift stand auf dem Zettelchen:

E. berichtet, dass Sculley bei einer Schlägerei von Blake erschlagen worden ist. Offensichtlich ein Unfall. E. muss hinter den Kulissen über verschiedene Strohmänner Einfluss geltend machen, damit ein Kriminalprozess zu der Sache vermieden wird. B. wollte fortfahren, das stand aber außer Frage. Bankrott des Büros ist angezeigt worden, alle Rechner erhalten stattliche Abfindung, unter der Voraussetzung, dass sie sich an ihr Schweigegebot halten. Abfindung wird zu diesem Zweck in Raten gezahlt. B., außer sich vor Wut, hat mit Verrat gedroht, E. ließ sich auf nichts ein. Maschinen sind bereits demontiert und abtransportiert worden.

Sonst nichts. Das ist alles, was Karl Marx zum Tod von John Sculley zu sagen hatte. Man könnte das jetzt für Zynismus halten. Der Mann, der sonst immer so treffende und aufrüttelnde Worte zum Elend der Arbeiterklasse gefunden hat, hier wirkt er ganz geschäftsmäßig und kühl. Ich glaube, er war verzweifelt. Wegen Sculley, sicher, aber auch wegen der Gefahr, die ihm und Engels drohte. Wenn er und Engels mit diesem Todesfall in Verbindung gebracht werden konnten, dann war das der ideale Grund, sie auf den Kontinent abzuschieben. Wenn das geschah, war an regelmäßige Arbeit nicht mehr zu denken. Marx wusste, dass die Kritik der politischen Ökonomie allenfalls das Programmheft für die Sache war, um die es ihm eigentlich ging: eine Generalsichtung des Kapitalismus en gros et en détail. Sein Lebenswerk, viel mehr sein Lebenszweck war in Gefahr. Für ein paar angespannte Wochen und Monate ging es darum, seine Existenz in England und damit seinen Lebenszweck zu retten. Unter solchen Umständen fällt Empathie manchmal schwer.

Das Gutachten war ein Kunstwerk. 21 Seiten dick, voller Diagramme, Graphiken und Daten. Es schien mir auf jeder Seite mitteilen zu wollen, dass ich mein Geld gut angelegt hatte. All der Zinnober interessierte mich nicht. Was mich wirklich interessierte, war das Fazit:

Die gaschromatographische Analyse und der Vergleich mit gesicherten Spektren anderer Herkunft haben zweifelsfrei ergeben, dass die Tinte auf der untersuchten Probe aus dem 19. Jahrhundert stammt. Struktur, Zusammensetzung und Erhaltungszustand des Papiers erzwingen den gleichen Befund, zusätzlich kann mit einiger Sicherheit behauptet werden, dass das infrage stehende Papier aus Großbritannien stammt (s. dazu Abb. 6 und 7). Die Authentizität der Probe steht außer Frage.

»Dankeschön«, dachte ich, als ich das las, und beglich die Rechnung per Online-Überweisung. Das graphologische Gutachten war viel billiger, musste aber besser vorbereitet werden. Ich hatte nicht die geringste Lust, den Graphologen wissen zu lassen, von wem die Schriftbeispiele stammten, die er untersuchen sollte. Alles, was er bekam, waren zwei Sätze von Kopien, die er miteinander vergleichen sollte. Sorgfältig ausgewählte, nichtssagende einzelne Wörter aus bekannten Schriften und Briefen von Marx und Engels, die schon lange im Faksimile vorlagen, und die gleichen sorgfältig ausgewählten, nichtssagenden einzelnen Wörter aus dem Konvolut Z. Der Graphologe maulte ein wenig darüber, dass er nur Kopien zu sehen bekam. Dann ließ er sich doch zu der Feststellung herab, dass sich in allen wesentlichen Punkten eine zwingende Übereinstimmung zwischen den beiden Kopiensätzen ergab. 534,26 Euro, inklusive Mehrwertsteuer. Die Originale der Gutachten übergab ich einem Notar zur Verwahrung.

Der letzte Baustein war Babbage. Es gab keinen Zweifel mehr daran, dass die Dokumente im Konvolut Z von Marx und Engels stammten. Aber möglicherweise hatten sie ja alles erfunden? Ein kreatives Spiel, wie es sich Intellektuelle manchmal ausdenken, um sich die Zeit zu vertreiben? Ich las über Babbage, was ich kriegen konnte. Nervte Experten mit der Frage, was mit Babbages Maschinen nach seinem Tod geschehen war. Durchkämmte das Internet. Dass mit einem kleinen, tatsächlich realisierten Teil der Analytical Engine 1910 verschiedene fehlerhafte Berechnungen einiger Vielfacher von Pi angestellt worden waren, hatte ich vorher schon gewusst. Dass die Difference Engine 1992 als ganze gebaut worden war, dass sie funktioniert hatte, sogar zu einem Schaukampf gegen ein damals modernes Laptop angetreten war, mit nicht allzu schlechten Ergebnissen, das wusste ich auch. Zur Analytical Engine hieß es allerorten: Ein gut durchdachtes und wahrscheinlich stimmiges Konzept, das nie ausgeführt wurde, von ein paar Mustern abgesehen. Gut, dachte ich mir, so kommst du nicht weiter. Ohnehin hatte ich noch Lücken zum Verständnis der Maschinen von Babbage zu füllen. Da die nachgebaute Difference

Engine No. 2 im National Museum of Science and Industry stand, fuhr ich nach London. Vielleicht war es ein Anfang, die kleine Schwester der Maschinen zu besichtigen, die im Keller des Büros zum Einsatz gekommen waren.

Bei meinem ersten Besuch war das Museum fast leer. Die nachgebaute Difference Engine stand ein wenig versteckt von anderen Kuriositäten und Monstrositäten der Informationsgeschichte in ihrem Glaskasten, das Messing glänzte so schön und neu, wie es echtes Material aus dem 19. Jhdt. gar nicht gekonnt hätte. Ich glotzte in den Glaskasten hinein. Verglich den Aufbau mit Beschreibungen aus verschiedenen Büchern, die ich mitgebracht hatte. Sogar die »interaktive Dokumentation«, die auf einem Bildschirm zwei Meter entfernt von dem Glaskasten zu bewundern war, schaute ich mir an, und immerhin wurde mir das Problem der »Übertragung« klarer, mit dem Babbage so hartnäckig zu tun gehabt hatte, wie alle Rechenmaschinenbauer vor und nach ihm. Dass die Summe zweier einstelliger Zahlen in eine neue Dimension springen kann, dort, wo sich nur die zweistelligen aufhalten dürfen. Ich machte ein paar Fotos und wusste, dass sie nichts Besonderes aussagen würden, weil meine billige Kamera direkt in den Glaskasten hineinblitzte. Als ich wieder in der U-Bahn saß, bilanzierte ich meinen ersten Londoner Tag. Ich fand, es sei nicht allzu viel dabei herausgekommen. Am nächsten Tag wollte ich noch einmal zurückkehren. Die Maschine anbeten. Vielleicht kam mir dann eine Idee, wie ich besser nach dem letzten Beweis für die Existenz des Büros suchen konnte. Als ich die wackelige Tür zu meinem B&B-Zimmer aufschloss, dachte ich: »Ha! London deprimiert nicht so sehr wie Trier, aber alle Pensionen der Welt deprimieren auf die gleiche Art.« Die Wirtin hatte das Bettzeug mit einem Zeug imprägniert, das wahrscheinlich auch Nashornkäfer auf der Stelle ausgeschaltet hätte. Mir machte es nur rasende Kopfschmerzen.

Manchmal, wenn ich bei einer Sache nicht weiter weiß, gerate ich ins Zeichnen. Nichts Künstlerisches, wirklich. Es ist eher eine Übersprungshandlung, wie bei dem Gekritzel, das manche Leute aufs Papier werfen, wenn sie telefonieren. Ich nahm einen einfachen Notizblock und ein paar Bleistifte ins British Museum mit und ließ mich von der Difference Engine No. 2 »inspirieren«. So könnte man das vielleicht nennen. Es wurde nur ein schülerhaftes Geschmiere, aber das machte nichts, ich hatte sowieso keinen besseren Plan. Immerhin war ich von meiner Übersprungshandlung so abgelenkt, dass ich den Mann, der sich neben mir auf der Sitzbank niederließ, nur als leichte

Störung wahrnahm. »Das Museum ist groß, und es hat so viele Sitzbänke, warum musst du dich ausgerechnet neben mir ausruhen?«, dachte ich verdrießlich und zeichnete dann weiter. Normalerweise wäre ich sofort aufgestanden und gegangen, aber hier hoffte ich den Eindringling noch in die Flucht schlagen zu können. Ich begann, ein wenig intensiver zu zeichnen.

»Sie interessieren sich wohl sehr für diese Maschine?«, sagte der Mann plötzlich. »You do fancy this machine, don't you?« Ich gab es auf, ließ meinen Skizzenblock sinken und sah dem Mann ins Gesicht: schlohweiße, ungekämmte Haare, große Brille, große Nase, ein hageres ausgemergeltes Gesicht. Wie ein sehr alter und leicht verwirrter Weißkopfseeadler sah er aus.

»I suppose I do«, gab ich zur Antwort.

»Ich habe Sie schon gestern hier gesehen«, sagte er und setzte seinen Gehstock leicht auf dem Fußboden auf, wie zur Bekräftigung seiner Behauptung. Zweifellos ein Original. Er verbreitete diesen undefinierbaren Altmännergeruch um sich, den ich als Kind schon nicht gemocht hatte. »Sie waren ja eine ganze Zeit hier. Ich habe an dieser Maschine mitgebaut, wissen Sie.«

»Ach wirklich?«

»Ja, ich gehörte Anfang der Neunziger zu dem Team, das die Sache auf die Beine gebracht hat. Eine Heidenarbeit.« ›A bloody piece of work‹, so drückte er sich aus. Wir kamen ins Gespräch, über die Rekonstruktion der Maschine, Babbage, mein Interesse an der Angelegenheit.

»Sagen Sie«, setzte ich vorsichtig an, »was ist eigentlich Ihre Meinung zur Analytical Engine? Hätte die funktioniert?«

Er lächelte. »Aber ja. Wir haben damals ernsthaft diskutiert, ob wir die auch aufbauen. Aber uns ging's nicht anders als Babbage. Wir hatten dann kein Geld mehr, die Sponsoren zogen sich zurück, und es blieb bei der Difference Engine, so wie sie da vor uns steht.«

»Aber, wenn ich mich recht erinnere, sind doch Teile der Analytical Engine gebaut worden?«

»Sicher, sicher. Demonstrationsmuster. Ein bisschen was davon steht auch hier. Der Rest ist nach dem Tod des Meisters verschwunden.«

»So sagt man. Ich frage mich, ob das stimmen kann. Ich will einfach nicht glauben, dass diese Ansätze auf dem Müll gelandet sind.«

Er atmete tief durch und setzte seinen Gehstock noch einmal auf. »Wissen Sie«, sagte er, »es gibt da einen alten Knaben namens Timotheus Wendell. Scheint der letzte lebende Nachfahre von Babbage zu sein. Wir haben damals immer wieder versucht, an ihn heranzukommen, weil wir nicht glauben konnten, dass alles verschwunden war. Schon ein paar Baugruppen hätten unsere Rekonstruktionsarbeit erheblich erleichtert. Irgendwie hatten wir das Gefühl, dass Wendell pokerte.«

Ich hielt die Luft an. Es klingelte in meinen Ohren. »Ach?«, sagte ich, so desinteressiert wie möglich.

»Ja, so war das. Ich kann hier natürlich keine Privatadressen weitergeben. Aber an Ihrer Stelle würde ich einmal in einem bestimmten Altersheim in Hampstead nachforschen.«

Er erhob sich ein wenig mühsam. Als er stand, fragte er unvermittelt: »Sie kommen aus Deutschland, nicht wahr?«

»Hört man das so deutlich?«

»Ihr jungen Deutschen sprecht alle so gut englisch, aber man hört es. Deutschland. Bin zweimal da gewesen. Schönes Land. Viel Glück mit Herrn Wendell.« Er hob seinen Stock zum Gruß und ging davon. Nach ein paar Schritten drehte er sich noch einmal um. »Wenn Sie bei Herrn Wendell Erfolg haben – schauen Sie doch noch einmal hier vorbei. Mein Name ist Cox. Mich kennt hier jeder.«

Sein Gehstock war noch eine ganze Weile zu hören, nachdem er schon außer Sicht war. Ich packte meinen Kram zusammen.

»Ach, wegen Babbage sind Sie hier?«, sagte Wendell. Sein Gesicht war blaurot geschwollen, sein Husten klang böse.

»Ja genau, Sir«, gab ich brav zur Antwort.

»Babbage«, murmelte er gedankenverloren, »Babbage.« Er nahm einen Keks aus der krümelübersäten Packung, die in seinem Schoß lag, und mampfte ihn nieder. Weitere Krümel fielen auf seine Brust und die Kekspackung. »Das ist schon blöd, wenn man einen so berühmten Vorfahren hat. Man kann gar keine eigene Persönlichkeit entwickeln!« Er lachte, das Lachen ging wieder in Husten über. Ich wusste nicht, was ich darauf entgegnen sollte.

»Aus Deutschland wollen Sie sein?«

»Genau. Aus Göttingen.«

»Zeigen Sie mir mal Ihren Ausweis.«

»Meinen Ausweis?«

»ID, Passport, oder wie ihr das sonst in Deutschland nennt. Ich weiß, dass ihr alle so was haben müsst. Bräuchten wir hier auch, damit klar ist, wer in dieses Land gehört oder nicht. All die ganzen Neger und Pakis.«

Zögernd kramte ich nach meinem Ausweis und legte ihn auf den Tisch. Wendell wischte sich die Hände ab und griff danach. Er schob seine Brille hoch und studierte den Ausweis eingehend, drehte ihn hin und her, kniff ein Auge zu, um Details besser zu erfassen, und sagte dann: »Hm.«

Ich streckte die Hand aus, und sah ihn freundlich ermunternd an.

»Just a moment. Jetzt singen Sie mal Hänschen klein.«

»Das wird ja immer schöner«, dachte ich. »Einfach mitspielen, vielleicht kriege ich dann wenigstens meinen Ausweis zurück.«

Ich sang: »Hänschen klein / ging allein / in die weite Welt hinein / Stock und Hut / steht ihm gut …«

Als ich bei der Mutter angekommen war, die sehr weinet, sagte er: »Stop« und warf meinen Ausweis auf den Tisch zurück. Ich steckte ihn rasch wieder ein.

»Klingt richtig. Ihr Deutschen seid ein wunderbares Volk. Ihr traut euch was. Der Krieg gegen euch war ein Fehler, zusammen hätten wir den Iwan fertiggemacht. Und Babbage war zwar ein verrückter Hund, aber dass die Deutschen was taugen, war ihm klar.«

Immerhin waren wir jetzt wieder beim Thema meines Besuchs.

»Jetzt machen Sie mal den Schrank da auf. Da hinter Ihnen, den Schrank, den Schrank!«

Ich drehte mich um und öffnete die nächstbeste Tür an dem lackschwarzen Monstrum, das mir als erstes in diesem Zimmer aufgefallen war. Auf einem Haufen offenbar benutzter Altherrenunterwäsche, die einen säuerlichen Geruch ausströmte, lagen drei dunkelblau gebundene Bücher.

»Rausnehmen, rausnehmen!«, japste Wendell kurzatmig, danach musste er wieder husten.

Ich nahm die Bücher vorsichtig aus dem Schrank. Mein Herz klopfte. Eines von ihnen zu öffnen wagte ich nicht, aber ich sah doch am Beschnitt, dass das Papier ziemlich vergilbt war.

»So«, stieß Wendell hervor. Mit den Keksen war er mittlerweile fertig geworden, die leere Packung stellte er auf dem Tisch ab. »Da haben wir sie also jetzt, die famosen geheimen Tagebücher von Babbage. Und da gibt es diese Bestimmung. Von Babbage selbst. Von Generation zu Generation vererbt, bis zu mir. Zusammen mit den Büchern.«

»Jetzt aufstehen, und damit losrennen«, dachte ich. »Keine Macht der Welt hält mich.«

»Und die besagt, dass diese drei Schwarten nach hundert Jahren an den erstbesten Deutschen gehen, der sich ernsthaft für Babbage interessiert. Alle Bedingungen erfüllt, Sie nehmen die Bücher mit.«

»Aber ...«, ächzte ich.

»Kein Aber!«, keuchte Wendell. »Nehmen Sie die Dinger schon mit. Steht sowieso nur Mist drin. Bitte gehen Sie, ich habe zu tun.«

Er hustete noch, als ich die Tür seines Zimmers schloss. Kaum hatte ich die Seniorenresidenz verlassen, geriet ich in einen scharfen Regen, aber die Tagebücher waren in meiner Aktentasche sicher.

In den Tagebüchern gibt es neben sehr viel bedeutungslosem Müll und etwas weniger sinnvollem Vigenère-Code auch Seiten um Seiten mit akkurat aufgemalten Lochkartenmustern. Drei Tage nach dem Besuch bei Wendell zeigte ich sie einem Technikhistoriker in Hannover. Natürlich brachte ich ihm nicht die Originale mit, sondern Kopien, und nur einige wenige. Dr. Gebhardt, einer der führenden Köpfe auf seinem Gebiet – vor allem, was die Frühgeschichte der automatischen Textilherstellung angeht –, sah sich meine Kopien eine ganze Zeit lang schweigend an. Dann fragte er: »Darf ich Sie fragen, wo Sie das her haben?«

»Ein Geschenk aus einem ungeordneten Nachlass. Dachbodenfund.«

»Wie Sie vermutet haben – das sind Zeichnungen von Jacquard-Lochkarten. Aber die Webstühle hätten damit recht seltsame Muster gewebt. Haben Sie noch mehr davon?«

»Fünf oder sechs Blätter«, log ich achselzuckend.

Gebhardt sah mich durchdringend an. Dieser Mann konnte mit seinen wassergrünen Augen und den langen grauen Haarsträhnen richtig ungemütlich wirken.

»Aber das scheint doch aus einem Buch herauskopiert worden zu sein?«

»Sicher«, entgegnete ich lässig. »Aber in dem Rest des Buches ist von Lochkarten nicht die Rede.«

Ich stand auf, Gebhardt wurde mir entschieden zu neugierig.

»Vielen Dank für Ihre Zeit«, sagte ich.

»Gern geschehen, Herr Schmidt. Melden Sie sich, wenn Sie mehr über diese seltsamen Webmuster herausfinden?«

»Auf jeden Fall!«, rief ich und schob die Kopien in meine Aktentasche zurück. Unter falschem Namen zu reisen, gehörte mittlerweile bei mir zum Standard.

Was hätte Babbage wohl vom Internet gehalten? Zweifellos wäre es ihm vulgär und nichtsnutzig vorgekommen. Aber es hätte ihn auch fasziniert, ich bin mir sicher. Weil es im Internet alles gibt, gibt es dort auch einen Jacquard-Emulator, und ich machte die Probe aufs Exempel. Stanzung für Stanzung gab ich die ersten dreißig Lochkarten in den Emulator ein, und ließ ihn berechnen, wie das Webstück einer Jacquard-Maschine ausgesehen hätte, wenn es mit diesen Lochkarten gefüttert worden wäre. Dann druckte ich das Ergebnis aus. Mein Laserdrucker brauchte keine fünf Sekunden. Es dauerte eine Weile, bis ich verstand, was ich sah. Aber dann begriff ich, dass ich die stark stilisierte Anleitung für den Bau eines Elektromotors in Händen hielt. Oder jedenfalls den größten Teil.

Alles war da. Die ganze Peripherie, die Babbage gebraucht hatte, um dem Hexenwerk im Keller des Büros Leben einzuhauchen. Nicht nur die Motoren (es gab drei verschiedene Entwürfe), sondern auch der Generator, die Akkumulatoren, die Kupplungen, die Stanzgeräte, die Formel für das Schmiermittel, alles.

Nachdem ich das Rätsel der Lochkarten gelöst hatte, brach ich zusammen. Es gab keinen Zweifel mehr, von Anfang an war ich auf dem richtigen Weg gewesen. Ich war Hans im Unglück. Ausgezogen mit den kümmerlichen Fragestellungen zu einer irrelevanten Doktorarbeit, hatte ich am Schluss einen Goldklumpen eingetauscht, mit dem ich überhaupt nichts anfangen konnte. Im Trierer Archiv war ich der bittersten Versuchung aller Historiker erlegen: die Geschichte umschreiben zu können. Und es nützte mir überhaupt nichts, dass mir die Beweise für meine Thesen nur so zugeflogen waren. Um meine ersten Erfolge geheim zu halten, hatte ich stehlen müssen, was mich von vornherein ins Unrecht setzte. Die Bestätigung machte aus meiner wilden Theorie eine zu wilde Realität, die nicht sein durfte. Ich hatte etwas zu Großes entdeckt. Marx, Engels und Babbage hatten im England des 19. Jahrhunderts das technologische Schicksal des 21. nicht nur vorhergesehen, nein, sie hatten es experimentell in Szene gesetzt, Todesfall inklusive. Der Zukunft eine Bühne gebaut, auf der sich am Ende des bitteren Schauspiels der Vorhang über einem toten Büroboten senkte. Davon würde niemand etwas wissen wollen. Die versprengten letzten Mohikaner des Marxismus nicht, und die neoliberalen Dummschwätzer erst recht nicht. Ich wusste nur allzu gut, dass ich meines Lebens nicht mehr froh werden würde, wenn irgendwer von diesem Katzengoldklumpen in meiner Hand erfuhr. Es war, als hätte ich auf irgendeinem Dachboden den unumstößlichen Beweis dafür entdeckt, dass Johann Sebastian Bach zeitlebens nicht eine einzige Note aufs Papier gesetzt hatte, oder als sei mir ein unleugbar echtes Tagebuch Einsteins zugefallen, in dem er von seinen regelmäßigen Kontakten mit Außerirdischen berichtete. An Denkmälern wie diesen hoben sich Leute wie ich einen Bruch. Die Welt hatte keine Verwendung für das, was ich wusste.

Und jetzt bin ich also hier. Kein Zweifel, das ist der richtige Ort. Das Büro lang verschwunden, die Mühle, die es für drei wahnwitzige Jahre beherbergt hat, auch, der Keller aufgefüllt, der Boden eingeebnet – vielleicht wären da noch Fundamente, wenn man ein wenig graben würde – aber wozu? Babbage hat in seinen Tagebüchern natürlich auch die genaue Stelle angegeben, in Graden, Minuten und Sekunden, ich habe die Daten bloß an meine GPS-Software verfüttern müssen, und die Satelliten haben mich hierher geführt. Bis zum Schluss diese verfluchte Folgerichtigkeit des Glücks. Es wird bald dunkel, ich sollte mich an die Arbeit machen. Die Kiste ist gar nicht so schwer. Sie enthält meinen Bericht, die Kopien aus dem Konvolut Z, und die Originale. Auch die Tagebücher von Babbage. Das Bündel ist gut verschnürt und fein eingewickelt in Wachspapier. Die Kiste ist wasser- und luftdicht, sie wird dem Rost eine Zeit lang widerstehen. Jetzt noch eine Viertelstunde Arbeit, dann bin ich die Sache endgültig los. Ich gebe meinen Goldklumpen zurück.

REINHOLD MESSNER ÜBERLEBT DEN DRITTEN WELTKRIEG

Reinhold Messner, nicht verwandt, nicht verschwägert, kauft sich eine Insel bei Fünen. Er hofft, auf dem kleinen dänischen Eiland den Dritten Weltkrieg zu überleben, dessen Ausbruch er für 2012 erwartet. Messner baut sich ein besonderes Haus in der Form eines überdimensionalen Abfallcontainers, weil er glaubt, dass die rhomboide Form schädliche Auswirkungen der zu erwartenden Feindseligkeiten neutralisieren kann. Messner ist einmal Physiker gewesen, er weiß in solchen Dingen Bescheid. Er füllt den Container mit lebensnotwendigen Ressourcen und wartet den Tag ab, an dem die politische Lage den baldigen Ausbruch eines Krieges ankündigt.

Eines schönen Morgens im Jahr 2012 erkennt Messner nach Lektüre der Zeitung, dass es soweit sein muss. Er beendet sein Frühstück ordnungsgemäß und tritt die Reise zu seiner dänischen Insel an, wo er den Wohncontainer wohlversorgt und unbeschädigt vorfindet. Er richtet sich häuslich ein und harrt der Dinge, die da kommen. Der Krieg bricht aus. Nach drei Tagen öffnet Messner seinen Container und findet den Himmel bedeckt von tiefvioletten Wolken. Hier und da ragen Säulen aus gleißendem Licht in den Himmel. Wo sie die violetten Wolken berühren, hoch droben, scheinen ungeheure Orkane zu toben, die aber keinen sichtbaren Einfluss auf niedrigere Luftschichten nehmen, geschweige denn auf Messner. Die Lichtsäulen scheinen zu wandern, und Messner nimmt sich vor, ihnen auszuweichen, so gut es geht.

Bei einem Kontrollgang auf der Insel überzeugt er sich vom tadellosen Zustand aller Einrichtungen, die er für sein Überleben braucht.

Messner hat vorgesorgt. Nicht nur seinen Wohnrhombus hat er den Erfordernissen eines lang anhaltenden Überlebenskampfes unter schwierigen Bedingungen angepasst, auch das Umfeld ist von ihm entsprechend gestaltet worden. Das kleine Labor, die Werkstatt, die Nutz- und Ziergärten, der Übungsplatz zur körperlichen Ertüchtigung, die Anlegestelle und die Boote selbst sind voll funktionsfähig. Bei Bedarf kann Messner seine Insel durch einen aufklappbaren Zaun aus rostfreiem Stahl in eine uneinnehmbare Festung verwandeln, auch die Steuerung dieses Mechanismus hat keinen Schaden genommen, wie er bei einem Test feststellen kann. Seine verschiedenen Waffen ruhen wohlgeordnet und -gewartet in ihren Behältnissen.

Glücklicherweise verschwinden die Lichtsäulen nach und nach, der Himmel klärt sich, und die violetten Wolken geben nach ihrer Auflösung ein sattes Türkisgrün frei, das Messner ästhetisch ansprechend findet. Zwar ist die Sonne immer noch ein wenig blass und sieht aus, als sei sie in einen Topf warmer Milch gefallen, aber die Temperaturen sind so angenehm, dass Messner sich mit nacktem Oberkörper im Freien bewegen kann. Die Solarzellen erbringen nicht die übliche Leistung, aber Messner ist zufrieden, weil er damit gerechnet und für Überkapazitäten gesorgt hat. Nach einigen Tagen bestätigt sich Messners Vermutung, dass das Magnetfeld der Erde massiven Turbulenzen unterliegt. Zugvögel, denen nunmehr die Orientierung fehlt, fallen verwirrt vom Himmel. Einer davon trifft Messner im Nacken, während er sich den rechten Schuh zubindet. Anscheinend hat die Erdachse ihren Neigungswinkel zur Sonne verändert, wodurch die astronomischen Daten zu Sonnenauf- und -untergang, die Messner zur Verfügung stehen, obsolet geworden sind. Das Polarlicht ist nachts so hell, dass Messner ohne Kunstlicht Bücher lesen kann.

Das Fehlen von Flugzeugen am Himmel und das Ausbleiben von Schiffen um seine Insel herum lassen Messner vermuten, dass sowohl der Luftverkehr als auch die Schifffahrt zum Erliegen gekommen sind. Einmal treibt eine große Autofähre langsam an seiner Insel vorbei, aber da sie mit dem Heck voran fährt und außerdem erhebliche Schlagseite hat, geht Messner davon aus, dass sie führerlos ist. Die Fähre verfehlt die Insel nur knapp, und Messner ist froh, dass es nicht zu Beschädigungen an der Küstenlinie gekommen ist. Der Vorfall gibt ihm zu denken. Er plant eine Reise nach Odense, der Hauptstadt von Fünen und drittgrößten dänischen Stadt überhaupt, um sich von der dortigen Lage ein Bild zu machen. Aber kann er seine Insel verlassen, während steuerlose Großfähren und anderes Treibgut die flachen

Gewässer um sie herum unsicher machen? Er wartet ab. Im Verlauf von drei weiteren Tagen treibt jedoch nur ein weiteres Seefahrzeug an der Insel vorbei. Messner kann nicht genau erkennen, worum es sich handelt, aber aufgrund der Größe der Schiffsschrauben schließt er auf einen Fischkutter. Er kommt zu dem Schluss, dass er die Reise wagen kann, und sticht in See.

Wie er feststellen muss, hat sich die Farbe des Wassers dauerhaft verändert. Mit einem durchsichtigen Becher nimmt er einige Proben. Zu seiner Verblüffung bleibt das Wasser tiefschwarz, ohne einen sichtbaren Bodensatz auszufällen. Der Geruch der Flüssigkeit tendiert zum Metallischen. Messner sieht sich mit der Tatsache konfrontiert, dass die Meeresfauna um bisher unbekannte Spezies bereichert worden ist. Ein großes Lebewesen, das sein Boot verfolgt, verblüfft Messner durch seine ungewöhnliche Anatomie: Die Körperteile scheinen nur locker miteinander verbunden, und das Tier weist überraschend viele, mit scharfen Zähnen gespickte Mäuler an Stellen auf, wo Messner sie nicht vermutet hätte. Als es sich in sein Boot verbeißt, muss Messner zur Waffe greifen, und der Kadaver verströmt eine Wolke von karminrotem Blut, die schnell zum brodelnden Mittelpunkt der Aufmerksamkeit vieler anderer Seebewohner wird. Manche dieser Tiere wirken außerordentlich fremdartig auf Messner, und er beschließt, die neue Meeresfauna nach seiner Rückkehr einer genauen Untersuchung zu unterziehen.

Ohne weitere Zwischenfälle landet Messner in Svendborg. Die kleine, beschauliche Hafenstadt im Südosten Fünens hat sich beträchtlich verändert. Überall wachsen Palmen, welche die unangenehme Eigenschaft haben, in sehr kurzer Zeit zu sprießen, sich zu voller Höhe aufzurecken und gleich darauf, am Ende ihres Lebenszyklus, faul und morsch umzustürzen. Messner beobachtet eine dieser Palmen beim Wachstum und schätzt die Gesamtlebensdauer der Pflanzen auf maximal einen Tag. Die Luft ist erfüllt vom satten Donner aufschlagender Palmenstrünke; Messner nimmt sich vor, nicht in einen Palmenwald zu geraten. Manche der Häuser in den Straßen Svendborgs strahlen aus unerfindlichen Gründen ein intensives blaues Leuchten ab, das in den Augen schmerzt; Messner beschließt, solche Häuser zu meiden. Aus der Kirche kommt Orgelmusik, die allerdings einen streng atonalen und irreligiösen Charakter aufweist. Messner zerschmettert das abgeschlossene Kirchenportal mit seiner Feuerwehraxt. Auf der Orgeltastatur springen seltsame kleine Kreaturen herum, die in etwa wie flügellose Hühner ohne Federn aussehen. Ihr Gehüpfe verursacht die eigenartige Musik, und sie scheinen strengen ästhetischen Ansprüchen zu gehorchen, denn Messner kann beobachten, wie eines dieser Wesen von seinen Artgenossen zu Tode gepickt und von der Tastatur heruntergestoßen wird. Auf dem Boden vor den Pedalen sammeln sich die Leichen der Versager. Messner kann sich nicht vorstellen, was geschehen wird, wenn der elektrische Strom endgültig versiegt, der zum Betrieb der Orgelgebläse notwendig ist und den der Küster offensichtlich nicht mehr hat abstellen können. Messner durchstreift Svendborg jetzt nur noch mit entsicherter Waffe, denn er weiß nunmehr, dass die ganze Natur einer radikalen Reorganisation unterworfen worden ist, und das mit außerordentlicher Gründlichkeit. Gewisse gallertartige Banderolen, die an vielen Häusern von den Regenrinnen hängen und sich von selbst zu bewegen scheinen, bestätigen ihn in dieser Ansicht.

Wie von Messner vorhergesehen, wurde der Krieg hauptsächlich mit einer Waffe ausgefochten, die alle Menschen in kleine Haufen grauen Staubes verwandelt hat. Diese Haufen haben eigenartigerweise die Form von Spitzkegeln, und eine neue Art von Niederschlag hat sie betonhart werden lassen. Wie Tausende zu klein geratene Panzersperren übersäen sie die Fußgängerzone von Svendborg. Die Spitzkegel erweisen sich als sehr praktisch, weil sie ein Rudel von Hunden daran hindern, Messner aus dem Hinterhalt zu überfallen und zu zerfleischen.

Der Kampf mit ihnen ist kurz, aber intensiv, Messner muss eine ganze Kette seiner kostbaren Maschinengewehr-Munition zur Abwehr seiner Feinde opfern. Wie er bei einer vorsichtigen Untersuchung der Kadaver feststellen kann, handelt es sich bei den Angreifern nicht um herkömmliche Hunde. Ihre Gebisse sind abnorm vergrößert, ihre Körper »muskelbepackt« zu nennen, wäre eine grobe Untertreibung. Auch der Begriff »Warmblüter« scheint nicht mehr recht zu ihnen zu passen: Ihr Blut zischt auf dem Asphalt, als sei es sehr heiß, und die Dampfschwaden, die von den Blutlachen aufsteigen, weisen einen unangenehmen, ätzenden Geruch auf.

Neben dem ständigen Gepolter umstürzender Eintagspalmen nimmt Messner in der Innenstadt auch einen intensiv klagenden Ton wahr, der ihn an eine Zeit auf Borneo erinnert, wo ihn eine gewisse Spezies von nachtaktiven Paradiesvögeln mit ihren Paarungsrufen beinahe zum Wahnsinn getrieben hatte. An einer Neuauflage dieses Erlebnisses ist er nicht interessiert, aber schließlich behält der Forscher in ihm die Oberhand. Als er den größten öffentlichen Platz im Zentrum Svendborgs betritt, ist er überrascht, denn der Boden des Platzes ist schwarz – so intensiv schwarz, dass Messner verwirrt mit den Augen blinzelt. Der klagende Ton ist hier so laut, dass Messner sich einen Ohrenschutz wünscht, aber er hat sich geschworen, die Ursache für dieses Geräusch herauszufinden und möchte nur ungern klein beigeben.

Messner setzt einen Fuß auf den tiefschwarzen Belag, der den Platz bedeckt, und stellt fest, dass es sich nicht um einen Teppich im eigentlichen Sinn handeln kann, denn sein Stiefel sinkt ein wie in einer dicken Lage Moos, und das Material gibt ein seufzendes und schmatzendes Geräusch von sich, als sei es eher organisch denn textil. Mit einem Mal ist es völlig still. Der klagende Ton hat abrupt aufgehört, und Messner kann das seufzende Schmatzen seiner Stiefel auf dem schwarzen Moos sehr gut hören. Zu seiner großen Überraschung lösen sich zwei Teile aus dem Teppich und wickeln sich wie lebendige Lappen um seine Füße. Messner erblickt zum ersten Mal die Unterseite dieses Teppichs. Sie ist blutrot und mit vielen kleinen Saugnäpfen an zwei bis drei Zentimeter langen Stielen versehen, etwa in der Art von Seesternextremitäten. Angesichts der eigentümlichen Stille, der erstaunlich zielgerichteten Tastbewegungen dieser lebendigen Fußlappen an seinen Stiefeln und eigenartiger, umlaufender Wellenbewegungen am Rand des gesamten Bodenbelags beschließt Messner, den geordneten Rückzug anzutreten. Die Fußlappen haben wieder Kontakt zu dem Rest des Teppichs aufgenommen, und zwar durch schnell wachsende bleiche Fäden, die nach den Rändern des schwarzen Gebildes ausgreifen. Diese Filamente scheinen eine außergewöhnliche Zugfestigkeit aufzuweisen, denn Messner muss sie in Fetzen schießen, damit er seine Füße bewegen kann. Im Zorn ballert er noch ein wenig in das schwarze Gebilde hinein, und die Kugeln schlitzen es bahnförmig auf wie einen schwarzen Jackenstoff, der sein blutrotes Futter offenbart. Der schwarze Stoff zieht sich ruckartig mehrere Meter von ihm zurück, und statt des klagenden Tons ist die Luft jetzt von einem lauten Blubbern erfüllt, wie man es bei einem Schlammgeysir vor dem Ausbruch erwarten würde. Messner flüchtet hastig in eine Seitengasse, aber die Sauglappen an seinen Stiefeln behindern ihn, und mit nicht geringem Erstaunen muss er feststellen, dass der schwarze Bodenbelag bei der Verfolgung eine recht hohe Fließgeschwindigkeit an den Tag legt. Messner stößt zur Fußgängerzone durch und hofft, dass der schwarze Bodenbelag durch die Spitzkegel aufgehalten wird. Seine zweite Hoffnung geht dahin, dass die überlebenden Hunde immer noch Respekt vor ihm haben.

Zu seiner Erleichterung ist beides der Fall. Der lebendige schwarze Teppich kann die Spitzkegel nicht einfach überwinden, sondern muss sie umfließen. In der relativ engen Fußgängerzone ist Messner mit seiner bipedalen Fortbewegungsweise klar im Vorteil, auch wenn er sich fühlt, als wäre er in altmodischen Skischuhen unterwegs, an deren Sohlen fünf Zentimeter Schnee festgefroren sind. Die Hundekadaver, die Messner hinterlassen hat, scheinen dem Bodenbelag zusätzlich Schwierigkeiten zu bereiten, denn wo er auf einen von ihnen trifft, wird er schlagartig weiß. Messner gewinnt zunehmend Abstand von dem heftig blubbernden Gebilde und findet sich schließlich am Hafen wieder, wo er in relativer Sicherheit über seine nächsten Schritte nachdenken kann.

Auf einem Betonpoller am schwarzen Wasser des Hafenbeckens sitzend, widmet er sich zunächst der Aufgabe, seine Stiefel zu reinigen. Wie sich herausstellt, sind die lebendigen Fußlappen nunmehr fest mit ihnen verwachsen, und selbst mit seiner Machete ist Messner nicht in der Lage, das Gewächs vom Leder zu trennen. Glücklicherweise sind die Fußlappen sehr temperaturempfindlich, denn als Messner sie mit einem Feuerzeug traktiert, verlieren sie sofort jede Farbe und bröseln als weißer Staub zu Boden. Leider lösen sich seine Stiefel gleichfalls auf, so dass er nun barfuß ist. Dieser Zustand behagt ihm wenig, und die ungünstige Tatsache, dass seine Maschinengewehrmunition nur noch aus wenigen Dutzend Schuss besteht, bringt ihn auf die Idee, eine Kaserne der dänischen Marine aufzusuchen, von der er weiß, dass sie sich in unmittelbarer Nähe zum zivil genutzten Teil des Hafens befindet.

Am Eingang der Kaserne trifft Messner auf zwei Lebewesen, die wie Kreuzungen aus übergroßen Libellen und erdmittelalterlichen Flugsauriern aussehen. Als sie Messner wahrnehmen, spreizen sie je vier ledrige Flügel. Er kann sie mit einigen Warnschüssen vertreiben und lacht über die spitzen Schreie, die sie bei ihrer Flucht ausstoßen.

In der Kaserne herrscht heilloses Durcheinander. Die Körper der Soldaten haben sich zu Staub aufgelöst, aber ihre Uniformen sind unbeschädigt geblieben. Auf dem Exerzierplatz liegt eine ganze Kleiderkammer kreuz und quer über den Boden verstreut, Messner muss an moderne Installationskunst denken. Überall rollen kleine schwarze Bälle über den Boden, die sich beim Nahen von Messners Schritten eilig aus dem Staub machen. Anscheinend sind sie auch für das durchdringende Klicken verantwortlich, das von den Wänden widerhallt.

Messner betritt eine Wachstube. An der Wand hängt das Bildnis einer nackten blonden Frau mit enormen Brüsten. Sie lächelt dem Betrachter auffordernd zu, und Messner erleidet eine Erektion. Die Uniform des Wachhabenden liegt ordentlich über dem Stuhl, sein Kugelschreiber, mit dem er nicht ohne Talent ein weibliches Geschlecht auf eine Bäckereitüte gezeichnet hatte, ist vom Tisch gerollt. Zum Spaß nimmt Messner den Telefonhörer ab und hört ein Freizeichen. Er wählt die Nummer seines alten Anschlusses in Deutschland und erreicht seinen eigenen Anrufbeantworter. Kopfschüttelnd legt er wieder auf, ohne eine Nachricht hinterlassen zu haben.

Messner durchstreift die Kaserne auf der Suche nach passenden Stiefeln, Munition und anderen nützlichen Dingen. Die Stiefel finden sich im geöffneten Spind eines Mannschaftsraumes, vor dem sich zum Zeitpunkt des Angriffs offenbar ein Soldat umgezogen hat, denn seine Uniform liegt neben Zivilkleidern auf dem Boden herum. In den Hosentaschen zweier Wachsoldaten findet Messner die passenden Schlüssel zum Arsenal.

Auch hier verblüfft ihn wieder die Tatsache, dass der elektrische Strom immer noch fließt. Die tadellos funktionierenden Neonröhren beleuchten die Regale voller Waffen und Munition mit gespenstischer Zuverlässigkeit. Mit dem Nötigen versehen, verlässt Messner die Waffenkammer und tritt wieder hinaus ins Freie. Dort haben sich seltsame Dinge abgespielt, während er im Keller war. Jede freie Fläche ist mit gelben, handtellergroßen Fröschen übersät, die in der fahlen Sonne ihre Körper wärmen. Zum Glück sind sie harmlos, springen aber in hohem Bogen davon, als Messner sie aufscheucht. Auf dem Weg zum Kasernentor wird die Lage für Messner dann etwas unübersichtlich, weil Hunderte von Fröschen um ihn herum aufspritzen wie Wasser, das auf eine heiße Herdplatte trifft.

Beinahe schon am Tor angekommen, erinnert sich Messner plötzlich an einen Zeitungsartikel, in dem davon die Rede war, dass genau hier, in dieser Kaserne, zwei Dutzend hochmoderne Amphibienpanzer stationiert seien, mit denen die dänische Marineinfanterie regelmäßig Landemanöver an den flachen Küsten des Inselarchipels ausführe. Messner findet die betreffenden Garagen und verschafft sich Zutritt. Die Panzer sehen im Licht der Neonröhren aus wie Urzeittiere, und Messner findet das in Bezug auf die gewandelte Fauna und Flora zu Lande, zu Wasser und in der Luft nur angemessen. Einige der Fahrzeuge sind von zerknüllten Uniformen, Datenblättern sowie Lampen und Werkzeug umgeben, als habe der Krieg eine Routinewartung unterbrochen. Ansonsten machen die Panzer einen ausgezeichneten Eindruck. Sie sind nahezu neu und wirken so, als seien sie der ganze Stolz des Stützpunkts gewesen. Es handelt sich ausschließlich um deutsche Markenfabrikate. Sie sind nur leicht bewaffnet – zum Beispiel fehlt ihnen ein ordentliches Geschütz –, aber das schwere Maschinengewehr auf dem Dach, das, wie Messner weiß, von der Führerkanzel aus bedient werden kann, ist immerhin ein Anfang.

Die Anwesenheit der Panzer stellt für Messner einen wirklichen Glücksfall dar. In seiner Bundeswehrzeit hat er das Vorgängermodell gefahren, und so kennt er sich mit den technischen Gegebenheiten des Geräts weitgehend aus. Die Bedienungsanleitung verzeichnet gewisse Verbesserungen gegenüber älteren Serien, so sind diese Fahrzeuge zum Beispiel nahezu hochseetauglich. Messner könnte mit einem vollen Tank bis nach Rostock schwimmen, wenn er wollte. Das will er aber nicht, sein Ziel heißt Odense. Bevor er die Kaserne mit dem Panzer seiner Wahl verlässt, belädt er ihn mit Ausrüstungsgegenständen, die ihm von Nutzen sein könnten. Vor allem komplettiert er sein Waffenarsenal mit dringend benötigten Panzerfäusten, Flammenwerfern, Mörsern mit Munition und Maschinengewehren eines Typs, die er allein gerade noch bedienen kann. Er vergisst auch nicht die Notrationen in grünem Cellophan, die Gasmasken, die Chemikalien zur Wasserreinigung und mehrere Zwanziglitertanks mit Reservekraftstoff. Der Motor des Panzers springt beim ersten Versuch an.

Auf der langsamen Fahrt zum Kasernentor bemerkt Messner, dass aus einem Fenster des Offizierstrakts Bettwäsche in blauem und rotem Seidensatin heraushängt. Der Stoff glänzt in der Sonne so attraktiv, dass Messner versucht wäre, sich die Bettwäsche anzueignen, wenn nicht mehrere Miniaturausgaben der Saurierlibellen kopfüber daran herunterhängen würden. Messner, doch etwas außer Form, was die Lenkung eines Amphibienpanzers angeht, rammt beinahe das Kasernentor und beschließt, das Tempo innerhalb der Ortsgrenzen zunächst moderat zu halten. Er nimmt sich vor, mit dem Panzer möglichst bald in einem flachen Gewässer Schwimmübungen zu veranstalten. Jedem überflüssigen Vandalismus abhold, kann es Messner kaum übers Herz bringen, nach einer geeigneten Zielscheibe für Schießversuche Ausschau zu halten, aber an einer Erprobung seiner Bordwaffen führt nun einmal kein Weg vorbei. Der Wetterhahn des Kirchturms ist selbst aus zweihundert Metern Entfernung kein größeres Problem, und wie Messner feststellen kann, ist das Maschinengewehr auf seinem Dach eher als eine Maschinenkanone anzusprechen, weil sie erwiesenermaßen sogar Mauerwerk durchdringen kann. Messner fährt noch einmal schnell am Hafen vorbei, um sein Boot an Land zu ziehen. Dabei kommt ihm die Geländegängigkeit seines neuen motorisierten Untersatzes sehr zupass, weil die Straßen in diesem Viertel nun doch schon arg von umgestürzten und verrottenden Eintagespalmen blockiert sind. Leider ist sein Boot verschwunden, Messner kann keine Spur davon entdecken. Er fragt sich ernsthaft, wer oder was das Boot entfernt haben könnte, erkennt jedoch schnell, dass diese Grübelei nutzlos ist und setzt seine Reise fort.

Bei der Plünderung einer Apotheke begegnet er der ersten und einzigen anthropomorphen Leiche, die der Krieg in Svendborg hinterlassen hat. Der Apotheker, ein Mann mit gewinnendem Lächeln und Halbglatze, steht hinter seinem Tresen, als warte er auf Kunden. Messner ruft ihn an, aber er reagiert nicht. Als Messner ihn mit der Mündung seiner Pistole anstupst, zerspringt er in tausend Scherben. Unangenehmerweise riecht es in der Apotheke durchdringend nach verdorbenem Fleisch, und Messner beeilt sich beim Zusammensuchen der Schmerz- und Desinfektionsmittel, des Verbandsstoffs, der Spritzen und der anderen pharmazeutischen Basisartikel, derer er bedarf. Zunächst muss Messner noch zahlreichen Autowracks ausweichen, aber auf der Autobahn nach Odense wird die Situation übersichtlicher. Die Fahrt bleibt relativ ereignislos.

Auf der Höhe von Stenstrup bemerkt er eine eigenartige Himmelserscheinung: Seltsame Blasen schweben in der Luft und gruppieren sich zu einer schwebenden, transparenten Kuh mit Euter, Hörnern und allem, was sonst so dazugehört. Messner ist sich der Tatsache bewusst, dass dieser Sinneseindruck auf Selbsttäuschung beruht.

Bei Snarov biegt er nach Korinth ab, weil er einen Abstecher zum Arreskov Sø machen will, einem See, in dem er die Schwimmfähigkeit seines Panzers testen könnte. Als er dort ankommt, muss er feststellen, dass seine Oberfläche sonderbar aussieht. Sie schillert in allen Regenbogenfarben. Messner nimmt einen einfachen Stein und wirft ihn in den See, doch der Stein prallt mit einem harten, spröden Klacken von der Oberfläche ab. Messner nimmt einen größeren Stein und erzielt im Wesentlichen dasselbe Ergebnis. Er kann sich eine gewisse Frustration nicht verhehlen und beschließt, ein Loch in die Oberfläche dieses Sees hineinzumachen, koste es, was es wolle. Er baut einen tragbaren Mörser auf und hält sich vorschriftsmäßig die Ohren zu. Es macht »Fump«. Er kann den Flug der Granate auf den letzten Metern ihrer Trajektorie beobachten. Sie zündet nicht beim

Aufschlag, sondern wird zunächst sang- und klanglos geschluckt. Dann erst kommt es zur Detonation, und gleich danach zischt es aus dem Explosionskrater heraus, als werde aus einem riesigen Ballon die Luft abgelassen. Messner beobachtet mit dem Fernglas, dass aus dem kleinen, schwarzen Krater mit hohem Druck konfettiartige Schnipsel herausgeblasen werden. Diese Schnipsel weisen dieselben Regenbogenfarben auf wie die Oberfläche des Sees. Messner schätzt, dass sie bis zu einer Höhe von zehn Metern aufsteigen. Das Geschnipsel rieselt als bunter Schnee auf die Erde herunter, wobei die Austrittsöffnung des Konfettigeysirs Stück für Stück kleiner wird. Nach wenigen Minuten erstirbt das Zischen, die Öffnung hat sich geschlossen, und weitere drei Minuten später kann Messner nicht mehr sagen, wo die Granate aufgeschlagen ist. Er ist sich der Tatsache bewusst, dass man das Verhalten des Sees unter rein medizinischen Gesichtspunkten als Akt der Selbstheilung bezeichnen könnte. Er hofft, dass der See ihm nicht böse ist, verstaut den Mörser kleinlaut unter seinen Gerätschaften, und fährt auf der 43 weiter Richtung Odense.

Kurz vor dem Dorf Nørre Lyndelse kommt er an einer lustig sprudelnden Quelle vorbei, und da er Durst hat, beschließt er spontan, auszusteigen. Nach all seinen bisherigen Erlebnissen ist ihm klar, dass er jeder Form von Wasser mit einem gewissen Misstrauen begegnen muss, deswegen hält er sich mit dem Trinken zurück. Er untersucht das Wasser mit einem Satz verschiedener Chemikalien und Reagenzien. Zu den häufigsten Umweltgiften und biologischen Verunreinigungen ergibt sich kein Befund. Einzig der schwache Geruch des Wassers nach Zimt macht ihn stutzig, und er beschließt, eine Probe davon mitzunehmen, um sie unter geeigneteren Bedingungen einer noch gründlicheren Prüfung zu unterziehen.

Die Sonne brennt heiß, Messner ist müde, und er nickt auf der Holzbank neben der Quelle ein, obwohl er weiß, dass er das nicht tun sollte. Er träumt von einem Bett, das völlig unberührt in einem halbdunklen Raum steht und aus unerfindlichen Gründen rhythmisch quietscht. Beim Aufwachen stellt er fest, dass dieser Traum durch ein Ereignis in der Realität beeinflusst worden ist. Ein Tier von Aussehen und Größe eines Mastodons hat seinen Amphibienpanzer bestiegen, offenbar in der Absicht, sich mit ihm zu paaren. Die Federung der Radaufhängung quietscht unter den rhythmischen Vereinigungsversuchen des Urelefanten, und obwohl der Panzer drei Achsen und sechs Räder hat, fürchtet Messner um die Fahrbereitschaft des Geräts. Messner beschließt, das liebeshungrige Untier zu vertreiben, aber »Ho«-Rufe unterschiedlicher Lautstärke und selbst einige Warnschüsse aus seiner Pistole führen nicht zum gewünschten Erfolg. Er ändert seine Pläne. Er steigt in den schaukelnden Panzer und startet den Motor, um dem Mastodon einfach davonzufahren. Aber das Tier liegt so schwer auf dem Fahrzeug und hat es durch seine Bemühungen schon so tief in den Sand gedrückt – Messner hatte den Panzer vorschriftsmäßig am Rand der Straße abgestellt –, dass selbst sein Allradantrieb nicht viel ausrichten kann. Nach fünf Minuten gibt Messner diese Strategie als gescheitert auf. Das Mastodon ist durch den Fluchtversuch in seiner Brunst nicht gedämpft worden, ganz im Gegenteil. Messner überlegt, ob er einfach den Dingen seinen Lauf lassen soll, aber er weiß nicht, wie lange Mastodonpaarungen im Durchschnitt dauern, und der Panzer schaukelt und quietscht so bedrohlich, dass eine schnelle Lösung dringend geboten erscheint. Messner gerät allmählich in Panik. Was soll er tun? Es wird ihm nichts übrig bleiben, als das Tier zu töten. Unter Mühen richtet er die Maschinenkanone auf den Schädel des Mastodons aus und drückt ab. Der Urelefant rutscht vom Dach des Fahrzeugs herunter und fällt mit einem dumpfen Geräusch neben ihm zu Boden. Messner ist schweißgebadet und zittert am ganzen Körper. Als er den Motor anlassen will, dreht er den Schlüssel zunächst falsch herum. Das Fahrzeug kann sich ohne die Belastung durch das Mastodon gerade eben noch aus dem Sand herauswinden.

Messner hat Nørre Lyndelse schon umfahren, als ihm plötzlich klar wird, dass seine Wasservorräte aufgestockt werden müssen. Er kann nicht wissen, wie viel Zeit ihn die Reise nach Odense kosten wird. Die wenigen Flaschen Mineralwasser, die er noch bei sich hat, werden nicht ewig vorhalten. Ein Blick auf die Flasche mit der Wasserprobe, die er an der Quelle gezogen hat, lässt ihn das Wasserproblem noch dringlicher empfinden, denn in dem Gefäß hat sich innerhalb einer Stunde eine bizarre mineralische Flora gebildet, die von hübsch anzusehenden, radiolarienähnlichen Protozoen durchschwommen wird. Als er zögernd den Deckel abschraubt, verströmt das Miniaturaquarium einen derartig durchdringenden Gestank nach Schwefelwasserstoff, dass ihm auf der Stelle übel wird. Er will das Gebräu ausschütten, aber die Konsistenz des sogenannten Wassers gleicht eher der von Flüssigklebstoff, und die Radiolarien versammeln sich zusätzlich wie auf Kommando im Flaschenhals, um es mit gemeinsamer Anstrengung am Auslaufen zu hindern. Verwirrt schraubt er die Flasche zu, packt sie am Hals und wirft sie in den Acker. Beim Auftreffen explodiert sie mit erstaunlicher Wucht, ein Hagel von Dreckbatzen geht über Messner nieder, und er steht eine Zeit lang blinzelnd in der stillen Landschaft, bevor er sich mit wegwerfender Geste abwendet.

In Nørre Lyndelse sucht er die einzige Tankstelle des Orts auf. Der Verkaufsraum sieht völlig normal aus, wenn man davon absieht, dass niemand da ist. Messner steckt seine Pistole weg und beschließt, so zu tun, als sei alles in Ordnung. Die Tiefkühltruhe summt beruhigend vor sich hin, auch die Kühlschränke mit den Kaltgetränken sind voll funktionsfähig. Messner greift nach einer Dose. »Faxe« steht drauf, und als das Bier seine Kehle hinunterrinnt, hat es genau die richtige Temperatur. Messner macht es sich ein wenig gemütlich dort vor dem Kühlschrank, und als er sich einige Zeit später aufrappelt, bemerkt er, dass er richtiggehend beschwipst ist. Er vergisst das Mineralwasser nicht. Einen kleinen Einkaufswagen lädt er mit den benötigten Ressourcen voll, und versucht, ihn ohne größere Kollisionen aus dem Laden hinauszusteuern. An der Kasse meldet sich sein Gewissen. Messner findet das ausnehmend komisch. Er hat der dänischen Armee einen ganzen Panzer gestohlen und macht sich nun Gedanken wegen ein paar Dosen Bier und ein paar Flaschen Wasser. Als er an dem Schild mit der Aufschrift »Offen« an der Eingangstür vorbeikommt, bricht er in schallendes Gelächter aus, das sich zu einem hysterischen Lachanfall aufschaukelt. Zehn Minuten später hat er sich soweit beruhigt, dass an einen Aufbruch zu denken ist. Beim Zurücksetzen rammt er eine Zapfsäule und knickt sie wie einen Strohhalm ab. Messner genehmigt sich noch ein Bier. Er bedauert, dass sein Gefährt nicht mit den Errungenschaften der modernen Unterhaltungselektronik versehen ist. Ein wenig amerikanische Hillbilly-Musik würde ihm zu diesem Zeitpunkt sehr behagen. Er macht sich keine Illusionen darüber, dass er betrunken ist, glaubt das aber verantworten zu können, weil nicht mit ernsthaftem Gegenverkehr zu rechnen ist.

Auf der Höhe von Voldersley wird er mit einem Mal stocknüchtern. Odense sollte längst am Horizont aufgetaucht sein, aber dort, wo sich einmal die drittgrößte Stadt Dänemarks befunden hat, erhebt sich eine weiße Kuppel. Diese Kuppel ist so regelmäßig geformt, dass sie den Gedanken an eine planmäßige Ausführung nahelegt. Messner weiß, dass die Natur erstaunlich regelmäßige Strukturen hervorbringen kann, macht sich aber bei seiner langsamen Annäherung auf eine Begegnung mit intelligentem Leben gefasst. Er geht zunächst einmal davon aus, dass er unter Beobachtung steht, und prüft seine Waffen.

Das ist nicht mehr als eine Geste, denn gegen eine Zivilisation, die eine Kuppel wie diese bauen kann, ist er in jedem Fall machtlos. Aber er will sein Möglichstes getan haben, wenn es denn soweit ist.

Bei der Kuppel angekommen, fällt ihm als Erstes das feine Geklirr und Geprassel auf, das von ihr ausgeht. Den Fuß der Kuppel umgibt eine Art Wulst, und als Messner diesen Wulst in Augenschein nimmt, erkennt er, dass er aus feinen Glasplättchen zu bestehen scheint, die sich mit den Füßen leicht zerstreuen lassen. Die Kuppel scheint zu wachsen, denn der Wulst aus klirrenden und klingelnden Glasplättchen schiebt sich langsam, aber unaufhaltsam auf ihn zu, wie die Moräne, die ein Gletscher vor sich herschiebt. Messner nimmt an, dass die Außenhaut der Kuppel während des Wachstumsprozesses ständig Material ausscheidet, das zum Fuß der Kuppel abgleitet und dort eben diesen Wulst bildet. Messner kann sich keinen rechten Reim auf die Angelegenheit machen, aber er wüsste gar zu gerne, was aus Odense geworden ist.

Diese Neugier veranlasst ihn zu einem riskanten Entschluss: Er möchte gerne in die Kuppel eindringen, um herauszufinden, was sich darunter verbirgt. Er setzt sich in sein Fahrzeug, prüft, ob alle Türen und Luken dicht sind, nimmt Anlauf und rammt den Wulst bei etwa 50 km/h. Von »Rammen« im eigentlichen Sinn kann allerdings keine Rede sein, denn Messner gleitet mit seinem Panzer durch das Glasplättchenmaterial wie ein scharfes Messer durch Butter, die in der Sonne weich geworden ist. Messner betätigt die Scheibenwischer, um klare Sicht zu erlangen. Als auch das nichts hilft, steigt er kurzentschlossen aus. Der Anblick, der sich ihm bietet, ist schlechterdings verblüffend. Unter dem milchigen Licht, das in der Kuppel herrscht, fallen Schätzungen schwer, aber Messner glaubt die ersten Häuser etwa drei Kilometer entfernt. In einigen Fenstern brennt sogar Licht, als gebe es noch menschliche Bewohner. Völlig ungewöhnlich ist allerdings die schwarze, sehr massive Säule, die aus dem Stadtkern aufragt und bis hinauf in den Kuppelmittelpunkt reicht, wo das Gebilde offenbar gestützt werden muss. Mehrere Säulen geringerer Höhe im Umkreis der Stadt dienen wohl demselben Zweck. Zwischen diesen Säulen führen straff gespannte Filamente hin und her, und Messner muss an die Vertäuung eines Segelschiffs oder eines Zirkuszelts denken. In der relativ kurzen Zeit ihrer Existenz hat die Kuppel ihr eigenes Klima ausbilden können, unter der Decke ziehen Wolkenschleier entlang. Im Allgemeinen ist es still, aber manchmal erklingt ein metallisches Zirpen, das Messner in den Ohren schmerzt. Die Geräusche, die Messner selbst verursacht, sind merkwürdig gedämpft. Er steigt wieder ein und rollt weiter langsam in Richtung Odense-Zentrum.

Am eigentlichen Stadtrand ist kein Weiterkommen mehr, denn ungeschickterweise haben sich hier viele oder gar alle Straßen in meterbreite Gräben verwandelt. Messner muss seinen Weg zu Fuß fortsetzen, was ihm ein gewisses Unbehagen bereitet, denn er weiß nicht, welche Überraschungen in Odense auf ihn warten. Dennoch ist er von alledem so fasziniert, dass er nicht einfach umkehren will. Das metallische Zirpen ist hier ungleich lauter als gerade eben noch, und Messner schützt seine Ohren durch kleine Schaumgummipfropfen. Endlich kann er sich der Erforschung der Gräben widmen, über deren Eigenart und Funktion er gerne Bescheid wüsste. Sie sehen alle gleich aus. Die Wände sind schwarz und glatt, die Sohle ist weiß und von einem körnigen Belag bedeckt. Es sieht gerade so aus, als habe ein wahnsinniger Stadtplaner alle Straßen in breite Kieswege verwandelt und zwei Meter tief in die Erde versenkt. Messner fragt sich, ob er den Weg am Grunde dieser trockenen Kanäle fortsetzen soll, aber er möchte zunächst ihre Zuverlässigkeit testen. Zu diesem Zweck schlägt er die Schaufensterscheibe eines Sportgeschäfts ein und lässt eine Bowlingkugel in einen der Gräben hineinfallen. Die Bowlingkugel verhält sich den physikalischen Gesetzen entsprechend. Sie trifft mit einem harten Geräusch auf, hüpft einmal auf und rollt dann aus. Die Sohle des Grabens macht einen Vertrauen erweckend soliden Eindruck. Messner beobachtet fünf Minuten die nähere Umgebung auf Veränderungen und Reaktionen hin, kann aber nichts dergleichen feststellen. Er will sich gerade zum Grunde des Grabens hinabgleiten lassen, als ein unerträglich lauter Ausbruch des metallischen Zirpens ihm beinahe die Trommelfelle in den Schädel hineindrückt, und das trotz der Schaumgummipropfen. Die Luft riecht durchdringend nach Ozon, und die Bowlingkugel ist auch nach genauer Untersuchung nicht mehr auffindbar. Messner kommt mit klingelnden Ohren zu dem Entschluss, dass die Gräben nicht wirklich begehbar sind, und ändert seine Pläne.

Glücklicherweise hat er aus der Kaserne in Svendborg eine Pionierbrücke mitgenommen. Dabei handelt es sich im Wesentlichen um ziehharmonikaartig zusammengefaltete Platten aus Karbonfasermaterial, die ausgeklappt einen Steg von maximal fünf Metern Länge ergeben. Messner macht von dieser praktischen Erfindung ausgiebig Gebrauch und arbeitet sich langsam, aber stetig zum Stadtkern vor.

Während bei ihm zunächst der Eindruck vorherrscht, als seien die Gräben die einzige sichtbare Veränderung, die der Krieg für Odense mit sich gebracht hat – von der Kuppel einmal abgesehen –, hält dieser Eindruck einer genaueren Prüfung nicht stand. So sind zwar im Großen und Ganzen weniger spektakuläre Phänomene als in Svendborg zu beobachten, aber die subtilen Veränderungen, denen Odense unterworfen wurde, beunruhigen Messner fast noch mehr. Manche Häuser sind gegen Miniaturversionen der Kuppel selbst ausgetauscht worden. Die weißen Gebilde stehen wie pneumatische Zelte, großen Bovisten nicht unähnlich, zwischen ihren Nachbarbauten herum. Als Messner eines von ihnen mit drei schnellen Schnitten seines Überlebensmessers öffnet, findet er Odense en miniature vor, beleuchtete Häuser, schwarze Säulen, und alles andere inklusive.

Während die Miniaturkuppel ihre Verwundung selbsttätig schließt, denkt Messner darüber nach, wie er auf diese Entdeckung reagieren soll. Es scheint ihm, als seien die Miniaturkuppeln auch mit den Bocksprüngen einer kriegsverwirrten Natur nicht mehr erklärbar, und nur zur Probe ruft er einmal in den leeren Straßenzug hinein: »Hier ist Reinhold Messner. Ich komme in friedlicher Absicht. Kann mich jemand hören?« Aber die Stadt schluckt seinen Ausruf echolos und er erhält nicht die geringste Reaktion.

Er setzt seinen Weg fort, auch wenn sich das paranoide Gefühl, ständig unter Beobachtung zu stehen, enorm verstärkt hat. Messner versucht sich zu beruhigen. Wenn man ihn hätte angreifen wollen, so räsoniert er, hätte man das schon längst tun können. Entweder ist niemand zuhause oder man kümmert sich nicht um ihn. Es beginnt zu regnen. Messner ist froh, dass er einen ABC-Schutzanzug trägt, und setzt Schutzhaube sowie Gasmaske auf. Das schränkt sein Gesichtsfeld ein, aber er will seine bloße Haut nicht einem Niederschlag aussetzen, dessen Inhaltsstoffe er nicht kennt. Aus den Gräben beginnt es zu dampfen. Messner begrüßt diese Entwicklung nicht, denn er muss nun noch mehr Sorgfalt bei der Benutzung der Pionierbrücke walten lassen und kommt dadurch viel langsamer voran. Zufällig entdeckt er, dass einige der Häuser nicht mehr ihrem Urzustand zu entsprechen scheinen, denn als er sich einmal an einer Wand abstützt, gibt sie leicht federnd nach, etwa in der Art eines Polstermöbels, und scheidet an der Stelle, an der Messners Hand sie berührt hat, Tropfen einer klaren Flüssigkeit aus. Messner gelangt nach kurzer Überlegung zu der beunruhigenden Überzeugung, dass die Mauer in der einen oder anderen Form lebendig ist.

Noch fremdartiger wirkt folgendes Phänomen: In manchen Grabenkreuzungen stecken meterhohe Kristalle in Skalenoederform, mit einer Art Antenne obenauf, die zum Himmel zeigt. Sie sind mit äußerster Präzision in das Kreuzungsgeviert eingelassen, wie Messner feststellen kann. Da ihre Farbe aber regelmäßig in ein ungesundes Auberginevioulett umschlägt, wenn er sich ihnen nähert, beschließt er, das Schicksal nicht herauszufordern, und verzichtet auf noch eingehendere Untersuchungen. Zu der Hypothese von den lebenden Mauern passt die Tatsache, dass an manchen von ihnen große Baumpilze wachsen, die so massiv aussehen, dass Messner versucht ist, sie als Treppenstufen zu benützen, um sich die Lage einmal von oben anzusehen. Er verwirft diese Idee und betritt eines der Häuser durch den Haupteingang, nachdem er die Tür zerschmettert hat.

Das Haus wirkt zunächst relativ normal. Zwar sind die Bewohner selbst rückstandslos verschwunden – nur im Esszimmer wartet noch ein überschimmeltes Frühstück auf ihre Rückkehr –, aber ansonsten widerfährt ihm in den ersten Etagen nichts Außergewöhnliches. In der obersten jedoch sind Wände und Decken mit sanft glühenden roten Eiern gespickt, in denen sich kleine amorphe Schemen zuckend hin und her bewegen. Messner muss an die Eier von Haien denken, die er einst im Meerwasseraquarium von Kerteminde gesehen hat, kaum zwanzig Kilometer von hier entfernt. Er verlässt das Haus umgehend. Wieder auf dem Bürgersteig angekommen, wird er mit zwei goldfarben spiegelnden Scheiben konfrontiert, die anscheinend an der Haustür auf ihn gewartet haben. Sie schweben etwa in Kopfhöhe, Messner kann sich selbst darin erkennen. »Aha«, denkt er, »jetzt ist es also soweit.« Er bewegt sich vorsichtig einige Meter nach links, und die Scheiben folgen ihm. Er geht langsam ein paar Schritte weit in die entgegengesetzte Richtung, und die Scheiben bleiben ihm auf den Fersen. Er wiederholt dieses Spiel einige Male, ohne damit spektakuläre Reaktionen zu provozieren, und kommt zu dem Schluss, dass die Scheiben ihn für den Moment nur verfolgen sollen.

Er will jetzt den Rückzug antreten und Odense so schnell wie möglich verlassen. Zwar stören ihn die Scheiben am Anfang ein wenig, aber sein Weg zurück wird durch die Tatsache erleichtert, dass sich seine Fußspuren überall fluoreszierend abzeichnen, und während er diesem Ariadnefaden zunächst misstraut, stellt er alsbald fest, dass er in die richtige Richtung geht, und zwar nach Süden. Etwa eine halbe Stunde später scheinen die goldenen Scheiben ihren Auftrag erfüllt zu haben. Sie stürzen sich selbsttätig in den nächsten Graben, um mit dem bekannten metallischen Schrei annihiliert zu werden. Messner wird seines Durstes gewahr. Er hat seit mehreren Stunden nichts getrunken, dafür aber in seinem ABC-Schutzanzug schwer geschwitzt. Da sich die einzig zuverlässigen Trinkwasservorräte in seinem Panzer befinden, will er möglichst schnell zu ihm zurück. Aufgrund der Führung durch die fluoreszierenden Fußspuren lassen sich seine Wegmarken leicht auffinden. Nur nach dem Sportgeschäft, dessen Scheibe er eingeschlagen hat, muss er ein wenig suchen. Die Fensterscheibe ist mittlerweile gänzlich von einer grauen Haut überzogen, die im Wind Wellen wirft. Messner vermutet, dass sich hier gerade eine der lebenden Mauern bildet, muss auch an den aggressiven Bodenbelag in Svendborg denken, und macht sich aus dem Staub.

Leider kann er den Panzer nicht wieder finden. Die fluoreszierenden Fußspuren hören knapp hinter den letzten Gebäuden Odenses auf, und von dort sieht er nichts als freies Feld, von der zum Graben mutierten Straße und der Kuppelwand in der Entfernung einmal abgesehen. Eine gewisse Mutlosigkeit ergreift von ihm Besitz. Ihm wird unangenehm klar, dass er vielleicht nach Svendborg wird zurücklaufen müssen, nur mit dem ausgerüstet, was er am Leib trägt, und bei den derzeitigen Umständen ist diese Aussicht wenig attraktiv. Siedend heiß fällt ihm ein, dass auch sein Boot in Svendborg verschwunden ist, und dass er entweder einen anderen Panzer requirieren oder ein seegängiges Boot im Hafen von Svendborg finden muss, das seinen Zwecken entspricht. Aber die ganze Situation seit Ausbruch des Krieges ist von raschen, unvorhersehbaren Änderungen geprägt, und Messner weiß wohl, dass er nicht darauf hoffen kann, die Kaserne in dem Zustand zu finden, in dem er sie verlassen hat. Dasselbe trifft auch für den Hafen Svendborgs und die Stadt insgesamt zu. Messner befindet sich an der Schwelle zur Resignation.

Er setzt sich hin, mitten hinein in das Gras, ungefähr an die Stelle, wo der Panzer eigentlich sein müsste, und atmet durch. Er denkt erst an Gott, dann an Selbstmord. Beides will ihm nicht recht gefallen. Mit einiger Mühe überzeugt sich Messner davon, dass seine Situation durchaus nicht völlig hoffnungslos ist, sondern mit Geschick und Überlegung gemeistert werden kann. »Es kommt allein darauf an«, denkt er, »dass ich die Nerven nicht verliere und von meinem Verstand den rechten Gebrauch mache.« Er beschließt, den Panzer noch ein wenig zu suchen und dann, im Falle eines Misserfolgs, die Kuppel auf Schusters Rappen zu verlassen. Zwar weiß er nicht genau, wie er zu Fuß die Kuppelwand durchdringen soll, aber die Lösung dieses Problems verschiebt er auf den Zeitpunkt, da es sich ihm wirklich stellt. Und richtig, sein Optimismus wird belohnt, denn schon nach wenigen Minuten hat er den Panzer gefunden. Genau dort, wo das Fahrzeug abgestellt war, hat sich offensichtlich ein neuer Graben gebildet, wodurch es Stück für Stück in die Erde eingesunken ist. Zur großen Erleichterung Messners ist der Graben eher ein kleiner Krater als ein Schacht mit vertikalen Wänden. Das Ganze sieht in etwa aus, als habe er das Fahrzeug auf einem großen Kissen geparkt, in das es durch sein Gewicht tiefer und tiefer eingesunken ist. Der relativ flache Neigungswinkel der Kraterwände gibt Anlass zu der Hoffnung, sie könnten mit dem Sechsfach-Allradantrieb des Gefährts bezwungen werden. Messner springt auf das Dach seines Panzers, steigt durch die Dachluke ein und schreit vor Freude. Der Motor startet auf Anhieb und sein sattes Brummen erfüllt Messner mit tiefer Genugtuung. Der erste Versuch zur Flucht aus dem Graben ist noch nicht von Erfolg gekrönt, aber beim Zurückrollen von dem Abhang kann Messner Anlauf auf der Gegenseite nehmen, und mit diesem Schwung schafft er es knapp über den Kraterrand hinaus. Wieder auf sicherem Boden macht Messner gar nicht erst Halt, sondern beschleunigt sofort auf die Kuppelwand zu. Zum Glück reißt ihn sein Eifer nicht zu unbedachten Handlungen hin, denn kurz vor der weißen Wand bremst er scharf ab, um die Stelle, an der er sie durchstoßen will, zur Sicherheit noch einmal manuell zu untersuchen. Und siehe da: Als er sie berührt, erweist sie sich genau dort als glashart, wo er bei ungehinderter Fahrt aufgeschlagen wäre. Zwanzig Meter weiter ist sie so bröselig wie eh und je, und er kommt genauso bequem hinaus, wie er hereingekommen ist. Noch im Schatten der Kuppel bringt Messner sein Gefährt zum Stillstand und entledigt sich seines ABC-Anzugs. Die Getränke, die er in der Tankstelle entwendet hat, haben keine bedrohlichen Metamorphosen durchlaufen, es handelt sich immer noch um Wasser und Bier, und Messner verspürt beim Trinken eine sagenhafte Erleichterung.

Der Rückweg nach Svendborg gestaltet sich zunächst angenehm. Der Abend bricht herein, die sinkende Sonne und der rot überglühte Himmel sehen fast wie früher aus, von den seltsam regelmäßig geformten Wolken hoch oben in der Atmosphäre einmal abgesehen. Kurz vor Nørre Lyndelse allerdings versperrt ein Hindernis den Weg, das sich bei genauerem Hinsehen als ein bis auf die Knochen abgenagtes Skelett erweist. Nach Messners Schätzung könnte es einem Brontosaurus gehört haben. Die enormen Becken- und Oberschenkelknochen ragen vor ihm auf wie die Überreste eines gesprengten Hauses. Um die wenigen übrig gebliebenen Fleischfetzen konkurrieren Tausende von Käfern, deren knisternde Chitinpanzer im Licht von Messners Taschenlampe intensiv blau leuchten. Messner möchte nur ungern mit den Fleischfressern Bekanntschaft machen, die den Kadaver an dieser Stelle zurückgelassen haben, und fährt weiter. Später bemerkt er längliche, schwarze Kokons, die in recht regelmäßigen Abständen am Straßenrand liegen. Sie stehen alle im 90°-Winkel von der Fahrbahn ab, und er ist sich ganz sicher, dass sie bei der Herfahrt nicht hier waren. Manche der Gebilde liegen, von Messner aus gesehen, links der Straße, aber auf der rechten Seite finden sich mehr von ihnen. Aus einem unbekannten Grund beunruhigt Messner diese Tatsache nachhaltig. Die stille Präsenz dieser seltsamen Kokons ängstigt ihn mehr als alles andere, was ihm bisher widerfahren ist, und er denkt nicht daran, auszusteigen, um der Sache auf den Grund zu gehen. Er beginnt unwillkürlich, die Melodie des Liedes »Wenn ich ein Vöglein wär, und auch zwei Flügel hätt« vor sich hin zu pfeifen. Er kennt dieses Verhalten von Situationen extremer Anspannung.

Er kann erst aufhören zu pfeifen, als er die Kokons hinter sich gelassen hat. Die bewusste Tankstelle in Nørre Lyndelse ist abgebrannt. Zwischen den noch warmen Trümmern umherschweifend kann Messner keinen Grund für das Feuer ausmachen – möglicherweise hat ein Blitzschlag den Kraftstoff entzündet, der durch das Abknicken der Zapfsäule frei geworden ist. In dem qualmenden Müll rascheln rattengroße Wesen hin und her, und Messner fühlt sich unbehaglich. Hohle Schreie aus der Luft über ihm treiben ihn schließlich endgültig zu seinem Fahrzeug zurück. Teile von Nørre Lyndelse sehen aus wie nach einem schweren Erdbeben, und Messner atmet auf, als ihm klar wird, dass das auch die Ursache für die Zerstörung der Tankstelle gewesen sein kann: Hier hat es wohl tatsächlich ein schweres Erdbeben gegeben, als er in Odense war, das würde manches erklären. Dass er von diesem Erdbeben zehn Kilometer weiter nichts gespürt hat, und dass schwere Erdbeben mit massiven Gebäudeschäden für Dänemark eigentlich eher untypisch sind, erschüttert seine Theorie nicht ernsthaft: Er hat an einem einzigen Tag viel seltsamere Dinge gesehen als streng lokalisierte Erdbeben in Gegenden, wo ansonsten überhaupt keine vorkommen sollten.

Es ist jetzt schon recht dunkel, und er macht sich Gedanken über sein weiteres Vorgehen. Es erscheint ihm unklug, eine Rückkehr zu seiner Insel im Svendborgsund bei Nacht erzwingen zu wollen. Zwar ist er nur noch wenige Stunden von seinem derzeitigen Zuhause entfernt, und er fühlt sich immer noch frisch, aber er denkt nicht ernsthaft an eine Überfahrt bei Nacht, wenn er sich die Meeresbewohner in Erinnerung ruft, die er heute Morgen in den Wassern vor Svendborg angetroffen hat. Auch die Stadt selbst ist nicht sein bevorzugter Aufenthaltsort für die kommende Nacht. Messner sucht sich bei Nybølle einen Bauernhof mit geeigneter Garage, öffnet das Tor mit seinem Panzer und richtet sich ein. Auf einer harten Sitzbank liegend, in Stiefeln und Uniform, fällt er in einen unruhigen Schlaf.

Der Morgen weckt ihn mit einem gedämpften, unregelmäßigen Trommeln gegen die Hülle seines Fahrzeugs, und er setzt sich ruckartig auf. Er weiß für einige Sekunden nicht, wo er ist, und nicht einmal genau, wer er ist. Sein Körper steckt in einer Soldatenmontur und er liegt in einem spärlich erleuchteten Gelass, das nach Eisen und Öl riecht; beides kommt ihm über die Maßen fremd vor. Er wäre nicht unglücklich, wenn sich all das als ein böser Traum erweisen würde, aber kurz bevor er sich von diesem Konzept überzeugt hat, rastet sein Koordinatensystem ein. Als er die Füße von der Sitzbank rutschen lässt, unterdrückt er ein Stöhnen und reibt sich die schmerzende Stirn. Messner weiß nicht, ob er je so unangenehm aufgewacht ist, mit so vermurksten Knochen und Gedanken; auf jeden Fall würde dieser Tagesanfang unter den üblen ganz hoch oben rangieren. Kaum hat er sich ausreichend mit den Grundtatsachen seiner gegenwärtigen Existenz abgefunden, um dem Tag ins ungewaschene Antlitz zu sehen, windet sich ein Gedanke mühsam durch sein Bewusstsein: Er hat sich und seinen Panzer vorige Nacht in der Garage untergestellt, um vor etwaigem Niederschlag geschützt zu sein. Bei einer Untersuchung mit einer starken Handlampe gestern schien das Dach der Garage geradezu vorbildlich dicht, denn es handelte sich nicht um ein einfaches Wellblechdach, oh nein, sondern um soliden Stahlbeton ohne Fehl und Tadel. Wenn es aber kein Regen ist, der ihn aus dem Schlaf geklopft hat, wer oder was ist dann für das Getrommel verantwortlich, das sich seit seinem Aufwachen eher noch verstärkt hat? Er hat für ein paar Sekunden die Vision von einer dänischen Bauernfamilie, die ihn durch Klopfen auf die Hülle des Panzers zum Aufwachen und zum Aufbruch drängen will, aber er glaubt nicht ernsthaft daran. Der riesige Tierkadaver vom Vorabend fällt ihm ein. Er würde gerne einen Tee trinken, bevor er sich der ersten Herausforderung des Tages stellt, aber es soll offenbar nicht sein. Die Ursache dieses Getrommels muss erforscht werden, und zwar sofort.

Er zwängt sich, schwer atmend, so schnell wie möglich durch die Einstiegsluke im Dach. Von der Garagendecke zur Hockstellung gezwungen, schiebt er sich langsam vor, seine Pistole hin und her schwingend. Er kann aber nichts finden, worauf er schießen müsste. Da ist anscheinend niemand. Das Trommelgeräusch erklingt hier draußen allerdings viel lauter als drinnen. Überflüssigerweise sucht Messner noch einmal die Decke der Garage ab und kann keine Lecks entdecken, zudem ist die Umgebung der Einstiegsluke völlig trocken, wo er auch hinfasst. Als Messner sich vorsichtig über den Rand des Gefährts hinauslehnt, bietet sich ihm ein sonderbares Bild: Pinguingroße Wesen mit hellbraunem Fell klopfen mit ihren Schnäbeln auf den Panzer ein wie Spechte auf einen morschen Baum. Dabei machen sie einen recht unbeholfenen Eindruck, als sei ihnen die Lebensweise der Spechte noch neu, gleichzeitig sind sie mit Eifer und Hartnäckigkeit bei der Sache. Einige von ihnen unterbrechen ihre Arbeit, um zu Messner aufzublicken, und setzen sie dann ungerührt fort. Die Tierchen haben einen drolligen Gesichtsausdruck, der Messner an Trottelalke erinnert. Sie machen von allen Kreaturen, die er bisher im Nachkriegsdänemark angetroffen hat, definitiv den harmlosesten Eindruck.

Leider wird dieser Eindruck durch die Tatsache getrübt, dass ihre Schnäbel manchmal beim Aufschlag auf den Panzerstahl die Funken stieben lassen, was den Gedanken nahe legt, dass sie sehr hart sein müssen. Messner erinnert sich daran, dass steter Tropfen den Stein höhlt, gleitet zurück auf den Fahrersitz, nachdem er die Einstiegsluke fest verschlossen hat, und gibt Fersengeld. Im Rückspiegel kann er beobachten, dass die Tiere ihm aus der Garage hinaus folgen, und dass ihre Unbeholfenheit nur eine scheinbare war, weil einige von ihnen eine ganze Zeit lang mit dem Panzer mithalten können, bevor sie zurückfallen.

Erst bei der Stadt Ringe hält er wieder an. Der Tag ist weiter fortgeschritten als gedacht, und Messner macht sich klar, dass es eigentlich Zeit für ein ausgedehntes Frühstück wäre. Erstaunlicherweise ist er gar nicht hungrig, obwohl er doch am Tag vorher sehr wenig und an diesem Morgen noch gar nichts zu sich genommen hat. Er hat einen gewissen Verdacht und sieht sich die Wasserflaschen noch einmal an, die er aus der Tankstelle mitgenommen hat, aber die Flüssigkeit darin sieht immer noch aus wie Wasser, sie riecht so und sie schmeckt auch so. Anders das Bier. Er versucht, eine der Dosen zu öffnen, die sich seltsam warm anfühlt, und reißt dabei lediglich den Verschluss ab. Er blinzelt. Links liegt eine Bierdose unüblich warm und unüblich schwer in seiner Hand. Rechts hängt der abgerissene Teil des Bierdosen-Verschlusses wie die Abzugsöse einer Handgranate von seinem Zeigefinger. »Oh Mann«, sagt er, eher müde als ärgerlich, und befördert die Bierdose so schnell es geht durch die geöffnete Fahrertür nach draußen. Er macht sich nicht die Mühe, die Tür zu schließen, sondern wirft sich so flach wie möglich hin. Die Zeit verrinnt, aber nichts passiert. Nach etwa einer Minute schließt er die Tür, setzt sich auf, tritt aufs Gaspedal und rast davon. Einen Kilometer weiter hält er an und sucht die Gegend mit dem Feldstecher ab, wo die Bierdose ungefähr gelandet sein müsste. Die Suche bleibt ergebnislos. Wenn der Inhalt explosiv gewesen ist, dann hat er sich bis jetzt noch nicht zur Detonation herabgelassen. Sicherheitshalber wirft Messner auch die anderen Bierdosen zum Fenster hinaus, und die Sixpacks dazu.

Bei dieser Übung fällt ihm auf, dass an der Haut um seine Handgelenke seltsame Dinge vorgehen: Es sieht aus, als würden sich die Ärmelbünde seines Uniformhemdes selbstständig bewegen. Er knöpft sie auf und stellt fest, dass die Haut seiner Unterarme von animierten Tätowierungen bedeckt ist. Die sich ständig verändernden Grafiken wogen über seine Haut wie monochrome Fraktale über einen veralteten Computerbildschirm. Messner findet das bedenklich, zieht Hemd und Unterhemd aus und entdeckt, dass sein ganzer Oberkörper so gezeichnet ist. Er entkleidet sich vollständig und bricht in Tränen aus: Alles ist tätowiert, von den Zehen bis zu seinem Petermann. Er will nicht wirklich in den Rückspiegel an der Tür seines Panzers sehen, aber als er sich dazu zwingt, ist sein Gesicht unverändert, abgesehen von den Tränen, die ihm die Wangen hinunterlaufen. Er schluchzt noch immer, als er bemerkt, dass die Ganzkörpertätowierung im Sonnenlicht verblasst, als wäre sie nie da gewesen. Messner traut dem Frieden nicht. Er rechnet damit, dass sie wiederkommt, wenn er sich anzieht, und so setzt er sich fürs Erste nackt in sein Fahrzeug.

»Es muss das Wasser gewesen sein«, denkt er und hat seine restlichen Wasservorräte schon in die Führerkanzel geschleift, um sie loszuwerden, als ihm klar wird, dass das keinen Sinn macht: Besseres Wasser wird ihm auch der Tiefenbrunnen auf seiner Insel nicht bieten. Beim Zurücktragen der Flaschen nach hinten meditiert er kurz über die Frage, was eigentlich dafür gesorgt haben könnte, dass dieses französische Mineralwasser nunmehr hungerstillend wirkt und fotophobe animierte Ganzkörper-Tätowierungen hervorruft. Er kann nicht einmal annähernd eine Hypothese bilden, weil sich Wasser mit ein paar

Mineralsalzen unter normalen Umständen einfach nicht so verhält, nie und nimmer. »Aber vielleicht ist es ja auch gar nicht das Wasser«, sagt er zu sich selbst, während er nackt und müde über den Wasserkisten kniet. »Vielleicht ... vielleicht ist es etwas anderes.«

Er macht sich auf in Richtung Svendborg. Er fühlt sich ein wenig seltsam, so nackt wie er ist, aber er ist sich auch der Tatsache bewusst, dass niemand ihn in seinem aktuellen Zustand beobachtet – jedenfalls niemand, der in irgendeiner Weise sittlich daran Anstoß nehmen könnte. In diesem Moment wird sich Messner zum ersten Mal seit Ausbruch des Krieges der erschreckenden Freiheit bewusst, die ihm unverhofft zugefallen ist. Er ist der letzte Mensch auf Erden und kann buchstäblich tun und lassen was er will. Die Welt ist sein Sandkasten. Messners Status als moderner Halbgott wird nur durch die unschöne Tatsache in Frage gestellt, dass Form und Aussehen dieses Sandkastens einer enormen Veränderlichkeit unterliegen, und dass der Sand darin nicht nur von einer Minute zur anderen Konsistenz und Materialeigenschaften ändert, sondern auch dicht unter der Oberfläche Gefahren birgt, denen er jederzeit zum Opfer fallen kann.

Messner empfindet diesen Widerspruch als unangenehm, ja, er erzeugt in ihm sogar ausgesprochenen Stress, wie ihm seine Gefühlsausbrüche der letzten vierundzwanzig Stunden deutlich vor Augen geführt haben.

Aus den philosophischen Betrachtungen zur Unwägbarkeit seiner Existenz wird Messner erst durch die Tatsache herausgerissen, dass sich ein massiver Höhenzug dort erhebt, wo Svendborg sein sollte. Er war bisher der Meinung, die höchste dänische Erhebung sei das Himmelsbjerget in der Nähe von Aarhus (147 Meter), und sieht diesen Rekord nun durch ein Gebirge gebrochen, das über Nacht aus dem Boden gewachsen ist. Zu seiner Erschütterung trägt auch die deutlich sichtbare Schneedecke auf den Gipfeln der Berge bei, die sie aussehen lässt, als seien sie frisch aus den Alpen importiert. Messner weint noch ein bisschen. Zwar versucht er sich mit der Mutmaßung zu trösten, bei den neu entstandenen Bergen über Svendborg handele es sich um ein ähnliches Phänomen wie bei der Kuppel über Odense, aber je näher er den Bergen kommt, desto sicherer ist er sich: Das sind echte Berge, und das ist echter Schnee. Im Licht dieses Phänomens ergibt auch das bis jetzt hypothetische Erdbeben, das er für die Zerstörung Nørre Lyndelses verantwortlich gemacht hat, einen Sinn – eine geologische Veränderung wie die Ausbildung eines neuen Gebirges innerhalb eines Tages konnte schließlich nicht ohne Folgen bleiben. Er hofft inständig, dass seine Insel im Svenborgsund durch die Gebirgsbildung keinen Schaden genommen hat, bereitet sich mental aber auf das Schlimmste vor. Der Gebirgszug ist außergewöhnlich schroff und steil. Es sieht aus, als habe jemand die Klinge eines gezackten steinernen Messers von innen durch die Erdkrume gestoßen und sei dann plötzlich von seinem Plan abgekommen, den Planeten wie einen Apfel in zwei Teile zu sägen. Messner muss das Gebirge in südwestlicher Richtung weiträumig umfahren. Erst bei Fjellebroen bietet sich ihm eine Möglichkeit, zur Küstenlinie vorzustoßen.

Im Hafen dieses Fischerdorfs findet er auch geeigneten Dieseltreibstoff, mit dem er seine inzwischen geleerten Ersatzkanister füllt, sowie ein stattliches Boot, das er abzuschleppen gedenkt. Die See ist ruhig, das Wetter ist klar, und der Panzer schwimmt ausgezeichnet. Bei der Insel Skarø, kurz vor der Einfahrt in den Svendborgsund, umfährt er eine Felsengruppe, die ihm bisher unbekannt war. Bei der Suche nach seiner Insel hat er viele Eilande in der Umgebung Fünens gesehen. Sein Gedächtnis ist allgemein sehr gut, aber er kann sich an diese Felsengruppe vor Skarø nicht erinnern, daher bringt er sie mit dem Auftauchen des Gebirges in Verbindung.

Er bemerkt, dass er seine Hypothese revidieren muss, als sich die Felsengruppe bewegt. Eine Art Kopf erhebt sich an einem langen, schlangenartigen Hals aus dem Wasser, der mit den mobilen Felsen fest in Verbindung zu stehen scheint. Das Tier erfüllt mit erstaunlicher Präzision die Definition eines klassischen Seeungeheuers, abgesehen von der Tatsache, dass Messner keine Augen erkennen kann. Ihr Fehlen hindert die Bestie jedoch nicht daran, schnurstracks auf ihn zuzuhalten, wie von großen Schwimmflossen unter der Wasseroberfläche getrieben. Voller Panik stürzt er zu seinen Waffen, obwohl er weiß, dass sie ihm nicht helfen werden. Er schafft es, in dem schaukelnden Gefährt eine tragbare Panzerabwehrrakete fertig zu machen, und öffnet gerade in dem Augenblick die Dachluke, als das Wesen seinen Kopf zu ihm heruntersenkt. Dieser Kopf ist etwa so groß wie der ganze Panzer, und obwohl das Wesen einen Abstand von etwa fünf Metern einhält, trifft sein Atem Messner wie ein warmer, nach Fleischabfällen stinkender Sturm. Messner ist wie von Sinnen. Er möchte die ganze Zeit schießen, tut es aber nicht. Seine Finger gehorchen ihm nicht mehr. Neugierig umrundet das Wesen mit seinem Kopf den Panzer, als prüfe es, wo es zuerst hineinbeißen soll. Messner bemerkt die Nasenlöcher, die großen schwarzen Warzen auf dem konisch geformten Schädel und die Linie quer über dem »Gesicht«, die wahrscheinlich das Maul darstellt. Trotz aller Panik wünscht er sich Augen, in die er so kurz vor seinem Tod noch einmal blicken könnte, auch wenn sie gelb, von blutroten Adern durchzogen und mit einer geschlitzten Schlangenpupille versehen wären. Außerdem wünscht er sich, er hätte seine Uniform an, das würde die Lächerlichkeit der Konfrontation ein wenig dämpfen und ihr einen eher militärischen Anstrich verleihen.

Die Sentimentalität und Nutzlosigkeit dieser Gedanken geht ihm erst auf, als der Kopf des Wesens sich schon wieder von ihm entfernt, und als durch die Schwimmbewegungen des Tieres Wasser in die Dachluke hineinzuschwappen beginnt. Messner will zurück ins Innere, dabei löst er aus Versehen seine Panzerabwehrrakete aus, die laut zischend davonzieht. Dies wiederum beeindruckt das Seeungeheuer nachhaltig. Was bis jetzt ein geordneter Rückzug war, nimmt den Charakter einer Flucht an, und Messner gerät in ernste Gefahr, in dem aufgewühlten Meer abzusaufen. Gerade noch rechtzeitig kann er die nutzlose Abschussvorrichtung für die Rakete wegwerfen und die Luke schließen, bevor die Wellen über ihm hereinbrechen. Die Beschreibungen aus der Betriebsanleitung über die Seegängigkeit des Gefährts erweisen sich als korrekt. Zwar wird Messner für einige Minuten unsanft umhergeschaukelt, aber als das Gröbste vorbei ist, hat die Kiste dichtgehalten und ist definitiv noch schwimm- und manövrierfähig. Nach einer halben Stunde riskiert Messner einen vorsichtigen Blick aus der millimeterweit geöffneten Dachluke, und von dem Ungeheuer ist weit und breit nichts mehr zu sehen. Er startet den Motor und gibt Vollgas.

Die Fahrt wird ihm bei acht Knoten recht lang, und er denkt darüber nach, das Schlepptau zu dem Boot zu kappen. Andererseits gibt ihm die geringe Geschwindigkeit nach Umrundung von Skarø ausführlich Gelegenheit, den neuen Vulkan zu beobachten, der sich jenseits des Sunds auf der Insel Tåsinge gebildet hat. Just in dem Moment, als Messner an ihm vorbeischippert, bereitet sich offenbar ein größerer Ausbruch vor, und heiß glühende Gaslava wird in dichten orangeroten Feuervorhängen hoch in die Abendluft geschleudert. Messner weiß nicht, was von dieser neuen Offenbarung zu halten ist, aber bevor er eine Entscheidung trifft, ob er das Hauptquartier auf seiner Insel räumen soll, muss er sich erst einmal darüber Gewissheit verschaffen, dass sie überhaupt noch existiert. Er stellt fest, dass dem so ist, und kann sich eine gewisse Erleichterung nicht verhehlen. Wie durch ein Wunder ist der Svendborgsund von den jüngsten geologischen Veränderungen fast verschont geblieben, wenn man einmal von der

Tatsache absieht, dass das Wasser des gesamten südfünischen Meeres etwa anderthalb Meter tiefer steht als bei seiner Abreise. Messner hat daher zunächst Schwierigkeiten, mit dem Panzer anzulanden, denn es lässt sich keine Stelle finden, an der die Räder des Gefährts genug Traktion entwickeln, um auf die Insel hinaufzugelangen. Aber dann schlägt sich Messner vor die Stirn und erinnert sich daran, mit wie viel Mühe er seinerzeit eine Rampe aus Beton am Nordende der Insel hat anlegen lassen, komplett mit Seilwinde, für den Fall nämlich, dass Reparaturen an einem seiner Boote notwendig sind, die nur an Land ausgeführt werden können. Der Panzer rollt die Rampe hoch, als sei sie ein Willkommensteppich, den man für ihn ausgelegt hat.

Messner atmet tief durch. In gewissem Sinne ist er daheim. Er zieht seine Kleider an, bewaffnet sich, greift die Handlampe und springt hinaus. Die Luft ist still und lau, erfüllt von einem süßlichen, aber nicht unangenehmen Geruch und von den ungewohnten Schreien bisher nicht bekannter Vögel. Das Boot, das er in Fjellebroen requiriert hat, dümpelt noch neben der Betonrampe im seichten Wasser, Messner macht es an einer kleinen Mole fest.

Messner würde sich jetzt gern ein wenig ausruhen, ein paar seiner gebunkerten Vorräte aus dem Wohnrhombus verzehren und ein wenig Musik hören, aber er weiß, dass er die Insel zumindest grob untersuchen muss, um vor unliebsamen Überraschungen so weit wie möglich gefeit zu sein. Zu seiner Freude findet er die zentralen Einrichtungen, die seinem Überleben dienen, unversehrt. Der Tiefenbrunnen, das Labor, die Vorrats- und Waffenkammern sind alle intakt, und, soweit Messner das im Licht seiner Lampe erkennen kann, unberührt. Neuentwicklungen in Fauna und Flora beschränken sich auf farbenprächtige Vögel, die in den Zweigen des Inselwäldchens vielstimmige Konzerte aufführen, und auf seltsame, dreiblättrige Blümchen, die in dichten Kolonien den Boden zwischen den Bäumen bedecken und jenen süßlichen Geruch verströmen, den Messner schon gleich bei seiner Ankunft wahrgenommen hat. Die Vögel und ihre Musik erinnern ihn zwar an jenen heiklen Aufenthalt auf Borneo, aber er ist froh, dass sich nicht irgendwelche bösartigen Fleischfresser auf seiner Insel breit gemacht haben. Die dreiblättrigen Blümchen hat er im Verdacht, Drogenpflanzen zu sein, denn sie riechen sehr danach, und er nimmt sich vor, sie im Labor gründlich zu untersuchen, genau wie das Wasser aus seinem Tiefenbrunnen. Der aufklappbare Stahlzaun funktioniert nach Plan, wirkt aber angesichts seiner jüngsten Erlebnisse relativ schwächlich – das Seeungeheuer zum Beispiel hätte damit keine Mühe. Der

Wohnrhombus hat seine Farbe verändert. Als Messner ihn anstrahlt, schillert er wie ein Regenbogen. Aber er ist weder radioaktiv, noch elektrisch geladen, noch magnetisch, und die verbauten Materialien haben ihre grundlegenden Eigenschaften beibehalten.

Messner beendet seine vorläufige Untersuchung, es ist 23:11 Uhr. Die Nacht ist nicht völlig dunkel, denn der Vulkanausbruch auf Tasinge, vielleicht zehn Kilometer entfernt, wirft ein Licht an den Himmel wie ein großer Hochofen beim Abstich. Endlich kann sich Messner ein wenig Ruhe gönnen. Er hat noch immer keinen wirklichen Hunger, zwingt sich aber zu einem bescheidenen Mahl. Er schläft ein, ohne es zu wollen.

Der nächste Morgen ist wohltuend friedlich, auch wenn Messner mit verdrehten Knochen aufwacht, weil er die ganze Nacht im Sitzen geschlafen hat, den Rücken an seinen Wohncontainer gelehnt. Anscheinend ist ein wenig Vulkanasche von Tasinge herübergeweht, Messner muss sich auf jeden Fall graue Staubflocken von den Kleidern wischen, und in seiner näheren Umgebung sieht es aus, als habe es geschneit; nichts, was ein kräftiger Regen nicht abwaschen würde. Messner ist froh, nicht im Schlaf von einem massiven Ascheregen begraben worden zu sein. Nach allem, was er auf seiner Reise nach Odense und zurück durchgemacht hat, einen Tod à la Pompeji zu sterben, wäre der Gipfel der Ironie.

Bei der Morgentoilette entdeckt er: Seine Haut ist intensiv hellrot, vom Kopf bis zu den Zehen. Es handelt sich dabei nicht um die kupferfarbene Tönung, die bei nordamerikanischen Indianern zu beobachten ist, sondern eher um die Farbe, die man vor dem Krieg an reflektierenden Warndreiecken oder den Jacken von Eisenbahnarbeitern beobachten konnte. Da mit diesem Phänomen weder Juckreiz noch sonstige Schmerzen verbunden sind, beschließt er, es zu ignorieren, so gut es geht. Das wird ihm erschwert, weil sich die Vögel aus dem Zentralwäldchen der Insel sehr für seine Hautfarbe interessieren. Während er nackt im Freien duscht, landen sie um ihn herum, blasen ihre Kehlsäcke auf und geben kollerige Laute von sich, die klingen, als stünde die Paarung kurz bevor. Ab und zu erheben sie sich in höchster Erregung in die Luft, um sofort darauf wieder zu landen und mit ihrer Balz fortzufahren. Messner, stur auf seine Körperhygiene konzentriert, kann dennoch nicht umhin, die Tatsache zu bemerken, dass diese Vögel vier Flügel haben, was ihnen in der Luft trotz ihrer Größe eine kolibriartige Manövrierfähigkeit verleiht. Ihr Verhalten wird so aufdringlich, dass Messner zum Abtrocknen in den Wohnrhombus zurückkehren muss.

Er zieht sich an, stellt sich aus seinen Vorräten ein üppiges Frühstück zusammen und geht vor die Tür, um zu prüfen, ob die Luft jetzt rein ist. Die Vögel sind verschwunden. Ja, frische Milch wäre besser, aber er wird sich an dieses mit Wasser angerührte Milchpulver gewöhnen müssen. Die konservierten Brötchen, die er in seinem Herd aufgebacken hat, werden einmal zur Neige gehen, und er wird sich sein eigenes Brot backen müssen. Er hat das vorhergesehen und entsprechende Maßnahmen ergriffen. Orangensaft ist nicht ewig haltbar, aber möglicherweise gedeihen im Nachkriegsdänemark Orangen oder etwas Vergleichbares. Sein Frühstück verzehrend, findet Messner, dass er durchaus Grund hat, optimistisch zu sein. Langeweile wird schwerlich aufkommen, solange die Natur um ihn herum derart in Aufruhr ist. Er wird viel zu beschäftigt sein, denn schließlich gilt es zu überleben, und in der Zeit, die diesem Hauptanliegen nicht gewidmet werden muss, will die Welt um ihn herum erforscht werden. Außerdem hat Messner eine Mediathek mit mehreren zehntausend Titeln in seinem Wohnrhombus angelegt, die innerhalb seiner Restlebensdauer praktisch nicht aufgearbeitet werden kann, vorausgesetzt diese Lebensdauer wird nicht durch unvorhergesehene Umstände erheblich ausgedehnt. Und schlussendlich ist die Annahme, er sei der letzte Mensch auf Erden, nur eine Arbeitshypothese. Er nimmt sich vor, sie in nächster Zeit zu überprüfen. Messner weiß genau, dass er jetzt, nach diesen zwei anstrengenden Tagen, Ruhe braucht. Danach will er sich auf seine nächste Reise vorbereiten. Es wird nicht morgen geschehen und nicht übermorgen. Aber er wird nach Kopenhagen fahren, dessen ist er gewiss.

DIE LOKOMOTIVE

Auftrag

Dass die Revolution das Unmögliche von mir verlangt hat, ist nicht ihre Schuld. Ich hätte bei meinem Strukturat für Kartonagen- und Papierverarbeitung bleiben können, ich hätte dort weiterhin die Maschinen warten können, aber es sollte nicht sein. Die Arbeit war nicht schlecht, aber ich wollte mehr. Es war mein Kopf, der mich hierher geführt hat, mein eigener Wille. Wer hätte ahnen können, dass mich hier eine Aufgabe ereilen würde, der ich nicht gewachsen war? Wer hätte ahnen können, dass ich an ihr wachsen, sie bewältigen und dann trotzdem an ihr scheitern würde?

Ich war kein Ingenieur, oder jemand mit vergleichbarer Qualifikation. Ich war ein Maschinist. Wenn ich mich heute an den Tag erinnere, als ich zum ersten Mal den Aushang am schwarzen Brett vor den Umkleidekabinen las, verfluche ich ihn. »Metallstrukturat Kolja Grishkov in Neténde sucht Ingenieure oder Praktiker mit vergleichbarer Ausbildung: Maschinenbau, Metallverarbeitung, Fräsen und Zerspanen. Meldung beim Centurio.«

Ich fluche wie ein Kesselflicker, wenn ich daran denke, aber das nützt nichts – schlimmer noch: Es ist irrational. Dieser Aushang ist nicht verantwortlich, genauso wenig wie die Revolution selber. Ich hätte ihn nur nicht zu beachten brauchen. Ich hätte meine Jacke in den Spind hängen, meine Privatkleider ausziehen sollen, hätte mich, wie jeden Morgen, ein wenig über die zu niedrigen Temperaturen in der Umkleide ärgern sollen, dann den Overall überstreifen, die Stiefel anziehen, den Spind schließen und zur Arbeit gehen sollen.

Aber ich blieb stehen. Und las den Aushang. Und dachte den ganzen

Tag über ihn nach. Und den nächsten auch, und den übernächsten auch. Nach einer Woche war ich dann so weit: Ich würde es wagen. Ich wollte weg von den Kartonagen, schon lange. Und jetzt wusste ich auch, wo ich hin wollte. Ich würde ein Verbrechen begehen. Ich würde meine Papiere fälschen.

Warum funktioniert die Revolution auf Ladania? Eigentlich fragen sich das nur ihre Feinde. Sollen sie, dann sind sie mit etwas anderem beschäftigt, als transnational gegen den Volkswillen zu intrigieren. Bis zur »Zeit der Auflösung«, wie die große Umwälzung nach 2012 bei uns genannt wird, hieß Ladania »Fürst-Josefs-Insel«, gehörte zu Chile, und war eigentlich nur Spezialisten bekannt. Eine große Insel im kalten Scotiameer, unbeachtet, bedeutungslos. Der Diktator Pinochet hatte die Fürst-Josefs-Insel – für ihn Teil der »chilenischen Antarktis« – als Gefängnisinsel benutzt, aber selbst einem Verrückten wie ihm war das einerseits bald zu aufwändig geworden, andererseits hatte dem Charakter einer Gefängnisinsel eine Eigenart Ladanias widersprochen, die wir heute zu schätzen wissen: Auf Ladania ist es, gemessen an seiner geographischen Lage, erstaunlich warm. Die Durchschnittstemperatur entspricht etwa der Alaskas. Zu warm für Delinquenten, fand Pinochet, zu angenehm.

Das Kuriosum war bekannt, aber wer wollte schon zur Fürst-Josefs-Insel? Erst 2005 wurden die gewaltigen Kohle- und Eisenvorkommen auf Ladania entdeckt. 2012, zum Zeitpunkt der Auflösung, waren schon seit einigen Jahren Prospektoren auf Ladania zugange, die im Auftrag großer Konzerne Probebohrungen anlegten. Sie taten das nicht mit besonderer Energie. Öl war keins vorhanden, im Grund war die Montanepoche vorüber, und man betrachtete Ladania bestenfalls als Reservetank für schlechte Zeiten. Dass Antonio Nefardi mit zweihundert Genossinnen und Genossen auf der Fürst-Josefs-Insel landete und Ladania gründete, wurde überhaupt nicht wahrgenommen. Als die Restauration um 2017 überall gesiegt hatte, feierte sie sich selbst, und die paar Spinner in der Antarktis störten sie nicht. Um 2020 bemerkte man, dass auf der Fürst-Josefs-Insel ein kaltes Kuba entstanden war, mit mittlerweile mehreren Millionen Einwohnern.

Da die Bodenschätze der Revolution wie reife Früchte in den Schoß gefallen waren, lag die Entscheidung des Volkswillens auf der Hand: Man würde zum Lebensstil der ersten industriellen Revolution zurückkehren – unter veränderten sozialen Bedingungen.

Zuerst hatte ich Glück. Ich fälschte Belege über den erfolgreichen Besuch von Abendkursen zur Ingenieursausbildung, und mein kleiner Betrug gelang bei allen Stellen, die über eine Verlegung nach Neténde zu entscheiden hatten, von meinem Centurio an. Ingenieure werden auf Ladania immer händeringend gesucht, und die Prüfungen sind nicht ganz so streng, wie sie vielleicht sein sollten.

Meine Aufgabe in dem Metallstrukturat bestand in dem Entwurf, der Fertigung und der Wartung fortgeschrittener Dampfmaschinen. Das war insofern nicht schwierig, als ich mit Dampfmaschinen vertraut war. Vor meiner Zwangsverlegung zu dem Kartonagenbetrieb war ich Techniker in einer Großkraftstation gewesen, dauernd mit Dampfmaschinen und -turbinen befasst, von daher auch auf dem Stand der Technik. Von heute aus gesehen ist es klar: Die Verlegung von der Kraftstation in die Kartonagenfabrik war für mich eine persönliche Kränkung. Die Arbeit im Kartonagensektor war mir leicht gefallen, und ich sah ein, dass sie getan werden musste. Aber ich hatte mich doch immer nach den Dampfmaschinen zurückgesehnt. Jedenfalls erkläre ich mir das heute so.

Mit den Genossen meiner Centurie kam ich sofort gut aus. Die Ingenieure respektierten mich als einen der ihren. Wie hätten sie ahnen können, dass ich keiner der ihren war? Ich hatte in der Kraftstation pausenlos mit Ingenieuren zusammengearbeitet, Konstruktions- und Reparaturaufgaben mit ihnen gemeinsam gelöst. Die Theorie des Maschinenbaus war mir in Grundzügen von meiner Technikerausbildung her vertraut, technisches Zeichnen hatte zu meiner Ausbildung gehört. Die Genossen Ingenieure in der Kraftstation hatten mich immer als Praktiker mit Verstand respektiert, im Metallstrukturat fiel mir das Auftreten als Ingenieur leicht.

Nur mit einem hatte ich gleich Probleme: Svevo, der Parteisekretär der Centurie, lag mir nicht. Normalerweise hätte mich das gewundert. Ich hatte noch nie mit einem Kader des Volkswillens Probleme gehabt. Aber ich stellte nach kurzer Zeit fest, dass Svevo in der Centurie ganz allgemein unbeliebt war, und beruhigte mich. Ich musste nicht mit jemandem gut auskommen, der sich 80 von 100 Genossen zum Feind gemacht hatte. So was kam vor, auch bei uns.

Ich arbeitete ziemlich hart, um die Stellung auszufüllen, die ich mir erschlichen hatte, und es gelang mir. Ich führte einige geringfügige Verbesserungen in die Konstruktion feststehender Dampfturbinen zur Elektrizitätsgewinnung ein (mein altes Fachgebiet), und behielt sogar meine besten Ideen für mich, um keinen Neid unter den Genossen zu erzeugen. Ich wurde zweimal mit dem roten Rad ausgezeichnet – bei unüblich kurzer Betriebszugehörigkeit. Ich sparte auf eine private Limousine, ein ehrgeiziges Ziel, auch für einen Ingenieur (der ich nicht wirklich war, wie ich mir manchmal selber sagen musste, um nicht abzuheben). Das ging – alles in allem – zwei Jahre so.

Auch im Persönlichen gelang zunächst viel. Kurz vor meinem Umzug nach Neténde hatte ich mich von meiner bisherigen Lieblingsfrau getrennt. In der Hauptstadt hatte ich bald eine neue gefunden, sie hieß Pani. Wir stellten uns gemeinsam beim Rat meines Wohnheims vor und bemühten uns um ein verbindliches Auftreten – die Sitzung dauerte nur kurz, der Rat nahm uns an, Pani konnte in das Haus ziehen, in dem auch ich lebte. Wir wohnten nur durch ein paar Türen getrennt, und man hatte uns sogar in Aussicht gestellt, bald Nachbarn zu werden. Wir konnten unser Glück kaum fassen, als uns auch noch eine Zeugungserlaubnis erteilt wurde. Pani besuchte die Krippe des Wohnheims, fand sie hervorragend und stellte sofort die nötigen Anträge.

Das Unglück setzte ein, als sich ein Jahr später herausstellte, dass wir keine Kinder haben würden, weil ich unfruchtbar war. Mich schockierte das mehr als sie. Sie war inzwischen zum Centurio in ihrer Abteilung bei der Registratur aufgestiegen und konnte mit mir nicht mehr alles besprechen, was dort vorging – Dienstgeheimnis. Da sie sich mit anderen Männern traf, schien ihr auch unsere Präferenz nicht mehr so wichtig zu sein. Eigentlich hätte ich ihr das Misstrauen aussprechen und die Präferenz von mir aus lösen müssen. Ich tat es nicht.

Man muss dazu wissen, dass Fruchtbarkeit bei uns in Ladania ein großes Thema ist. Wir leben lange, und es werden nur wenige Kinder geboren, um die Bevölkerung stabil zu halten. Der Volkswille ist in dieser Hinsicht sehr strikt. Es gibt Gerüchte, dass man uns etwas ins Essen tut, um die Fruchtbarkeit allgemein zu dämpfen. Es wird auch behauptet, dass sich nur die hohen Kader des Volkswillens selbstbestimmt fortpflanzen können, entweder weil sie nicht der chemischen Unterdrückung unterliegen oder weil sie Zugriff auf die medizinischen Fortpflanzungstechniken haben, die es in Ladania offiziell gar nicht gibt. Das ist alles Unfug. In solchem Gerede drückt sich der Unwille der Leute darüber aus, dass bei uns nicht wild durcheinander geboren werden kann, wie im Rest der Welt. Wir haben die Ressourcen nicht, und die Welt hat sie eigentlich auch nicht, aber sie tut so als ob, immer noch.

Pani und ich waren vor unserer Entfremdung sehr glücklich über die Zeugungserlaubnis gewesen. Hätte zum Zeitpunkt der Diagnose ein Kind noch viel von uns gehabt? Das ist eine Frage, die ich mir interessanterweise gar nicht stellte. Ich war verletzt, gekränkt, verwirrt. Zeitweise verlegte auch ich mich auf die Theorie, meine Fruchtbarkeit sei mir künstlich genommen worden. Pani lachte mich deswegen aus und wies mich darauf hin, dass man uns wohl kaum eine Zeugungserlaubnis erteilt und mich gleichzeitig heimlich sterilisiert haben würde. Ich wusste nicht, was ich tun sollte, und hielt trotz der veränderten Umstände an Pani und der fixen Idee einer Familie fest. Auf sehr unladanische Weise hoffte ich auf ein Wunder.

Ich hatte all das noch nicht ganz verdaut, als eines Tages Svevo in meinem Büro erschien. Einerseits brachte mich schon die Tatsache, dass er nicht angeklopft hatte, gegen ihn auf. Svevo klopfte nie an, er hielt das nicht für nötig, weil er Kader des Volkswillens war. Wenn man ihn deswegen zur Rede stellte, konnte er sehr unangenehm werden: »Was sind denn das für bürgerliche Mätzchen?«, usw. Andererseits hoffte ich insgeheim auf eine Beförderung, eine Verbesserung, irgendein einschneidendes berufliches Ereignis, das mein angeknackstes Selbstbewusstsein wegen der Unfruchtbarkeit wieder heilen würde. Ich hatte privat so viel Unglück erlebt, meinte ich, dass ich jetzt eine Wiedergutmachung verdiente.

»Genosse Reiszman!«, rief Svevo, nachdem er sich vor meinem Schreibtisch aufgebaut hatte. »Bei der Arbeit, wie ich sehe!«

Svevo war am widerlichsten, wenn er jovial sein wollte.

»Immer, Genosse«, sagte ich, »immer.«

»Ja, ja, das wissen wir, das wissen wir.«

Svevo fing an, vor meinem Schreibtisch hin und her zu gehen, als sei ich gar nicht da. Noch eine seiner Marotten.

»Was ist die Revolution?«, fragte er ins Leere.

In der trockenen und kalten Luft kondensierte sein Atem. 16 Grad Zimmertemperatur, streng nach Vorschrift.

»Die Revolution ist unsere Mutter. So müssen wir das sehen. Sie gibt uns alles, Nahrung, Unterkunft, Sinn. Vergangenheit, Gegenwart, Zukunft: alles. Mit dieser Haltung, mit dieser Dankbarkeit für das Kleine und das Große geben wir der Revolution Kraft. Wo stehen wir im Vergleich zu Kuba? Wir sind weit voraus im brüderlichen Wettkampf: besseres Gesundheitssystem, besseres Schulwesen, niedrigere

Kindersterblichkeit, höhere Lebenserwartung, höherer durchschnittlicher Lebensstandard!«

Niedrigere Durchschnittstemperatur, dachte ich bitter. Mir wurde Zeit gestohlen.

»Und wir halten das für selbstverständlich – du auch, ich auch. Wir fragen uns nicht: Was kann ich tun, was können wir tun, damit diese Errungenschaften erhalten bleiben? Diese nicht selbstverständlichen?«

Manchmal fragte ich mich, ob Svevo uns nicht vielleicht doch alle auf den Arm nahm mit seinem komischen, pedantischen Eifer, der so gar nichts Begeisterndes an sich hatte. Dann glaubte ich wieder, die Komik sei ausschließlich unfreiwillig. Möglicherweise war er auch damals schon nicht mehr ganz klar im Kopf.

»Genosse Schmitz ...«

»Wir können das! Wir können etwas beitragen!«

Wenn auch der Beitrag nur darin bestand, andere von der Arbeit abzuhalten, indem man ihnen stundenlang dummes Zeug erzählt, dachte ich.

»Und du, Genosse Reiszman, kannst in ganz besonderer Weise etwas zur Verteidigung unserer revolutionären Errungenschaften beitragen.«

Ich wurde innerlich still. Svevo sah mich mit manischem Blick an. Die eng beieinander stehenden Augen, das schmale Gesicht, die großen Zähne: Man konnte schon verstehen, warum er hinter seinem Rücken »Das Wiesel« genannt wurde.

»Ich habe mir Gedanken darüber gemacht, was die Revolution von unserer Centurie braucht. Und was braucht sie?«

Er schlug mit der flachen Hand auf den Schreibtisch.

»Eine Lokomotive braucht sie. Und du, Genosse Reiszman, konstruierst sie.«

Ich war so überrascht, mir stand wohl der Mund offen.

»Da bist du platt, was? Aber genau so ist es. Das Allokationskommissariat, der Interstrukturatsplan und die Parteigremien sind einverstanden. Du baust uns die schnellste Dampflokomotive der Welt. Ich habe mich erkundigt. Dafür gäbe es sogar im Ausland Bedarf.«

»Aber ...«, sagte ich lahm – und hielt mich gerade noch zurück. Ich hatte fortfahren wollen: Das kann ich nicht. Ich bin gut in stationären Dampfmaschinen. Lokomotiven sind nicht mein Gebiet. Ich bin kein Ingenieur. »... ja«, brachte ich stattdessen zuwege. »Das ist eine große Ehre. Eine große Aufgabe. Ich bin ... überrascht. Eine große Ehre.«

»Was ist?«, fragte Svevo, leicht misstrauisch. »Traust du dir das nicht zu? Ich habe der Partei versprochen, dass wir das in einem halben Jahr schaffen.«

»In einem halben Jahr«, wiederholte ich tonlos.

»Exakt! Genauso lange laufen auch die AK- und ISP-Sondergenehmigungen.«

Ich war noch immer gelähmt. Aber ich konnte schon wieder hassen. Was gibst du Hund Versprechen, die andere halten müssen?, hätte ich gerne gefragt. Was reißt du dein Maul über Sachen auf, von denen du nichts verstehst? Eine brauchbare Lokomotive in einem halben Jahr! Wohl wahnsinnig geworden, was? All das hätte ich fragen und sagen wollen. Aber ich sagte nur gepresst:

»Genosse Schmitz. Danke für diesen ehrenvollen Auftrag. Er verändert meine Prioritäten völlig. Bei dem anspruchsvollen Ziel muss ich mich umgehend an die Arbeit machen. Sofort.«

Genau das hatte er hören wollen. Man erkannte es an seinem dummzufriedenen Grinsen.

»Genosse Reiszman: Viel Erfolg! Der Rest der Brigade hört noch heute von mir.«

Und er stolzierte ab, der dumme Hahn. In Wirklichkeit tat ich bis zum Ende der Schicht so gut wie nichts mehr. Ich war verloren.

Die Heimfahrt an diesem Tag war völlig konfus. Ich stand mit meiner Tasche auf dem Bahnsteig und wartete darauf, nach Hause gebracht zu werden. Es war kalt, wie immer, und es schneite, wie oft. Die kleine Lok des Vorortzuges wurde von der Dampfstation des Bahnhofs mit Dampf beschickt, man konnte den Lokführer in dem beleuchteten Führerhaus an den Kontrollen hantieren sehen. Ein lautes Zischen – der Beschickungsschlauch löste sich und wurde automatisch eingezogen – der Zug fuhr ein. Als die Lok an mir vorbeirollte, versuchte ich ihre Bauart zu analysieren. Das Ergebnis meiner Anstrengungen war banal. Zwei Zylinder, eine normale Kurzstreckenlok mit den üblichen Anpassungen für ladanische Verhältnisse (bulliger Hochdruckkessel zur Fremddampfaufnahme, wie bei uns üblich) – eigentlich nichts Besonderes. Für mich aber schon. Außer den banalsten Äußerlichkeiten und Allgemeinheiten wusste ich von dieser bescheidenen Kurzstreckenlok nichts. Und ich musste etwas viel Besseres, viel Leistungsfähigeres, viel Beeindruckenderes in einem halben Jahr gebaut haben. Ich konnte fast nicht einsteigen, so miserabel fühlte ich mich.

Während der Fahrt versuchte ich, meine Erfahrungen in der Konstruktion und Wartung stationärer Dampfmaschinen auf Lokomotiven zu übertragen. Es versteht sich eigentlich von selbst, dass das fruchtlos war und nur mein Gehirn zum Heißlaufen brachte. Meine Stimmung wurde immer schwärzer. Sie war auf dem Tiefpunkt angelangt, als ich, völlig in düstere Gedanken versunken, an einer falschen Station ausstieg und feststellen musste, dass der nächste Zug erst zwei Stunden später fahren würde.

Ich stand schwer atmend auf dem Bahnsteig und versuchte mich zu orientieren. Kein Zweifel, ich war in einem Gewächshaus-Distrikt gelandet. Im Flockengestöber standen die seltsam schneefreien dunkelgrünen Gebilde dicht an dicht, erst in weiter Ferne verloren sie sich hinter einem weißen Vorhang. Ich musste hier Hunderte Male durchgekommen sein, aber hinter den Scheiben eines Zugabteils sieht die Welt anders aus. An meinen Ohren nagte die Kälte. Auch meine Füße wurden langsam klamm. Ich setzte mich in Bewegung.

Die sauber angelegten Pfade zwischen den Gewächshäusern waren schneefrei und relativ warm, weil unter ihnen die Dampfleitungen zur Beheizung der Gebäude entlangliefen. Man lief auf Borkenmulch, der durch den ständig schmelzenden Schnee feucht gehalten wurde. Zwar pressten die Füße Hunderter Gewächshausarbeiter den Mulch zusammen, aber trotzdem ging ich weich und leicht, wie auf zusammengepressten, feuchten Sägespänen. Es mag dieses leichte und weiche Gehen gewesen sein, das mich immer tiefer in den Gewächshausdistrikt lockte. Auch die Tatsache, dass ich niemanden, wirklich niemanden im Freien sah, den ich nach dem Weg zurück hätte fragen können, wirkte auf mich eher verlockend als abstoßend – möglicherweise wollte ich mich an diesem Tag verirren.

Meine Gedanken kreisten zwar immer noch um Svevos Auftrag, aber in einer seltsam leichten, gleichgültigen Weise, wie ein Karussell, das einmal angestoßen worden ist und sich nur deshalb immer weiter dreht, weil die Schmierung stimmt. Ich sah diesem inneren Karussell beim Drehen zu. Ich bildete mir ein, ganz woanders zu sein, wie aus meiner Welt gefallen, weil ich an einem bestimmten Punkt die eine Tür geöffnet hatte und nicht die andere.

Schließlich blieb ich vor einem Gewächshaus stehen, ich weiß nicht, warum gerade vor diesem. Der Bewuchs da drinnen, den ich durch das klare Glas sehr gut sehen konnte, war locker; kleinere, zäh aussehende Bäume wuchsen in Gruppen auf ansonsten fast vegetationsfreiem Boden von sandroter Farbe. So stellte ich mir den Übergang zur Steppe in Afrika vor.

Die Türen des Gewächshauses waren unverschlossen. Drinnen – warme Luft. Ich konnte nicht anders, als über das Glück nachzudenken, dass ich auf Ladania lebte. Das geniale inselweite Dampfverteilungsnetz, das der ganzen ladanischen Kultur zugrunde lag, von der Mobilität per Eisenbahn bis zur Kommunikation per dampfbetriebener Rohrpost – hier ermöglichte es eine Temperatur von mindestens 25 Grad, die diese Bäume wohl brauchten, um zu gedeihen. Ohne Zweifel wurde für die Beheizung der Gewächshäuser nicht kohleerzeugter Dampf benutzt, sondern Thermalenergie, die dritte Quelle des ladanischen Reichtums. Im Grunde, so sagte ich mir, wärmt mich gerade die Erde selbst.

Ich öffnete meine Jacke. Ich war lange nicht in einem Raum gewesen, in dem mein Atem nicht sichtbar war. Ich befand mich tatsächlich in einer Welt, in die ich nicht gehörte, die mir aber im Gegensatz zu der, die ich gerade verlassen hatte, unendlich viel attraktiver erschien. Zwischen den Bäumen hindurchwandernd wurde ich von Schmetterlingen umflattert, die wie große Motten aussahen. Schmetterlinge waren auf Ladania wegen der ständigen Kälte extrem selten, nur einige wenige Arten konnten den sehr kurzen ladanischen Sommer ausnutzen, um sich zu vermehren. Ich genoss den Anblick der Insekten trotz ihres taumelnden, orientierungslosen Flugs.

»Was machen Sie da?«

Ich hatte die Frau gar nicht bemerkt, die mit einem seltsamen Rechen inmitten einer Baumgruppe stand und mich mit misstrauischen Augen ansah.

»Ich —«, setzte ich an, und wusste nichts Rechtes zu sagen. »Ich habe mich verlaufen.«

»Nathalie?«, rief jemand ganz in der Nähe, »mit wem redest du?«

Nathalie taxierte mich mit ihren Blicken.

»Werksbesuch«, rief sie laut zurück.

»Was für ein Werksbesuch?«, fragte der unsichtbare Genosse Nathalies.

»Der Werksbesuch, der sich heute morgen bei mir angekündigt hat.«

Ich war perplex. Nathalie erfand einen Grund für mein unvermutetes Auftauchen, ohne dass sie das Geringste über mich wusste. Ich konnte ein Dieb, ein Saboteur, ein Irrer sein, aber sie hielt die Hand über mich.

»Kommen Sie«, sagte sie und lehnte ihren Rechen an den Baum, den sie gerade bearbeitet hatte. »Ich zeige Ihnen alles.«

Während ich neben ihr herlief, kam mir der Gedanke, sie könne mich mit Werksbesuch verwechseln, der sich *wirklich* heute Morgen angekündigt hatte und jede Minute eintreffen konnte.

»Genossin Nathalie«, sagte ich leise, »ich bin Josefo Reiszman vom Metallstrukturat Südost. Ich bin kein Werksbesuch. Ich habe mich wirklich verlaufen, weil ich an der falschen Bahnstation ausgestiegen bin. Ich wollte mir nur die Füße vertreten, weil der nächste Zug erst in zwei Stunden geht.«

»So etwas haben Sie bereits angedeutet. Ich glaube Ihnen. Wir gehen jetzt zum ID, und dann zeige ich Ihnen unser Gewächshaus, wie ich das bei einem normalen Werksbesuch auch machen würde. Oder wollen Sie unbedingt eine Untersuchung Ihres Verhaltens durch die *Sicherheit*?«

Das war ganz bestimmt das Letzte, was ich wollte.

Das ID stand vor dem Aufenthaltsraum der Brigade, man konnte durch eine Tür hindurch Stühle, einen Tisch und zwei Beine sehen. Sie wippten zu leiser Grammophonmusik im Takt.

Nathalie steckte meine Hollerithkarte in den ID. Jetzt war aktenkundig, dass ich mich hier aufgehalten hatte. Ich konnte nur hoffen, dass die *Sicherheit* diese kleine Anomalie nicht für untersuchungswürdig hielt, und bastelte bereits an einer Ausrede, die aus Svevos Auftrag einen Anlass für meinen Besuch bei der Gewächshausbrigade machte.

Lächelnd gab sie mir die Karte zurück. Während ich sie in meinem Geldbeutel verstaute, fragte ich die Genossin:

»Was machen *Sie* eigentlich hier?«

»Essen«, antwortete sie. »Auch Ihres, Genosse Reiszman. Kommen Sie.«

Sie nahm ihren missgestalteten Rechen und ging mit mir zu der nächstgelegenen Baumgruppe. Dann begann sie geschickt die dickeren und dünneren Äste des erstbesten Baumes zu rütteln, als wolle sie Obst ernten. Was aus dem Baum fiel, war kein Obst – es bewegte sich. Ich erinnerte mich: In Gewächshäusern wie diesen züchtete man eigentlich keine Pflanzen, sondern die essbaren Raupen, aus denen Potok bestand, ein eiweißreiches Nahrungsmittel in Scheibenform, das bei uns oft auf den Tisch kommt, gebraten, gekocht, gegrillt, wie auch immer. Die Schmetterlinge, die ich eben gesehen hatte, waren ihrer Ernte im Raupenstadium nur entgangen. Nathalie nahm ein paar

Raupen vom Boden auf und hielt sie mir hin. Sie lächelte mich an. Mir fiel auf, dass ihr Mund zu groß war, um wirklich schön zu sein.

»Hauptsächlich afrikanische Augenspinner-Arten. Wer bei uns dazugehören will, muss auch wissen, wie sie roh schmecken. Sehr gesund.«

Die Brut auf ihrer Hand wand sich. Dicke, weiße Würmer mit Stummelfüßen.

»Wie gut, dass ich bei euch nicht dazugehören will. Ich bin nur —«

»Ist das dein Werksbesuch?«, fragte die unangenehme Stimme von eben in unserem Rücken.

Wir drehten uns um. Da stand ein groß gewachsener, gut aussehender Mann mit hellen Haaren, wie Nathalie trug er einen Raupenrechen in der Hand. Sein Blick drückte Misstrauen, wenn nicht sogar Hass aus. Bevor Nathalie eingreifen konnte, stellte ich mich selber vor.

»Ich bin Josefo Reiszman, Ingenieur beim Metallstrukturat Südost. Ich interessiere mich für die Nutzung der Thermalenergie zur Potok-Gewinnung – Querwissen.«

Wie gut, dass mir dieser Begriff eingefallen war. Die »Querwissen«-Kampagne, mit der der Volkswille Arbeiter, Techniker und Ingenieure dazu bringen wollte, sich über fachfremde Gebiete zu informieren, dauerte ja immer noch an.

»Querwissen. Aha. Na dann verschaff ihm mal schön sein Querwissen, Nathalie«, sagte der Brigadist, drehte sich um und ging weg. Er war kaum außer Hörweite, da sagte sie:

»Oscar hat zu viele männliche Hormone, zu viele Neurosen und ist ständig eifersüchtig. Seit einem Jahr will ich mich versetzen lassen. Bis jetzt – kein Glück.«

Wir gingen zwischen den Baumgruppen hindurch.

»Miombowald, wie in Zentralafrika«, sagte Nathalie. »Da fühlen sich die Augenspinner am wohlsten.«

Sie erklärte mir noch dies und das, nicht sehr fundiert und detailliert, wahrscheinlich weil sie vermutete, dass es mich nicht all zu sehr interessierte. Sie trug ein eigenwilliges Parfum, nach dem ich beinahe gefragt hätte. Wir liefen noch ein wenig in dem Gewächshaus herum, um uns nicht durch eine allzu knappe Abwicklung des Werksbesuchs verdächtig zu machen, dann kehrten wir zum ID und zum Aufenthaltsraum zurück. Oscar stand in der Tür und beobachtete uns. Ich nickte ihm freundlich zu, was ihn offenbar noch wütender machte. Nathalie bot mir ihre RoPo an. Ich war mir ziemlich sicher, dass sie das nur tat, um Oscar zu ärgern, nahm sie aber trotzdem. Durch eine Seitentür verließ ich das Gewächshaus wieder. Der Weg zurück zum Bahnhof war einfach, und ich erwischte meinen Zug gerade noch eben so.

Daheim stritt ich mich mit Pani. Eigentlich hatten wir an diesem Abend ins Konzert gewollt – sowas machten wir manchmal, um uns zu beweisen, dass wir noch zusammengehörten –, aber jetzt war ich wegen meiner Gewächshaus-Eskapade zu spät. »Immer zu spät in letzter Zeit!«, rief sie und ließ mich nicht einmal in ihr Zimmer. In meinem war es eiskalt, weil ich am Morgen vergessen hatte, die Zeitschaltuhr für die Heizung einzustellen. Jetzt war die tägliche Heizperiode vorbei, da half nur noch das Bett. Ich zog mich so schnell wie möglich aus. Das Thermometer zeigte 7 Grad. Es dauerte lange, bis die anfangs kalten und klammen Decken um meinen Körper herum warm geworden waren. Ich war wütend, weil Pani mir keine Chance zur Erklärung meiner Verspätung gegeben hatte. Ihr Vorwurf war ungerecht. Ich dachte an die kommenden Wochen, und mich schauderte: Wie oft würde ich wohl zu spät kommen, wenn ich die Lokomotive wirklich zu bauen versuchte? Als ich meine Hand unter meine rechte Wange schob, roch ich Nathalies Parfüm. Es war mir unangenehm.

Am nächsten Morgen wachte ich frisch und ausgeruht auf – ich hatte gut geschlafen. Die morgendliche Heizperiode hatte gerade eingesetzt, mein Zimmer wärmte sich langsam auf. 7:10 Uhr – Zeit genug, um noch ein wenig im Bett liegen zu bleiben und darauf zu warten, dass die Höchsttemperatur erreicht war. Dann fiel mir schockartig Svevo ein, sein Auftrag, die Lokomotive, alles. Es war, als senkten sich bleischwere Gewichte auf mich herab, als nähme man mir die Luft zum Atmen. Ich versuchte mich zu beruhigen. Ich redete mir Zuversicht ein. Ich musste an den Streit mit Pani denken, und die Zuversicht verflog schneller, als ich sie mir eintrichtern konnte. Ich war hellwach vor Unglück, und dieses Unglück nagelte mich an der Matratze fest. 16 Grad – wärmer würde es nicht werden. Ich konnte aufstehen. Ich musste, wenn ich pünktlich im Werk sein wollte. Meine Bettdecken schienen aus Beton zu sein.

Die Fahrt zur Arbeit ging mir viel zu schnell. Ich wusste, was mich dort erwartete, ich wollte nicht hin. Ich steckte meine Hollerithkarte falsch herum in die Stechuhr, und der Pförtner musste sie mit einer Spezialzange wieder herausnehmen – hinter mir begannen die Leute zu maulen, weil sie wegen mir zu spät kamen. In meinem Büro bemerkte ich als erstes, dass Post gekommen war. Ich nahm die RoPo aus dem Terminal, sie war noch recht warm. Schon der Absender auf dem Operator machte alles klar: NE/VOWI/I/IL/512/AC. Und tatsächlich, das Büro 512 (Sekretariat Industrielle Leitung) beim Generalsekretariat des Volkswillens gratulierte mir als leitendem Ingenieur zu dem Auftrag, eine neue, moderne Allzwecklokomotive für die ladanische Gesellschaft zu konstruieren und am Revolutionstag (11.1.) dem Volk zu übergeben. Unterschrift Anna Corinth, Parteisekretärin/Büroebene. Mir wurde schwarz vor Augen. Die Erstfahrt ausgerechnet am Revolutionstag. Man hielt mich für fähig, Wunder zu wirken.

Wie es das Schicksal wollte, klopfte es genau in diesem Moment. Es war Raymond. Raymond Kaunda, einer der Ingenieure, schwarz, 1,65 Meter groß, muskulös und immer gut gelaunt. Mein Lieblingskollege. Fast ein Freund. An diesem Morgen grinste er nicht, und das war schon ungewöhnlich genug.

»Joso«, sagte er mit echter Besorgnis in der Stimme, »ist das wahr?«

»Was?«

»Na das mit der Lokomotive. Der Lackaffe sagt uns, wir müssen eine Lokomotive bauen. In einem halben Jahr.«

Das war zuviel. Irgendwo musste der angestaute Druck in meinem Inneren hin.

»Ja was denkst du denn? Schau dir das an«, schrie ich, und hielt ihm die Gratulation des Volkswillens unter die Nase. »Schau's dir genau an! Meinst du, das ist ein Witz? Das ist kein Scheißwitz! Das ist ein Parteiauftrag!«

Raymond wich unwillkürlich vor mir zurück.

»Das ist ...! Das ist ...!«, sagte ich und warf den Wisch auf den Schreibtisch, bebend vor Zorn. Stille. Wir waren beide so schockiert von meinem Ausbruch und der ganzen Situation, dass wir nichts mehr zu sagen wussten. Raymond stürzte hinaus, ich blieb mit meinem Elend allein. Meinen Lieblingskollegen hatte ich ja vertrieben.

Ich dachte kurz an Selbstmord.

Das war genau der Punkt, an dem ich mich wieder in den Griff bekam. Ich benahm mich ja völlig unmöglich. Emotional bis zum Äußersten, ego-zentriert, unladanisch. Es war mir in meiner Ausbildung gesagt worden, es sei ein Prinzip unserer Gesellschaft, und es entsprach meiner persönlichen Erfahrung: Für jedes Problem gibt es eine Lösung. Schwerwiegende Probleme erzeugen Panik, das ist so ihre Eigenart. Aber wer von vorneherein denkt, dass sie unlösbar sind, gibt ihnen mehr Macht, als sie haben. Die Unlösbarkeit steckt in deinem Kopf, nicht im Problem. »Es ist«, so erinnerte ich mich an den ständig wiederholten Lehrsatz von Kalmány, »als würde man einen Folterknecht auffordern, härter zuzuschlagen, noch bevor er die Hand gehoben hat.« Ich machte die bewährten Atemübungen. Ich nahm einen Zettel aus meinem Schreibtisch und stellte eine Liste meiner nächsten Schritte auf.

Als erstes schrieb ich an Pani.

Liebe Pani,
unser Streit von gestern Abend tut mir leid. Noch schlimmer finde ich, dass ich heute auch zu spät kommen werde, ich hätte gerne mit dir zu Abend gegessen wie geplant, aber es geht nicht. Der Grund ist heute wie gestern derselbe: Ich habe einen sehr anspruchsvollen Parteiauftrag bekommen, über den ich nicht näher sprechen kann, der aber in nächster Zukunft all meine Kraft beanspruchen wird. Ich will trotzdem so viel Zeit mit dir verbringen wie möglich, es ist mir wichtig. Bitte verzeih mir diese kurzen und verworrenen Bemerkungen per Büropost, aber ich wollte auf jeden Fall vermeiden, noch einmal unangekündigt zu spät zu kommen. Lass uns bald über die neue Situation sprechen!

In Liebe: Josefo

Ich stellte die Adresse Panis auf dem Operator mit einem bitteren Gedanken ein: Sie konnte mir nicht mehr alles von ihrer Arbeit in der Registratur erzählen, ich konnte ihr nicht von etwas erzählen, was mich zu erdrücken drohte: Wie war das gekommen? NE/XXV/S16/W08/ST2/Z347/PJ. Ich musste gut Acht geben. Ich hatte mir schon öfter selber Post geschickt, weil meine RoPo der ihren so ähnlich war. Pani sollte den Brief zuverlässig im Gemeinschaftsterminal finden, wenn sie von der Arbeit nach Hause kam.

Dann schrieb ich an das Allokationskommissariat, um ein Diktaphon zu beantragen. Ich rechnete nicht ernsthaft damit, dass mein Antrag Erfolg haben würde. Diktaphone waren seltene, komplexe technische Apparate, und sie standen nicht einfach jedem zur Verfügung, der sie brauchte. Aber ich würde in der nächsten Zeit eine Menge Post schreiben müssen, und es schadete nicht, wenn ich dem Allokationskommissariat zu verstehen gab, dass ich meine Mission ernst genug nahm, um ein Diktaphon zu beantragen.

Dann hängte ich das »Nicht stören!«-Schild an die Türklinke meines Büros, und vertiefte mich in meine Handbücher. Nicht dass ich hoffte, dort eine Lösung für mein Problem zu finden. So naiv war ich nicht.

Aber im *Prinzip* waren Lokomotiven nichts anderes als Dampfmaschinen auf Rädern, und irgendwo musste ich anfangen, nach der Lokomotiven-Konstruktion zu suchen, die den Ansprüchen des Volkswillens genügen konnte.

Leider gaben die wenigen Bücher, die ich in meinem Büro hatte (vor allem der *Woolf* und der *Hornblower*) kaum Hinweise. Wie auch? Das waren die Grundlagen der Dampfmaschinenkonstruktion, über die man in Ladanien in einigen Punkten weit hinausgekommen war, ich musste mich schon mit moderneren Büchern und vor allem mit solchen beschäftigen, die tatsächlich den Bau von Lokomotiven zum Thema hatten. Ein Besuch in der Bibliothek war unumgänglich.

Aber vorher wollte ich noch mit Raymond sprechen. Ich traf ihn in unserer Werkstatt, dem so genannten »Labor« an. Das Labor war ein Bretterverschlag mit einer Drehbank, ein paar Tischen und einem Haufen Werkzeug, meistens veralteter Kram. Die Bude war aus irgendeinem Grund immer kälter als der ganze Rest des Strukturats, einschließlich des Hebebühnen-Saals, und niemand hielt sich dort gern zur Arbeit auf. Deswegen konnte man dort gut allein sein. Raymond feilte an irgendwelchen Metallstücken herum, und gab dabei nicht gerade das Bild eines schwer beschäftigten Bestarbeiters ab.

»Ich muss mit dir reden«, sagte ich, aber er beachtete mich kaum. »Es tut mir leid. Ich wollte das vorhin nicht.«

Raymond warf sein Werkstück auf den Tisch, dass es klirrte, und sah mich wütend an. Dann nahm er ein anderes und besah es sich mit einer Aufmerksamkeit, als bestünde es aus Gold.

»Die vom Volkswillen spinnen.«

Wenigstens sprach er wieder mit mir.

»Richtig«, gab ich zu. »Aber wir können sie nicht davon überzeugen. Svevo, der Dummkopf, hat ihnen diesen Floh ins Ohr gesetzt, und wir müssen das jetzt ausbaden. Wir haben keine andere Wahl, als es zu versuchen.«

Raymond, dem ein leichtes Lächeln über das Gesicht gehuscht war, als ich Svevo einen Dummkopf genannt hatte, wurde sofort wieder ernst.

»Wenn wir scheitern, werden wir verbannt. Das weiß ich, das weißt du.«

Ich glaube, das war das erste Mal, dass jemand im Zusammenhang mit dem Lokomotivenprojekt den Begriff »Verbannung« benutzte. Ich zuckte zusammen. Raymond hatte Recht. Wenn wir dem Volkswillen die Jungfernfahrt am Revolutionstag versauten, würden wir verbannt werden. Ich ganz sicher, meine Brigade wahrscheinlich, einige andere Leute vielleicht auch noch, nur damit es sich auch lohnte.

»Ich lass mich versetzen«, sagte Raymond. »Ich bin doch nicht verrückt. Das ist ein Himmelfahrtskommando.«

»Tu mir das nicht an. Ohne dich können wir das nicht schaffen, das weißt du. Ich brauch dich für die Kessel, fürs Schweißen, für alles.«

»Ich lass mich versetzen«, sagte Raymond stur, und fand jetzt wieder interessante Aspekte an seinem dummen Metallstab, die Beachtung verdienten. Es klang zum Glück so, als zweifele er an seiner Entscheidung.

»Also gut«, sagte ich bitter. »Tu, was du nicht lassen kannst. Ich gehe jedenfalls jetzt in die Bibliothek und suche nach einer Lokomotive, die wir bauen können. Denk noch an die Verdichter für Eporta III!«

Dann drehte ich mich um und ging zur Tür hinaus.

»Leck mich mit deinen Verdichtern!«, rief mir Raymond wütend hinterher, »mach lieber einen gescheiten Plan für die Scheiß-Lok!«

Ich lächelte, dann gefror mir das Lächeln. Kaum war mir die Verantwortung für ein wichtiges Projekt übertragen worden, begann ich, die Leute um mich herum zu manipulieren.

Wenn ich schon eine mechanische Bibliothek benutzen musste, warum dann nicht die beste? Ich nahm den Innenstadtzug zum ersten Bezirk, und stieg am Platz des 11. Januar aus. Die Zentralbibliothek des Volkswillens lag nicht direkt am Platz, war aber von dort aus gut zu Fuß erreichbar.

Die Verschlafenheit der Bibliothekare langweilte mich außerordentlich. Der Portier bestand darauf, meine Hollerithkarte selbst in den ID zu stecken, machte es aber falsch und brauchte fünf Minuten, um sie wieder zu befreien. Im hoch überkuppelten Lesesaal herrschte eine barbarische Kälte, weil die Heizung ausgefallen war (die Entschuldigungsnotiz trug einen Datumsvermerk von vor zwei Wochen), und die Leselichter waren eindeutig zu dunkel. Viel Wissen hier, dachte ich, viel Dunkelheit.

Der Katalog spuckte beim ersten Anlauf mit den beiden Suchbegriffen »Lokomotive« und »Konstruktion« eine Signatur nach der anderen aus, und ich unterbrach die Ausgabe etwa nach der zwanzigsten, was laut rasselnde und quietschende Vorgänge im Inneren des Apparats zur Folge hatte. Was waren wohl geeignetere Begriffe? »Lokomotive«, »Konstruktion«, »Rekord«. Der Katalog rasselte und knarzte immer noch vor sich hin, so dass ich schon an eine Fehlfunktion zu denken begann, dann aber leuchtete doch das Anzeigefeld »Ausgabe« auf, und die Signaturen liefen im Zehn-Sekunden-Abstand über die Anzeigetafel. Da es immer noch zu viele waren, betätigte ich die Ausdruck-Taste, und das Druckwerk setzte sich mit dem typischen Schreibmaschinenklappern in Bewegung. Es roch nach warmem Maschinenöl. 37 Einzelposten, die sich mit der Konstruktion von Rekordlokomotiven beschäftigten.

Ich seufzte. 37 Einzelposten in einer Mechabib auf ihre Tauglichkeit für ein bestimmtes Spezialgebiet zu untersuchen, konnte mich den ganzen Abend kosten.

Aber ich hatte gleich Glück. Unter den ersten fünf Signaturen waren drei Treffer. Vor allem das Buch eines Theodor Pehnt über die genauen Konstruktionsdaten für die beiden Lokomotiven, die bis heute als die Weltrekordhalter bei der Dampftraktion angesehen werden (die britische »Mallard« und die deutsche »05002«), war Gold wert. Wenn ich Glück hatte, war dieses Buch das einzige, das ich brauchen würde.

Abgesehen von dem ungemütlichen Lesesaal und der Schlamperei der Bibliothekare war die Mechabib doch eine erstaunliche Sache. Um die Seiten eines kompletten Buchs zusammenzustellen, brauchte das Registraturwerk nur etwa zehn Minuten. Selbst die Zusammenstellung von relevanten Fachartikeln oder Kapiteln aus verschiedenen Büchern wäre möglich gewesen und hätte nur geringfügig länger gedauert, wie ich wusste. Diese Bibliotheken kamen dem, was man außerhalb Ladaniens als »Computer« bezeichnete, wohl am nächsten, abgesehen von den hochkomplexen RoPo-Steuersystemen, den Leitwerken für die Eisenbahn und den Apparaten der Registratur.

Ich gab den Ausdruck der drei Bücher in Auftrag, bezahlte die geringe Gebühr im Voraus und versprach, sie am nächsten Morgen abzuholen. Daheim wartete eine RoPo von Pani auf mich: »Lösung der Präferenz morgen Abend 1900«.

Die Zeremonie war nüchtern genug. Der Notar des Wohnheimrats, ein ruhiger Mann mit randloser Brille, bat uns herein, identifizierte uns, und trug auf einem vorgedruckten Blatt und seiner Kopie unsere Namen ein. Er wollte wissen, von wem die Lösung zur Präferenz ausging.

»Von mir«, sagte Pani – etwas zu laut, wie ich fand.

Der Notar machte hinter ihrem Namen zweimal ein Häkchen, einmal auf dem Original, einmal auf der Kopie. Wie es das Gesetz verlangt, stellte er Pani die Frage, ob ihre Entscheidung feststehe. Präferenzlösungen müssen nur von dem Partner bestätigt werden, der sich lösen will. Juristisch gesehen war nicht einmal meine Anwesenheit erforderlich.

»Ja«, sagte Pani, »ich will die Lösung.«

»Und du, Genosse Reiszman?«

Meine Antwort bedeutete nichts. Die Frage diente hauptsächlich statistischen Zwecken, wie ich wusste.

»Ich auch«, sagte ich, und klang dabei wesentlich weniger überzeugt als Pani.

Der Notar sagte: »Dann ist es gut«, und machte seine Häkchen. Wir unterschrieben.

»Die Kopien gehen Ihnen per RoPo zu.«

»Selbstverständlich«, sagte Pani. Sie stand auf, murmelte einen kurzen Gruß und ging zur Tür.

»Warte doch«, rief ich, und eilte ihr hinterher. Aus den Augenwinkeln nahm ich den Gesichtsausdruck des Notars wahr. Er sah jetzt aus wie eine vertrocknete Sphinx. Ich musste wirklich laufen, um Pani auf dem Flur noch einzuholen.

»Pani!« Ich stellte mich ihr in den Weg.

»Lass mich«, sagte sie, »ich will nicht darüber reden.«

»Ich verstehe das nicht! Ich bin zweimal zu spät gekommen und habe mich einmal entschuldigt. Ist es wegen der ... weil wir kein Kind haben können?«

»Ich will nicht darüber reden!«

Und weg war sie. Ich stand noch eine Weile auf dem Flur und wusste nicht wohin. Ich war noch nie trauriger gewesen.

Aber für Trauer war keine Zeit. Wenn ich meine Aufgaben nicht erfülle, werde ich bald noch viel trauriger sein, sagte ich mir.

Das Ding, das die beiden in mein Büro hinein schoben, sah wie ein kleiner grauer Schrank aus. Sie wischten sich den Schweiß von der Stirn, als sie es neben meinem Schreibtisch aufgestellt hatten.

»Diktaphon bestellt, Diktaphon bekommen«, sagte der eine. »Rolf Martené vom EKOM-Strukturat.« Der Genosse Martené streckte mir die Hand hin. Sein Kollege schien nicht wichtig genug zu sein, um vorgestellt zu werden. Martené zog ein kleines Buch aus der Tasche und ließ es auf meinen Schreibtisch fallen.

»Bedienungsanleitung. Wunderbare Sache. Steht lauter überflüssiger Quatsch drin.«

Dann öffnete er eine Klappe an dem grauen Kasten und zog einen länglichen Gegenstand heraus, der per Kabel mit dem Kasten verbunden war. »Mikrofon«, sagte er und legte den länglichen Gegenstand auf den Schreibtisch. »Papiereingabe« – an der Vorderseite des Schränkchens öffnete er eine weitere Klappe, die sich offenbar nur so weit herausziehen ließ, dass sie wie ein geöffneter Müllschlucker aussah. »Ich darf doch mal«, sagte er und griff sich gut zwanzig Blätter RoPo-Standardpapier, die fein säuberlich auf dem Schreibtisch aufgestapelt gewesen waren. Seine Hände waren ölverschmiert, aber ich wagte nicht zu widersprechen. Martené befüllte den geöffneten Müllschlucker mit dem kostbaren Papier und öffnete eine dritte Klappe an der Diktaphon-Rückseite. »Das ist die Ausgabe«. Dann drückte er einen Schalter an dem Gerät, den ich bisher übersehen hatte, und sagte laut und klar:

»1, 2, 3, Tandaradei, Rhabarberbrei, Spaß dabei. Das ist kein Test, das ist kein Test, ein hundsgemeines Schützenfest. Äpfel, Birnen, Bohnen, wo wird das Würmlein wohnen, finden wir es raus, quetschen's tüchtig aus. Danach kann's nicht mehr nagen und uns auch nicht mehr plagen. 1, 2, 3, schöne Sauerei.«

Während er sprach, erklang aus dem Kasten gedämpft, aber deutlich hörbar ein Geräusch wie das Geklapper von Schreibmaschinen, nur kamen die Anschläge mit einer Geschwindigkeit, zu der ein Mensch gar nicht fähig gewesen wäre. Eine Sekunde nachdem er ausgesprochen hatte, erschien ein Blatt Papier in der Ausgabe. Diesmal war ich schneller als er und fischte es selbst heraus. Der Text war darauf so gut lesbar gedruckt, wie man es sich nur wünschen konnte, nur an den ölverfleckten Stellen ließ die Qualität ein wenig nach. Ein Wunder. Ich hatte schon oft von Diktaphonen gehört, aber eines in Aktion zu erleben, war eine andere Sache.

»Alles klar?«, sagte der Genosse Martené.

»Danke«, war alles, was mir einfiel.

Martené grinste selbstzufrieden. »Komm schon, du Pfeife«, sagte er zu seinem Gehilfen, der die ganze Zeit stumm in der Ecke gestanden war. Gehorsam schlurfte der Mann, der bei genauerem Hinsehen einen ziemlich zurückgebliebenen Eindruck machte, hinter seinem Herrn und Meister her. Ich war noch zu überrumpelt, um in seinem Namen gegen das unmögliche Benehmen Martenés zu protestieren – eigentlich redete man so nicht mit Genossen, nicht einmal mit solchen, die man hasste. An der Tür drehte sich der Grobian noch einmal um:

»Mein Centurio lässt ausrichten, dass du auch eine Telegrafenverbindung für dein Diktaphon haben kannst. Du musst es nur sagen.

RoPo-Adresse in der Bedienungsanleitung. Gilt auch für die Wartung.«
Bevor ich etwas antworten konnte, waren die beiden verschwunden.
Ich saß eine ganze Weile wie gelähmt auf meinem Stuhl und rührte
mich nicht. Telegrafenverbindung. Mir war soeben eines der größten
Privilegien der ladanischen Gesellschaft angetragen worden – eine
Telegrafenverbindung! Im ganzen Metallstrukturat Südost gab es vielleicht drei Telegrafenverbindungen, und zwar genau dort, wo sie Sinn
machten: eine bei der Generaldirektion, eine im Allokationskommissariat, eine beim Strukturatsbüro des Volkswillens. Niemand sonst
hatte einen Telegrafen, niemand. Und *mir* war von einem rüpelhaften
Mechaniker über die Schulter einer angeboten worden, als sei das gar
nichts. Ich hatte bisher nicht einmal gewusst, dass Diktaphone und
Telegrafen miteinander verbunden werden konnten – allein die organisatorischen Möglichkeiten, die sich daraus ergaben, waren ungeheuer. Keine Zeitverzögerungen mehr durch die RoPos, die höchstens
100 Stundenkilometer schnell waren. Sofortiger Kontakt mit den entferntesten Teilen Ladanias, sogar mit Ballinore an der Ostspitze, über
1000 Kilometer entfernt! Meine Gedanken rasten. Wenn, ja wenn zwei
Diktaphone durch einen Telegrafen miteinander verbunden wurden,
und wenn diese Diktaphone nicht nur über Mikrofone, sondern auch
über Lautsprecher verfügten, dann gab es tatsächlich auf Ladania
etwas, was es eigentlich nicht gab: Telefon. Eine Kombination von
Diktaphon und Telegraf hätte nichts anderes dargestellt als ein Telefon, und zwar eines, das das Gespräch auch schriftlich protokollieren
konnte. Aber der Volkswillen behauptete andauernd, dass Ladania
wegen der RoPo keine Telefone bräuchte und es deswegen auch keine
geben werde, nicht jetzt und nicht später. Mir schwindelte. Ich wusste
nicht mehr, wo ich war. Alles ging so schnell, so gewaltsam – das
waren wirklich Revolutionen im Kleinen, die sich an mir vollzogen,
täglich, stündlich. Mein Rausch wurde unsanft durch einen Gedanken
gebremst, der mich gewissermaßen hinterrücks überfiel: Der wahrscheinlichste Grund dafür, dass ich in den Genuss der fortschrittlichsten Technologien Ladanias kommen sollte, bestand nicht darin,
dass mir die Arbeit erleichtert werden sollte. Das Telegrafenangebot konnte eigentlich nur eines bedeuten: Mein Lokomotivenprojekt
war so wichtig, dass ich von der *Sicherheit* überwacht werden sollte.
Man musste nur dafür sorgen, dass das Mikrofon jede meiner Äußerungen hier in meinem Büro erfasste und per Telegrafendraht dorthin
schickte, wo sie entweder von einem menschlichen Ohr mitgehört oder
von einem zweiten Diktaphon gleich in bedrucktes Papier verwandelt

werden konnte. Was für eine schreckliche Idee. Ich fühlte mich sofort beschämt, ertappt, im Innersten als das erkannt, was ich war: Ein Hochstapler, der zu Unrecht dort saß, wo er saß, zu Unrecht das tat, was er tat, zu Unrecht seine Privilegien genoss. Vielleicht war die ganze Sache mit dem Diktaphon überhaupt nur ein Manöver der *Sicherheit*, die beweisen musste, was sie schon ahnte: dass ich falsch spielte. Ruhig, sagte ich mir, und schloss die Augen, ruhig. Das ist blanke Paranoia. Du kümmerst dich um diesen Telegrafen einfach nicht. Du schlägst ihn aus. Wenn man dich fragt, warum, sagst du, dass du dich einfach nicht so wichtig fühlst. Das klingt gut, das klingt bescheiden, ladanisch. Geh jetzt. Zeit fürs Mittagessen.

In der Kantine erlebte ich eine weitere Überraschung. Ich setzte mich wie immer an den Tisch meiner Brigade und begann zu essen. Erst nach einer ganzen Weile bemerkte ich, dass etwas nicht stimmte, und schaute irritiert auf: Alle am Tisch starrten mich an. Über den grauen Arbeitsoveralls sahen ihre Gesichter aus wie eine Galerie der Abweisung und Anklage, ein Anblick, der mir fast körperliche Schmerzen bereitete.

»Was?«, rief ich, noch ganz verwirrt von der Telegrafenaffäre vorher.

Raymond sagte nachsichtig:

»Du musst an den Tisch der Leitung.«

Ich verstand zuerst nicht. Ich hatte immer an einem Tisch mit meiner Brigade gesessen, Ingenieur hin oder her, das war nie etwas Besonderes gewesen, es gab noch andere Ingenieure, die das genau so machten. Aber jetzt, so ging mir langsam auf, hatte ich eine unsichtbare Schwelle überschritten, die Schwelle zur Befehlsgewalt, zur Macht, und meine Genossinnen und Genossen akzeptierten mich nicht mehr als einen der Ihren, konnten es gar nicht mehr, denn ich war über Nacht ein anderer Mensch geworden.

»Geh schon«, sagte Raymond. »Nimmt dir niemand übel.«

Zögernd stand ich auf und nahm meinen Teller. Ich ging hinüber zum Tisch der Centurienleitung, unsicher, befangen, und hatte keine Wahl, als mich auf den einzigen Platz zu setzen, der noch frei war: direkt neben Svevo. Der Blödmann strahlte, als er mich bemerkte. Er legte seinen Arm um mich und sagte laut:

»Das ist der Genosse Reiszman. Der für uns die neue Lokomotive baut.«

Die anderen, deren Namen ich kaum kannte (Ökonomische Leitung, Konstruktionssupervision, Allokationsbeauftragte und so weiter) sahen kurz herüber und nickten. Sofort wurde mir klar, dass Svevo auch bei der ganzen Centurienleitung als Idiot galt.

»Du kannst den Arm jetzt runternehmen«, sagte ich zu ihm.

»Hm«, antwortete er, offenbar selbst nicht zufrieden mit dem Ergebnis seines Auftritts. Er rückte ein wenig von mir ab, als sei ich daran schuld, dass die anderen ihn nicht leiden konnten. Wenigstens hatte ich für den Rest des Essens meine Ruhe vor ihm.

Das nützte allerdings nicht viel. Mir war der Appetit vergangen. Potok, Tomatensoße, Reis: Ich fraß alles einfach nur so auf. Mein Abschied fiel knapp aus, und man nahm nur die oberflächlichste Notiz davon.

Auf dem Weg in den ersten Bezirk wurde mir blitzartig klar, dass ich in keiner Hinsicht mehr Herr der Lage war. Fast alles, was mir in den letzten Tagen zugestoßen war, war mir ohne meine Initiative zugestoßen, von der Minute an, in der Svevo mein Büro betreten hatte. Sein Auftrag, die Trennung von Pani – sicher, das Diktaphon hatte ich selbst beantragt, aber dass damit auch das »Angebot« eines Telegraphen verbunden sein könnte, hatte ich ja nicht geahnt. Ich fühlte mich, als habe man mich auf einen Tiger gesetzt, den ich jetzt reiten musste, egal wie.

Ich stieg am Septemberplatz aus und machte diesmal einen Umweg, durch die Malakoffstraße. Vielleicht wollte ich meine Bücher in der Mechabib gar nicht abholen. Vielleicht wollte ich allem ausweichen, was mit der Lokomotive zusammenhing, ein wenig Zeit schinden, von dem Tiger absteigen, den zu reiten mir zu schwer schien. Die Malakoffstraße ist nicht sehr gut beleuchtet, sie ist heruntergekommen und eng. Es schneite. Als ich an einem öffentlichen RoPo-Terminal vorbeikam, traf ich spontan eine Entscheidung. Ich ging hinein (der Laden war nicht im allerbesten Zustand, um ehrlich zu sein) und setzte mich an einen der Schreibtische. Ja, sagte ich mir, jetzt bin ich schon ein großer Hecht mit einem eigenen Diktaphon im Büro, aber um einen persönlichen Brief zu schreiben, setze ich mich in ein öffentliches Terminal.

»Was is jetzt?«, fragte mich der Pächter übelgelaunt. Vierschrötig, großmäulig und offensichtlich sehr dumm. »Wollen Sie jetzt was schreiben oder nur hier rumsitzen?«

Alle anderen Tische waren frei, es sah nicht gerade so aus, als würde mein Platz in den nächsten Minuten benötigt. Wahrscheinlich hielt er mich für einen Nassauer, der nur ein paar Minuten lang der Straßenkälte entfliehen wollte. Ich beherrschte mich sehr.

»Gemach, Meister, gemach. Vielleicht bringen Sie mir erst einmal ein wenig Papier.«

Ich hatte nämlich gesehen, dass das Papierfach leer war, genauso wie das Fach für die RoPos.

»Und eine RoPo könnte ich auch brauchen.«

Den Pächter machte meine Antwort noch zorniger, aber er hielt sich zurück. Er ahnte wohl jetzt, dass er mich nicht wie einen dahergelaufenen Herumtreiber behandeln konnte. Nachdem er mir das Gewünschte auf den Tisch eher geknallt als gelegt hatte, spannte ich einen Bogen Papier in die Maschine und begann zu schreiben.

Liebe Genossin Springer,
zwecks Vertiefung des neulich bei Ihnen erworbenen Querwissens wäre ich an einem weiteren Treffen interessiert. Bitte Antwort an privat.

Das war ein ziemlich dürftiges Briefchen, wie ich selber fand, aber mehr fiel mir in meiner verworrenen Lage nicht ein, und ich schloss mit meiner RoPo-Adresse und einem nichtssagenden Gruß. Vielleicht wird sie antworten, vielleicht nicht, dachte ich, als ich auf dem Operator der RoPo ihre Adresse einstellte. Irgendwas im zehnten Bezirk. Mit Überraschung stellte ich fest, dass ich mich an ihren zu großen Mund noch sehr gut erinnern konnte. Der Pächter nahm meine Münzen wortlos und grüßte zum Abschied nicht. Wenn er versagte, so nahm ich mir vor, würde ich ihn beim Qualitätskommissariat anzeigen.

Ich machte das Dümmste, was man in meiner Situation nur machen kann: Ich öffnete das Paket mit den Büchern noch auf dem Weg zurück zur Arbeit. Um genau zu sein, riss ich es auf und nahm mir nicht einmal mehr Zeit, den leichten Essiggeruch richtig wahrzunehmen, der von den frisch gedruckten Büchern ausging. Obenauf lag der Pehnt über die beiden Rekordlokomotiven. Selbst den Titel des Buchs las ich nicht genau. Ich schlug es nur auf, blätterte hastig bis zum Beginn der Einleitung durch, und fing an zu lesen.

Um 1930 stieß die Dampftraktion, mittlerweile eine über hundert Jahre alte Technologie, an ihre technischen Grenzen. Jedoch wirkten für die damaligen Ingenieure und Politiker die Innovationskosten bei einer Umstellung auf andere Traktionsarten so gigantisch, dass sie sich zu einer entschlossenen Umrüstung ganzer Nationalbahnen nicht durchringen konnten – von der Schweiz abgesehen, die sehr früh auf die Elektrifizierung ihres Netzes setzte. Obwohl jedermann klar war, dass die Dampftraktion früher oder später der Vergangenheit angehören würde, ja eigentlich schon angehörte, begann nach 1930, auch getrieben durch die politischen Verhältnisse, eine Rekordjagd auf dem Gebiet der Dampftraktion, die, und das ist bezeichnend, niemals wirklich zu einem eindeutigen Ergebnis führte. Immerhin brachte diese Rekordjagd aber zwei Lokomotiven hervor, die noch heute das Maß der Dinge in der Dampftraktion darstellen, wenn es um Geschwindigkeit geht. Die Rede ist von den beiden Lokomotiven »Mallard« und »05002«, einer britischen und einer deutschen Konstruktion. Dieses Buch kann und will nicht die politischen Zeitumstände erklären und bewerten, unter denen die beiden Maschinen entstanden, daher kümmert es sich nur um ihr Entstehen selbst.

Und so weiter und so fort, dachte ich, und blätterte. Es war alles da, was ich mir gewünscht hatte, Konstruktionszeichnungen zum Auffalten, konkrete metallurgische Beschreibungen der verwendeten Stähle, Schweiß- und Niettechniken, alles. Und dann packte mich wieder die Panik. Denn das Buch enthielt noch viel mehr: ein Menge komplizierter Formeln, die das Verhalten der verwendeten Dampfmaschinen unter den verschiedensten Bedingungen beschrieben, eine Berechnung der dynamischen Störkräfte an den Grenzen der technischen Belastbarkeit und darüber hinaus, Vorschläge zur materialtechnischen Verbesserung der Werkstoffe, die schon auf den ersten Blick über die Reichweite Ladanias hinausgingen.

Ich hätte am liebsten angefangen zu weinen. Ich war ein sehr schlechter Rechner, und die Thermodynamik hatte ich mathematisch immer nur gerade eben so gemeistert. Ich betrieb meinen Beruf hauptsächlich intuitiv, und bis zum Auftrag Svevos hatte das gereicht, weil ich im Grunde immer nur Standardaufträge mit leichten Modifikationen bewältigt hatte, für die meine Fähigkeiten ausreichten. Jetzt sollte ich etwas bauen, das die »Mallard« und die »05002« in den Schatten stellte, und ich verstand noch nicht einmal die wissenschaftliche Beschreibung dieser einhundert Jahre alten Maschinen. Ganz zu schweigen von der Frage, wo ich Titan, bestimmte keramische Werkstoffe und all das andere Zeug herholen sollte, über das Ladania aufgrund seiner sehr spärlichen Wirtschaftsbeziehungen zum Rest der Welt nicht verfügte. Mir wurde schwarz vor Augen, wenn ich an die Prüfung durch die Qualitätskammer dachte, der jede fertiggestellte

Maschine des Strukturats unterworfen wurde. Eine Lokomotive, die am Revolutionstag vorgeführt werden sollte, würde genauer geprüft werden als jede andere Maschine vorher.

Mit einem Seufzer schloss ich das Buch und legte es zu den anderen in das Nest aus zerknülltem Packpapier. Jetzt roch ich den Essig der frisch bedruckten Blätter ganz deutlich. Als ich aufsah, gab es keinen Zweifel: Die Frau auf dem gegenüberliegenden Sitz hatte mich die ganze Zeit beobachtet. Mein hastiges Auspacken, mein gieriges Blättern, meinen Schock und mein Seufzen. Ihr Blick war voller Abscheu, dann drehte sie sich errötend weg, stand auf und ging. Sie glaubte wohl, ich hätte mir pornografische Literatur besorgt und nicht die Geduld gehabt, mit dem Auspacken zu warten, bis ich zu Hause war. Eine andere Erklärung für ihr Verhalten konnte ich mir nicht vorstellen. Ich hätte beinahe hysterisch aufgelacht.

Kaum war ich in meinem Büro, da stürmte Raymond herein und fragte mich irgendetwas. Seine Worte drangen nur mühsam zu mir durch, wie durch Watte.

»Ich weiß nicht«, sagte ich unendlich müde.

In Wirklichkeit hatte ich seine Frage nicht einmal richtig verstanden.

»Geh zu Maurice. Bei ihm liegen ja auch die Pläne.«

Was interessierten mich diese elenden Verdichter, von denen Raymond redete? Er schlug die Tür hinter sich zu. Maurice, dachte ich träge. Unser stiller Maurice, wie ihn alle nannten, war der Rechner in der Brigade. In all meiner depressiven Trägheit fiel mir plötzlich auf: Wenn es einen gab, der meine noch zu bauende Lokomotive an der Qualitätskammer vorbeischmuggeln konnte, dann Maurice. Ich musste ihn nur dazu bringen, alle Berechnungen für mich zu machen, vor allem die kitzligen Berichte für die Endabnahme. Vielleicht merkte dann niemand, dass ich selbst, der Chefkonstrukteur des Projekts, zu diesen Berechnungen gar nicht in der Lage war.

Aber das würde niemals funktionieren, in hundert Jahren nicht. Irgendwann war das Vertrauen der Genossen verbraucht, und dann würde einer anfangen, Fragen zu stellen, wahrscheinlich Maurice selbst. Und selbst wenn nicht: Maurice war auch nicht perfekt. Letztlich würde doch meine Unterschrift unter seinen Tabellen stehen, auch unter den fehlerhaften, und ich würde dafür verantwortlich gemacht werden, weil ich der verantwortliche Ingenieur war und nicht er. Wenn Fehler vorkamen, würde es eine Untersuchung geben, und wenn es eine Untersuchung gab, würde ich auffallen.

Fazit: Alles konnte aus tausend verschiedenen Gründen schief gehen und nur mit mehr Glück funktionieren, als bei der Entstehung der Welt verteilt worden war. Aber man greift ja nach jedem Strohhalm, wenn man im Eiswasser treibt und die Kleider schon vollgesogen sind. Der Gedanke an Maurice hatte mir die Kraft gegeben, das Buch noch einmal aufzuschlagen.

Ich versuchte einzugrenzen, was mir von Nutzen war. Die Einleitung bot in dieser Hinsicht keine Schwierigkeiten, wie ich feststellte, auch die Bildtafeln mit den Konstruktionsplänen, Risszeichzungen etc. waren mir kein Buch mit sieben Siegeln. Die Probleme begannen erst im zweiten Drittel des Buchs, wo die Formeln, Integrale, und das andere mathematische Großwild überhandnahmen. Ich blätterte weiter und nahm die Aussagen, die aus den mathematischen Berechnungen gewonnen worden waren, einfach als gegeben, ohne sie zu überprüfen. Zum Glück hatte Pehnt an Leser mit mangelnder mathematischer Bildung gedacht und die wichtigsten Resultate immer am Ende eines Kapitels allgemeinverständlich zusammengefasst. Ich verspürte eine tiefe Dankbarkeit dafür. So hangelte ich mich von einem Kapitelende zum nächsten durch das Buch, wie auf einer Brücke aus Seilen und Brettern, von der nur die Seile benutzt werden können, weil die Bretter morsch sind. Obwohl die Brücke manchmal heftig schwankte, hatte ich nach etwa zwei Stunden einen ersten realistischen Begriff von meinem Problem, in meiner Lage ein unschätzbarer Vorteil. Fünf Minuten weiteren Nachdenkens brachten den Ansatz einer Lösung. Ich schrieb Raymond eine Zirkular-RoPo, die ihm zu allen Stellen im Strukturat nachgeschickt wurde, an denen er sein konnte oder an denen ihn jemand kürzlich gesehen hatte. Wenn das Zielgebiet einer solchen Zirkular-RoPo nicht zu groß war, funktionierte diese »stille Ausrufung« erstaunlich gut. Zwanzig Minuten später stand er missmutig vor meinem Schreibtisch.

»Der Herr geruht mich zu sprechen?«

»Jetzt hör schon auf. Ich kann kaum noch denken wegen diesem Lokomotiven-Mist. Ich war einfach müde. Tut mir leid. Schau mal.«

Ich zeigte ihm die aufgeklappten Bildtafeln der beiden Lokomotiven in Pehnts Buch.

»Und?«, sagte er, immer noch sauer.

»Haben wir genug Zeit, um diese Scheißlokomotive neu zu entwickeln?«

»Nein.«

»Also was machen wir?«

»Weiß ich doch nicht! Den Kram hinschmeißen, wie wär's damit? Zugeben, dass wir's nicht können, weil's ja auch völlig wahnsinnig ist?«

»Jetzt hör mir mal zu«, sagte ich, und er wich ein wenig zurück, weil ich ihm näher gekommen war. »Diese Lokomotive muss gebaut werden. Svevo macht uns fertig, wenn wir es nicht schaffen. Er hat gegenüber dem Volkswillen das Maul aufgerissen, und jetzt peitscht er uns eher zum Erfolg, als dass wir aufgeben. Es wäre ja wünschenswert, dass ihm demnächst rein zufällig ein T-Träger auf den Kopf fällt, aber bis es so weit ist, tanzen wir nach seiner Pfeife. Ich kenne Typen wie Svevo. Der wird nicht locker lassen, bis er seine Lokomotive hat. Sie muss gebaut werden. Vielleicht steigt er danach ja in der Partei auf und verschwindet endlich von hier, das will ich jedenfalls hoffen. Wir bauen die Lokomotive. Und zwar mit diesen Plänen.«

»1936?«

»Genau. Tu mir einen Gefallen. Nimm dieses Buch mit nach Hause und schau es dir gründlich an. Sag mir, was du von der Idee hältst, unsere Lokomotive aus diesen beiden zusammenzumischen. Oder sag's mir lieber nicht, sondern sag mir, dass das die einzig sinnvolle Idee ist. Das glaube ich nämlich von ganzem Herzen.«

Raymond musste wohl meine Verzweiflung bemerkt haben, denn er schluckte und sagte:

»Ist gut. Ist gut.«

Dann klappte er vorsichtig die Bildtafeln zusammen, nahm das Buch und ging.

Das war der einzige Weg. Ich musste manipulieren. Raymond musste schweißen. Maurice musste rechnen. So würde es gehen, so weit es eben ging.

Die Tür an meiner Wohneinheit klemmte, und das schabend-metallische Geräusch, mit der sie sich widerstrebend aufdrücken ließ, ging mir durch Mark und Bein. Ein paar Schneeflocken trieben von draußen herein.

»Tür zu«, schrie eine Frauenstimme hinter mir, »da geht ja die ganze Wärme raus.«

»Ja, ja«, sagte ich, und die Tür quietschte ein zweites Mal. Nina aus dem Erdgeschoß – zänkisch, rechthaberisch und unglücklich: Ihr Zimmer war bestimmt das kälteste in der ganzen Wohneinheit. Jedes Mal, wenn jemand die Tür nicht schnell genug wieder schloss, hatte sie einen Anlass zum Keifen.

Meine Laune besserte sich schlagartig, als ich im RoPo-Terminal Post für mich entdeckte. Von Nathalie, tatsächlich von ihr. Ich wollte sie nicht gleich unten im Hausflur öffnen, war aber fast zu schwach für die Treppe, zu schwach vor Unglück und Glück zugleich. Und wenn sie mich nicht sehen will, dachte ich, was dann? Ich öffne den Brief gar nicht, dachte ich. Ich traue mich nicht.

Es standen nur ein paar Worte auf dem Papier:

18:00 Uhr, See, Strandpromenade — Nathalie

Ich zitterte. 17:36 Uhr. Vielleicht konnte ich es noch schaffen. Die RoPo-Hülle vergaß ich auf meinem Schreibtisch.

Warum muss ich so spät nach Hause kommen?, dachte ich, als ich über die fast leere Promenade lief, um den Strand nach Nathalie abzusuchen. Es schneite nicht mehr, nur ein paar Möwen waren in der Luft, ab und zu hörte man das laute Gerede betrunkener Schlittschuhläufer, und das Kratzen der Kufen. Es war schon spät im Oktober, bald würde der Sommer kommen, die Tage waren lang, möglicherweise hielt das Eis nicht mehr überall, was es versprach. Schlittschuhlaufen auf dem See war eigentlich verboten, aber das kümmerte niemanden. Nur wenn mal wieder einer ertrunken war, gab es ein paar Tage lang regelmäßig Razzien, danach war alles wie vorher. Nicht mein Problem jetzt. Es wäre mir peinlich gewesen, nach Nathalie zu rufen. Aber ich hätte es getan, wenn sie nicht plötzlich auf mich zugekommen wäre, woher, war mir nicht klar. Ich musste zu eifrig gesucht haben.

»Nathalie!«, sagte ich mit übertriebenem Nachdruck.

»Genosse Reiszman«, antwortete sie, leicht spöttisch.

Es gab mir einen Stich, wie schön sie war. Ich fand ihren rot geschminkten Mund überhaupt nicht mehr unpassend groß. Ihr Pullover, die blasse Haut, alles war so gut, so richtig.

»Sie sind ja ganz außer Atem.«

»Es ist ...« – *wegen Ihnen*, hätte ich sagen wollen – »Ich war zu spät.«

»Kommen Sie«, sagte sie und führte mich zu einem geschlossenen Strandrestaurants zurück, an dem ich kurz vorher vorbeigelaufen war. Zwei Klappstühle standen auf der Betonterrasse, von ihren hölzernen Sitzen und Lehnen blätterte der weiße Lack. Es war schon halb sieben, und die Sonne wollte nicht untergehen.

»Sie möchten Ihr Querwissen vertiefen«, sagte Nathalie.

Ach, dachte ich.

»Natürlich nicht«, gab sie sich selbst zur Antwort.
Wir schwiegen.
»Wir leben zu nah am Südpol«, setzte sie wieder an. »Die Sonne geht im Sommer nicht unter und im Winter nicht auf, es ist immer kalt, und man kann von dieser Insel nicht weg. Menschen sind eigentlich nicht dafür gemacht, hier zu leben.«

Menschen können überall leben, hätte ich unter normalen Umständen erwidert. Ich begann zu befürchten, dass unser Rendezvous auf einem furchtbaren Missverständnis beruhte, dass sie eine Revisionistin war, und auch in mir einen Revisionisten vermutete, und dass sie sich mit einem Gesinnungsgenossen über ihre pessimistische, antiladanische Grundhaltung austauschen wollte. Das allein hätte mir nichts ausgemacht, ich war schließlich nicht von der *Sicherheit*, aber in diesem Moment wollte ich ganz etwas anderes. Warum ich dann noch hoffte, mit meinen aktuellen persönlichen Problemen einen Zugang zu ihr zu finden, ist mir ein Rätsel, aber ich muss es mit ganzer Kraft gehofft haben, denn ich sagte: »Ich muss dir etwas sagen.«

Und danach gab es kein Halten mehr. Ich erzählte ihr alles, von meiner Hochstapelei bis zum Auftrag Svevos und meiner entsetzlichen Angst, entdeckt und bestraft zu werden. Alles, was ich sogar gegenüber Pani geheim gehalten hatte. Natürlich erzählte ich auch meinen ganzen Kummer mit Pani einer völlig Fremden, nur weil sie mir gefiel und weil ich nicht mehr weiter wusste. Ein klassischer Impulsdurchbruch, ein klassischer Fehler.

»Ach so«, sagte sie nur, nachdem ich aufgehört hatte zu reden – eine gute Viertelstunde mochte seit meinem verhängnisvollen ersten Satz vergangen sein.

»Ich habe mich schon gefragt, was mit dir ist. Da stehst du eines Tages einfach in unserem Gewächshaus, mit großen Augen, ängstlich, vielleicht sogar panisch. Ich gebe dir meine RoPo, um Oscar zu ärgern und weil du mir gefällst, und danach vergesse ich dich. Dann kommt ein Brief, und ich denke: Aha, er hat sich an mich erinnert, und will mit mir ins Bett gehen. Aber es ist alles ganz anders. Du bist ein Verbrecher in Schwierigkeiten. Das ist sehr romantisch.«

Hätte ihr freundliches Lächeln nicht in so krassem Gegensatz zu ihrem grausamen Gerede gestanden, ich wäre sofort aufgestanden und gegangen. Ich musste sie weiter ansehen, ich musste weiter bei ihr sein. Trotzdem hielt es mich kaum auf dem Stuhl. Ich hatte einen großen Fehler begangen, das war vollkommen klar. Sie bemerkte, wie es um mich stand, und legte ihre Hand auf mein Knie.

»Ruhig, Josefo, ruhig.« Ihre Stimme hatte jetzt fast etwas Befehlendes. »Das mit der Lokomotive schaffst du. Du bist ja nicht dumm. Aber schaffst du das andere auch?«

Wir saßen noch eine Weile auf der Terrasse, dann gingen wir heim.

Konstruktion

»Wir können dir den Stahl nicht geben.«
»Warum nicht?«, fragte ich noch einmal.

Der Vorsitzende des Allokationskommisariats sah seine Stellvertreterin mit einem viel sagenden Blick an: *Was haben wir denn hier für einen Schlaukopf?*

»Ich habe es dir schon einmal erklärt, Genosse Reiszman. Der Genosse Petersen hier« – der Vorsitzende zeigte auf den Chef der Lokomotivenproduktion – »hat doch glaubhaft gemacht, dass die Edelstähle, die du von uns verlangst, in der Normalproduktion gebraucht werden und daher für dein Projekt nicht zur Verfügung stehen.«

»So ist es«, sagte Petersen überflüssigerweise.

Mir war völlig klar, was hier lief. Petersen war neidisch darauf, dass wir von der Dampfmaschinen-Abteilung den Auftrag für die Hochleistungs-Lokomotive bekommen hatten, auf den er und seine Leute ein Anrecht zu haben glaubten. Und jetzt versuchte er, aus diesem kleinlichen Gefühl des Neides heraus unsere Arbeit zu torpedieren. Wenn du wüsstest, dachte ich, wie gerne ich diesen Auftrag an dich abgeben würde. Aber es war nicht möglich. Svevo saß mir im Nacken, und wenn er erfuhr, dass ich beim Allokationskommissariat klein beigegeben hatte, würde die Hölle losbrechen. Und außerdem begann ich selber, einen Stolz auf meine Arbeit an dem Projekt zu entwickeln. In wochenlanger Arbeit hatte ich die Pläne zusammen mit den anderen entwickelt – vor allem mit Raymond und Maurice – die Zeichnungen stammten von mir persönlich. Das sollte nicht umsonst gewesen sein.

»Genossen«, sagte ich laut, »ihr habt euch wiederholt, gestattet mir, dass ich mich auch wiederhole. Das ist ein Projekt von historischer Bedeutung. Ich und meine Arbeitsgruppe arbeiten mit Hochdruck daran und stehen auf der Schwelle zur Verwirklichung. Die Zeit drängt, das Datum für die Fertigstellung steht fest. Ich kann es nicht klar genug sagen: Die betreffenden Edelstähle für den Rahmen, den

Kessel und die Dampfmaschine werden freigegeben, auf die eine oder andere Weise. Wenn deswegen eine oder zwei normale Lokomotiven nicht gebaut werden können, dann ist das zu verschmerzen. Hinzu kommt, dass wir die Titanlegierungen und die anderen raren Rohstoffe auch bekommen werden, und zwar aus einem ganz einfachen Grund: Sie werden gebraucht. Wir müssen die Kolbengeschwindigkeit über 9 m pro Sekunde steigern, und das geht nur, wenn wir Zugriff auf Ressourcen haben, die normalerweise nicht für Lokomotiven freigegeben werden. Aber mein Projekt hat Priorität. So einfach kann die Wahrheit sein.«

Der Vorsitzende des Allokationskommissariats sah jetzt aus wie ein Hund, der gleich zubeißt.

»Vorsicht, Genosse Reiszman. Wenn man dich so reden hört, könnte man auf die Idee kommen, es ginge dir nicht um das Projekt, sondern um dich selbst. Als wäre da jemandem etwas zu Kopf gestiegen. So wichtig deine Hochleistungslokomotive sein mag: Es gibt auch andere wichtige Dinge in diesem Strukturat. Und als der Vorsitzende des Allokationskommissariats sage ich dir: Eine einzelne Lokomotive kann nie Vorrang vor all den anderen haben, auf die unsere Eisenbahnen schon warten. Wir können dir nicht helfen. Wir dürfen es gar nicht.«

Ich hätte nicht zu Petersen hinüberschauen müssen, es war mir ohnehin klar, dass er selbstzufrieden grinste, weil er glaubte, gesiegt zu haben. Da kannte er mich schlecht.

Ich setzte mein kühlstes Lächeln auf.

»Wie ihr wollt. Wir werden sehen, ob mir sonst jemand helfen kann. Meine Zuteilungsanforderung nehmt bitte zu den Akten.« Ich schob die Blätter über den Tisch und ging grußlos.

»Was?«, schrie Svevo spitz. Er war ohnehin schon wütend, dass er zu der Sitzung nicht eingeladen worden war (zweifellos auf Petersens Betreiben). Und was ich von ihrem Verlauf berichtete, brachte ihn beinahe zum Überschnappen. Zugegeben: Ich hatte meinen Bericht hie und da noch ein wenig frisiert und ihn für Svevo so aussehen lassen, als müsse er die Ablehnung des AKs persönlich nehmen. Und das tat er wirklich.

»Diese Idioten vom AK wollen die Ressourcen nicht freigeben? Und sie riskieren dabei noch eine dicke Lippe gegen den Volkswillen? Denen werd' ich heimleuchten.«

Erregt lief er in meinem Büro hin und her. Seine Schuhe knarrten, sie mussten neu sein.

»Du sagst das nicht weiter?«

»Was denn?«, fragte ich.

»Ich bin im Ausscheidungsverfahren für die Gesamt-Parteileitung des Strukturats. Selbst wenn ich den Posten nicht bekomme, bin ich schon als *Kandidat* wichtig genug, um dem AK-Vorsitzenden das Leben schwer zu machen. Wenn man es genau nimmt, ist das ja die Aufgabe der *Kandidaten*, in ihrem Fachgebiet nach dem Rechten zu sehen, und bei Gott, das werde ich.«

Er kicherte blöde. Ihm war gar nicht aufgefallen, was für eine unladanische Redewendung ihm im letzten Satz durchgerutscht war. An falscher Stelle geäußert, hätte ihn allein der Begriff »Gott« seinen Kandidatenstatus gekostet. Blitzartig fiel mir ein, dass ich im Grunde alles aufzeichnen konnte, was in meinem Büro gesprochen wurde, der graue Kasten neben meinem Schreibtisch war dazu geeignet. Mir wäre ja nichts lieber gewesen als seine Wegbeförderung aus unserer Centurie. Nur musste dafür die Lokomotive gebaut werden. Unbedingt.

»Genosse Reiszman«, sagte Svevo, jetzt wieder ernst. »Möglicherweise, ich kann das nicht ausschließen, haben wir es hier sogar mit einem Fall von Verrat zu tun. Aber das soll uns zunächst nicht beunruhigen. Sie machen weiter Ihre Arbeit, ich mache meine.« Er schlug mir auf die Schulter. »Gemeinsam werden wir dieses Projekt zum Erfolg führen, Sie und ich.«

Und er paradierte ab wie ein Operettengeneral, erfüllt vom heiligen Ernst des Funktionärs. Kein Zweifel, Svevo war geistesgestört. Ich durfte ihn nicht reizen und musste auf jeden Fall den Anschein erwecken, dass ich ihm in allen Dingen zu Willen war. Sonst würde er vor seinem Sturz, der mir unvermeidlich erschien, noch mich vernichten.

Eine Stunde später traf eine RoPo von der Sekretärin des AK-Vorsitzenden ein, die die Freigabe der beantragten Ressourcen ankündigte, ab sofort. Svevo war erfolgreich gewesen. Ich hatte zwei neue Feinde.

»Du musst diesen Svevo loswerden«, sagte Nathalie. »Das ist ein schlechter Mensch.«

»Brillante Analyse«, rief ich, während ich zu ihr aufzuschließen versuchte. Ein Kälteeinbruch mitten im Sommer hatte den See wieder komplett zufrieren lassen, und Nathalie hatte mich zu einer Schlittschuhpartie herausgefordert. Sie bewegte sich auf dem Eis, als sei sie dafür geboren. Ich stakselte hinter ihr her – nach zwei Stürzen war ich etwas vorsichtiger geworden. Zum Glück hatte sie ein Einsehen und verlangsamte ihr Tempo, sonst hätten wir uns nicht über Svevo unterhalten können. Wer wusste schon, wie weit unsere Stimmen trugen und wer uns alles zuhören konnte.

»Wie soll ich ihn denn loswerden, deiner Meinung nach?«, fragte ich, schwer atmend.

»Ich könnte ihn erstechen«, sagte sie, und es klang überzeugend und blutgierig. »Ich tu's für dich.«

Ich lachte. Diese Sorte Späße kannte ich schon von ihr.

»Von wegen. Du machst mir hier nicht die Corday, wegen einem so miserablen Marat wie Svevo. Das muss anders gehen. Wenn er in der Parteileitung für das Strukturat sitzt, wird er uns vergessen.«

»Du bist ein Idiot«, sagte Nathalie. »Wenn dumme Teufel wie dieser Svevo sonst nichts können, haben sie doch meistens ein Elefantengedächtnis. Es ist wie mit Erpressern. Wenn du ihnen gibst, was sie wollen, kommen sie wieder und wieder und wieder. Der Kerl muss weg. Endgültig.«

Ich entgegnete nichts. Was sollte ich auch entgegnen? Nathalie brachte nur meine schlimmste Befürchtung auf den Punkt: dass meine ganze Strategie des bedingungslosen Gehorsams bei Svevo nichts nützte. Nathalie stand mir plötzlich ganz nahe. Sie berührte meine Stirn mit der ihren.

»Ich weiß, du hast Angst, dass sie deine Hochstapelei entdecken. Gegen diese Angst gibt es eigentlich nur eine Waffe: die Wahrheit. Aber wenn du die Wahrheit sagst, wirst du verbannt, nicht wahr? Das ist der Fluch der bösen Tat.«

Ich hörte mir das an, weil es von ihr kam.

»Du Feigling«, sagte sie. »Du Hochstapler. Du lieber Mensch. Ich will die Präferenz mit dir.«

»Ist das wahr?«

»Sonst würde ich es nicht sagen.«

Der Mann grüßte nicht einmal richtig, als ich in mein Büro kam. Er sagte nur kurz »Tach!« und hantierte weiter an einem Kasten, den er in der Nähe des Diktaphons auf meinem Schreibtisch festschraubte. Der Mann verknüpfte jetzt zwei Kabel mit dem neuen grauen Kasten. Die Kabel schienen aus der Wand zu kommen und waren bereits fest verlegt, vor meinem Schreibtisch liefen sie eine kurze Strecke über den Fußboden. Der Mechaniker hatte den armseligen Teppich wegschieben müssen, offensichtlich sollte das graue Klebeband, mit dem die Kabel am Boden fixiert waren, später vom Teppich verborgen werden. Den zweiten Mann entdeckte ich erst jetzt. Er stand in einer Ecke meines Büros und sah aus, als sei er im Stehen eingeschlafen, genau wie der seltsame Gehilfe dieses anderen Kerls, der mir das Diktaphon damals gebracht hatte. Der Techniker pfiff eine Melodie vor sich hin – so weit ich erkennen konnte, handelte es sich um die ladanische Hymne. Ich war wie vom Donner gerührt.

»Was machen Sie da?«, brachte ich schließlich über die Lippen.

Der Mechaniker sah mich nicht an, sondern zog den Rotz in seiner Nase hoch.

»Te-le-graph. Telegraph für Diktagraph.« Sein meckerndes Lachen war bösartig und dumm.

»Ich habe keinen Telegraphen bestellt.«

»Hamwer gemerkt, hamwer gemerkt.« Jetzt würdigte er mich endlich eines Blickes. »Und warum?«

»Ich ... ich hielt das nicht für nötig. So wichtig bin ich nicht.«

Er richtete seinen Schraubenzieher auf mich und erklärte:

»So was weiß man selber nicht so gut.«

Er schraubte weiter, in der Hocke sitzend, pfeifend. Dann tat ich etwas sehr Dummes. Ich ging rasch zu ihm hin und warf ihn um. Der Schraubenzieher fiel ihm aus der Hand, aber er bekam ihn wieder zu greifen, noch während dieser über den Boden rollte. Blitzschnell war er auf den Beinen, jetzt hielt er den Schraubenzieher wie ein Messer. Ich wich nicht aus. Ich war zu wütend dazu.

»Sie hören jetzt sofort auf. Raus jetzt.« Meine eigene Stimme erschreckte mich. Ich ging nicht aus Mut noch einen halben Schritt auf ihn zu. Nur eine rasende, namenlose Wut brachte mich dazu. Ich war kurz vor dem Überschnappen. Mich interessierte nicht einmal, ob der Gehilfe in meinem Rücken irgendwie reagiert hatte, ich konfrontierte nur meinen Gegner.

»Ja und?«, sagte der Rothaarige schnaubend. »Ich bin sowieso fertig hier.«

Er bedrohte mich immer noch mit seinem Schraubenzieher und bewegte sich langsam auf die Tür zu. In der offenen Tür stehend rief er: »Komm schon, Blödmann. Wir hauen hier ab.« Und der Gehilfe, der offenbar die ganze Zeit unbeteiligt in seiner Ecke gelehnt hatte, lief kommentarlos hinter ihm her. Ich warf die Tür zu, und schloss von innen ab.

Es dauerte eine ganze Weile, bis ich wieder in der Lage war, überhaupt irgendetwas zu denken und zu tun. Natürlich beherrschte mich nach dem Zwischenfall der Gedanke an die Konsequenzen. Ich rechnete mit der sofortigen Verhaftung durch die *Sicherheit*. Als ich eine Stunde später noch nicht abgeholt worden war, vermutete ich, Svevo würde demnächst auftauchen und mich zur Rede stellen. Das geschah nicht. Kurz bevor ich an diesem Abend das Büro verließ, keimte in mir die Hoffnung auf, der Mechaniker habe mein Verhalten gar nicht gemeldet, weil sein eigenes so unmöglich gewesen war. Ich hatte meine Jacke schon in der Hand, da entdeckte ich, dass das Dikatphon eingeschaltet war. Im Ausgabeschacht leuchte weiß ein Blatt Papier, und als ich es herausfischte, las ich zu meinem größten Erstaunen die ganze Unterhaltung mit dem Mechaniker, von »Was machen Sie da?« bis »Wir hauen hier ab.« Das Gepolter der körperlichen Auseinandersetzung wurde durch eine Wolke von Buchstaben und Zeichen angezeigt, die über drei, vier Zeilen sinnlos verteilt war. Möglicherweise waren die Provokationen des EKOM-Mechanikers schneller bei seiner Zentrale angekommen als sein eigener, mündlicher Bericht. Wenn ich bei einer eventuellen Untersuchung des Vorfalls das Schwergewicht auf das unerlaubte Betreten meines Büros legen würde, kam ich möglicherweise um eine Bestrafung herum.

In der Folgezeit bestand eine Hauptschwierigkeit darin, dass mich das Allokationskommissariat bis zur Selbstzerstörung bekämpfte. Jeder meiner Anträge wurde bezweifelt. Egal, ob es dabei um das Spezialglas für den Führerstand der Lokomotive ging oder um zusätzliche Bleche, die wir für die Stromlinienverkleidung brauchten: Das AK genehmigte nichts ohne eingehende Prüfung, Befragung der Genossen und ein ständiges Gemecker, das sich auf unsere Arbeitsmoral höchst negativ auswirkte. Es war vollkommen klar, dass das sachlich mit unserer Arbeit nicht das Geringste zu tun hatte, sondern allein von meiner Auseinandersetzung mit dem Vorsitzenden wegen der Spezialstähle und Legierungen herrührte. Ich führte über die Provokationen des Allokationskommissariats geflissentlich Buch, und als mir wieder einmal auf besonders alberne Weise Steine in den Weg gelegt wurden (ich glaube, es ging um Acetylengas für die Schweißer), präsentierte ich diese Liste Svevo. Ich ließ dabei auch den Begriff Sabotage fallen. Svevo war sofort Feuer und Flamme. Er trug die Liste der AK-Gemeinheiten umgehend zur Strukturats-Parteileitung, was die sofortige Entlassung des Vorsitzenden zur Folge hatte. Mit knapper Not entging er der Verbannung. Am Tag nach der Amtsübernahme durch seine Stellvertreterin lag vor meiner Bürotür wie zufällig eine tote Ratte.

Blütenweiß war das Kleid, mit dem Nathalie zur Präferenz erschien. Ich hatte meine normale Kleidung an und war einigermaßen überrascht, als sie wunderschön geschmückt und geschminkt vor mir stand. Das war nicht gerade üblich, andere hätten es vielleicht sogar für unladanisch gehalten. Sie sah aus wie eine Königin.

»Gefällt es dir?«, fragte sie.

»Sehr«, sagte ich. Ich konnte nicht anders, ich musste den Stoff befühlen. Es war wohl echte Seide.

»Ah, die Schmetterlingsfrau«, bemerkte ich fasziniert.

Ihr Gesicht leuchtete auf. Sie freute sich darüber, dass ich den Zusammenhang zwischen ihrer Arbeit und dem Kleid erkannt hatte.

»Ich habe das Kleid immer bei der Präferenz an«, sagte sie.

Nicht, dass mir das keinen Stich gegeben hätte. Wie viele Präferenzen hatte sie schon hinter sich, und wie viele würden nach der mit mir noch kommen? Aber so ist es richtig, dachte ich. Wir heiraten nicht, wir teilen die Präferenz. Ich wollte an den Augenblick denken, nicht an die Vergangenheit oder die Zukunft.

Der Notar wunderte sich sichtlich über das ungleiche Paar, das vor ihm saß, sagte aber nichts. Kurz bevor er die entscheidende Formel sprach, musste mir Nathalie noch die Mütze herunterziehen, die ich aus Schusseligkeit aufbehalten hatte.

»Und hiermit erkläre ich euch zu Präferenten«, sagte der Notar mit der routinierten und gelangweilten Feierlichkeit, die er sich über die Jahre angeeignet hatte. Danach mussten wir alle lachen, und die Spannung, die über der Situation gelegen hatte, löste sich.

»Und jetzt«, sagte sie, »gehen wir in ein Restaurant. Beim Holländerpier!«

Mir war alles recht, auch ein Restaurant am Holländerpier. Ich war glücklich.

Abschnitt eingefügt auf Vorschlag des Sicherheitsleutnants Abdelkader

Als die ladanische Gesellschaftsordnung geschaffen wurde, waren sich die führenden Genossen des Volkswillens über die Natur des Menschen im Klaren. Selbstverständlich wollten sie bei der Umsetzung ihrer revolutionären Pläne die größtmögliche Konsequenz walten lassen, selbstverständlich war ihnen wichtig, dass ihr Anliegen, dem Volk zu dienen, nicht verwässert wurde. Andererseits war ihnen bewusst, dass die radikale gesellschaftliche Umgestaltung, die sie im

Sinn hatten, nicht in kurzer Zeit, ja möglicherweise niemals perfekt durchgeführt werden konnte, weil es immer einen gewissen Prozentsatz der Bevölkerung geben würde, dem sie widerstrebte. Wie damit umgehen? Wie die Revolution machen, und trotzdem im Auge behalten, dass sie für manche niemals funktionieren konnte? Gewalt schlossen die ladanischen Revolutionäre der ersten Stunde weitgehend aus, denn ihre Gesellschaft sollte nicht auf Gewalt gegründet sein. Wie sollten die Unzufriedenen aber dann im Zaum gehalten werden?

Das ladanische Gesellschaftsexperiment war von Anfang an isolationistisch angelegt. Die Revolutionäre wussten genau, dass ihre Gesellschaftsordnung nur dann Bestand haben konnte, wenn sie von allen anderen Gesellschaftsordnungen den größtmöglichen Abstand hielt. Dem ladanischen Sozialismus würde ein Überleben ausschließlich als abgelegener Sonderfall möglich sein, der nur um einen hohen Preis wieder aus der Welt geschafft werden konnte. Die Naturgegebenheiten waren dafür günstig: Wer sich einmal auf der Insel befand, konnte so schnell nicht wieder weg. Flugzeug- und Schiffsverkehr waren aufgrund der Witterungsbedingungen sowieso nur eingeschränkt möglich. Gleichzeitig mit dem Beschluss zum Einfrieren des technischen Fortschritts auf dem Niveau von etwa 1900 wurde auch ein anderer gefasst: den Bau eines Flughafens auf Ladania niemals zuzulassen. Trotzdem wusste der allererste Wohlfahrtsausschuss von Anfang an, dass ein kontrollierter Austausch mit der Weltgesellschaft, so destruktiv und vernunftwidrig sie aus ladanischer Sicht auch sein mochte, unvermeidbar war. Wie konnte man die ladanische Isolation aufrechterhalten und gleichzeitig einen überschaubaren Kontakt zur Außenwelt herstellen?

Die Lösung der beiden Probleme, des Problems der »Unzufriedenen« und des Problems der »relativierten Isolation« lag in ihrer Kombination. Man entschloss sich, nach dem Vorbild der japanischen Edo-Zeit eine künstliche Halbinsel zu schaffen, die dem Austausch mit der Außenwelt vorbehalten war. Dort, und nur dort, wurde Menschen und Waren von außerhalb der Zugang nach Ladania erlaubt, und nur von dort konnten Menschen und Waren die Insel verlassen. Die Verkehrsströme in beiden Richtungen wurden strikter Kontrolle unterworfen. Gleichzeitig schuf man eine Art Freihandelszone, zusammen mit einer eigenen Subkultur, um den Unzufriedenen ein Ventil für ihre Ablehnung der ladanischen Gesellschaftsordnung anzubieten. Man erhöhte die Attraktivität dieser Zone für die Unzu-

friedenen noch, indem man Parteimitgliedern des Volkswillens verbot, sie zu betreten (wobei gleichzeitig ihre polizeiliche Beherrschbarkeit jederzeit gewährleistet sein musste) – und schuf auf diese Weise eine kontrollierte Parallelgesellschaft; in gewisser Weise einen Abenteuerspielplatz für die verborgene Lust der Gesellschaft auf Dissidenz. Offiziell trug die Institution den Namen BWZ (Besondere Wirtschaftszone), im Volksmund wurde sie von Anfang an »der Holländerpier« genannt – wohl in Analogie zur künstlichen Insel Deshima im Hafen von Nagasaki, deren Nutzung vom 1636 bis 1845 ausschließlich den Niederländern vorbehalten war.

Auf der Fahrt zum Holländerpier (eine kleine Vorortbahn brachte uns hin) musste ich unweigerlich an meine beruflichen Probleme denken. Nathalie, neben mit auf der Sitzbank, bemerkte das sofort und sagte: »Küss mich lieber, wenn dir danach ist.«

»Und wenn nicht?«, fragte ich belustigt zurück.

»Dann lässt du's eben bleiben. Ich will jetzt keine schlechte Laune mehr sehen. Wir amüsieren uns.«

Das fiel mir nicht leicht. Den Holländerpier hatte ich mir viel kleiner und unscheinbarer vorgestellt. In Wirklichkeit war er ein ausgewachsener Hafen mit mehreren Landungsstegen, eigener Infrastruktur, ja, einer eigenen Kultur. Eher eine Stadt für sich als nur ein »Pier«. Ich fühlte mich unsicher. Allzu deutlich herrschten hier andere Gesetze als im Rest Ladanias: Die Prostituierten, die seltsam gekleideten Flaneure, die großen Schiffe schüchterten mich ein. Ich wusste auch nicht, ob ein Besuch auf dem Holländerpier mit meiner gesellschaftlichen Stellung überhaupt vereinbar war. Das verunsicherte mich noch mehr.

Nathalie hingegen bewegte sich auf dem Holländerpier völlig ohne Scheu. Sie scherzte und lachte und wurde sogar ein oder zweimal von Leuten, die offenbar dauerhaft auf dem Pier wohnten, gegrüßt.

»Bist du oft hier?«, fragte ich sie.

»Aber ja!«, lachte sie. »Immer wenn ich einen schnellen Lustknaben brauche oder eine Runde Poker spielen will, komme ich hierher. In der Stadt gibt es das ja nicht.«

Es klang nicht völlig wie Spaß. Ich fragte mich, wie gut ich die Frau eigentlich kannte, mit der ich seit einigen Stunden die Präferenz teilte. Würde sie mir schaden? Dann schüttelte Nathalie auf eine spezielle Weise ihren Kopf, und ich wusste: Die ganze Verruchtheit war nur Schau. Nathalie liebte Abenteuer, aber sie kannte ihre Grenzen.

Bevor wir das Restaurant betraten, glaubte ich, jemanden auf der anderen Straßenseite um die Ecke wischen zu sehen, der mir bekannt vorkam. Ich konnte den Eindruck aber nicht zuordnen und befasste mich deswegen zunächst nicht weiter damit.

Das Essen war ausgezeichnet. Antarktische Meeresfrüchte, frischer als ich sie je gegessen hatte, mit wunderbar würzigen Soßen. Nathalie aß mit einem Appetit, der mir den wirklichen Grund für ihre häufigen Aufenthalte auf dem Holländerpier klar machte: Sie ging hier essen, so oft sie es sich leisten konnte. Obwohl es in diesem Restaurant einige elegant gekleidete Gäste gab, schien mir, als sei sie mit ihrem weißen Kleid der Mittelpunkt der Aufmerksamkeit. Ich liebte sie sehr.

Es gab nur eine Störung während des Essens. Plötzlich ging ein Raunen durch die Reihen der Gäste, und alle Gesichter drehten sich zu der großen Fensterfront. Auf einem etwa fünfzig Meter vom Restaurant entfernten Landungssteg konnte man eine Gruppe von blau gekleideten Männern in lockerer Formation laufen sehen, die von Bewaffneten eskortiert wurden – offensichtlich zu dem Schiff hin, das dort vertäut war. Das Schiff lief unter kubanischer Flagge, es musste einer der Eisbrecher sein, die zu dieser Zeit, im Hochsommer, leicht zu uns vordrangen. Die Situation war sonnenklar: Die Blaugekleideten waren Verbannte, die von Polizisten zu ihrem Ausreiseschiff gebracht wurden. Kuba war meistens die erste Station der Verbannten. Dort wurde ihnen immer noch eine kurze Gnadenfrist gewährt, bevor sie zu ihrem endgültigen Verbannungsort weiterverschubt wurden. Wie ich die Gefangenen da so vor sich hinmarschieren sah, hatte ich die Vision, selbst einer von ihnen zu sein. Ganz deutlich sah ich den blauen Rücken meines Vordermanns vor mir, vor allem aber den sauber ausrasierten Haaransatz unter seinem blauen Käppi. Meine Hände waren gefesselt, und links neben mir lief einer der Wächter, mit dem Gewehr im Arm.

»Hallo«, sagte Nathalie und wedelte mit einer Hand vor meinem Gesicht herum. »Dein Essen wird kalt.«

Ich kam wieder zu mir, aber ich war nicht frei. So sehr ich mich auch bemühte, meine Laune war verdorben. Nathalie versuchte nicht mehr, sie aufzubessern. Als die Rechnung kam, ließ mich der Preis nach Luft schnappen, und sie lachte mich aus. Man kann schon sagen, dass in diesem Lachen ein Hauch von Grausamkeit war. Ich fühlte mich ein wenig wie der Vetter vom Land, der sich in der Metropole durch provinzielle Kleinkariertheit lächerlich macht. Auf dem Weg nach Hause sprachen wir nicht viel. Das gab mir Gelegenheit, über den ganzen Tag nachzudenken. Ich erinnerte mich auch noch einmal an den Mann, der mir aufgefallen war, bevor wir das Restaurant betreten hatten. Plötzlich war mir klar, dass das Svevo gewesen sein musste!

Ich hatte mich wohl unwillkürlich aufgesetzt, denn Nathalie fragte: »Was ist?«

»Svevo«, sagte ich. »Svevo war auf dem Holländerpier.«

»Svevo? Der darf den Pier gar nicht betreten.«

»Sicher. Trotzdem war er dort. Ich habe ihn gesehen.«

»Du hättest etwas gegen ihn in der Hand ...«

»Wenn ich es beweisen könnte, richtig. Aber das Schlimme ist« – ich senkte meine Stimme, denn ich bemerkte, wie angestrengt mein Sitznachbar uns zuhörte – »selbst dann würde sich nichts grundsätzlich an meiner Situation ändern. Die Lokomotive muss zum festgesetzten Termin fertig werden. Svevo kann ich nur noch dazu benutzen, dass das funktioniert. Und ich kann nur hoffen, dass ich ihn los bin, wenn es funktioniert. Von seiner Schwäche für den Holländerpier hätte ich wissen sollen, als er mir den Auftrag gegeben hat. Jetzt ist es zu spät.«

Nathalie legte ihre Hand auf meine.

Ich war der letzte, mit dem Raymond gesprochen hat. Der Tag war an sich schon furchtbar. Die Hebebühne, die wir für die Lokomotive benutzten, ging kaputt. Da die andere nur für unsere normalen Dampfmaschinen taugte, brachte uns das in die Verlegenheit, bei Petersens Lokomotivengruppe um Unterstützung zu bitten. Ich schrieb Petersen, wir bräuchten eine seiner Hebebühnen, und er antwortete sofort, das sei kein Problem. Nach dem Abgang des AK-Vorsitzenden war ich im Strukturat kaum noch auf Widerstand gestoßen, was mich natürlich freute, auch wenn es seinen Preis hatte: Ich aß mittlerweile an einem Tisch in der Kantine immer ganz allein; wie von Zauberhand leerten sich die Plätze um mich herum, wenn ich mich irgendwo dazusetzte. Wir beschlossen also, die Lokomotive mit den noch nicht zu Ende justierten Achsen quer durch das Strukturat zu Petersen zu fahren, und hofften, dass dabei nichts kaputtging. Riskant, aber notwendig – wir waren eine Woche hinter dem Zeitplan und konnten uns keine weiteren Verzögerungen leisten. Als die Lokomotive auf den Schienen stand – für Laienaugen so gut wie fertig, für mich beängstigend roh und nackt – hatte ich die größte Angst, wir hätten die falsche Entscheidung getroffen und würden sie durch den Transport ruinieren. Raymond stellte sich neben mich, während die kleine Werkslok ankuppelte, die unseren Schatz wegschleppen sollte.

Sie war gerade losgefahren, als Raymond sich zu mir herdrehte, einen Schritt auf mich zumachte, stolperte und mit einem kurzen, eher überraschten als verzweifelten Schrei auf das Gleis fiel. Mit einer Art ungläubigem Entsetzen sah ich, wie er buchstäblich vor meinen Augen von den beiden Lokomotiven überrollt wurde. »He!«, schrie ich, oder etwas Vergleichbares, als alles schon längst zu spät war. Die sich um mich herum entwickelnde Panik bekam ich in einem Zustand der Quasi-Erstarrung mit. Es war, als liefe meine Zeit der Zeit der Welt hinterher. Während der Lokführer der Rangierlok weiterfuhr, als sei nichts geschehen – er hörte den Aufruhr wohl gar nicht, weil seine Maschine so schnaufte – wurde um mich herum schon nach einem Arzt geschrien. Einige aus Raymonds Arbeitsgruppe sprangen auf das Gleis. Ich sah, wie sich jemand auf der gegenüberliegenden Seite übergab.

Jede Hilfe kam zu spät. Die Sanitäter konnten nichts tun, als die zwei Teile, in die Raymond zerlegt worden war, auf eine Bahre zu legen und ausbluten zu lassen. Ich fühlte nichts, als ich mich neben der Leiche hinkniete. Raymonds Augen waren offen. Eine seltsame Wärme ging von ihm aus, als lebe er noch. »Raymond«, sagte ich, »Raymond.«

»Du warst das!«, schrie mich jemand an. »Du bist schuld!«

Die Worte erreichten mich durch eine meterdicke Polsterung aus Watte. Ich sah die Frau an – es war Tatjana aus Raymonds Schweißergruppe. Zwei Genossen hielten sie fest, damit sie sich nicht auf mich stürzen konnte. Sie spuckte mich an, dann wurde sie weggebracht. Die Sanitäter legten ein weißes Tuch über Raymond, in der Hüftgegend färbte es sich sofort blutrot. Sie brachten ihn weg. Die Betriebssicherheit kam, verscheuchte alle und sperrte den Unfallort ab.

»Geh nach Hause, Genosse«, sagte einer der Grauuniformierten zu mir. »Wir unterhalten uns später. Heute keine Arbeit mehr.«

So ist die eiserne Regel bei uns. Tödliche Arbeitsunfälle führen zu einem freien Tag für die ganze betroffene Brigade.

Die nächste Zeit war unerträglich. Ich hatte nicht nur einen Freund verloren, sondern auch den fähigsten Facharbeiter des Projekts. Die Untersuchung durch die Betriebssicherheit war kurz und schmerzlos, sofort sprach man mich von jedem Verdacht frei: Tod durch menschliches Versagen, lautete das Urteil. Aber mir selbst genügte das natürlich nicht. Hatte ich nicht doch in irgendeiner Weise Schuld am Tod Raymonds? Hätte ich nicht doch etwas tun können, um ihn zu verhindern? Zwar schlief ich in dieser Zeit wie immer traumlos, aber tagsüber rollte das Geschehen wieder und immer wieder vor meinem geistigen Auge ab. Raymonds Schritt, sein Sturz, sein Schrei, sein Tod. Wieder und wieder.

»Das ist ein Trauma, Genosse Reiszman«, sagte die Beraterin bei der Psychologischen Abteilung der Betriebssicherheit. »Wir können Ihnen etwas zur Beruhigung geben.«

»Etwas zur Beruhigung?«

»Ein Medikament.«

»Nein danke.«

»Sind Sie sicher?«

»Absolut.«

Wenn ich schon Raymonds Tod nicht hatte verhindern können, wollte ich mir nicht auch noch erlauben, meinen Kummer und meine Verwirrung einfach wegzuspülen. Es wäre mir wie Hohn ihm gegenüber vorgekommen, ein paar Pillen zu nehmen, um ihn zu vergessen.

Ein paar Tage nach dem Unfall besuchte mich Tatjana in meinem Büro und entschuldigte sich dafür, dass sie mich angespuckt hatte. Ich sah sie da stehen, um Fassung bemüht, mit den Tränen ringend, und dachte zu meinem eigenen Erschrecken daran, dass sie im Moment nicht an der Lokomotive arbeitete. Tatjana war die beste Schweißerin, die mir geblieben war, und uns fehlte noch der ganze Stromlinienaufbau. Fieberhaft dachte ich darüber nach, was ich auf ihre Entschuldigung antworten konnte.

»Ich ... ich nehme deine Entschuldigung an«, sagte ich. »Ich habe mich auch die ganze Zeit gefragt, ob ich irgendwie an seinem Tod schuld sein könnte. Raymond ... hat dir viel bedeutet, nicht wahr? Mir auch, mir auch. Raymond hat die Lokomotive sehr viel bedeutet. Die Arbeit daran war ihm sehr wichtig. Ich glaube, er hätte gewollt, dass wir sie fertig bauen. Vielleicht sollten wir sie nach ihm benennen.«

Es war einfach so aus mir herausgesprudelt, in meinem Bedürfnis, etwas Bedeutungsvolles zu sagen, etwas, das Sinn machte. Tatjana weinte jetzt laut und verließ mein Büro ohne Abschied. Ich dachte, ich hätte sie mir endgültig zur Feindin gemacht. Aber als ich später an diesem Tag noch einmal zu unserer Hebebühne hinunter ging (sie funktionierte inzwischen wieder), fand ich sie bei der Arbeit; die Funken sprühten nur so um ihre Schweißermaske herum, und Paul, der

Sprecher der Arbeitsgruppe (der früher auch mein Sprecher gewesen war), legte mir die Hand auf die Schulter.

»Das war eine gute Idee«, sagte er.

Obwohl ich nicht gleich wusste, was er meinte, nickte ich. Mir hatte schon so lange keiner der Genossen Sympathie bewiesen, dass ich nicht nachfragen *wollte*. Wenig später ging mir dann auf, dass er die Sache mit dem Namen meinte. Ich biss mir auf die Lippen – vor Zorn über mich selbst. Wahrscheinlich würde ich wieder Svevo einschalten müssen, um das durchzusetzen.

In diesen Tagen fingen die ersten ernsthaften Streitereien mit Nathalie an. Sie sagte ein paar Mal:

»Jetzt musst du aufhören. Wenn Menschen sterben, ist es Zeit zum Aufhören. Du musst dich erklären. Wenn du verbannt wirst, gehe ich mit dir, mich hält hier ohnehin nichts mehr.«

Als sie das einmal zu oft gesagt hatte, schrie ich sie an: »Was soll denn dieser Unsinn? Mich erklären? Wie stellst du dir das vor? Glaubst du, wir werden gemeinsam irgendwohin verbannt, wo wir uns so richtig wohl fühlen? Und überhaupt: Du tust ja so, als sei ich am Tod von Raymond schuld! Es ist eindeutig menschliches Versagen gewesen, es war Raymonds Fehler! Er ist gestolpert.«

»Gestolpert ist hier bisher nur einer«, gab sie eiskalt zurück. Ich war nahe daran, sie zu schlagen, konnte mich aber glücklicherweise noch einmal zurückhalten.

Es war schon ein ungeheures Gefühl, als die Lokomotive fertig war. Wie sie da stand, mit der Stromlinienverkleidung und der rot-schwarzen Lackierung, wirkte sie wie ein Tier, sprungbereit, auch im Schlaf voller Kraft. Natürlich war sie nicht nach Raymond benannt worden. Ich hatte die Bitte der Arbeitsgruppe an Svevo weitergeleitet, und Svevo hatte behauptet, sie sei von der Parteileitung des Strukturats bedacht worden, aber man habe sich dagegen entschieden.

»Bitte«, hatte ich zu ihm gesagt, »das machst du der Brigade selbst klar.«

Dazu war er natürlich nicht bereit gewesen, der Feigling, aber ich hatte ihn mit viel Mühe zu einem Dreiergespräch mit mir und Tatjana überreden können. Tatjana hatte sich sein verlegenes Gerede angehört, geblinzelt, mit dem Kopf genickt, und war dann gegangen. Ich hatte Glück gehabt: Die Brigade hatte nicht mir diese Dummheit angelastet, sondern der Partei. Und vor allem Svevo.

Unsere Lokomotive hieß jetzt »Tempête«, nach dem altersschwachen französischen Frachter, mit dem Nefardi und seine zweihundert Anhänger nach Ladania gekommen waren. Ich fand das ziemlich blöde, es war bloße Parteiraison, und ich wusste, ich würde auf die Namensfrage eingehen müssen, als ich die kleine, improvisierte Rede vor der technischen Jungfernfahrt hielt. Meine Leute erwarteten das von mir. Ich konnte es in ihren Augen sehen, als sie im Halbkreis um mich herum standen, vor unserer Lokomotive, die für die Erstfahrt bereit gemacht wurde.

»Genossinnen. Genossen. Ich will nicht lang reden. Ihr wisst, was wir geleistet haben. Ihr wisst, was es uns gekostet hat. Wir haben das Unmögliche wahr gemacht. Einer von uns ist dafür gestorben. Wir wollten unsere Lokomotive nach ihm benennen, weil er das größte Opfer für sie gebracht hat, das sich denken lässt. Der Volkswille hat anders entschieden, nun gut. Aber heute, bei der Erstfahrt, gilt Raymonds Namen doch.«

Ich nahm ein Stück Kreide aus meiner Hosentasche, ging zu dem Namensschild aus Messing, das neben dem Führerhaus angebracht war, und schrieb »RAYMOND« darunter. Die Genossen jubelten. Sie liefen zu den beiden Waggons, die für die Testfahrt an die Tempête angehängt worden waren. Tatjana hielt ich am Arm fest. Ich sagte zu ihr:

»Du fährst vorne mit.«

Sie lächelte glücklich, und ich wusste, dass sie sich das sehnlichst gewünscht, aber nicht danach zu fragen gewagt hatte.

Zu viert war es im Führerhaus recht eng. Der Lokführer bediente einmal den Pfeifenzug, und wir waren unterwegs. Erst im Schritttempo hinaus aus dem Strukturat und dann auf ein Nebengleis der Magistrale Neténde-Malewin, das auch für die Standardlokomotiven als Teststrecke benutzt wurde, aber für unsere Fahrt sorgfältig überprüft und enteist worden war.

Ein sonniger Tag, keine Seitenwinde, die Strecke schneefrei: Wir flogen über die Ebene zwischen der Hauptstadt und Malewin nur so dahin. Es wurde schnell klar: alles war gelungen. Welch ein Glück. Tatjana stand so nahe bei mir, wie es die Schicklichkeit noch zuließ, und der Lokführer lachte mich an. 186 km/h, ladanischer Rekord!

»Ausfahren?«, schrie mir der Lokführer zu – ich schüttelte den Kopf. Keine Risiken bei der Erstfahrt. Ausfahren würden wir die Lok auf derselben Strecke zehn Tage später. Die »Tempête« konnte 250 km/h schaffen – das wusste ich. Beweisen musste ich es mir am Tag der Erstfahrt nicht. Zurück im Werk umarmte mich Tatjana noch im

Führerhaus, und beinahe hätte ich sie geküsst. Die ganze Centurie stand am Gleis und jubelte, als wir ausstiegen. Wir waren die Helden des Tages.

Ich sagte Maurice, er solle sich mit den Berechnungen für die Endabnahme beeilen. Ich musste ja so tun, als bräuchte ich noch genügend Zeit für die Prüfung seiner Berechnungen – in Wirklichkeit würde mir wenig anderes übrig bleiben, als sie ein paar Tage in meinem Schreibtisch liegen zu lassen, und dann zu unterschreiben. Als ich mich nach der kleinen Feier von der Tempête für diesen Tag verabschiedete, hatte jemand meine Kreideinschrift schon weggewischt.

Ich hätte mich ja freuen können, aber ich freute mich nicht. Das hing einerseits damit zusammen, dass ich in jeder Sekunde wusste: Mein Erfolg war auf Sand gebaut. Ich spielte seit Jahren mit meiner Existenz, und jetzt war dieses Spiel auf einem Höhepunkt angekommen, der allzu leicht in die totale Katastrophe umschlagen konnte. Ich wurde sehr paranoid, und fürchtete bei jedem Klopfen an meiner Bürotür einen Besuch der *Sicherheit*. So kurz vor der geplanten Erstfahrt am Revolutionstag schien mir das sogar logisch. Was ich da tat, konnte einfach nicht länger gut gehen. Der zweite Grund für mein Unbehagen war Nathalie. Sie verstärkte meine Zweifel noch, indem sie ständig eine Miene der vorwurfsvollen Gekränktheit vor sich her trug – kein Lob für meine Leistungen, sondern nur stille Anklage, als hätte ich weit größere Verbrechen begangen, als die, die man mir wirklich vorwerfen konnte. Ich liebte sie, aber ich verzweifelte an ihr, weil sie meine eigenen Zweifel spiegelte, und dadurch ins Unermessliche vergrößerte. Unsere Streitereien wurden bösartig. Ich musste sogar befürchten, dass unser lautes Gekeife irgendwann die Schlichtungskommission meines Wohnheims auf den Plan rufen würde, die immer eingriff, wenn irgendwelche Konflikte im Haus nicht mehr allein von den Beteiligten beigelegt werden konnten. Und die Schlichtungskommission konnte auch einen Untersuchungsauftrag an die *Sicherheit* weiterleiten, die an solche Aufträge gebunden war. Ich hatte furchtbare Angst.

Etwa fünf Tage nach der technischen Erstfahrt stritten wir uns besonders heftig. Es war ein kurzer, lautstarker und sinnloser Kampf um Selbstwert, die besseren Argumente, die geschliffenere Verachtung. Wenn sich eben zwei Menschen, die nicht ganz dumm sind, gegenseitig verletzen wollen. Alles in meinem kleinen Zimmer. Zum Schluss packte Nathalie ihre Sachen zusammen und schlug meine

Zimmertür hinter sich zu. Ein Plakat, das seit Jahren an der Innenseite der Tür hing, fiel herunter. Als ich es wieder angeheftet hatte, schaute ich auf die Uhr: 23:17. Sie würde den letzten Zug nach Hause noch erwischen.

Als ich zu Bett ging, konnte ich nicht einschlafen. »Du bist ein Monstrum!«, hatte sie geschrien. »Du opferst dieser Maschine alles! Du bist im Inneren selbst schon eine Maschine!« Meine Antworten waren nicht viel sinnvoller gewesen. »Nicht das geringste Verständnis hast du für mich! Als könnte ich einfach so alles hinschmeißen! Und die Tempête ist wichtig für die ladanische Wirtschaft!« Die Szenen drehten sich in meinem Kopf wie in einem Karussell. Irgendwann nach Mitternacht erkannte ich den wahren Grund dafür: Ich hatte Angst, Nathalie würde mich verraten. Sie war der einzige Mensch überhaupt, der wusste, dass der Konstrukteur der Tempête ein Hochstapler war.

Zu meiner Überraschung fand ich durch die Aufdeckung meiner wahren Gefühle keine Ruhe. Nefardi, der Begründer der ladanischen Revolution, behauptet in seinen »Discorsi«, dass Menschen nur unruhig, deprimiert, verwirrt sein können, wenn sie sich über ihre wahren Gefühle und Motive nicht im Klaren sind, und sie zu verdrängen suchen. Das ist eine Erkenntnis, die uns Ladaniern schon im Kindesalter mitgegeben wird, und auf der unser ganzes Konzept der psychischen Volksfürsorge beruht. Und auch in dieser Nacht hatte Nefardi auf infernalische Weise Recht. Zunächst redete ich mir ein, dass meine Angst nur allzu berechtigt war. Ich hatte Nathalie als sprunghaft kennengelernt, und ich glaubte, sie würde mich verraten, wenn sie zu der Überzeugung kam, das könne auf lange Sicht unsere Situation verbessern. Diese Vorstellung steigerte meine Angst noch mehr. Ich sah Nathalie bereits auf dem Weg zur *Sicherheit*. Es schien überhaupt nur noch einen Ausweg aus diesem Chaos zu geben: Nathalie musste weg. Sie musste sterben. Ich musste sie töten. Du bist verrückt geworden, dachte ich, sie hat vollkommen Recht. Trotzdem verspürte ich eine seltsame Erleichterung, als hätte ich die Lösung zu einem schwierigen Problem gefunden, und konnte sofort einschlafen.

Nachdem ich eine Nacht darüber geschlafen hatte, hatte sich der Glaube, Nathalie töten zu müssen, damit sie mich nicht verraten konnte, zu einer unumstößlichen Gewissheit verfestigt. Es war alles glasklar, es gab keine andere Möglichkeit. Den Vormittag, den ich, wäre alles mit rechten Dingen zugegangen, mit der Überprüfung von

Maurice' Tabellen hätte verbringen müssen, benutzte ich zur Planung meines Verbrechens. Was dabei herauskam, war sehr simpel: Ich wollte Nathalie unter dem Vorwand eines gemeinsamen Abendessens zum Holländerpier locken, in einer dunklen Ecke erstechen und ins Wasser werfen. Schon an der Machart dieses Plans erkennt man, dass ich zu diesem Zeitpunkt nicht ganz bei Trost gewesen sein kann. Ich war mir zwar der Verwerflichkeit meines Plans voll bewusst, aber ich hielt ihn für notwendig. Um den Einladungsbrief an sie abzuschicken, ging ich wieder in das öffentliche RoPo-Terminal in der Malakoffstraße. Auch das natürlich für einen angehenden Mörder ein absurdes Verhalten. Selbst dass mich der Pächter offensichtlich wiedererkannte, schlug mich nicht in die Flucht. Beim Verschließen des Briefs war ich ganz ruhig.

Als ich an diesem Tag nach Hause kam, überprüfte ich zuerst das Terminal in meinem Wohnheim. Nathalie hatte mir geantwortet, sie war mit einem Treffen einverstanden. Treffpunkt sollte das Restaurant sein, in dem wir schon einmal zu Gast gewesen waren. Ich steckte ein einfaches Küchenmesser ein und machte mich auf den Weg zum Holländerpier.

Nathalie verspätete sich. Zunächst war das kein Anlass zur Sorge. Es war immer möglich, dass sie eine Viertelstunde überzog, sie gehörte nicht zu den Pünktlichkeitsfanatikern. Eine Viertelstunde später begann ich mir Gedanken zu machen. Ich stellte mir in meiner Verwirrung vor, sie habe geahnt, was ich vorhatte, und sei jetzt erst recht entschlossen, sich der *Sicherheit* anzuvertrauen, allerdings mit der veränderten Motivation, mich hinter Schloss und Riegel zu bringen, damit ich ihr nichts mehr anhaben konnte. Die Polizisten sah ich gar nicht kommen.

»Routinekontrolle, Genosse«, sagte der eine von ihnen grußlos. »Die Papiere bitte.« Ich muss mich wirklich in einem seltsamen Gemütszustand befunden haben, denn ich erinnere mich genau, dass ich mich über den Begriff »Papiere« wunderte, während ich ihm meine Hollerith-Karte gab. Dass die immer noch »Papiere« sagen, dachte ich. Das Ding ist doch aus Ladanit. Und ich dachte: Jetzt durchsuchen sie mich, dann entdecken sie das Messer, und dann verhaften sie mich. Der Polizist prüfte die auf der Karte aufgedruckten Informationen gründlich.

Der zweite Polizist fragte:
»Was machen Sie hier, Genosse?«
»Ich warte auf meine Freundin.«

Die beiden sahen sich an und grinsten. Der erste gab mir meine Hollerith-Karte zurück.

»Na dann warten Sie mal nicht zu lang. Man erkältet sich schnell.« Sie salutierten ironisch und verschwanden. Fünf Minuten später wusste ich, dass Nathalie nicht mehr kommen würde, und fuhr zurück in die Stadt, um sie bei sich zu Hause zu besuchen und eventuell dort zu töten.

Als ich bei ihrem Wohnheim im Gewächshausdistrikt ankam, standen schnelle Dampfwagen der *Sicherheit* und der Notfallrettung am Straßenrand. Einige Schaulustige hatten sich eingefunden, aber das Grüppchen verhielt sich still, die ganze Szene hatte etwas Statuarisches, Unbelebtes. Ich näherte mich und erkannte, dass die Hälfte der Fahrbahn auf einer Länge von vielleicht zehn Metern abgesperrt war. Ich war wie in Trance. Es gab nicht viel zu sehen: ein beschädigter Dampfwagen, eine Bremsspur und ein wenig Sand, den man in eine dunkle Flüssigkeit hineingestreut hatte. Das konnte Öl sein, oder Blut, das nur deswegen nicht gefroren war, weil der von unten dampferwärmte Straßenbelag das nicht zuließ.

»Was ist passiert?«, fragte ich den einen Polizisten innerhalb der Absperrungen, obwohl ich intuitiv genau Bescheid wusste.

»Junge Frau. Überfahren. War gleich tot. Keine 30. Hat hier im Haus gewohnt. Schande so was.«

»Danke, Genosse.«

Ich bemühte mich, nicht zu taumeln, als ich wegging. Das Messer warf ich von einer Brücke, um es im Wasser zu versenken. Aber der Fluss war unter der Brücke zugefroren, und das Messer klapperte über das dicke Eis. Ich kümmerte mich nicht weiter darum. Da ich die Gesellschaft von Menschen nicht ertrug, lief ich den ganzen Weg nach Hause. Ich weiß nicht, wie spät es war, als ich mich in meinem Zimmer auf den Sessel sinken ließ. Ich wachte am Morgen in meinem Bett auf und war noch komplett angezogen.

Triumph und Katastrophe

In den nächsten Tagen hatte ich alle Hände voll damit zu tun, diese Ereignisse so zu behandeln, als seien sie gar nicht wirklich vorgefallen, als seien sie die Trugbilder böser Träume. Zu diesem Zweck wendete ich zwei Methoden an. Einmal redete ich mir ein, das Gemisch aus

Gewalt, Verwirrung, Zufall und Unsinn, in das ich nach dem Streit mit Nathalie hineingeraten war, stelle etwas Einzigartiges, etwas vollkommen Unwahrscheinliches dar, einen seltsamen Raum der privaten Geschichte, in dem sich positive und negative Kräfte gegenseitig auslöschten. Die heftigen Bewegungen und Gegenbewegungen konnten so außerhalb dieses Raums gar nicht wahrgenommen werden, von außen betrachtet schien alles ruhig. Ich bemühte mich sehr, die letzten Tage von außen zu betrachten. Wohl wahr, Nathalie war tot. Ich las die Todesanzeige ihrer Brigade in der Zeitung, und mir wurde vom Notar meines Wohnheims mitgeteilt, dass meine aktuelle Präferenz aufgrund des Todes meiner Partnerin neu bewertet werden müsse. Eine Verlängerung der Präferenz – nach unserem Rechtssystem durchaus möglich – lehnte ich ab. Nathalies Tod, so sagte ich mir, sei gewissermaßen dadurch aufgehoben, dass ich so erleichtert über ihn war. Weil er in einem höheren Sinn eben doch kein Zufall gewesen sei, sondern einen Zweck gehabt habe (die Verhinderung ihres geplanten Verrats), sei er auf geheime Art eingebunden in das beinah ergebnislose Wechselspiel der Kräfte, und daher so gut wie eliminiert. Zweifellos eine Form von Wahnsinn.

Die zweite Methode zur Bewältigung meines Traumas bestand darin, dass ich mir in den Kopf setzte, die Berechnungen von Maurice trotz meiner mangelnden mathematischen Kenntnisse verstehen zu wollen. Dabei musste ich auf Unterstützung von außen und durch Fachliteratur vollkommen verzichten: Wie hätte das ausgesehen, wenn der leitende Ingenieur der Tempête-Brigade bei der Überprüfung der Daten zur Endabnahme plötzlich nach mathematischen Kenntnissen gefragt hätte, über die ein Ingenieur einfach verfügen musste? Ich las also die Tabellen und die kurzen Textabsätze immer und immer wieder durch, so als würde das bei einer ausreichenden Zahl von Wiederholungen den Sinn erschließen. Wie ein Ali Baba, der daran glaubt, dass sich die Höhle schließlich öffnen muss, wenn er den falschen Zauberspruch nur tausendmal wiederholt. Ich war mir der Unsinnigkeit des Verfahrens bewusst, aber ich machte mir weis, es würde mir vielleicht dabei helfen, die Zahlenkolonnen wenigstens auswendig zu lernen. Selbst diese Hoffnung zerschlug sich: Ich konnte das Kauderwelsch nicht behalten, weil ich nicht wusste, was es bedeutete. Zum Schluss hatten die Wiederholungen nur noch einen Zweck: eine totale Leere in meinem Kopf herzustellen, die ich zu diesem Zeitpunkt erfrischend fand. Ich unterschrieb zum letztmöglichen Termin. Zwei Tage später fand die Jungfernfahrt statt.

Den schönsten Tag meines Lebens erlebte ich in erstaunlich ruhiger Gemütsverfassung. Zur Jungfernfahrt erschien der komplette Wohlfahrtsausschuss, das höchste Gremium in unserem Staat, einschließlich der Vorsitzenden. Da ich der leitende Ingenieur beim Bau der Tempête gewesen war, fuhr ich mit dem Wohlfahrtsausschuss und dem Begleitpersonal – im ersten Wagen hinter der Lok. Alles lief glatt. Die Lok erreichte zwischen Nétende und Malewin 238 km/h. Als der Lokführer den Weltrekord durchgab, jubelte der ganze Wohlfahrtsausschuss, es wurde Champagner auf mich getrunken und man schlug mir auf die Schulter, als hätte ich die Lokomotive allein gebaut. Die Genossin Vorsitzende gratulierte mir, sie strahlte über das ganze Gesicht, wir wurden fotografiert. Ich war vollkommen ruhig und gelassen, denn ich hatte diese Leistung der Lokomotive erwartet. Außerdem war ich fest entschlossen, mich von der Stimmung um mich herum nicht anstecken zu lassen, damit ich wachsam bleiben konnte.

Als wir zum Strukturat zurückkehrten, hielt die Genossin Vorsitzende eine »improvisierte« halbstündige Rede, in der die anwesenden Mitglieder des Werks gelobt, ermahnt und angespornt wurden.

»Die Tempête«, sagte sie, »ist ab heute das sichtbarste Symbol für die Leistungen, zu denen unser Staat fähig ist, und auf diese Weise ist sie auch ein Symbol für uns alle.«

Die Vorsitzende kündigte an, dass die Tempête sogar in den Export gehen werde, möglicherweise ins Vereinigte Westchina, eine der wenigen Nationen, mit denen Ladanien regelmäßige Wirtschaftsbeziehungen unterhielt. Wie befürchtet, rief mich die Genossin Vorsitzende zum Rednerpult:

»Ich übergebe jetzt das Wort an den Genossen Josefo Reiszman, der mit seiner Brigade die Tempête gebaut hat.«

Ich hatte mich auf diese Herausforderung vorbereitet und las erst mit zitternder, dann mit immer kräftigerer Stimme Brechts »Fragen eines lesenden Arbeiters« vor, ein Gedicht, das mir immer viel bedeutet hat:

Fragen eines lesenden Arbeiters

Wer baute das siebentorige Theben?
In den Büchern stehen die Namen von Königen.
Haben die Könige die Felsbrocken herbeigeschleppt?
Und das mehrmals zerstörte Babylon –
Wer baute es so viele Male auf? In welchen Häusern

Des goldstrahlenden Lima wohnten die Bauleute?
Wohin gingen an dem Abend, wo die Chinesische Mauer fertig war
Die Maurer? Das große Rom
Ist voll von Triumphbögen. Wer errichtete sie? Über wen
Triumphierten die Cäsaren? Hatte das vielbesungene Byzanz
Nur Paläste für seine Bewohner? Selbst in dem sagenhaften Atlantis
Brüllten in der Nacht, wo das Meer es verschlang
Die Ersaufenden nach ihren Sklaven.

Der junge Alexander eroberte Indien.
Er allein?
Cäsar schlug die Gallier.
Hatte er nicht wenigstens einen Koch bei sich?
Philipp von Spanien weinte, als seine Flotte
Untergegangen war. Weinte sonst niemand?
Friedrich der Zweite siegte im siebenjährigen Krieg. Wer
Siegte außer ihm?

Jede Seite ein Sieg.
Wer kochte den Siegesschmaus?
Alle zehn Jahre ein großer Mann.
Wer bezahlte die Spesen?

So viele Berichte.
So viele Fragen.

Der Genosse Brecht steht in Ladanien in hohem Ansehen, er wird in den Schulen gelesen, er wird diskutiert, man führt seine Stücke auf. Daher hatte ich damit gerechnet, dass ich auf Zustimmung treffen würde. Aber mit dem enormen Applaus, der nach dem Ende des Gedichts aufbrandete, hatte ich nicht gerechnet. Hüte, Mützen und Blumen flogen durch die Luft, man glaubte, das Dach der Konstruktionshalle würde gleich abheben. Ich wusste nicht, wie ich damit umgehen sollte. Mir blieb nichts anderes übrig als einfach zu warten, bis der Lärm wieder abebbte. Ich erhaschte in all dem Tohuwabohu einen Blick auf Svevo, der mit den anderen leitenden Genossen des Volkswillens natürlich in der ersten Reihe vor dem Rednerpult saß, bzw. stand, denn alle waren zum Jubeln aufgestanden. Svevo klatschte auch, aber sein Gesicht war gelb vor Neid. Nachdem es etwas stiller geworden war, sagte ich »Danke!« und trat vom Rednerpult weg. Es gab noch ein paar kurze Ansprachen, dann war der offizielle Teil der Feier vorbei, und die Belegschaft ging wieder zurück an ihre Arbeit.

Abends feierte ich noch mit der ganzen Centurie in einem reservierten Raum des Freizeitheims »Jupiter« beim Strukturat. Die Leute tranken viel, und die Stimmung wurde ausgelassen, um nicht zu sagen feuchtfröhlich. Ein ums andere Mal wurden Hochrufe auf mich angestimmt, es gab Trinksprüche und Toasts und ganz allgemein eine Menge großer Worte. Ich fühlte mich elend, versuchte mir das aber nicht anmerken zu lassen. Tatjana nahm gleich wahr, dass etwas nicht stimmte.

»Was ist, Josefo? Du wirkst so traurig. Fühlst du dich nicht wohl?«

Ich griff zu einer Notlüge.

»Ich muss an Raymond denken. Er hätte das alles hier miterleben sollen.«

»Aber das tut er doch!«, sagte Tatjana mit großer Überzeugung. Sie war angetrunken, ihre Augen glänzten glasig. »Du hast die Lokomotive nach ihm benannt. Ihr wirklicher Name ist *Raymond*, was immer die anderen sagen. Raymond lebt! Er sieht uns! Trink mit mir!«

Sie lachte. Ich hob mein Bierglas, das noch halbvoll war, und wir prosteten einander zu. Tatjana war nahe an mich herangerückt. Ich konnte sie spüren und riechen, und eine Welle der Sehnsucht ging durch meinen Körper. Aber ich musste vor Widerwillen kurz die Augen schließen, weil mir sofort Nathalie in den Sinn kam. Es reicht langsam, dachte ich. Ich will nicht noch eine Frau unglücklich machen. Die letzte hat sich noch rechtzeitig umgebracht, bevor sie ermorden konnte.

»Josefo?«

Ich öffnete die Augen wieder. Tatjana runzelte vor Besorgnis die Stirn.

»Es ist nichts. Ich ... ich muss austreten«, sagte ich und erhob mich schwer, vor Kummer schwindelig. Auf der Toilette traf ich auf Paul.

»Einen Augenblick«, sagte er, nachdem ich mir die Hände gewaschen und getrocknet hatte. Er nahm mich zur Seite. »Es geht um Tatjana. Wie soll ich es sagen? Sie hält große Stücke auf dich. Nicht, weil du jetzt so erfolgreich bist. Ich kenne sie. Sie ist keine Opportunistin. Die Sache mit Raymond hat sie fast umgeworfen. Ich weiß, dass du erst vor ein paar Tagen deine Präferentin verloren hast. Aber Tatjana liebt dich. Ich bin mir sicher. Vielleicht braucht ihr beide Trost. Das ist alles, was ich sagen wollte.«

Ich hätte mit Gelächter reagieren können oder mit Aggression. Ich hätte ihm sagen können, er solle sich um seine eigenen Angelegenheiten kümmern. Aber ich war zu verwirrt und überrascht für eine angemessene Antwort. Mir fiel nichts anderes ein als: »Danke, Paul.«

Also »kümmerte« ich mich um Tatjana, so gut es ging. Ich versuchte fröhlich zu sein und erzählte Witze, und ich trank auch ein wenig mehr, als ich eigentlich geplant hatte, wegen der größeren Lockerheit. Tatjana freute sich, sie durchschaute mich nicht. Einmal legte sie ihre Hand auf meinen Oberschenkel. Es war nicht zu ertragen, deswegen machte ich mich ganz kalt. Sie zuckte dann zurück, als habe auch sie ihre Grenzen überschritten.

Als die *Sicherheit* kam, war das Fest noch in vollem Gange, aber der Auftritt der Polizisten sorgte sofort für Totenstille. Als hätte man das Bild eingefroren oder alles in Wachs gegossen, verharrte jeder in der Stellung, in der er sich gerade befand. Nur ich war agil und sprang sofort auf. Jetzt geht es los, dachte ich fast vergnügt. Jetzt holen sie mich.

»Genosse Reiszman«, sagte der Anführer quer durch den Raum.

»Ja, hier«, antwortete ich übereifrig.

»Sie sind verhaftet.«

Nach dieser Auskunft passierte etwas mit der Menge um mich herum. Leute standen auf. Ein Raunen ging durch den Raum. Die Polizisten wichen instinktiv zurück und griffen nach ihren Schlagstöcken, auch wenn sie sie noch nicht aus ihren Holstern herauszogen. Ich hatte jetzt die Verantwortung. Ich musste etwas tun.

»Bitte!«, sagte ich sehr laut, »bitte! Die *Sicherheit* hat Recht. Sie verhaften mich, weil ich ein Betrüger bin, ein Hochstapler. Ich bin kein Ingenieur, ich bin nur ein einfacher Techniker. Macht bitte keine Dummheiten. Die *Sicherheit* tut nur ihre Pflicht.«

Das lähmte die Menge, die kurz vorher noch bereit gewesen war, mich zu verteidigen, und den Augenblick der Überraschung nutzten die Polizisten, um sich zu mir durchzudrängen. Als einer von ihnen mir Handschellen anlegen wollte, begann Tatjana zu protestieren.

»Halt«, sagte sie schwach, »das ist ein Irrtum. Das ist alles Unsinn. Ich kenne Josefo. Er würde nie etwas gegen das Gesetz tun.«

Beeilt euch, dachte ich. Bringt mich hier weg. Wenn die anderen zu sich kommen, gibt es ein Unglück. Endlich hatten sie mich gefesselt und führten mich zum Ausgang. Vor dem Haus warteten der Fahrer und ein weiterer Polizist in einem schnellen Dampfwagen. Ich sah hoch zu den erleuchteten Fenstern des Freizeitheims. Meine Genossen, die ich nie wieder sehen würde, standen dicht gedrängt an den hell erleuchteten Fenstern und sahen zu uns herunter.

Nachspiel

Zunächst brachte man mich in die größte Niederlassung der *Sicherheit* in Neténde, in der *Straße der Revolution*, unweit von der Mechabib und dem öffentlichen RoPo-Terminal, das ich mehrfach benutzt hatte. Man behandelte mich korrekt, wenn auch nicht freundlich. Entgegen meinen Erwartungen wurde ich nicht geschlagen. Die Handschellen wurden mir bald abgenommen, ebenso wie jedweder persönliche Besitz, einschließlich der Schnürsenkel, die man zu meiner eigenen Sicherheit konfiszierte. Ich kam in eine Zelle mit offener Vergitterung. Man erklärte mir, ich müsse klingeln, wenn ich zur Toilette wolle. In der Zelle war es etwas kühler als gewohnt, wenn auch nicht wirklich kalt. Um die 13 Grad. Bis dahin hatte ich kein grobes Wort gehört.

Ich wollte mich beruhigen, indem ich mich auf der schmalen Holzpritsche ausstreckte. Das war leider schwierig, denn in meinem Kopf kreisten unentwegt die Gedanken. Ich hatte versagt. Alles war umsonst gewesen. Der Bruch mit Pani, der Tod von Raymond und Nathalie – wofür das alles? Für eine Lokomotive. Etwa um Mitternacht besuchte mich Nathalie. Sie trug ein weißes Nachthemd. Wenn sie ausatmete, standen ihr kleine Wölkchen vor Mund und Nase. Ich richtete mich auf.

»Na?«, sagte sie. »Na?«

»Was willst du?«, fragte ich, und sie antwortete: »Na? Na?«

Sie wiederholte es immer wieder, bis ich sagte, sie solle weggehen. Stattdessen setzte sie sich neben mich auf die Pritsche und fragte immer wieder: »Na?«

Es war ein Glück, dass bald ein Polizist kam, die Gittertür aufschloss und sagte: »Reiszman. Verhör.« Ich schlurfte mit meinen schnürsenkellosen Schuhen so schnell ich konnte aus der Zelle hinaus. Nathalie wollte mir folgen, aber der Polizist schloss sie in der Zelle ein. Ich dachte nicht daran, dass sie auf diese Weise wahrscheinlich immer noch da sein würde, wenn ich von dem Verhör wieder zurückkam. Ich war nur froh, ihr für den Augenblick entkommen zu sein.

In dem gut beleuchteten und beheizten Verhörraum wartete nicht nur ein rauchender Leutnant der *Sicherheit* auf mich, sondern auch Pani. Ich glaubte zunächst an eine weitere Erscheinung im Stil des Nathalie-Geistes, der mich in der Zelle besucht hatte, machte mir dann aber schnell klar, dass Pani dienstlich, als Kader der Registratur hier war. Sie wirkte ruhig und professionell, auch wenn ich ihr eine gewisse Mühe anzusehen glaubte. Immerhin waren wir einmal Präferenten gewesen. Ich ging davon aus, dass ihre Anwesenheit eigentlich nicht den üblichen polizeilichen Gepflogenheiten entsprach, sondern nur dazu diente, etwaigen Widerstand von mir schnell und umstandslos zu brechen, indem mir meine Verfehlungen von jemandem vorgehalten wurden, der mir einmal sehr nahe gestanden hatte. Da ich fest vorhatte, in jeder Hinsicht mit den Behörden zu kooperieren, fand ich das überflüssig.

»Setzen Sie sich«, sagte der Leutnant und drückte seine Zigarette aus.

Als ich mich setzte, bemerkte ich das Diktaphon neben dem Schreibtisch. Das Mikrophon lag auf dem Deckel des Geräts, als sei es dort vergessen worden.

»Was sollen wir denn jetzt mit Ihnen machen, Sie Volksheld?«, fragte der Genosse Leutnant. Pani saß hinter ihm auf ihrem Stuhl und ordnete irgendwelche Papiere.

»Genosse Leutnant. Zuerst möchte ich feststellen, dass ich gestehe, und dass ich in allen Punkten mit der *Sicherheit* und den Justizbehörden kooperiere.«

»Ja, ja«, sagte der Leutnant und winkte ab. »Das tun die meisten, die hier landen. Aber um unser kleines Gespräch hier kommen wir trotzdem nicht herum.«

Ich schwieg.

»Was haben Sie sich eigentlich dabei gedacht? Haben Sie wirklich geglaubt, Sie kommen damit ewig durch?«

Ich überlegte mir meine Antwort gut.

»Ich war ehrgeizig und wollte nicht mehr in dem Kartonagenstrukturat arbeiten. Nach ein paar Jahren glaubte ich wirklich, dass das immer so weitergehen könnte. Ich machte meine Arbeit so gut es ging, und es gab nie Klagen. Aber als Svevo mit der Idee zu der Lokomotive kam, wusste ich, das ist mein Ende.«

»Und warum haben Sie dann die Ausführung des Parteiauftrags nicht abgelehnt?«

»Ich hatte Angst. Ich glaubte, wenn ich ablehnte, würde man meine Vergangenheit untersuchen, meinen Betrug entdecken und mich verbannen. Also spielte ich auf Zeit. Ich nahm den Auftrag an und machte meine Sache so gut es ging.«

»So, so. Und jetzt ist genau das geschehen, vor dem Sie sich so gefürchtet haben, weil es eines Tages einfach geschehen musste.«

Ich nickte und schwieg.

Der Genosse Leutnant schien irgendwie amüsiert.

»Wollen Sie eigentlich wissen, wie wir Ihnen auf die Schliche gekommen sind?«

Das wollte ich eigentlich überhaupt nicht. Ich brauchte mir meine Dummheit nicht auch noch im Detail vorführen zu lassen. Aber da der Leutnant seinen Spaß daran zu haben schien, nickte ich eifrig.

»Das mit dem Besuch bei Nathalie, das war nicht ungeschickt. Das ist uns gewissermaßen entgangen. Dann hatte die Genossin Pani hier den ersten Verdacht. Ehrlich gesagt«, er beugte sich ein wenig vor, »glaube ich, dass sie ein wenig eifersüchtig war, nachdem Sie sie ein paar Mal versetzt hatten.« Er streckte mir seinen Zeigefinger entgegen. »Fürchtet die Frauen!« Bei einem schnellen Seitenblick stellte ich fest, dass Pani total ungerührt auf ihrem Stuhl saß. Sie war offensichtlich mit dem Sortieren ihrer Papiere fertig. Der Leutnant streckte seine linke Hand aus, ohne sie anzusehen, und sie drückte ihm ungefragt ein Bündel in die Hand, das er vor sich auf seinen Tisch hinwarf.

»Der ganze Kladderadatsch, von Ihrer Geburtsurkunde bis zum Protokoll ihres letzten Jahresgesprächs im Strukturat. Hat sie alles untersucht, die Genossin Pani. Und was hat sie gefunden? Fast nichts. Bis auf ein paar Unregelmäßigkeiten bei der Bewerbung zu Ihrer jetzigen Arbeitsstelle im Metallstrukturat. Eigentlich Kleinkram. Wird aber immer größer, je genauer man hinsieht. Sie konnten die Ausbildung, von der Sie in Ihrer Bewerbung schrieben, ja gar nicht gemacht haben. Da passten ja schon die Prüfungstermine nicht. Was Fälscher so falsch machen. Aber das war uns natürlich noch nicht wichtig genug. Schließlich machten Sie, Genosse Reiszman, gute Arbeit. ›Und wenn schon‹, hat mein Chef gesagt, als ich Sie verhaften lassen wollte. ›Der Mann macht seine Sache gut, wenn er damit fertig ist, nehmen wir ihn uns vor.‹ Also haben wir Sie beobachtet.«

Er rührte in den Papieren herum wie in einem Topf Suppe. Dann lachte er, zog eine Schublade auf, nahm etwas heraus und warf es ebenfalls auf den Tisch. Mein Küchenmesser.

»Was wollten Sie denn eigentlich damit?«

»Ich wollte meine Präferentin Nathalie ermorden, weil ich Angst hatte, dass sie mich verraten würde. Ich hatte ihr alles erzählt.«

Der Leutnant klatschte in die Hände, er gluckste vor Vergnügen.

»Siehst du! Siehst du, Josefo! So hatte ich mir das gedacht. Aber dann ist sie vorher auf die Straße gesprungen, und du hast dein Messer weggeworfen.«

Ich sah das Messer fallen. Ich sah, wie es über das Eis klapperte. Ich erinnerte mich daran, wie ich mich an dem Abend gefühlt hatte.

»So. Sehr schön. Aber mir persönlich macht am meisten Spaß, wie du vor der Abgabe des Berichts an die Qualitätskammer die Zahlen von Maurice auswendig lernen wolltest.« Er zeigte auf das Dikatphon neben seinem Schreibtisch. »Ich bin hier gesessen, habe dir bei deinem verzweifelten Gemurmel zugehört und mich die ganze Zeit gefragt: Was macht der Kerl denn da? Bis ich auf die Idee kam, dass du ja vielleicht gar nicht rechnen kannst, und dass du dir die Zahlen einpaukst, um bei kritischen Nachfragen nicht ganz nackt dazustehen. Junge, Junge, dachte ich da, die Wirklichkeit ist doch immer noch primitiver und dümmer, als man denkt. Da sagte dann mein Chef hier: Den müssen wir danach unbedingt aus dem Verkehr ziehen. Und wir haben natürlich ein paar Spezialisten ganz im Verschwiegenen gebeten, die Zahlen noch einmal unabhängig zu prüfen. Wir wollten ja schließlich nicht den ganzen Wohlfahrtsausschuss gefährden, nicht wahr? Aber das wolltest du doch auch nicht, Josefo, oder?«

»Keinesfalls«, antwortete ich knapp. Bedenkend, dass das zu meinem betrügerischen Verhalten in diametralem Widerspruch stand, fügte ich hinzu: »Ich vertraute den Zahlen von Maurice.«

»Dir blieb ja auch nichts anderes übrig. Aber wie sagt doch der Genosse Lenin: Vertrauen und Kontrolle, du weißt schon. Also – wir kommen dich holen. Und jetzt«, der Leutnant lachte, »jetzt der Clou. Dem Wohlfahrtsausschuss und vor allem unserer großen Vorsitzenden passt das nämlich gar nicht. Das Ganze ist politisch, verstehst du? Wenn wir dich jetzt verbannen, wie es unsere Gesetze vorsehen, oder dir den Hals umdrehen und dich ins Meer werfen, was ich persönlich ja für das Richtige halten würde – was passiert dann mit dem neuesten Triumph der ladanischen Wirtschaft? Wer ist das Gesicht zur Tempête? Du natürlich, du Holzkopf. Du warst ja in allen Zeitungen heute Morgen. Was haben wir ein Glück, dass vor deiner Verhaftung schon Redaktionsschluss war, das hätte ein Hallo gegeben. Wurde ja schon komisch bei eurer kleinen Betriebsfeier da. Du bist ein Volksheld, Josefo. Und ein Held für die Führung. Also was machen wir jetzt? Wie bringen wir das unter einen Hut, dass du ein Volksheld *und* ein

Betrüger bist? Ich habe da so eine Idee. Die Genossin Pani muss jetzt mal gehen.«

Er hatte sie immer noch nicht angesehen. Pani stand auf und verabschiedete sich. Sie trug ihre restlichen Papiere mit sich. Ich versuchte, ihren Blick einzufangen, aber es gelang mir nicht. Als sie draußen war, sagte der Leutnant:

»Ich habe da eine Idee, Genosse Reiszman, die gefällt dem Wohlfahrtsausschuss bestimmt. Ob sie dir gefällt, das ist noch sehr die Frage. Aber das spielt eigentlich auch gar keine Rolle.«

Er lehnte sich über den Tisch, als wolle er mir im Vertrauen die Pointe eines sehr komischen Witzes erzählen.

»Wir verbannen dich nicht. Wir erschießen dich nicht. Wir machen ganz was anderes mit dir. Du wirst als Vertreter der ladanischen Industrie ins Ausland geschickt, mit der Tempête. Du verkaufst dein Werk, Josefo. Erst in Westchina, dann vielleicht in Kuba, überall dort, wo man sie haben will. Und so lange du nicht eine bestimmte Stückzahl verkauft hast, machst du weiter. Natürlich kommst du ab und zu zurück, um die Produktion und Weiterentwicklung zu überwachen, dich zu erholen, dich als Exportschlager der ladanischen Wirtschaft feiern zu lassen. Aber nie für lange. Dann musst du wieder los, Lokomotiven verkaufen. Wenn du abhaust, wirst du für immer verbannt. Dann bist du in der freien Wildbahn ganz auf dich gestellt. Wenn du genug Lokomotiven verkauft hast, kehrst du als freier Genosse nach Ladanien zurück. Das ist vielleicht in fünfzehn Jahren der Fall, oder in zwanzig, aber es ist zu schaffen, wenn man fleißig und geschickt ist. Die Welt braucht Lokomotiven. Wir haben sogar jetzt schon eine informelle Anfrage vom Freistaat Pennsylvanien und mehrere aus Westchina. Na, wie gefällt dir das?«

»Ich ...«

Der Leutnant schlug mit der flachen Hand auf den Tisch, dass es knallte. Er war ungeheuer vergnügt.

»Und jetzt kommt das Beste! Rate mal, wer dich die ganze Zeit begleiten wird? Immer an deiner Seite? Immer mit dir unterwegs?«

Ich war noch dabei, die schrecklichen Aussichten zu verstehen, die er mir gerade eben eröffnet hatte, deswegen konnte ich mich nicht sehr gut auf seinen »Clou« konzentrieren. Trotzdem kam mir ein Gedanke, der so schrecklich war, dass ich ihn nicht denken mochte.

»Dämmert's? Es wird natürlich dein alter Freund Svevo sein. Der allzu ehrgeizige Svevo, ab jetzt neben dir der fleißigste Lokomotivenverkäufer der Welt. Was sage ich: ›neben dir‹? Er wird dein Vorgesetzter sein!« Der Leutnant schlug noch einmal auf den Tisch und prustete los vor Lachen. »Was —«, er verschluckte sich beinahe, »— was hältst du davon?« Sein Gelächter dröhnte durch das Büro.

Ich weiß nicht, wie ich dazu kam. Ich kann nicht wirklich darüber nachgedacht haben, aber plötzlich stand ich mit geballten Fäusten vor dem Schreibtisch des Leutnants und schrie gegen sein Gelächter an: »Das ... das könnt ihr nicht machen!«

»Und ob!«, schrie der Leutnant lachend zurück. »Und ob! Raus jetzt, du Mistkerl! Zurück in deine Zelle!«

Wie auf Kommando flog die Tür auf und zwei Sicherheitsbeamte drehten mir die Arme auf den Rücken. Ich konnte den Leutnant fast bis zu meiner Zelle lachen hören. Nathalie war zum Glück nicht mehr da. Aber ich weinte so lange, bis man mir drohte, dass man mich schlagen würde.

Schluss

Man hat mich zu den Verbannten getan, obwohl ich ihr Schicksal nicht teilen werde. Ich wohne hier auf dem Holländerpier, in einer Gemeinschaftsunterkunft, die im Volksmund »Grand Hotel Abgrund« heißt. Sie wird von der Sicherheit geführt und bewacht. Es scheint passend: Auf eine bestimmte Art werde ich verbannt. Was Nathalie wohl von dieser Wendung des Schicksals gehalten hätte? Wäre sie auch mit mir und Svevo nach Westchina gegangen, um Lokomotiven zu verkaufen? Die Zeitungen haben in ihren letzten Artikeln zu mir geschrieben, dass ich mich an einem »ruhigen Ort auf neue Herausforderungen« vorbereite. Das ist nicht einmal gelogen.

Der Leutnant hat zwei Bedingungen für meine zukünftige Tätigkeit als Lokomotivenverkäufer vergessen. Ich erhielt kurz nach meiner nominellen Freilassung folgenden Parteiauftrag: Erstens, einen genauen Bericht über meine Zeit als Hochstapler beim Metallstrukturat Südost zu verfassen und an die Registratur zu übergeben. Dieses Verfahren ist in Ladanien bei schweren Straftaten üblich. Die Verurteilten werden verpflichtet, sich über ihre Taten Gedanken zu machen, indem sie einen Bericht verfassen. Da ich aber offiziell nicht verurteilt worden bin, befahl man mir außerdem, über meinen Bericht zu schweigen, ihn als Geheimbericht zu behandeln. Ich habe ihn geschrieben, ich habe ihn abgegeben. Er heißt: »Die Lokomotive«.

Zusätzlich verlangte die Partei von mir, in der kürzest denkbaren Zeit meine Wissenslücken in Bezug auf das Ingenieurswesen zu schließen. Das ist hart. Es geht natürlich hauptsächlich um die Thermodynamik und ihre mathematischen Grundlagen. Ich mache Fortschritte, auch wenn meine Lehrer recht ungeduldig sind. Sie fühlen sich in dieser Situation genauso unwohl wie ich.

Tatjana hat mehrfach versucht, Kontakt zu mir aufzunehmen. Sie ist sogar bei der Parteileitung des Strukturats vorstellig geworden, um zu erfahren, wo ich mich aufhalte, und hat deswegen eine Verwarnung riskiert. Ich weiß nicht, ob man mir das nur mitgeteilt hat, um mich zu quälen.

Svevo ist völlig verrückt geworden. Er weigert sich, unsere getarnte Verbannung als Strafe zu begreifen, und spricht täglich von »unserer neuen Aufgabe« und »der faszinierenden Herausforderung, die vor uns liegt«. Er spricht wie die Zeitungen – eine rettungslos verlorene Seele. Wenn ich ernsthaft über ihn nachdenke, könnte ich Mitgefühl für ihn entwickeln. Das sollte ich mir vielleicht eher für mich aufsparen, ich habe eine Zukunft vor mir, in der ich fast ohne Unterbrechung mit dieser verlorenen Seele in Kontakt stehen werde.

Denn eines steht fest: Ich muss meinen Auftrag erfüllen. Ich bin ein Bürger Ladaniens und werde es immer sein. Es gibt für mich kein wirkliches Leben außerhalb Ladaniens, weder in den verwüsteten Städten Nordamerikas, noch in Westchina, wo man zum Kaisertum zurückgekehrt ist. Hier ist meine Heimat, hier ist die Gesellschaft, in der ich leben will. Und deswegen werde ich tun, was ich tun muss, um mich zu rehabilitieren.

In einem Monat soll der Eisbrecher kommen, der uns von hier wegbringen wird, vorausgesetzt die Witterungsverhältnisse erlauben es. Bis dahin muss ich ein Ingenieur geworden sein. Wenn ich mich anstrenge, kann ich das schaffen.

IN DER ZENTRALE

Bei uns im Leitstand ist alles sauber. Mindestens so sauber wie in den Gästezimmern. Man darf hier nicht rauchen, was mich am Anfang gestört hat, aber über die Jahre hat es mir geholfen, mit dem Rauchen aufzuhören. Alkohol ist natürlich auch tabu. Die Gäste dürfen auch nicht rauchen oder trinken, man hat damit so seine Erfahrungen gemacht: Zimmerbrände und Schlägereien, Misshandlungen und all das, und dafür sind die Zentralen nicht eingerichtet worden, was immer die Kritiker behaupten.

Zuerst war es nur ein Studentenjob, aber es gefiel mir dann so gut, dass ich ganz umsattelte. Jetzt bin ich seit sieben Jahren Sicherheitsmann in der Zentrale. Ich habe sogar schon Anspruch auf eine zusätzliche Betriebsrente. Die Sozialleistungen sind vorbildlich. Meine Aufgabe ist im Grunde sehr einfach. Ich beobachte die Bildschirme und sehe zu, dass nichts passiert. Am Anfang sind in den Zentralen ein paar hässliche Sachen vorgefallen, und deswegen hat man die Videoüberwachung eingeführt. Das war eine kitzlige Sache. Die Leute, die von vorneherein gegen die Einrichtung der Zentralen waren, fanden die Videoüberwachung natürlich völlig unmöglich. Verletzung der Privatsphäre, Überwachungsstaat usw. Aber darum geht es gar nicht. Es geht darum, dass die Gäste die Sachen nicht machen, die verboten sind, das ist alles. Rauchen und trinken gehören dazu, aber auch das Mitbringen von Kindern und schwere Misshandlungen. Leute unter 16 können die Gästezimmer nicht benutzen. Drogen sind natürlich auch tabu. Die Zimmereinrichtung darf nicht beschädigt werden. Professionelle müssen draußen bleiben.

Ich kann natürlich nicht alle Bildschirme auf einmal überwachen, dazu ist die Zentrale viel zu groß. Wir haben 102 Zimmer, und ich bin rundum umgeben von Monitoren, einer für jedes Zimmer. 102 Monitore auf einmal, das schafft einer allein nicht, und man will die Personalkosten gering halten. Nein, wir haben hier ein automatisches Erkennungssystem, das problematische Verhaltensweisen mit einer gewissen Zuverlässigkeit feststellen und anzeigen kann. Die Software deutet eine bestimmte Bewegungsfolge als bedrohlich, oder sie erkennt die Flüssigkeit in einem Glas als alkoholisch und gibt Alarm gelb. Ich werde optisch und akustisch auf die zweideutige Situation aufmerksam gemacht und muß sie evaluieren. Das heißt, ich muss den betreffenden Monitor in Augenschein nehmen und die akustische Verbindung zuschalten. Wenn ich zu der Überzeugung komme, dass alles in Ordnung ist, brauche ich nicht einzugreifen, das System kann solange Alarm gelb geben, wie es will. Wenn gehandelt werden muß, soll ich zuerst eine Verwarnung auszusprechen. Ich sage dann über den Lautsprecher des Gästezimmers etwa:

»Das Bier, das sie gerade trinken, ist hier nicht erlaubt. Bitte leeren Sie das Glas in die Spüle und stellen Sie die Flasche vor die Tür. Sie wird entfernt, Anspruch auf Ersatz besteht nicht. Danke für Ihre Kooperation.«

Die meisten Gäste, die ein bisschen schummeln wollen, bringen ein paar Dosen Bier mit, und wollen dann mit ihrer Freundin den wilden Mann spielen, so was ist harmlos. Wenn einer wirklich durchdreht (es sind leider meistens die Männer), muss ich ihn rausschmeißen. Ich sage:

»Hiermit erhalten Sie Hausverbot. In fünf Minuten müssen sie Ihr Zimmer geräumt und das Haus verlassen haben. Ansonsten werden Zwangsmittel angewandt.«

Wer dann noch nicht hören will, muss fühlen. Ich gehe selber hin und mache klar Schiff. Meistens benutze ich dazu meinen Zauberstab, ein Gerät, mit dem ich elektrische Schläge austeilen kann. Auf nackter Haut kann das sehr unangenehm werden. Ich habe mir aus Versehen selbst mal eine gewischt, ich weiß, wie weh das tut, und daher hasse ich es, wenn ich den Zauberstab anwenden muss. Im Durchschnitt kommt es einmal im Monat vor. Es gibt welche, die muss ich ein paarmal hintereinander rauswerfen, bis sie es begreifen. Aber die meisten wissen ja von vornherein, dass es Regeln geben muss, und finden auch die Videoüberwachung in Ordnung. Manche winken mir sogar, bevor sie gehen. Meine kleine Trinkgeldkasse am Ausgang ist nach jeder Schicht gut gefüllt. Über undankbare Gäste kann ich nicht klagen.

Der Grund, weswegen nicht alles automatisch abläuft, ist übrigens sehr interessant. Man hat sich sehr bemüht, aber man hat keine Möglichkeit gefunden, die Evaluierung zu automatisieren. Computer können ja heutzutage alles mögliche, aber sie können nicht zwischen normalem Verkehr und echten Misshandlungen unterscheiden, jedenfalls nicht zuverlässig genug. Früher hat es einmal Alarm rot gegeben. Da konnte das System Gäste eigenhändig entfernen. Aber als das Probleme mit sich brachte, wurde Alarm rot abgeschafft, und die Sicherheitsleute bekamen ihre Chance. Mein Arbeitsplatz beruht darauf, dass Computer nicht perfekt sind.

Das gleiche System, das mir bei der Überwachung der Gäste hilft, sorgt übrigens dafür, dass sie anonym bleiben. Jedenfalls, wenn alles glatt läuft. Ich sehe nur die Gesichter der Spinner, die ich rausschmeißen muss, und auch das macht mir diesen Teil meiner Arbeit so verhasst. Wenn alles glatt läuft, sind statt der Gesichter auf den Monitoren nur graue Flecke zu sehen, und das reicht mir auch völlig. In seltenen Fällen kann ich die Deanonymisierung eines Gastes verlangen, um eine Situation besser beurteilen zu können, aber das wird an meinen Supervisor gemeldet, und ich habe bisher von dieser Möglichkeit noch keinen Gebrauch gemacht.

Uns Sicherheitsleute hatten die Gegner der Zentralen am Anfang natürlich arg auf dem Kieker. Wir wurden als Spanner, Puffmütter, Samenschrubber und dergleichen beschimpft. Das ist alles Unsinn, und ich sollte mich eigentlich gar nicht dazu äußern, aber selbst in meinem Freundeskreis musste ich mich rechtfertigen. Natürlich habe ich am Anfang genau hingesehen und den Ton aufgedreht. Wer würde das nicht tun? Die Gesichter waren immer noch unter grauen Flecken verborgen, und die Aktionen waren immer dieselben. Auch die Geräusche waren immer dieselben. Koseworte, Stöhnen, Schreien – alles immer gleich, oder doch wenigstens ähnlich. Man bekommt das schnell über und wundert sich dann nur noch, wie gleichförmig alles ist. So viele unterschiedliche Menschen, und immer dasselbe Theater. Übrigens gilt das für die Homosexuellen genauso. Ich hatte das schnell satt. Nach dem dritten Mal hat mich das System sowieso verwarnt, und mein Supervisor hat mich gerügt. Hätte nicht sein müssen, ist aber passiert, Schwamm drüber. Nach drei Jahren Dienst war meine Personalakte wieder sauber.

Jetzt lese ich sehr viel. In meinem ganzen Studium habe ich nicht soviel gelesen wie in einem halben Jahr Zentralendienst. Übrigens ist mir von einigen Leuten eine Menge Geld dafür geboten worden, dass ich sie in die Zentrale mitnehme und zuschauen lasse. Zum Teil waren das die gleichen Leute, die sich vorher hochmoralisch über die Videoüberwachung empört hatten.

Was bitte schön hat unser Job mit dem einer Puffmutter zu tun? Eine Puffmutter organisiert einen Puff, d.h., sie beutet die Arbeit von Prostituierten aus. Sie vermietet Zimmer zu überhöhten Preisen und bekommt noch einen saftigen Anteil von dem, was die Frauen verdienen. Ich mache etwas ganz anderes. Ich halte eine öffentliche Einrichtung sauber, die einem legitimen Bedürfnis dient, und werde dafür vom Staat bezahlt, ohne irgend jemanden auszubeuten. Wenn man schon nach einem Vergleich für meinen Job sucht, dann könnte man mich als eine Art Klofrau bezeichnen. Wer schon mal in einer fremden Stadt nach einem sauberen Klo gesucht hat, weil er dringend mal musste, weiß, dass Klofrauen eine sinnvolle Arbeit machen. Die mag nicht sehr angenehm sein, aber sinnvoll ist sie trotzdem. Würde jemand Klofrauen mit Puffmüttern vergleichen? Wohl kaum. Der wichtigste Unterschied zwischen mir und einer Klofrau ist der, dass ich mit der Reinigung der Gästezimmer nichts zu tun habe. Da sind die Kompetenzen strikt getrennt. Es gibt immer wieder Versuche, uns Sicherheitsleuten sozusagen den Putzlappen in die Hand zu drücken, aber die Gewerkschaft verhindert das. Es gibt Reinigungspersonal, und es gibt Sicherheitspersonal, und so sollte das auch bleiben.

Manche Kritiker behaupten ja, wir würden die Promiskuität fördern. Das ist reaktionärer Unfug. Die Leute haben ein gesundes Bedürfnis, und bei uns können sie es ohne Angst ausleben. Darum geht es. Wer mich auf die Promiskuität anspricht, dem sage ich einfach, dass Menschen promisk sind. Wer damit Schwierigkeiten hat, der braucht die Zentralen nicht zu nutzen, so einfach ist das. Natürlich weiß ich auch, dass die Zentralen im Volksmund einen anderen Namen haben. Was mich angeht, arbeite ich in einer Zentrale, und nicht in einem »Fickpalast«, und die Gästezimmer sind Gästezimmer, keine »Fickräume«. Wir Sicherheitsleute sind auch in der Öffentlichkeit gehalten, niemals den Gossenslang zu benutzen, sondern immer nur die offiziellen Bezeichnungen.

Aber man kann ja sagen, was man will, das Gemecker reißt nie ab. Natürlich waren selbst die größten Miesmacher davon überrascht, wie populär die Zentralen sofort wurden. Kaum waren sie eingeführt, waren sie schon ausgebucht, und selbst heute gibt es noch in manchen Häusern Wartelisten. Auch angesichts dieses Publikumserfolgs kann ich das Gerede der Kritiker, die interessanterweise zu einem Teil aus dem Rotlichtmilieu und zu einem anderen aus gewissen politischen und kirchlichen Kreisen kommen, nur noch als berufsmäßige Maulerei begreifen. Es ist durch die Presse aufgedeckt worden, dass einige der größten Schreihälse selbst regelmäßig in die Zentralen kommen, manche von ihnen sind sogar schon unangenehm aufgefallen. Ein bestimmter, sehr konservativer Bischof hat seinen Besuch in der Zentrale damit zu rechtfertigen versucht, dass man ja schließlich kennen müsse, was man bekämpfe. Da kann ich nicht einmal mehr drüber lachen.

All das Geschwafel über AIDS, Geschlechtskrankheiten, Promiskuität und Prostitution hat nicht verhindern können, dass die Zentralen enorm populär wurden. Es gibt jetzt etwa 250 davon im ganzen Land, und die meisten sind, wie schon gesagt, immer gut belegt. Etwa jeden Monat wird irgendwo in Deutschland eine neue Zentrale aufgemacht. Ich finde, das spricht für sich. Die Leute kommen zu uns, weil es bei uns sauber und sicher ist. Und gemütlich. Ich finde, dass die Gästezimmer nett eingerichtet sind, und dass man sich bei uns wirklich wohlfühlen und entspannen kann. Bettwäsche wird natürlich gestellt, es gibt kostenlose Kondome und sogar ein kleines Anleitungsbuch für die Schüchternen. Da steht auch drin, wie man ungewollte Schwangerschaften verhindert, es wird über AIDS und die Pille aufgeklärt, und man erfährt andere nützliche Sachen. Alles geschmackvoll und nicht ein bisschen pornografisch. Niemand wird diskriminiert, das Buch richtet sich genauso an Homosexuelle und auf manchen Bildern sind Schwarze oder Asiaten abgebildet. Ich finde dieses Buch sehr gut und verschenke es ab und zu an Jugendliche im Bekanntenkreis. Die sanitären Anlagen bei uns sind selbstredend tipptopp. In manchen Zentralen wird kostenlose Kinderbetreuung unter pädagogischer Leitung angeboten. Das war natürlich für die Konservativen ein weiteres rotes Tuch, von wegen Lustprinzip und Verlust der Familienwerte. Manche Idioten unterstellten uns sogar, die Kinder würden zum Zusehen gezwungen, wenn ihre Eltern miteinander im Gästezimmer sind. Das muss man sich mal vorstellen. Genau das Gegenteil ist doch der Fall! Die Eltern sollen Zeit füreinander haben, während die Kinder in Ruhe spielen und neue Freunde finden, bei den kleinen Wohnungen heutzutage ist so etwas ein richtiges Geschenk. Zu diesem Kindersex- und Exhibitionismusquatsch sollte man meine Freundin mal interviewen, die als Erzieherin in so einem Zentralenkindergarten arbeitet. Sie hat eine ganz klare Meinung zu dem Thema. Ich gehe mit ihr übrigens ab und zu selber in eine Zentrale. Nicht, weil wir keine schöne Wohnung hätten, sondern einfach, um mal was anderes zu sehen. Die Reiseagentur Intertours aus Aachen bietet eine Rundreise durch die schönsten Zentralen Deutschlands an, das wollen wir nächstes Jahr machen. Wir freuen uns drauf. Vielleicht sollte ich noch erwähnen, dass es Paare gibt, die in die Zentralen kommen, um dort ihre Kinder zu zeugen. Manche von ihnen schicken Briefe mit Bildern der Neugeborenen darin, und sie bedanken sich bei mir für meine Arbeit und dafür, dass es die Zentralen gibt.

Die Gästezimmer in den Zentralen sind sehr preisgünstig. In die Zentrale zu gehen ist billiger als ein Kinobesuch, und das kommt daher, dass der Staat die Zentralen unterstützt. Es gibt deutliche Hinweise darauf, dass in Städten, die über mindestens eine Zentrale verfügen, die Kriminalitätsrate drastisch sinkt, und das ganz einfach deswegen, weil die Leute weniger frustriert sind. Ich finde es gut, dass sich der Staat auf diese Weise engagiert.

Wer die Zentralen nüchtern und unideologisch betrachtet, der muss meiner Ansicht nach zu dem Schluss kommen, dass sie nützlich und sinnvoll sind. Wenn ich dieser Meinung nicht wäre, könnte ich den Job nicht machen, denn er ist nicht immer einfach. Da war zum Beispiel, um nur den krassesten Fall zu nennen, die Sache mit dem Selbstmord. Ich weiß es noch wie heute. Kam in meinem zweiten Dienstjahr vor. Eigentlich ein ruhiger Abend. Ich las gerade in einem dicken Wälzer, als das System für Zimmer 44 Alarm gelb gab. Auf dem Schirm war klar und deutlich ein Mann zu erkennen, der genau in die Kamera sah und sich dabei einen Revolver an die Schläfe hielt. Ich schaltete sofort die akustische Verbindung ein und sagte, so kontrolliert wie möglich:

»Legen Sie den Revolver weg.«

Der Mann spannte den Hahn, sagte »Tschüss« und drückte ab. Als ich Zimmer 44 betrat, fühlte ich mich unbeschreiblich. Aber ich musste ja hin, Erste Hilfe ist Dienstvorschrift, und ich hatte noch die Rüge von meinem Supervisor im Nacken. Erste Hilfe war überflüssig. Ich musste wegen dieser Sache zum psychologischen Dienst der Gewerkschaft, und es brauchte einige Sitzungen, bis ich einsah: Ich hätte nichts ändern können. Es dauerte ein bisschen, bis ich auch meine Wut auf diesen Scheißkerl spüren konnte, der einfach in meine Zentrale reinlatscht, sich wegschießt und mich dann mit den Schuldgefühlen allein lässt. Ich hab auch mit einigen Kollegen gesprochen. Wir nennen so eine Sache intern einen »Joker«. »Gegen einen Joker kannst du nichts machen«, heißt es. »Da musst du durch.« Mit einem

Joker auf zehn Jahre muss man rechnen, das ist einfach so in meinem Beruf. Ich hatte noch ein paar andere unangenehme Erlebnisse, und es war nicht immer einfach. Aber eigentlich bin ich mit meiner Arbeit sehr zufrieden. Ich finde sie sinnvoll, und, abgesehen von den unvermeidlichen Zwischenfällen, relativ leicht und angenehm. Dass ich mein Studium gegen einen Job als Sicherheitsmann in der Zentrale eingetauscht habe, musste ich noch keinen Tag bereuen. Viele meiner ehemaligen Studienkollegen sind arbeitslos oder können von meinen Arbeitsbedingungen nur träumen. Ich bin gern in der Zentrale.

QUELLEN

»Evo«
in: GDI IMPULS, WISSENSMAGAZIN FÜR WIRTSCHAFT, GESELLSCHAFT, HANDEL, Nummer 3, 2010

»Der Keller«
in: NOVA. DAS DEUTSCHE MAGAZIN FÜR SCIENCE FICTION & SPEKULATION, Nr. 8, 2005

»Seidenschläfer«
in: *Das Grauen kam an Heiligabend – Geschichten zum Fest*, Sauerländer, 2005

»Staub, oder: Die Melancholie im Kriege«
in: TELEPOLIS-Special *Zukunft*, Heise Verlag, 2009

»Glatze«
in: *Scheitellinien, Förderband 8*, Lindemanns Bibliothek, 2009

»Reinhold Messner überlebt den Dritten Weltkrieg«
als »Harmagedon« in: *Der Atem Gottes*, Shayol, 2004

»Die Lokomotive«
in: *Der Moloch*, Shayol, 2007

»In der Zentrale«
in: NEUE DEUTSCHE LITERATUR (NDL), Nr. 548 (2/03)

Alle Texte wurden für diese Ausgabe überarbeitet.
Die übrigen Erzählungen erscheinen in diesem Band erstmalig.

Wolfgang Jeschke

Orte der Erinnerung

Gesammelte Werke 3

Mit dem vorliegenden Band liegen, nach »Der Zeiter« und »Partner fürs Leben«, sämtliche Erzählungen von Wolfgang Jeschke in einer dreibändigen, vom Autor durchgesehenen und mit Nachbemerkungen versehenen Ausgabe vollständig vor. In »Orte der Erinnerung« wurden alle Erzählungen (nicht die Hörspiele) aus dem Sammelband »Schlechte Nachrichten aus dem Vatikan« aufgenommen, ergänzt um die 2010 in dem Magazin PANDORA erschienene Titelnovelle.

»So bewundernswert der Erfolg des Herausgebers Jeschke ist, so hinderlich war er für den Autoren Jeschke, der nur in der Freizeit und während des Urlaubs zum Schreiben kam. Erstaunlich genug, was er in dieser Zeit trotzdem hervorbringen konnte! Erst in jüngster Zeit, nachdem er 2002 sein Amt bei Heyne aus Altersgründen zurücklegte, kann er sich unbehindert den schriftstellerischen Aktivitäten widmen. Und das ist nicht nur erfreulich für ihn, sondern auch für seine Leser. Ich warte mit mit Spannung auf das, was wir von Wolfgang Jeschke noch erwarten dürfen.« Herbert W. Franke in seinem Vorwort.

• Klappenbroschur | 258 S. | Euro 16,90 | ISBN 978-3-926126-91-7

SHAYOL Verlag | Lierbacher Weg 14 | 13469 Berlin
www.shayol-verlag.de

David Dalek

Das versteckte Sternbild

Roman

Das Versteckte Sternbild von David Dalek ist ein erstaunliches Ereignis: Zwei Jahre nach dem bis heute ungeklärten Verschwinden des Autors in der Wüste von New Mexico erscheint jetzt sein letzter Roman, eine abenteuerliche Liebesgeschichte, die in ferner Zukunft spielt und von Seehundsex, Waffenschmuggel, Schulden, einer neuen Sorte von Gesellschaft sowie von Lebewesen handelt, die komplett aus Musik bestehen.

David Dalek, geboren 1970, der Welt abhanden gekommen 2005, Journalist, Übersetzer, Autor beliebter und vielgelobter Romane und Erzählungen wie »Haß macht schön« (1996), »Pünk« (1999), »Der Strand sieht nichts« (2000) und »Wenn ich nicht bald in Wilmington wohne, schrei ich« (2004), hat *Das versteckte Sternbild* nicht mehr nach seinen Wünschen einrichten können. Unter maßgeblicher Beteiligung seines langjährigen Weggefährten Dietmar Dath hat eine Gruppe von Freunden ihm diesen Dienst nun erwiesen. Im spannenden Nachwort der vorliegenden Ausgabe erläutert Dath, wie es dazu kommen konnte.

• Paperback | 208 S. | Euro 14,90 | ISBN 978-3-926126-76-4

SHAYOL Verlag | Lierbacher Weg 14 | 13469 Berlin
www.shayol-verlag.de

Gero Reimann

Sonky Suizid

Ein Totentanz

Roman

Durch die Nächte eines kalten, kranken Hannover, in dem die braune Vergangenheit dicht unterm Asphalt brodelt, irrt Sonky Suizid, ein lebender Toter, und zieht Sterbende und Randexistenzen in seinen Bann. Ein Roman von zerfallenden und sich vervielfältigenden Wirklichkeiten, vom Tod, der auf sich warten lässt und von der Widerwärtigkeit der westdeutschen Gegenwart in den Achtzigern, die nicht so fern ist, wie einem lieb sein könnte.

»Wie Dick war auch Gero Reimann Zeit seines Lebens von dem Verlangen besessen, von den vermeintlichen Realitäten eine Schicht nach der anderen abzuschälen [...].Sonky Suizid ist sozusagen die Fortsetzung von Philip K. Dick mit anderen Mitteln. Mit fürchterlichen.«
Aus dem Vorwort von Winfried Czech

Illustrationen von Caroline Kohler

• Klappenbroschur | 254 S. | Euro 17,90 | ISBN 978-3-926126-99-3

SHAYOL Verlag | Lierbacher Weg 14 | 13469 Berlin
www.shayol-verlag.de